zum 20.11.
am 11.12.87

Nicht vergessen!
Kommt von uns!

S + M

SV

Band 446 der Bibliothek Suhrkamp

Flann O'Brien
Der dritte Polizist

Roman

Suhrkamp Verlag

Titel der englischen Originalausgabe: *The third policeman*
Macgibbon & Kee, London 1967
deutsch von Harry Rowohlt

Viertes bis sechstes Tausend 1986
Copyright Evelyn O'Nolan 1967
Alle deutschen Rechte: Suhrkamp Verlag Frankfurt am Main 1975
Alle Rechte vorbehalten
Druck: Nomos Verlagsgesellschaft, Baden-Baden
Printed in Germany

Der dritte Polizist

Da die menschliche Existenz eine Halluzination ist, welche die sekundären Halluzinationen von Tag und Nacht einschließt (bei letzterer handelt es sich um eine unhygienische Veränderung der Atmosphäre, die auf der Verdichtung schwarzer Luft beruht), steht es einem jeden, der seine Sinne beisammen hat, übel an, mit dem illusorischen Unterfangen, die erhabenste Halluzination, die wir kennen, den Tod, zu begreifen, befaßt zu sein.

DE SELBY

Doch weil das Los der Menschen niemals sicher,
Laßt uns bedacht sein auf den schlimmsten Fall.

SHAKESPEARE

I

Es ist nicht allgemein bekannt, wie ich den alten Phillip Mathers umgebracht habe; ich zerschmetterte ihm die Kinnlade mit meinem Spaten. Aber zunächst sollte ich besser über meine Freundschaft zu John Divney sprechen, denn er war es, der den alten Mathers als erster niederschlug, und zwar mit einem heftigen Hieb in den Nacken, wobei er eine spezielle Luftpumpe verwendete, die er eigenhändig aus einem Eisenrohr hergestellt hatte. Divney war ein starker, umgänglicher Mensch, wenn auch träge und müßigen Sinnes. Ohnehin war er für die ganze Idee persönlich verantwortlich. Er war es, der mir aufgetragen hatte, meinen Spaten mitzubringen. Er war es auch, der die betreffenden Befehle und – später, als sie erforderlich wurden – Erklärungen gegeben hatte.

Meine Geburt liegt lange zurück. Mein Vater war ein stattlicher Bauer, und meine Mutter besaß eine Gastwirtschaft. Wir alle wohnten in der Gastwirtschaft, doch die Wirtschaft ging nicht gut und war meist den ganzen Tag geschlossen, weil mein Vater sich draußen mit Landarbeit beschäftigte und meine Mutter immer in der Küche war, und aus irgendeinem Grunde kamen die Gäste erst zur Schlafenszeit, und dann auch nur zu Weihnachten oder an ähnlich ungewöhnlichen Tagen. Ich sah meine Mutter nie außerhalb der Küche, ich sah bei Tage nie einen Gast, und sogar abends sah ich nie mehr als zwei, drei Gäste auf einmal. Doch dann war ich meist schon im Bett, und es ist möglich, daß alles spät nachts ganz anders war mit meiner Mutter und den Gästen. An meinen Vater erinnere ich mich nicht mehr sehr gut, aber ich weiß noch, daß er kräftig war und nicht viel sprach – außer an Samstagen; dann erwähnte er den Gästen gegenüber Parnell und sagte, Irland sei schon ein merkwürdiges Land. An meine Mutter erinnere ich mich lebhaft. Sie hatte, da sie sich immer über den Herd beugte, ein ständig gerötetes und gereiztes Gesicht; sie verbrachte ihr Leben mit der Zubereitung von

Tee, um die Zeit totzuschlagen, sowie mit dem Gesang von Bruchstücken alter Lieder, um die Zwischenzeit totzuschlagen. Ich kannte sie gut, mein Vater und ich dagegen waren Fremde, und wir pflegten wenig Konversation. Aber oft konnte ich ihn durch die dünne Tür zum Laden hören, wenn ich in der Küche meinen Studien nachging, wie er stundenlang von seinem Stuhl unter der Öllampe aus auf Mick, den Hütehund, einsprach. Dabei vernahm ich immer nur das Gebrumm seiner Stimme, nie einzelne Wortfetzen. Er verstand alle Hunde durch und durch und behandelte sie wie Menschen. Meine Mutter besaß eine Katze, doch war diese ein exotisches Wesen, das unter freiem Himmel lebte und sich selten sehen ließ. Meine Mutter nahm von der Katze keine Notiz. Auf unsere seltsame, verschiedene Art und Weise waren wir alle hinlänglich zufrieden.

Dann begann um die Weihnachtszeit herum ein ganz bestimmtes Jahr, und als das Jahr vergangen war, waren auch mein Vater und meine Mutter dahingegangen. Mick, der Hütehund, war sehr matt und traurig, als mein Vater verschieden war und wollte seine Arbeit bei den Schafen nicht mehr verrichten, und im Jahr darauf nahm er ebenfalls seinen Abschied. Zu der Zeit war ich jung und töricht und wußte nicht genau, warum all diese Leute mich verlassen hatten, wohin sie gegangen waren und warum sie ihr Verschwinden nicht vorher begründet hatten. Meine Mutter ging als erste, und ich entsinne mich eines dicken Mannes mit rotem Gesicht und schwarzem Anzug, der zu meinem Vater sagte, es könne gar kein Zweifel darüber bestehen, wo sie jetzt sei; darauf könne er sich so fest verlassen wie auf überhaupt nur irgend etwas in diesem Jammertal. Er sagte aber nicht wo, und da ich dachte, das Ganze sei sehr privat und sie sei nächsten Mittwoch wieder zurück, fragte ich ihn nicht. Später, als mein Vater verschwand, nahm ich an, er sei fort, um sie mit seinem zweirädrigen Wagen abzuholen, aber als weder er noch sie am nächsten Mittwoch zurückkamen, war ich traurig

und enttäuscht. Wieder erschien der Mann mit dem schwarzen Anzug. Er blieb zwei Nächte, wusch sich ständig im Schlafzimmer die Hände und las Bücher. Es waren noch zwei andere Männer da, der eine klein und bleich, der andere hochgewachsen, brünett und mit Gamaschen. Sie hatten die Taschen voller Pennies, und immer, wenn ich eine Frage stellte, gaben sie mir einen Penny. Ich weiß noch, wie der große Mann mit den Gamaschen zum anderen Mann sagte: »Armer, unglücklicher, kleiner Bastard.«
Ich verstand das damals nicht und glaubte, sie sprächen über den anderen Mann mit dem schwarzen Anzug, der sich immer am Waschtisch im Schlafzimmer zu schaffen machte. Doch später wurde mir alles klar.
Nach ein paar Tagen wurde ich in einem zweirädrigen Wagen fortgeschafft und in eine fremde Schule geschickt. Es war ein Internat voller Leute, die ich nicht kannte; einige waren jung, andere älter. Ich erfuhr bald, daß es sich um eine sehr gute und sehr teure Schule handelte, obwohl ich den Leuten, die die Schule unter sich hatten, kein Geld gab, da ich nämlich keins besaß. All dies und noch vieles mehr verstand ich erst viel später.
Das Leben, das ich in dieser Schule führte, ist – bis auf einen Umstand – belanglos. Hier lernte ich de Selby kennen. Eines Tages nahm ich zerstreut im Zimmer des Naturkundelehrers ein altes, zerfetztes Buch zur Hand und steckte es in meine Tasche, um es am nächsten Morgen zu lesen, da mir gerade das Privileg gewährt worden war, morgens spät aufstehen zu dürfen. Ich war damals etwa sechzehn Jahre alt, und man schrieb den siebten März. Ich bin nach wie vor der Ansicht, daß dies der wichtigste Tag in meinem Leben war, und das Datum ist mir geläufiger als mein eigener Geburtstag. Bei dem Buch handelte es sich um die erste Auflage von *Golden Hours*, und die letzten beiden Seiten fehlten. Als ich dann später neunzehn Jahre alt war und meine Ausbildung beendet hatte, kannte ich den Wert des Buches und wußte, daß

ich einen Diebstahl beging, wenn ich es behielt. Trotzdem packte ich das Buch ohne Gewissensbisse ein, und ich würde es wahrscheinlich wieder tun. Vielleicht ist es im Rahmen dieser Geschichte doch wichtig zu erwähnen, daß es de Selby war, für den ich meine erste schwere Sünde beging. Für ihn sollte ich später auch die schwerste Sünde meines Lebens begehen.
Ich hatte meine Stellung in dieser Welt längst begriffen. Meine Leute waren alle gestorben, und ein Mann namens Divney bewirtschaftete und bewohnte den Bauernhof, bis ich zurückkehren würde. Er hatte keinerlei Eigentum an dem Bauernhof, und er erhielt aus einer Kanzlei voller Advokaten in einer weit entfernten Stadt wöchentliche Schecks. Ich hatte weder diese Advokaten noch Divney je kennengelernt, aber sie alle arbeiteten für mich, und mein Vater hatte für diese Regelung bar bezahlt, bevor er starb. Als ich noch jünger war, fand ich, er sei ein großzügiger Mensch gewesen, weil er sich so für einen Jungen einsetzte, den er nicht genau kannte.
Nach meinem Schulabschluß begab ich mich nicht sofort nach Hause. Ich verbrachte mehrere Monate an anderen Orten, erweiterte meinen Horizont und versuchte herauszufinden, wieviel mich eine Gesamtausgabe der Werke de Selbys kosten würde und ob ich die Bücher einiger seiner weniger wichtigen Kommentatoren leihweise bekommen könnte. An einem der Orte, wo ich meinen Horizont erweiterte, begann ich eine Nacht mit einem schlimmen Unfall. Ich brach mir das linke Bein (oder, wenn Ihnen das lieber ist, es wurde mir gebrochen), und zwar sechsfach, und als ich mich soweit erholt hatte, daß ich wieder gehen konnte, hatte ich ein Holzbein, das linke. Ich wußte, daß ich nur sehr wenig Geld besaß, daß mich auf meinem Hof ein hartes Brot erwartete und daß mein Leben nicht leicht sein würde. Aber ich war bereits zu der Überzeugung gelangt, daß die Landwirtschaft, selbst wenn ich sie unbedingt betreiben mußte, nicht mein Lebensinhalt sein konnte. Ich wußte: Wenn ich mir einen Namen

machen wollte, dann nur in Zusammenhang mit dem Namen de Selby.

Ich erinnere mich noch an jede Einzelheit des Abends, an dem ich, eine Reisetasche in jeder Hand, mein Haus betrat. Zwanzig Jahre war ich alt; es war ein froher gelber Sommerabend, und die Tür der Gastwirtschaft stand offen. Hinter dem Tresen stand John Divney, welcher sich mit der Gabel auf die Biertheke stützte, wobei er die Arme sorgfältig verschränkt und das Gesicht über eine Zeitung gebeugt hielt, die er über den Tresen hingebreitet hatte. Er hatte braunes Haar und war in seiner untersetzten, knorrigen Art durchaus ansehnlich; seine Schultern waren durch Arbeit breit geworden, und seine Arme waren so dick wie kleine Baumstämme. Sein Gesicht war ruhig und umgänglich, und seine Augen waren wie Kuhaugen, brütend, braun und geduldig. Als er bemerkte, daß jemand eingetreten war, unterbrach er seine Lektüre nicht; aber seine linke Hand schweifte herum, fand einen Lumpen und begann, dem Tresen langsame, feuchte Schläge zu versetzen. Dann, weiterlesend, zog er die Hände senkrecht auseinander, als strecke er eine Concertina zu ihrer vollen Länge und sagte:

»Fregatte?«

Die Gäste nannten einen halben Liter Coleraine Blackjack eine Fregatte. Es war das billigste Porter der Welt. Ich sagte, ich wolle mein Abendessen und erwähnte meinen Namen und Stand. Dann schlossen wir den Laden und gingen in die Küche, in der wir fast die ganze Nacht durch aßen, sprachen und Whiskey tranken.

Der nächste Tag war ein Donnerstag. John Divney sagte, seine Arbeit sei nun getan, und am Samstag sei er bereit, zu seiner Familie zurückzukehren. Es war verfehlt zu behaupten, seine Arbeit sei getan, denn der Bauernhof war in einem üblen Zustand, und mit dem größten Teil der Jahresarbeiten war noch nicht einmal begonnen worden. Am Samstag jedoch sagte er, es seien noch ein paar Dinge zu erledigen, sonntags könne er nicht arbeiten, am Dienstagabend aber werde er in der Lage sein, das Haus in mustergültigem Zustand zu übergeben. Am Montag mußte er sich um ein erkranktes Schwein kümmern, und das verzögerte seinen Aufbruch. Am Ende jener Woche war er emsiger denn je, und die beiden darauffolgenden Monate vermochten seine dringenden Pflichten offenkundig weder zu vermindern noch zu erleichtern. Das störte mich nicht sehr, denn wenn er gleich müßigen Sinnes war und als Arbeiter eher zaghaft, so stellte er mich doch als Gesellschafter zufrieden und verlangte keine Bezahlung. Ich selbst beteiligte mich kaum an den im Haus anfallenden Arbeiten, da ich alle Zeit, die mir zur Verfügung stand, dem Ordnen meiner Papiere und der neuerlichen Lektüre der Seiten de Selbys widmete.

Noch war kein Jahr verstrichen, als ich bemerkte, daß Divney bei seiner Konversation das Wort »wir« verwandte, sowie, schlimmer noch, das Wort »unser«. Er sagte, das Haus sei nicht das, was es sein könnte, und er sprach davon, einen Tagelöhner einzustellen. Dem konnte ich nicht zustimmen, und das sagte ich ihm auch, indem ich ausführte, daß für einen kleinen Bauernhof nicht mehr als zwei Männer erforderlich seien, und, für mich höchst unglücklicherweise, hinzufügte, daß wir arm seien. Danach hatte es keinen Sinn mehr, ihm zu sagen, daß ich es war, dem alles gehörte. Ich begann mir klarzumachen, daß, selbst wenn mir alles gehörte, ich doch ihm gehörte.

Beide lebten wir vier Jahre recht zufrieden. Wir hatten ein gutes Haus und jede Menge schmackhaftes ländliches Essen, aber wenig Geld. Ich verbrachte fast all meine Zeit mit Studien. Inzwischen hatte ich mir von meinen Ersparnissen das Gesamtwerk zweier führender Kommentatoren angeschafft: Hatchjaw und Bassett, und ferner eine Photokopie des *de-Selby-Kodex*. Außerdem hatte ich mich auf das Unternehmen eingelassen, gründlich Französisch und Deutsch zu erlernen, um die Werke anderer Kommentatoren in den betreffenden

Sprachen lesen zu können. Divneys Zeiteinteilung sah so aus, daß er tagsüber auf dem Bauernhof wirkte und nachts in der Gastwirtschaft lärmte und Getränke ausschenkte. Als ich ihn eines Tages nach der Gastwirtschaft befragte, sagte er, er setze bei ihr Tag für Tag zu. Das verstand ich nicht, denn die Gäste – wenn man die Kraft ihrer Stimmen bedachte, die durch die dünne Tür drangen – kamen zahlreich, und Divney kaufte sich beständig neue Maßanzüge und modische Krawattennadeln. Ich sagte jedoch nicht viel dazu. Mir war es recht, wenn man mich in Frieden ließ, denn ich wußte, daß meine Arbeit wichtiger war als meine Person.

Eines Tages, der Winter hatte gerade begonnen, sagte Divney zu mir:

»Ich kann nicht noch mehr Geld in diese Pinte stecken. Die Gäste beklagen sich über das Porter. Es ist besonders schlechtes Porter. Dann und wann muß ich selbst davon versuchen, um ihnen Gesellschaft zu leisten, und ich habe das Gefühl, daß seine Blume meiner Gesundheit nicht zuträglich ist. Ich werde für zwei Tage verreisen müssen, um herauszufinden, ob man eine bessere Porter-Sorte bekommen kann.«

Am nächsten Morgen verschwand er auf seinem Fahrrad, und als er nach drei Tagen sehr staubig und von der Reise zerschlissen zurückkam, sagte er mir, alles sei in Ordnung, und man könne für Freitag mit vier Fässern besseren Porters rechnen. Das Porter kam pünktlich am angekündigten Tag und wurde von unseren Gästen noch in derselben Nacht sehr gern verlangt. Es wurde in irgendeiner Stadt im Süden gebraut und war unter dem Namen »The Wrastler« bekannt. Wenn man drei oder vier Halbe davon getrunken hatte, stand der Sieger dieses ungleichen Kampfes fest. Die Gäste priesen es in hohen Tönen, und wenn sie es genossen hatten, sangen und brüllten sie, und manchmal lagen sie auf dem Fußboden oder draußen auf der Landstraße, und zwar in einem Zustand äußerster Erstarrung. Einige von ihnen beschwerten sich später, sie seien in diesem Zustand beraubt worden, und am nächsten Abend sprachen sie in der Kneipe ärgerlich über gestohlenes Geld und goldene Uhren, welche von ihren widerstandsfähigen Ketten entfernt worden waren. John Divney sprach mit den Gästen nicht viel über das Thema, und mir gegenüber erwähnte er es überhaupt nicht. Er schrieb in Druckbuchstaben – »VOR TASCHENDIEBEN WIRD GEWARNT« – auf ein Stück Pappe und hängte es an einem Flaschenregal neben einer anderen Notiz auf, welche sich mit dem Einlösen von Schecks befaßte. Trotzdem verging kaum eine Woche, ohne daß sich ein Gast beschwerte, nachdem er sich einen Abend lang mit »The Wrastler« beschäftigt hatte. Es war nicht erfreulich.

Mit der Zeit verzweifelte Divney immer mehr an dem, was er »die Pinte« nannte. Er sagte, er wäre ja schon zufrieden, wenn sie sich einigermaßen trüge; daß sie das allerdings jemals tun werde, habe er allen Grund zu bezweifeln. Bei der Regierung liege – der hohen Steuern wegen – teilweise die Verantwortung dafür. Er konnte sich nicht vorstellen, wie er die Bürde des Verlusts ohne Beistand ertragen sollte. Ich sagte, mein Vater habe irgendeine altmodische Art der Betriebsführung beherrscht, die einen Profit ermögliche, daß man den Laden aber schließen müsse, wenn er weiterhin Geld verschlänge. Divney sagte lediglich, es sei eine sehr ernste Angelegenheit, seine Schanklizenz einzubüßen.

Etwa zu dieser Zeit geschah es – ich näherte mich meinem dreißigsten Lebensjahr –, daß Divney und ich in den Ruf gerieten, gute Freunde zu sein. Ich war jahrelang kaum vor die Tür gekommen. Das lag daran, daß ich mit meiner Arbeit so beschäftigt war und mir so gut wie keine Zeit blieb; zudem eignete sich mein Holzbein nicht sehr zum Gehen. Dann passierte etwas sehr Ungewöhnliches, das alles ändern sollte, und nach diesem Vorfall trennten Divney und ich uns weder bei Tag noch bei Nacht auch nur für eine Minute. Tagsüber beschäftigte ich mich mit ihm auf der Farm, und nachts saß ich auf dem alten Stuhl meines Vaters unter der Lampe in einer Ecke der Gastwirtschaft und arbeitete in meinen Papieren so gut ich konnte, inmitten allen Tosens, Treibens und hitzigen Lärms, der immer mit »The Wrastler« einherging. Wenn Divney sonntags einen Nachbar besuchte, ging ich mit und kam auch mit ihm wieder heim, nie vor oder nach ihm. Wenn er in eine Stadt radelte, um Porter oder Saatkartoffeln zu bestellen oder gar »gewisse Bekannte aufzusuchen«, fuhr ich auf meinem Fahrrad neben ihm her. Ich schaffte mein Bett in sein Zimmer und unterzog mich der Mühe, erst einzuschlafen, nachdem auch er eingeschlafen war, und eine Stunde, bevor er sich rührte, hellwach zu sein. Einmal hätte meine Wachsamkeit beinahe versagt. Ich weiß noch, wie ich in den kurzen Stunden einer schwarzen Nacht alarmiert aufwachte und ihn dabei überraschte, wie er sich leise im Dunkeln ankleidete. Ich fragte ihn, wohin er wolle, und er sagte, er könne nicht einschlafen, und ein Spaziergang werde ihm guttun. Ich sagte, mir gehe es genauso, und wir brachen zusammen zu einem Spaziergang in die kälteste und nasseste Nacht auf, die ich je erlebt habe. Als wir völlig durchnäßt zurückkamen, sagte ich, es sei töricht von uns, bei einer dermaßen unfreundlichen Witterung in getrennten Betten zu schlafen, und kroch zu ihm ins Bett. Er sagte nicht viel dazu; damals nicht, und auch sonst nie. Danach schlief ich immer bei ihm. Wir waren freundlich und lächelten einander an, aber es war eine unbehagliche Situation, und keiner von uns konnte sich so recht mit ihr abfinden. Die Nachbarn hatten unsere Unzertrennlichkeit bald bemerkt. Wir waren nun schon seit drei Jahren ständig zusammen gewesen, und sie sagten, wir seien die beiden besten Christen von ganz Irland. Sie sagten, die Freundschaft unter den Menschen sei eine der großen Tugenden, und Divney und ich seien, seit die Erde bestehe, die edelsten Vertreter dieses Ideals. Wenn dies andere Leute bestritten oder gar ausfällig wurden, fragte man sie, warum sie nicht wie ich und Divney sein könnten. Es wäre für jeden ein Schock gewesen, wenn Divney irgendwann irgendwo aufgetaucht wäre, ohne mich an seiner Seite zu haben. Und es kann auch nicht verwundern, daß nie zuvor zwei Menschen eine so bittere Abneigung gegeneinander gefaßt hatten wie ich und Divney. Und nie waren zwei Menschen so höflich zueinander, so vordergründig freundlich gewesen.

Ich muß einige Jahre zurückgehen, um diese eigentümliche Situation zu erklären. Die »gewissen Bekannten«, die Divney einmal im Monat »aufsuchte«, waren ein Mädchen namens Pegeen Meers. Ich für mein Teil hatte den endgültigen *De-Selby-Index* abgeschlossen, in welchem die Ansichten aller bekannten Kommentatoren zu jeder These des Weisen zusammengefaßt waren. So hatten wir beide Großes im Sinn. Eines Tages sagte Divney zu mir:

»Ohne Zweifel ein starkes Buch, das Sie da verfaßt haben.«
»Es ist ganz nützlich«, gab ich zu, »und dringend vonnöten.«
Es enthielt tatsächlich viel grundlegend Neues, sowie den schlüssigen Beweis, daß zahlreiche weit verbreitete Meinungen über de Selby und seine Theorien von falschen Voraussetzungen ausgingen, die auf das mangelhafte Verständnis seiner Werke zurückzuführen waren.

»Vielleicht begründet das Ihren Ruhm vor der Welt – und ein goldenes Vermögen in Nachdruckrechten?«
»Vielleicht.«
»Warum bringen Sie es dann nicht heraus?«
Ich erklärte, man brauche Geld, um ein Buch dieses Genres »herauszubringen«, wenn der Autor nicht bereits einen gewissen Ruf genieße. Er schenkte mir einen mitfühlenden Blick, was er für gewöhnlich nicht tat, und seufzte.

»An Geld ist heutzutage schwer heranzukommen«, sagte er. »Das Bewirtungsgewerbe pfeift auf dem letzten Loch, und das Land ist dem Hungertode preisgegeben wegen des Mangels an Kunstdünger, welchen es infolge der Ränke von Judenlümmeln und Freimaurern nicht für Geld und gute Worte zu kaufen gibt.«

Ich wußte, daß er mit den Düngemitteln unrecht hatte. Er hatte schon früher oft behauptet, sie seien nicht zu bekommen, weil er die damit verbundene Arbeit scheute. Nach einer Pause sagte er:
»Wir werden sehen, was wir unternehmen können, um an Geld für Ihr Buch zu gelangen, und, der Wahrheit die Ehre, auch ich könnte ein wenig Geld gut gebrauchen, denn man kann schlecht von einem Mädchen verlangen, daß es solange wartet, bis es zum Warten zu alt ist.«
Ich wußte nicht, ob er, falls er eine hatte, eine Frau ins Haus schleppen wollte. Wenn er das vorhatte und ich ihn nicht davon abbringen konnte, mußte ich das Haus verlassen. Wenn eine Ehe andererseits bedeutet hätte, daß er gehen mußte, so hätte mich das nur gefreut.
Es vergingen ein paar Tage, bevor er wieder über Gelddinge zu sprechen begann. Er sagte:
»Wie ist es mit dem alten Mathers?«
»Was ist mit ihm?«
Ich hatte den alten Mann nie gesehen, aber ich wußte über ihn Bescheid. Er hatte fünfzig lange Jahre seines Lebens mit dem Verkauf von Vieh zugebracht und wohnte jetzt als Pensionär in einem großen, drei Meilen entfernten Haus. Er schloß nach wie vor umfangreiche Geschäfte über Agenten ab, und man sagte, er trage nicht weniger als dreitausend Pfund bei sich, wenn er ins Dorf hinke, um sein Geld zu deponieren. Sowenig ich damals auch von gesellschaftlicher Schicklichkeit wußte: ihn um Beistand anzugehen, wäre mir nie eingefallen.
»Ein Päckchen Kartoffelmehl dürfte er wert sein«, sagte Divney.
»Ich finde nicht, daß man auf Wohltätigkeit spekulieren sollte«, antwortete ich.
»Das finde ich auch nicht«, sagte er. Auf seine Art hatte er auch seinen Stolz, dachte ich, und wir ließen das Thema fallen. Doch später wurde es ihm zur Gewohnheit, gelegentlich belanglose Bemerkungen in Gespräche zu mengen, die sich

anderen Themen widmeten, und dabei unseren Geldmangel sowie die ansehnliche Barschaft zu erwähnen, die sich in Mathers' schwarzer Geldkassette befand; manchmal schmähte er den alten Mann und zieh ihn der Mitgliedschaft bei der »Kunstdünger-Mafia«, oder er warf ihm unlauteres Geschäftsgebaren vor. Einmal sagte er etwas über »soziale Gerechtigkeit«, doch war mir klar, daß er diesen Begriff nicht geziemend verstanden hatte.

Ich weiß nicht mehr genau, wann mir klarwurde, daß Divney, weit davon entfernt, auf Mathers' Wohltätigkeit zu spekulieren, ihn zu berauben trachtete; ich weiß ebenfalls nicht mehr, wie lange ich brauchte, bis ich herausfand, daß er vorhatte, ihn obendrein umzubringen, um später nicht als Dieb identifiziert werden zu können. Ich wußte nur, daß ich diesen finsteren Plan bereits sechs Monate später als gewohntes Zubehör einer jeden Konversation empfand und akzeptierte. Es mußten drei weitere Monate vergehen, bis ich mich mit diesem Vorschlag abfinden konnte und Divney gegenüber offen zugab, daß ich meine Befürchtungen überwunden hatte. Ich kann all die Kniffe und Schliche nicht aufzählen, die er anwandte, um mich auf seine Seite zu ziehen. Es mag genügen zu erwähnen, daß er Passagen meines *De-Selby-Index* las (oder dies zumindest behauptete) und danach mit mir die schwerwiegende Verantwortung eines jeden diskutierte, der sich aus schierer persönlicher Schrulligkeit weigerte, der Welt den *Index* zugänglich zu machen.

Der alte Mathers war alleinstehend. Divney wußte, an welchem Abend und auf welchem Abschnitt der einsamen Landstraße wir ihn in der Nähe seines Hauses mit der Geldkassette antreffen würden. Als jener Abend gekommen war, herrschte bitterster Winter; das Tageslicht schwand bereits, als wir bei Tische saßen und die Aufgabe besprachen, die vor uns lag. Divney sagte, wir sollten unsere Spaten an die Lenkstangen unserer Fahrräder schnallen, denn dadurch würden wir aussehen wie Männer, die auf Kaninchenjagd seien; er

werde seine Luftpumpe mitnehmen, für den Fall, daß wir einen schleichenden »Platten« bekämen.
Über den Mord ist nicht viel zu berichten. Die sich senkenden Wolken schienen uns bei unserem Vorhaben zu begünstigen; wie ein Leichentuch aus Ödnis und Nebel bedeckten sie alles, was sich einige Meter von uns entfernt auf der nassen Straße befand, auf der wir warteten. Alles war sehr still, nur die Bäume tropften, kein anderes Geräusch traf unsere Ohren. Ich stützte mich unglücklich auf meinen Spaten, und Divney, die Luftpumpe unter dem Arm, rauchte zufrieden seine Pfeife. Der alte Mann erreichte uns, ehe wir noch bemerkt hatten, daß sich jemand näherte. In dem trüben Licht konnte ich ihn nicht recht erkennen, aber ein verbrauchtes, blutloses Gesicht, welches oben aus dem riesigen schwarzen Mantel ragte, der ihn vom Ohr bis zum Knöchel bedeckte, war auszumachen. Divney schritt sofort zur Tat und sagte, die Straße hinunterdeutend:
»Das ist nicht zufällig Ihr Paket, was da auf der Straße liegt?«
Der alte Mann wandte den Kopf, um dorthin zu blicken und empfing einen Nackenschlag von Divneys Luftpumpe, welcher ihn sauber von den Füßen säbelte und ihm wahrscheinlich das Genick brach. Als er der Länge nach in den Schlamm sank, stieß er keinen Schrei aus. Statt dessen hörte ich, wie er leise etwas im Gesprächston sagte: »Ich wollte gar keinen Sellerie« oder »Ich habe meine Brille in der Spülküche vergessen.« Dann lag er ganz still.
Ich hatte das Geschehen ziemlich verdutzt beobachtet und stützte mich immer noch auf meinen Spaten. Divney durchsuchte roh die zu Boden gesunkene Gestalt und erhob sich dann. Er hielt eine schwarze Geldkassette in der Hand. Er schwenkte sie durch die Luft und röhrte mich an:
»Los! Wach auf! Gib ihm mit dem Spaten den Rest!«
Ich trat mechanisch vor, schwang den Spaten über meiner Schulter und schmetterte ihm das Schaufelblatt mit aller Kraft

gegen das vorspringende Kinn. Ich fühlte – fast hörte ich es –, wie das Material, aus dem sein Schädel bestand, gleich einer leeren Eierschale sich knisternd zusammendrückte. Ich weiß nicht, wie oft ich ihn danach noch schlug, aber ich hielt erst inne, als ich erschöpft war.

Ich warf den Spaten hin und sah mich nach Divney um. Er war nirgendwo zu sehen. Ich rief behutsam seinen Namen, aber er gab keine Antwort. Ich ging ein wenig die Straße hinauf und rief erneut. Ich sprang auf den Erdhaufen neben einem ausgehobenen Graben und starrte in die zunehmende Dunkelheit. Wieder rief ich seinen Namen, so laut ich es wagte, doch keine Antwort drang durch die Stille. Er war fort. Er hatte sich mit der Geldkassette auf und davon gemacht, und er ließ mich allein mit einem Leichnam und einem Spaten zurück, der nun wahrscheinlich den wäßrigen Schlamm mit schwächlich-rosa Flecken tönte.

Mein Herz stolperte schmerzhaft beim Schlagen. Ein Schauder der Angst durchdrang mich. Falls jetzt jemand käme, würde mich nichts auf der Welt vor dem Galgen retten. Selbst wenn Divney bei mir geblieben wäre, um die Schuld mit mir zu teilen, hätte mir das nichts genützt. Vor Schrecken starr, betrachtete ich lange das zerknüllte Bündel im schwarzen Mantel.

Bevor der alte Mann gekommen war, hatten Divney und ich im Feld am Straßenrand ein tiefes Loch gegraben, wobei wir bemüht waren, die Grassoden unversehrt zu lassen. Von Panik erfüllt, zerrte ich die schwere, durchnäßte Gestalt fort und schaffte sie mit ungeheurer Anstrengung über den Straßengraben aufs Feld und ließ sie in das Loch sacken. Dann hastete ich zu meinem Spaten zurück und begann, das Loch blindwütig zuzuschaufeln.

Das Loch war fast zu, als ich Schritte hörte. Ich blickte mich in großer Bestürzung um und sah die unverwechselbaren Umrisse Divneys, der sich sorgfältig seinen Weg über das Feld bahnte. Als er herangekommen war, wies ich mit meinem

Spaten unbeholfen auf das Loch. Ohne ein Wort zu verlieren, ging er zu unseren Fahrrädern, kam mit seinem Spaten zurück und arbeitete stetig mit mir zusammen, bis das Werk vollbracht war. Wir unternahmen alles, was in unserer Macht stand, um die Spuren dessen, was geschehen war, zu verwischen. Dann säuberten wir unsere Stiefel mit Gras, schnallten unsere Spaten fest und gingen nach Hause. Einige Menschen, die uns auf der Landstraße entgegenkamen, entboten uns im Dunkel einen guten Abend. Ich bin sicher, daß sie uns für zwei erschöpfte Landarbeiter hielten, die nach hartem Tagewerk ihrem Heim zustrebten. So unrecht hatten sie nicht.
Unterwegs sagte ich zu Divney:
»Wo waren Sie vorhin?«
»Ich bin einem wichtigen Geschäft nachgegangen«, antwortete er. Ich glaubte, er spiele auf eine ganz bestimmte Angelegenheit an, und sagte:
»Sie hätten es sicherlich bis später aufschieben können.«
»Es ist nicht das, woran Sie denken«, erwiderte er.
»Haben Sie die Kassette?«
Diesmal wandte er mir sein Gesicht zu, brachte es in die angemessene Stellung und legte einen Finger auf die Lippen.
»Nicht so laut«, flüsterte er. »Sie ist an einem sicheren Ort.«
»Aber wo?«
Seine einzige Antwort bestand darin, daß er den Finger noch fester gegen die Lippen drückte und ein langes, zischendes Geräusch ausstieß. Er gab mir zu verstehen, daß allein schon die Erwähnung der Kassette, selbst im Flüsterton, das Törichteste und Tollkühnste wäre, was ich tun könne.
Als wir nach Hause kamen, entfernte er sich, wusch sich und zog einen der mehreren blauen Sonntagsanzüge an, die er besaß. Als er dorthin zurückkam, wo ich saß, ich, eine erbarmungswürdige Gestalt am Küchenherd, näherte er sich mir mit sehr ernster Miene, deutete aufs Fenster hin und schrie:
»Das ist nicht zufällig Ihr Paket, was da auf der Straße liegt?«

Dann ließ er ein brüllendes Gelächter frei, durch welches sein gesamter Körper aus den Fugen zu geraten, die Augen in seinem Kopf sich in Wasser zu verwandeln und das ganze Haus zu wanken schienen. Als er fertig war, wischte er sich die Tränen aus den Augen, ging in die Kneipe und machte ein Geräusch, das nur dann entstehen kann, wenn jemand in großer Eile den Korken aus einer Whiskeyflasche zieht.

In den folgenden Wochen fragte ich ihn wohl hundertmal auf tausend verschiedene Weisen, wo die Kassette war. Er gab zwar keine zwei gleichlautenden Antworten, aber seine Antwort war immer gleichen Inhalts. Sie sei an einem sehr sicheren Ort. Je weniger man darüber spreche, desto besser, bis die Dinge sich einigermaßen beruhigt hätten. ›Pst‹ war die Devise. Man würde alles beizeiten finden. Unser Geld war dort, wo es war, sicherer als auf der Bank von England. Unsere Zeit würde kommen. Es wäre eine Schande, alles durch Hast oder Ungeduld zu verderben.

Und das ist der Grund, weshalb John Divney und ich unzertrennliche Freunde wurden, und warum ich es drei Jahre lang nie zuließ, daß er aus meinem Gesichtskreis verschwand. Nachdem er mich in meiner eigenen Gastwirtschaft bestohlen hatte (nachdem er sogar meine Gäste bestohlen hatte), nachdem er meinen Bauernhof ruiniert hatte, wußte ich, daß er unehrlich genug war, meinen Anteil an Mathers' Geld zu stehlen und sich mit der Kassette im rechten Augenblick aus dem Staube zu machen. Ich wußte, daß keine rechte Notwendigkeit dafür bestand, zu warten, »bis sich die Dinge beruhigt hatten«, denn vom Verschwinden des alten Mannes wurde nur sehr wenig Notiz genommen. Die Menschen sagten, er sei ein wunderlicher Mann, und es passe zu ihm, wenn er verschwinde, ohne vorher Bescheid zu sagen oder seine Adresse zu hinterlassen.

Ich glaube, ich habe bereits erwähnt, daß die besonderen Umstände physischer Intimität, unter denen Divney und ich lebten, immer unerträglicher geworden waren. In den letzten

Monaten hatte ich gehofft, ihn dadurch zur Kapitulation zu zwingen, daß ich ihm meine Gesellschaft widerwärtig nah und unermüdlich aufdrängte, aber gleichzeitig ging ich dazu über, für alle Fälle eine kleine Pistole bei mir zu tragen. Eines Sonntagsnachts, als wir beide in der Küche saßen – beide, übrigens, an derselben Seite des Herds –, nahm er die Pfeife aus dem Mund und wandte sich zu mir:
»Wissen Sie was«, sagte er, »ich glaube, die Dinge haben sich beruhigt.«
Ich gab nur ein Grunzen von mir.
»Haben Sie verstanden, was ich meine?« fragte er.
»Die Dinge brauchten sich überhaupt nicht zu beruhigen«, antwortete ich knapp.
Er sah mich überlegen an.
»Ich weiß nur zu genau Bescheid«, sagte er, »und Sie würden sich wundern, in welche Fallgruben ein Mann stürzen kann, wenn er es zu eilig hat. Man kann nicht vorsichtig genug sein, aber ich glaube trotzdem, daß sich die Dinge genügend beruhigt haben.«
»Freut mich, daß Sie das glauben.«
»Wir gehen herrlichen Zeiten entgegen. Morgen hole ich die Kassette, und dann teilen wir das Geld, hier, auf diesem Küchentisch.«
»*Wir* werden die Kassette holen«, sagte ich, wobei ich das erste Wort mit großer Sorgfalt betonte. Er schenkte mir einen langen beleidigten Blick und fragte mich traurig, ob ich ihm nicht vertraue. Ich erwiderte, daß wir das gemeinsam zu Ende bringen sollten, was wir gemeinsam begonnen hatten.
»Nun gut«, sagte er gequält, »schade, daß Sie mir nach all der Arbeit, die ich geleistet habe, um dieses Haus auf Vordermann zu bringen, nicht vertrauen, aber damit Sie sehen, mit wem Sie es bei mir zu tun haben, sollen Sie die Kassette selbst holen. Morgen sage ich Ihnen, wo sie ist.«
Ich achtete wie üblich darauf, bei ihm zu schlafen. Am näch-

sten Morgen hatte sich seine Laune gebessert, und er schilderte mir in sehr einfachen Worten, die Kassette sei in Mathers' eigenem leerstehenden Haus unter den Fußbodenbrettern des ersten Zimmers rechts von der Halle.
»Sind Sie sicher?« fragte ich.
»Ich schwöre es«, sagte er feierlich und reckte seine Hand gen Himmel.
Ich bedachte einen Augenblick lang die Lage und prüfte die Möglichkeit, es könne sich um eine List handeln, meiner Gesellschaft zu entrinnen und sich dann selbständig zu machen und das tatsächliche Versteck aufzusuchen. Aber zum ersten Mal schien sein Gesicht von einem Ausdruck der Ehrlichkeit geprägt zu sein.
»Es tut mir leid, wenn ich gestern abend Ihre Gefühle verletzt habe«, sagte ich, »aber damit Sie sehen, daß wirklich keine Verstimmung obwaltet, würde ich mich glücklich schätzen, wenn Sie mich zumindest ein Stück Weges begleiten könnten. Ich finde wirklich, wir sollten das gemeinsam zu Ende bringen, was wir gemeinsam begonnen haben.«
»Nun gut«, sagte er. »Es macht zwar keinen Unterschied, aber ich sähe es gern, wenn Sie die Kassette mit diesen Ihren eigenen Händen holten, denn das ist nicht mehr als recht und billig, nachdem ich Ihnen nicht gesagt hatte, wo sie sich befindet.«
Da mein Fahrrad einen »Platten« hatte, gingen wir zu Fuß. Als wir nur noch etwa hundert Meter von Mathers' Haus entfernt waren, hielt Divney an einer niedrigen Mauer und sagte, er werde sich darauf setzen, seine Pfeife rauchen und auf mich warten.
»Gehen Sie getrost los, holen Sie die Kassette und bringen Sie sie hierher. Wir gehen herrlichen Zeiten entgegen, und heute abend sind wir reiche Leute. Die Kassette befindet sich unter einer lockeren Diele des Fußbodens im ersten Zimmer rechts, in der der Tür entgegengesetzten Ecke.«
Wie er sich so auf die Mauer kauerte, wußte ich, daß er mei-

nem Blickfeld nie entschwinden würde. Während meiner kurzen Abwesenheit konnte ich ihn immer durch einfaches Wenden meines Kopfes im Auge behalten.
»In zehn Minuten bin ich wieder da«, sagte ich.
»Sehr schön«, erwiderte er. »Aber denken Sie daran: Wenn Sie jemanden treffen, wissen Sie nicht, wonach Sie suchen; Sie wissen nicht, in wessen Haus Sie sind; Sie wissen nichts.«
»Ich weiß nicht einmal meinen Namen«, antwortete ich.
Das war ein sehr bemerkenswerter Ausspruch, denn als ich das nächste Mal gefragt wurde, wie ich heiße, konnte ich nicht antworten. Ich wußte es nicht.

II

De Selby hat zum Thema Häuser einiges Interessante zu sagen.[1] Er sieht eine Häuserreihe als eine Reihe notwendiger Übel an. Die Verweichlichung und Degenerierung der menschlichen Rasse führt er auf ihre zunehmende Vorliebe für Interieurs und auf ihr schwindendes Interesse an der Kunst des Ausgehens und Draußenbleibens zurück. Dies wiederum sieht er als das Resultat immer mehr um sich greifender Tätigkeiten wie Lesen, Schachspielen, Trinken, Ehe und dergleichen, von denen nur wenige unter freiem Himmel ausgeübt werden können. An anderer Stelle[2] definiert er ein Haus als »großen Sarg«, als »Gehege« und als »Schachtel«. Offensichtlich galt sein Haupteinwand der Beschränkung auf ein Dach und vier Wände. Dagegen schreibt er etwas weit hergeholte therapeutische Wirkungen – besonders auf die Lungen – jenen Strukturen zu, die er »Habitats« nennt; von diesen existieren auf den Seiten von *Country Album* noch einige rohe Skizzen. Es gab zwei Arten dieser Strukturen, dachlose »Häuser«, und »Häuser« ohne Wände. Erstere hatte weit offene Türen und Fenster, sowie einen ungewöhnlich plumpen Überbau, der aus Zeltbahnen bestand, die gegen schlechtes Wetter über Spanten gerollt wurden; – das Ganze sah aus wie ein zerschelltes Segelschiff, auf einer Plattform aus Mauerwerk errichtet, kurz, eine Stätte, in der man nicht einmal Vieh unterbringen möchte. Der andere Typus von »Habitat« wies zwar das herkömmliche Schieferdach auf, hatte aber keine Wände, außer einer, welche nach der Himmelsrichtung gezogen werden sollte, aus der vorwiegend der Wind wehte; an den anderen Seiten hingen die unvermeidlichen Zeltbahnen locker von Walzen herunter, die an der Dachrinne befestigt waren, wobei die Gesamtstruktur von einem winzigen Burggraben umgeben war, einer Grube, die den Militärlatri-

[1] *Golden Hours*, 2. Band, S. 261.
[2] *Country Album*, S. 1034.

nen nicht unähnlich war. Im Lichte heutiger Theorien, Wohnen und Hygiene betreffend, kann kein Zweifel bestehen, daß de Selby mit diesen Ideen empfindlich irrte, in der lange zurückliegenden Zeit seines Wirkens jedoch verlor mehr als ein kranker Mensch im irregeleiteten Bestreben, seiner Gesundheit zu dienen, das Leben in diesen phantastischen Unterkünften.³

Diese meine Überlegungen zu de Selby wurden durch den Besuch des Hauses des alten Mr. Mathers angeregt. Als ich mich dem Haus auf der Straße näherte, erschien es mir als nobles, geräumiges Backsteingebäude ungewissen Alters mit einfacher Veranda und acht oder neun Fenstern auf jeder Etage.

Ich öffnete das eiserne Tor und ging, so leise ich konnte, den Kiesweg hinauf, auf welchem reichlich Unkraut sprießte. Mein Kopf war seltsam leer. Das Gefühl, daß ich im Begriff war, einen Plan erfolgreich zu Ende zu führen, an dem ich drei Jahre lang unermüdlich bei Tag und Nacht gearbeitet hatte, stellte sich nicht ein. Ich fühlte den Funken der Freude nicht, und die Aussicht, reich zu werden, regte mich nicht auf. Alles, was mich beschäftigte, war der mechanische Auftrag, eine schwarze Kassette zu finden.

Die Tür zur Halle war geschlossen, und obwohl die davorliegende Veranda breit war, hatten Wind und Regen einen Belag aus Staubgrus gegen die Türfüllung und tief in die Türspalte gepeitscht, so daß man deutlich sah, daß die Tür seit

---

3 Le Fournier, der verläßliche französische Kommentator, hat eine bemerkenswerte Theorie aufgestellt, die sich mit diesen »Habitats« befaßt (in: *De Selby – l'Enigme de l'Occident*). Er unterstellt, de Selby habe, als er das *Album* schrieb, eine Pause eingelegt, um einen besonders schwierigen Punkt zu überdenken, und sich in der Zwischenzeit jener geistesabwesenden Tätigkeit hingegeben, die der Volksmund »kritzeln« nennt, und darauf das Manuskript für längere Zeit aus der Hand gelegt. Als er später die Arbeit wieder aufnahm, habe er sich mit mehreren Diagrammen und Zeichnungen konfrontiert gesehen, welche er für die Pläne von Behausungen hielt, die ihm schon immer vorgeschwebt hatten, woraufhin er sofort zahlreiche Seiten schrieb, die diese Skizzen erläuterten. »Anders«, so fügt der ernsthafte Le Fournier hinzu, »ist ein so bedauerlicher Lapsus nicht zu erklären.«

Jahren nicht geöffnet worden war. Ich stand auf einem vernachlässigten Blumenbeet und versuchte das Schiebefenster links von der Tür hochzudrücken. Ächzend und widerspenstig gab es meiner Krafteinwirkung nach. Ich klomm durch die Öffnung und befand mich nicht sogleich in einem Zimmer als vielmehr auf dem breitesten Fensterbrett, das ich je gesehen habe. Als ich den Fußboden erreicht hatte und lärmend auf ihn hinuntergesprungen war, schien das offene Fenster sehr weit entfernt und viel zu klein, um mich eingelassen zu haben.

Das Zimmer, in dem ich jetzt war, starrte vor Staub. Es roch stockig und war bar jeden Mobiliars. Spinnen hatten große Spannen ihrer Netze vor die Öffnung des Kamins gewoben. Ich ging schnell auf die Halle zu, stieß die Tür des Raumes auf, in dem sich die Kassette befand, und blieb auf der Schwelle stehen. Es war ein dunkler Morgen, und das Wetter hatte die Fenster mit Schlieren grauen Überzugs bedeckt, welche den größten Teil des schwachen Lichts am Eindringen hinderten. Die entfernteste Ecke des Raumes war ein einziger verschwommener Schatten. Ich hatte plötzlich das dringende Bedürfnis, meine Aufgabe hinter mich zu bringen und für immer aus diesem Haus zu verschwinden. Ich ging über die nackten Dielen, kniete in der Ecke nieder und ließ meine Hände auf der Suche nach der lockeren Diele über den Fußboden gleiten. Zu meiner Überraschung fand ich sie ganz leicht. Sie war gut zwei Fuß lang und federte hohl unter meiner Hand. Ich hob sie an, legte sie beiseite und entzündete ein Streichholz. Im Halbdunkel der Vertiefung gewahrte ich eine schwarze metallene Geldkassette. Ich senkte die Hand in die Öffnung und hangelte mit gekrümmtem Finger nach dem losen, nachgiebigen Griff der Kassette, aber plötzlich flackerte das Streichholz, verlöschte, und der Griff der Kassette, die ich etwa einen Zoll hoch gelupft hatte, glitt schwer von meinem Finger. Ohne mich mit dem Anreißen eines zweiten Streichholzes aufzuhalten, stieß ich meine leib-

liche Hand in die Öffnung, und als sich meine Finger um die Kassette hätten schließen sollen, geschah etwas.
Ich kann nicht hoffen, hinlänglich zu beschreiben, was es war, aber es hatte mich schon geängstigt, ehe ich es auch nur annähernd verstand. Es ging ein Wechsel mit mir vor, oder er ging mit dem Zimmer vor, unbeschreiblich subtil und trotzdem von großer Tragweite, unaussprechlich. Es war, als hätte sich das Tageslicht mit unnatürlicher Plötzlichkeit geändert, als wäre die Temperatur des Abends plötzlich eine ganz andere geworden, oder als wäre die Luft plötzlich zweimal so knapp oder doppelt so dicht geworden wie noch vor einem Augenblick; vielleicht passierte all dies und noch mehr gleichzeitig, denn jeder meiner Sinne war verwirrt und konnte mir keine Aufklärung verschaffen. Die Finger meiner rechten Hand, durch die Fußbodenöffnung gestoßen, hatten sich mechanisch geschlossen, nicht das Geringste gefunden und waren leer zurückgekehrt. Die Kassette war weg!
Hinter mir hörte ich ein Hüsteln, sanft und natürlich, aber dennoch störender als jedes einem menschlichen Ohr zugängliche Geräusch. Daß ich nicht vor Angst starb, ist, glaube ich, auf den Umstand zurückzuführen, daß meine Sinne bereits in Unordnung geraten waren und mir nur Stück für Stück übermitteln konnten, was sie wahrgenommen hatten; außerdem auf die Tatsache, daß mit dem Ausstoßen dieses Hustens eine noch entsetzlichere Veränderung aller Dinge einherzugehen schien, geradeso, als hätte es für einen Moment den Stillstand des Universums bewirkt, die Planeten in ihrem Lauf aufgehalten, die Sonne gebremst und alles, was, von der Erde angezogen, fiel, mitten in der Luft festgehalten. Ich sank matt aus meiner knieenden Stellung hintenüber und kauerte lahm auf dem Fußboden. Schweiß brach auf meiner Stirne aus, und meine Augen blieben eine lange Zeit weit geöffnet, ohne Blinzeln, glasig und beinahe blicklos.
In der dunkelsten Ecke des Raumes saß ein Mann am Fenster, der mich mit mildem, aber nicht nachlassendem Interesse be-

obachtete. Seine Hand war über den kleinen Tisch, der neben ihm stand, gekrochen, um sehr langsam eine Öllampe heller zu stellen, die auf diesem Tisch stand. Der Glaszylinder der Lampe gab undeutlich den Blick auf den Docht frei, welcher wie Gedärm in Windungen gerollt war. Auf dem Tisch stand Teegeschirr. Der Mann war der alte Mathers. Er beobachtete mich schweigend. Er rührte sich nicht und sprach auch nicht und hätte tot sein können, wenn die leichte Bewegung seiner Hand nicht gewesen wäre, als er sich an der Lampe zu schaffen machte, jenes ganz behutsame Schrauben mit Daumen und Zeigefinger, um den Docht höher zu drehen. Die Hand war gelb, die runzlige Haut lose über die Knochen gespannt. Über dem Knöchel seines Zeigefingers konnte ich deutlich die Schleife einer dünnen Vene sehen.

Es ist schwer, über eine solche Szene zu schreiben, oder die Gefühle, die auf meinen betäubten Sinn einhämmerten, mit herkömmlichen Worten zu vermitteln. Ich weiß zum Beispiel nicht, wie lange wir dort saßen und einander betrachteten. Dieser unbeschreibliche und nicht vermeßbare Zeitraum konnte Jahre oder Minuten mit gleicher Leichtigkeit geschluckt haben. Das Licht des Morgens schwand aus meiner Sicht, der staubige Fußboden war wie ein absolutes Nichts unter mir, mein ganzer Körper löste sich auf und ließ mich so zurück, daß ich nur noch in dem dummen Starren existierte, das von dort ausging, wo ich saß, und in der anderen Ecke des Zimmers endete.

Ich erinnere mich, auf kalte, mechanische Weise verschiedene Dinge bemerkt zu haben, so, als gelte meine einzige Sorge der Registrierung all dessen, was es zu sehen gab. Sein Gesicht war furchteinflößend, aber seine Augen in der Mitte des Gesichts hatten so etwas von Kälte und Schrecken an sich, daß seine übrigen Züge nahezu freundlich wirkten. Die Haut war wie verblichenes Pergament, auf welchem Runzeln und Falten so angeordnet waren, daß zwischen ihnen ein Ausdruck bodenloser Unerforschlichkeit entstand. Aber die Augen wa-

ren entsetzlich. Bei ihrem Anblick hatte ich das Gefühl, sie seien keine echten Augen, sondern mechanische Nachbildungen, durch elektrischen Strom oder ähnliches betrieben, mit einem winzigen Nadelloch im Zentrum der »Pupille«, durch welches das richtige Auge verstohlen und mit ungeheurer Kälte starrte. Diese Idee, die wohl auf nichts tatsächlich Vorhandenem gründete, störte mich bis zur Lähmung und gab meinem Geist zu nicht enden wollenden Spekulationen Anlaß, die sich um die Frage bewegten, welche Farbe und Sehstärke das richtige Auge wohl hätte, ob es tatsächlich ein richtiges Auge sei oder wieder nur eine Attrappe wie das erste Auge, so daß das richtige Auge, möglicherweise hinter tausenden dieser absurden Verkleidungen, durch ein Rohr dichtgedrängter Gucklöcher starrte. Hin und wieder senkten sich die schweren, käseartigen Lider langsam und mit großer Mattigkeit und hoben sich dann wieder. Um seinen Leib war ein alter weinroter Morgenrock locker geschlungen.
In meiner Not dachte ich, es handele sich vielleicht um seinen Zwillingsbruder, aber sogleich hörte ich, wie jemand sagte:
Wohl kaum. Wenn Sie die linke Seite seines Nackens eingehend betrachten, werden Sie bemerken, daß sich dort ein Heftpflaster oder eine Bandage befindet. Kehle und Kinn sind ebenfalls bandagiert.
Unglücklich blickte ich dorthin und sah, daß es stimmte. Dies war ganz fraglos der Mann, den ich ermordet hatte. Er saß vier Meter von mir entfernt und beobachtete mich. Er saß steif und ohne sich zu bewegen, als befürchte er, den klaffenden Wunden, die seinen Körper bedeckten, zu schaden. Und ich spürte eine Steifheit in den Schultern, die von meinen Anstrengungen mit dem Spaten herrührten.
Doch wer hatte diese Worte geäußert? Sie hatten mich nicht geängstigt. Sie waren deutlich zu vernehmen gewesen, aber ich wußte, daß sie nicht so in der Luft vibriert hatten wie das schauerliche Husten des alten Mannes auf dem Stuhl. Sie waren aus mir selbst gekommen, aus meiner Seele. Vorher hatte

ich nie geglaubt oder geargwöhnt, ich könnte eine Seele haben, aber nun wußte ich, daß ich eine hatte. Außerdem wußte ich, daß mir meine Seele freundlich gesinnt war, daß sie mich an Jahren übertraf und daß sie nur mein Bestes wollte. Ich nannte sie der Einfachheit halber Joe. Es beruhigte mich ein wenig zu wissen, daß ich nicht ganz allein war. Joe konnte mir helfen.
Ich will nicht versuchen, die Folgezeit zu beschreiben. In der schrecklichen Lage, in der ich mich befand, konnte meine Vernunft mir nicht von Nutzen sein. Ich wußte, daß der alte Mathers von einer eisernen Fahrrad-Pumpe gefällt worden, mit einem schweren Spaten zu Tode gehackt und dann auf einem Acker sicher verscharrt worden war. Außerdem wußte ich, daß derselbe Mann jetzt mit mir im selben Zimmer saß und mich schweigend beobachtete. Sein Leib war bandagiert, aber seine Augen lebten, und seine rechte Hand lebte ebenfalls; alles an ihm lebte. Vielleicht war der Mord auf der Landstraße nur ein böser Traum gewesen.
Und Ihre steifen Schultern? Sind die auch ein böser Traum?
Nein, antwortete ich, aber ein Albtraum kann physisch genauso anstrengend sein wie die Wirklichkeit.
Auf irgendeine verschlungene Art und Weise entschied ich, daß es das Beste sein würde, meinen Augen eher zu trauen als meiner Erinnerung. Ich beschloß, Sorglosigkeit zur Schau zu stellen und mit dem alten Mann zu sprechen, zu überprüfen, ob es ihn wirklich gab, indem ich ihn fragte, wo die schwarze Kassette war, denn diese war ja, wenn überhaupt irgend etwas, dafür verantwortlich, daß es um uns beide so stand, wie es um uns stand. Ich beschloß, kühn vorzugehen, denn ich wußte, daß ich in äußerster Gefahr schwebte. Ich wußte, daß ich wahnsinnig würde, wenn ich nicht vom Fußboden aufstand, wenn ich mich nicht bewegte, wenn ich nicht redete und wenn ich mich nicht so alltäglich wie möglich benahm. Ich vermied den Blick des alten Mathers, erhob mich vorsichtig und nahm auf einem Stuhl in seiner

Nähe Platz. Dann sah ich ihn wieder an, mein Herz setzte eine Zeitlang aus und nahm dann seine Arbeit mit langsamen, schweren Hammerschlägen wieder auf, die mein ganzes Gerippe zu erschüttern schienen. Er hatte sich völlig ruhig verhalten, aber seine lebendige rechte Hand hatte die Teekanne ergriffen, sie sehr linkisch erhoben und die leere Tasse platschend aufgefüllt. Seine Augen waren mir gefolgt und betrachteten mich nun mit demselben unbeirrbaren, matten Interesse.

Ich begann plötzlich zu sprechen. Worte sprudelten aus mir heraus, als würden sie maschinell hergestellt. Meine Stimme, bebend zunächst, wurde fester und füllte bald den ganzen Raum. Ich weiß nicht, was ich zuerst sagte. Ich bin sicher, daß das meiste bedeutungslos war, aber der natürliche gesunde Klang erfreute und beruhigte mich zu sehr, als daß ich mir mit einzelnen Worten Mühe hätte geben können.

Der alte Mathers bewegte sich zu Anfang nicht, auch sprach er nicht, aber ich war sicher, daß er mir zuhörte. Nach einer Weile schüttelte er den Kopf, und ich hatte das bestimmte Gefühl, er habe Nein gesagt. Ich war angesichts seiner Reaktionen gespannt und erregt und begann, überlegt zu sprechen. Er überging meine Frage nach seinem Befinden, weigerte sich zu sagen, wo die schwarze Kassette war, und bestritt sogar die Dunkelheit des betreffenden Morgens. Seine Stimme hatte einen merkwürdig schnarrenden Nachdruck, dem heiseren Schlagen einer alten, rostigen Glocke in einem mit Efeu überwachsenen Turm ähnlich. Er hatte außer dem Wort Nein nichts gesagt. Seine Lippen bewegten sich kaum; ich war sicher, daß sich hinter ihnen keine Zähne befanden.

»Sind Sie eigentlich gegenwärtig tot?« fragte ich.

»Nein.«

»Wissen Sie, wo die Kassette ist?«

»Nein.«

Wieder vollführte er eine heftige Bewegung mit dem rechten Arm. Er ließ heißes Wasser in seine Teekanne plätschern und

goß sich von diesem schwächlichen Gebräu in die Tasse. Dann verfiel er wieder in seine Haltung bewegungslosen Beobachtens. Ich überlegte eine Weile.
»Mögen Sie schwachen Tee?« fragte ich.
»Nein«, sagte er.
»Mögen Sie überhaupt Tee?«, fragte ich, »starken oder schwachen oder mittelmäßigen?«
»Nein«, sagte er.
»Warum trinken Sie ihn dann?«
Er bewegte traurig sein gelbes Gesicht von links nach rechts und sagte nichts. Als er mit Kopfschütteln fertig war, öffnete er den Mund und goß sich die Tasse Tee hinein wie jemand, der einen Eimer Milch in ein Butterfaß schüttet, wenn es Zeit wird zu kirnen.
Fällt Ihnen nichts auf?
Nein, antwortete ich. Nur, daß dieses Haus und sein Eigentümer unheimlich sind. Er ist keinesfalls der beste Plauderer, den ich je getroffen habe.
Ich fand, daß ich leichthin genug sprach. Während ich innerlich sprach oder meine Worte aussprach oder nachdachte, was ich sagen wollte, fühlte ich mich hinreichend tapfer und normal. Doch wenn sich Stille ausbreitete, senkte sich das Schreckliche meiner Lage auf mich wie eine Decke, die man mir an den Kopf geschleudert hatte, umfing und würgte mich und erfüllte mich mit Todesangst.
Aber fällt Ihnen denn nicht auf, wie er Ihre Fragen beantwortet?
Nein.
Merken Sie nicht, daß jede Antwort negativ ausfällt? Gleichgültig, was Sie ihn fragen: er sagt immer Nein.
Das ist wohl wahr, sagte ich, ich weiß aber nicht, was ich davon zu halten habe.
Gebrauchen Sie doch mal Ihre Phantasie.
Als ich dem alten Mathers wieder meine ungeteilte Aufmerksamkeit zuwandte, dachte ich, er sei eingeschlafen. Er saß

über seine Teetasse gebeugt, als wäre er aus Stein oder ein Teil des hölzernen Stuhles, auf dem er saß, ein Mann, völlig tot und versteinert. Die matten Lider hatten sich über seine Augen gesenkt, so daß die Augen fast geschlossen waren. Seine rechte Hand lag leblos und verlassen auf dem Tisch. Ich ordnete meine Gedanken und unterwarf ihn einem scharfen, lärmenden Verhör.
»Werden Sie eine klare Frage beantworten?« fragte ich. Eine leichte Bewegung ging durch ihn, und er öffnete die Lider ein wenig.
»Das werde ich nicht tun«, erwiderte er.
Ich sah, daß diese Antwort sich mit Joes scharfsinniger Unterstellung deckte. Ich dachte einen Augenblick nach, bis der Gedanke neue Gestalt angenommen hatte.
»Werden Sie sich weigern, eine klare Frage zu beantworten?« fragte ich.
»Nein, das werde ich nicht tun«, antwortete er.
Die Antwort gefiel mir. Sie bedeutete, daß mein Geist all dies in den Griff bekommen hatte, daß ich nunmehr bereits fast mit ihm diskutierte, daß wir uns benahmen wie zwei normale Menschenwesen. Ich verstand all das Schreckliche nicht, das mit mir geschehen war, aber inzwischen begann ich anzunehmen, daß ich mich damit irgendwie geirrt hatte.
»Nun gut«, sagte ich beherrscht, »warum antworten Sie immer mit Nein?«
Er bewegte sich merklich auf seinem Stuhl und goß sich neuen Tee ein, bevor er sprach. Es schien ihm schwerzufallen, Worte zu finden.
»›Nein‹ ist, allgemein gesprochen, eine bessere Antwort als ›Ja‹«, sagte er schließlich. Er schien mit Gier zu sprechen, und die Worte kamen ihm aus dem Mund, als wären sie tausend Jahre lang dort eingekerkert gewesen. Er schien erleichtert, weil ich einen Weg gefunden hatte, ihn zum Sprechen zu bringen. Ich hatte sogar den Eindruck, er lächele mich ein wenig an, aber das lag zweifellos an der Arglist der mor-

gendlichen Beleuchtung oder am Schabernack, den mir die Lampenschatten spielten. Er nahm einen langen Zug Tee, saß, wartete, und sah mich mit seinen seltsamen Augen an. Jetzt waren sie hell und aktiv, und rastlos bewegten sie sich in ihren gelben, verrunzelten Höhlen.

»Würden Sie sich weigern, mir zu erklären, warum Sie das sagen?« fragte ich.

»Nein«, sagte er. »Als ich ein junger Mensch war, führte ich ein unbefriedigendes Leben und widmete den Löwenanteil meiner Zeit Exzessen der einen oder anderen Art, wobei meine Hauptschwäche die Nummer Eins war. Darüber hinaus gehörte ich der sogenannten Kunstdünger-Mafia an.«

Sofort schweifte mein Geist zu John Divney, zum Bauernhaus, zur Gastwirtschaft und zu jenem entsetzlichen Nachmittag, den wir auf der nassen Landstraße verbracht hatten. Als wolle er meine unglücklichen Gedanken unterbrechen, hörte ich wieder Joes Stimme, diesmal sehr ernsthaft:

Es besteht nicht der geringste Anlaß, ihn zu fragen, was Nummer Eins ist; wir brauchen keine grellen Beschreibungen des Lasters oder sonst etwas in dieser Richtung. Gebrauchen Sie Ihre Phantasie. Fragen Sie ihn, was all das mit Ja und Nein zu tun hat.

»Was hat das mit Ja und Nein zu tun?«

»Nach einer gewissen Zeit«, sagte der alte Mathers, mich ignorierend, »sah ich gnädigerweise den Irrtum meines Treibens ein und erkannte das mir gewisse Ende, wenn ich mich nicht besserte. Ich zog mich aus der Welt zurück und versuchte, zu verstehen, warum sie desto fader wird, je mehr Jahre sich auf dem Körper eines Mannes angesammelt haben. Was, glauben Sie, habe ich am Ende meiner Meditationen herausgefunden?«

Ich fühlte mich wieder geschmeichelt. Diesmal fragte er mich etwas.

»Was?«

»Daß Nein ein besseres Wort ist als Ja«, antwortete er.

Dies schien uns wieder an den Ausgangspunkt zu bringen.
Im Gegenteil, kein Gedanke. Ich beginne, ihm beizupflichten. Für das Nein als Allgemeines Prinzip läßt sich einiges ins Feld führen. Fragen Sie ihn, was er damit meint.
»Was meinen Sie damit?« fragte ich ihn.
»Als ich meditierte«, sagte der alte Mathers, »kramte ich all meine Sünden hervor und blätterte sie sozusagen auf den Tisch des Hauses. Ich brauche Ihnen nicht zu sagen, daß es ein großer Tisch war.«
Er schien seinen Witz trocken zu belächeln. Ich kicherte, um ihn zu ermutigen.
»Ich unterzog alle einer strengen Prüfung, wägte sie ab und betrachtete sie von allen Richtungen der Windrose. Ich fragte mich, wie ich sie hatte begehen können, wer ich war und mit wem ich zusammen war, als ich sie beging.«
Sehr bekömmlich, dieser Stoff, jedes Wort eine kleine Predigt. Hören Sie gut zu. Sagen Sie ihm, er soll weitermachen.
»Fahren Sie fort«, sagte ich.
Ich muß gestehen, daß ich innerlich ein Klicken verspürte, in der Magengegend, als hätte Joe einen Finger auf die Lippen gelegt und ein Paar weicher Spaniel-Ohren gespitzt, um sicherzugehen, daß ihm keine Silbe dieser Weisheiten entging. Der alte Mathers fuhr gelassen mit seiner Rede fort.
»Ich bemerkte«, sagte er, »daß wir alles, was wir tun, als Reaktion auf einen Wunsch tun oder einen Vorschlag, der uns von einer anderen Person in uns selbst oder außerhalb gemacht worden ist. Einige dieser Vorschläge sind gut und lobenswert, und andere sind zweifellos sogar ausgesprochen herrlich. Aber die meisten sind entschieden verwerflich und ziemlich erhebliche Sünden, wie es mit Sünden halt so geht. Verstehen Sie mich?«
»Vollkommen.«
»Ich würde sagen, daß die schlechten die guten in einem Verhältnis von drei zu eins übertreffen.«
Sechs zu eins, wenn ihr mich fragt.

»Deshalb habe ich beschlossen, zu jedem Vorschlag, zu jedem Wunsch, zu jeder Anfrage, kommen sie nun von innen oder außen, fortan Nein zu sagen. Das war die einzige einfache Formel, die zugleich sicher und verläßlich war. Leicht war es nicht, sie einzuüben, und oft mußte ich heldenmütig sein, aber ich habe durchgehalten und habe nur sehr selten völlig versagt. Es ist nun schon viele Jahre her, seitdem ich das letztemal Ja gesagt habe. Ich habe mehr Wünsche abgelehnt und mehr Bemerkungen verneint als irgendwer, tot oder lebendig. Ich habe in einem Ausmaß verneint, abgelehnt, abgewunken, bestritten, abgeschlagen, mich geweigert, gesperrt, geziert und herausgehalten, habe negiert, geleugnet und verworfen, daß es geradezu unglaublich ist.«

Ein ausgezeichnetes, originelles Verfahren. Dies alles ist äußerst interessant und begrüßenswert, jede Silbe eine kleine Predigt. Sehr, sehr segensreich.

»Äußerst interessant«, sagte ich zum alten Mathers.

»Das System bringt Frieden und Zufriedenheit«, sagte er. »Die Menschen machen sich nicht mehr die Mühe, einen mit Fragen zu behelligen, wenn sie wissen, daß die Antwort das Ergebnis eines wohlüberlegten Beschlusses ist. Gedanken, die keine Aussicht auf Erfolg haben, verzichten von vornherein darauf, einem in den Sinn zu kommen.«

»Muß Ihnen das nicht in mancher Hinsicht lästig sein«, schlug ich vor. »Wenn ich Ihnen zum Beispiel ein Glas Whiskey anböte...«

»Die wenigen Freunde, die ich habe«, antwortete er, »sind meist so gute Freunde, daß sie derartige Einladungen in einer Weise formulieren, die es mir erlaubt, meinem System treu zu bleiben, ohne den Whiskey auszuschlagen. Ich bin mehr als einmal gefragt worden, ob ich Ähnliches zurückweisen würde.«

»Und die Antwort lautet unverändert NEIN?«

»Gewiß.«

Joe sagte nichts, aber ich hatte das Gefühl, daß ihm dies Ge-

ständnis nicht behagte; in meinem Inneren schien er besorgt zu rumoren. Der alte Mann schien ebenfalls ein wenig störrisch zu werden. Er beugte sich zerstreut über seine Teetasse, als sei er damit beschäftigt, ein Sakrament zu vollziehen. Dann trank er mit seiner hohlen Kehle, wobei er leere Geräusche machte.
Ein heiligmäßiger Mann.
Ich wandte mich ihm wieder zu, weil ich befürchtete, daß der Anfall von Redseligkeit vorüber sein könnte.
»Wo ist die schwarze Kassette, die sich noch vor einem Augenblick unter dem Fußboden befand?« fragte ich. Ich zeigte auf die Öffnung in der Ecke. Er schüttelte den Kopf und sagte nichts.
»Weigern Sie sich, es mir zu sagen?«
»Nein.«
»Haben Sie etwas dagegen, wenn ich sie nehme?«
»Nein.«
»Wo ist sie dann?«
»Wie heißen Sie?« fragte er scharf.
Diese Frage erstaunte mich. Sie hatte zwar mit dem Gespräch, das ich führen wollte, nichts zu tun, aber ich bemerkte ihre Belanglosigkeit nicht, denn ich war schockiert, als mir bewußt wurde, daß ich sie, so einfach sie war, nicht beantworten konnte. Ich kannte meinen Namen nicht, hatte vergessen, wer ich war. Ich war mir nicht sicher, woher ich kam, oder was ich in diesem Zimmer zu suchen hatte. Ich fand heraus, daß nichts mehr gewiß war, außer der Suche nach der schwarzen Kassette. Aber ich wußte, daß der andere Mann den Namen Mathers führte und mit einer Luftpumpe und einem Spaten umgebracht worden war. Ich hatte keinen Namen.
»Ich habe keinen Namen«, erwiderte ich.
»Wie könnte ich Ihnen dann sagen, wo die Kassette ist, wenn Sie nicht in der Lage wären, eine Quittung zu unterzeichnen? Das wäre überaus ungewöhnlich. Genausogut könnte ich die Kassette dem Westwind aushändigen, oder dem Rauch aus

einer Pfeife. Wie könnten Sie ein wichtiges Bankdokument unterzeichnen?«

»Ich kann mir jederzeit einen Namen zulegen«, gab ich zurück. »Doyle oder Spaldman sind gute Namen, und das gilt auch für O'Sweeny und Hardiman und O'Gara. Ich habe die Wahl. Ich bin im Gegensatz zu den meisten Menschen nicht lebenslänglich an ein einziges Wort gekettet.«

»Doyle gefällt mir nicht besonders«, sagte er geistesabwesend.

Der Name lautet Bari. Signor Bari, der hervorragende Tenor. Fünfhunderttausend Menschen drängten sich auf der weiten Piazza, als sich der große Künstler auf dem Balkon von St. Peter (Rom) zeigte.

Glücklicherweise waren diese Bemerkungen nicht hörbar – nicht im üblichen Sinne des Wortes. Der alte Mathers musterte mich.

»Welche Farbe haben Sie?« fragte er.

»Welche Farbe?«

»Sie wissen doch wohl, daß Sie eine Farbe haben?«

»Ich werde oft auf mein rotes Gesicht angesprochen.«

»Das meine ich doch gar nicht.«

Passen Sie gut auf; das wird sicher sehr interessant. Und erbaulich und lehrreich.

Mir war klar, daß ich den alten Mathers sorgfältig befragen mußte.

»Weigern Sie sich, Ihre Frage nach der Farbe zu erläutern?«

»Nein«, sagte er. Er ließ Tee in seine Tasse plätschern.

»Sie wissen doch wohl zweifellos, daß die Winde Farben haben«, sagte er. Mir war, als mache er es sich auf seinem Stuhl etwas bequemer und verändere seine Miene, so daß seine Züge gütig wirkten.

»Es ist mir noch nie aufgefallen.«

»In den Literaturen aller alten Völker findet man Aufzeichnungen über diesen Glauben.[4] Es gibt vier Winde und acht

[4] Wir wissen nicht, ob de Selby davon gehört hat, aber er behauptet

Zwischenwinde, und jeder hat seine eigene Farbe. Der Ostwind ist tief purpurn, der Südwind aus edel schimmerndem Silber. Der Nordwind ist aus kräftigem Schwarz, und der Westwind ist bernsteinfarben. Früher besaßen die Menschen die Fähigkeit, diese Farben wahrzunehmen, und konnten tagelang still auf einem Hügel sitzen und die Schönheit der Winde beobachten, wie sie fielen und stiegen, ihre wechselnden Farbtöne, den Zauber benachbarter Winde, wenn sie ineinander verwoben sind wie Bänder bei einer Hochzeit. Das war eine bessere Beschäftigung als in Zeitungen zu starren. Die Zwischenwinde hatten Farben von unbeschreiblicher Köstlichkeit, ein rötliches Gelb, genau zwischen Silber und Purpur, ein Graugrün, das mit Schwarz und Braun gleichermaßen verwandt war. Was konnte exquisiter sein als eine Landschaft, von kühlem Regen leicht benetzt, der von der Brise aus Südwest gerötet ist?«

»Können *Sie* diese Farben sehen?« fragte ich.

»Nein.«

»Sie fragten mich nach meiner Farbe. Wie kommen die Menschen zu ihren Farben?«

»Die Farbe eines Menschen«, antwortete er langsam, »ist die Farbe des Windes, der bei seiner Geburt vorherrschte.«

»Welches ist Ihre Farbe?«

»Hellgelb.«

»Und was hat man davon, wenn man die Farbe eines Menschen kennt oder überhaupt eine Farbe besitzt?«

(*Garcia*, S. 12), Nacht sei – entgegen der weithin akzeptierten Theorie planetarischer Bewegungen – auf Akkumulationen »schwarzer Luft« zurückzuführen, die durch gewisse vulkanische Aktivitäten hervorgerufen wird, über die er sich allerdings nicht genauer ausläßt. Siehe auch S. 79 und S. 945, *Country Album*. Le Fourniers Kommentar ist ebenfalls interessant (in *Homme ou Dieu*). »On ne saura jamais jusqu'à quel point de Selby fut cause de la Grande Guerre, mais, sans aucun doute, ses théories excentriques – spécialement celle que nuit n'est pas un phénomène de nature, mais dans l'atmosphère un état malsain amené par un industrialisme cupide et sans pitié – auraient l'effet de produire un trouble profond dans les masses.«

»Man kann zum Beispiel daran ablesen, wie alt man wird. Gelb bedeutet ein langes Leben, und je heller es ist, desto besser.«
Dies ist sehr lehrreich, jeder Satz eine kleine Predigt. Bitten Sie ihn um eine Erklärung.
»Bitte, erklären Sie das.«
»Es hat mit der Anfertigung kleiner Anzüge zu tun«, informierte er mich.
»Kleiner Anzüge?«
»Ja. Bei meiner Geburt war ein gewisser Polizist zugegen, der die Gabe der Windbeobachtung besaß. Diese Gabe ist heute sehr rar geworden. Als ich eben geboren war, ging er nach draußen und untersuchte die Farbe des Windes, der über dem Hügel wehte. Er hatte einen geheimen Beutel voller gewisser Materialien und Flaschen und auch Schneiderwerkzeuge bei sich. Er blieb etwa zehn Minuten lang draußen. Als er wieder herein kam, hatte er einen kleinen Anzug in der Hand und gebot meiner Mutter, ihn mir anzuziehen.«
»Woher hatte er diesen Anzug?« fragte ich erstaunt.
»Er hatte ihn heimlich selbst auf dem Hinterhof angefertigt, sehr wahrscheinlich im Kuhstall. Der Anzug war sehr dünn und zart wie allerfeinstes Spinnweb. Man sieht ihn gar nicht, wenn man ihn gegen das Licht hält, aber wenn man ihn in einem gewissen Winkel betrachtet, kann man manchmal zufällig den Umriß erkennen. Es war die reinste und vollkommenste Offenbarung einer hellgelben Außenhaut. Und dieses Gelb war die Farbe meines Geburtswindes.«
»Aha«, sagte ich.
Eine wunderbare Vorstellung.
»Immer, wenn ich Geburtstag hatte«, sagte der alte Mathers, »bekam ich einen neuen kleinen Anzug von derselben Qualität, welcher über den vorigen gezogen wurde, statt ihn abzulösen. Sie werden sich einen Begriff von der äußersten Feinheit des Gewebes machen können, wenn ich Ihnen sage, daß ich sogar noch im Alter von fünf Jahren mit fünf überein-

ander gezogenen Anzügen völlig nackt wirkte. Es handelte sich dabei jedoch um eine unnatürlich gelbliche Art Nacktheit. Natürlich konnte man noch andere Kleidungsstücke über dem Anzug tragen. Ich trug für gewöhnlich einen Überrock. Aber jedes Jahr bekam ich einen neuen Anzug.«
»Wo bekamen Sie sie?« fragte ich.
»Von der Polizei. Man brachte sie mir ins Haus, bis ich alt genug war, sie mir auf der Revierwache abzuholen.«
»Und auf welche Weise befähigt Sie all dies dazu, die Dauer eines Menschenlebens vorherzusagen?«
»Das will ich Ihnen erklären. Gleichgültig, welche Farbe Sie haben, sie wird immer treulich auf dem Geburtsanzug ausgewiesen. Jahr um Jahr, Anzug um Anzug um Anzug wird die Farbe dunkler und ausgeprägter. Ich für mein Teil hatte mit fünfzehn ein strahlendes, klares Gelb erreicht, obwohl die Farbe zur Zeit meiner Geburt so hell war, daß man sie kaum bemerkte. Ich nähere mich jetzt den Siebzig, und die Farbe ist hellbraun geworden. Je mehr Anzüge ich in den Jahren, die noch vor mir liegen, anlegen werde, desto mehr wird sich die Farbe zu einem dunklen Braun vertiefen, dann zu einem stumpfen Mahagoni und schließlich zu jener sehr dunklen Bräune, die man gemeinhin mit Stout in Verbindung bringt.«
»Ja?«
»Kurz: die Farbe dunkelt allmählich Jahr um Jahr und Anzug für Anzug, bis sie tiefschwarz erscheint. Schließlich kommt ein Tag, an dem ein einziger weiterer Anzug eine richtige, volle Schwärze bewirkt. An dem Tag werde ich sterben.«
Darüber waren Joe und ich erstaunt. Wir begrübelten still das Gehörte, wobei Joe, wie ich mir vorstellte, es mit gewissen Prinzipien in Einklang zu bringen suchte, die er, Moral und Religion betreffend, hegte.
»Das würde bedeuten«, sagte ich schließlich, »daß man, wenn man alle Anzüge übereinander anzieht und jeden als ein Lebensjahr rechnet, das eigene Todesjahr bestimmen kann?«

»Theoretisch schon«, erwiderte er, »aber es gibt da zwei Schwierigkeiten. Zunächst einmal weigert sich die Polizei, alle Anzüge gleichzeitig auszugeben, da sie von der Voraussetzung ausgeht, daß die allgemeine Gewißheit über das Todesdatum dem öffentlichen Interesse zuwiderlaufen würde. Dabei sprechen sie von Landfriedensbruch und dergleichen. Zweitens stellt die Dehnung ein Problem dar.«
»Die Dehnung?«
»Ja. Da man als erwachsener Mensch denselben winzigen Anzug tragen wird, der einem paßte, als man geboren wurde, ist es klar, daß sich der Anzug gedehnt hat, bis er vielleicht hundertmal so groß ist wie ursprünglich. Das wirkt sich naturgemäß auf die Farbe aus, die dadurch stark an Kraft einbüßt. Bei allen Anzügen bis zum Mannesalter werden eine ähnliche proportionale Dehnung und entsprechende Farbminderung stattfinden. Bei insgesamt etwa zwanzig Anzügen wird das der Fall sein.«
Ich frage mich, ob man annehmen kann, daß diese Anhäufung von Anzügen zum Zeitpunkt der Pubertät undurchsichtig geworden ist.
Ich erinnerte ihn daran, daß immerhin noch ein Überrock getragen wird.
»Wenn ich Sie richtig verstanden habe«, sagte ich zum alten Mathers, »können Sie das Lebensalter sozusagen von der Hemdfarbe ableiten und, grob gesprochen, vorhersagen, ob man ein langes oder kurzes Leben haben wird?«
»Ja«, antwortete er. »Aber wenn man seine Intelligenz gebraucht, kann man eine sehr genaue Vorhersage treffen. Natürlich sind einige Farben besser als andere. Einige, purpur und kastanienbraun zum Beispiel, sind ganz schlecht und bedeuten ein frühes Grab. Rosa dagegen ist ausgezeichnet, und auch für gewisse Schattierungen von Grün und Blau läßt sich viel sagen. Das Vorherrschen solcher Geburtsfarben bedeutet jedoch gewöhnlich einen Wind, der schlechtes Wetter bringt – Donner und Blitz etwa –, und möglicherweise Schwierig-

keiten wie zum Beispiel die, eine Frau zur Pünktlichkeit zu bewegen. Aber wie Sie wissen, hat fast alles im Leben seine Vor- und Nachteile.«
Wirklich schön; an alles ist gedacht.
»Wer sind diese Polizisten?« fragte ich.
»Da haben wir Sergeant Pluck und noch einen Mann namens MacCruiskeen, und dann gibt es noch einen dritten Mann namens Fox, der vor fünfundzwanzig Jahren verschwand, worauf man nie wieder etwas von ihm hörte. Die beiden ersteren sind unten auf der Revierwache, und sie befinden sich dort, soweit ich weiß, schon seit hunderten von Jahren. Sie müssen eine sehr seltene Farbe haben, eine Farbe, die von normalen Augen nicht wahrgenommen werden kann. Es gibt meines Wissens keinen weißen Wind. Sie alle besitzen die Gabe der Windsicht.«
Ein glänzender Einfall durchzuckte mich, als ich von diesen Polizisten hörte. Wenn sie so viel wußten, würde es ihnen ein leichtes sein, mir zu sagen, wo ich die schwarze Kassette finden konnte. Ich begann, zu der Überzeugung zu kommen, daß ich meines Lebens nicht mehr froh werden könne, wenn ich die Kassette nicht wieder bekam. Ich sah den alten Mathers an. Er war wieder in seine alte Passivität zurückgefallen. Das Licht in seinen Augen war erloschen, und seine rechte Hand, die auf dem Tisch ruhte, sah recht tot aus.
»Ist es weit bis zur Revierwache?« fragte ich laut.
»Nein.«
Ich beschloß, unverzüglich dorthin zu gehen. Dann fiel mir etwas sehr Bemerkenswertes auf. Das Licht der Lampe, das zu Anfang nur die Ecke des alten Mannes trübe erleuchtet hatte, war jetzt üppig und gelb geworden und durchflutete das ganze Zimmer. Das Morgenlicht draußen war fast gänzlich verdämmert. Ich sah aus dem Fenster und erschrak. Als ich den Raum betreten hatte, war mir aufgefallen, daß das Zimmer nach Osten blickte und daß dort die Sonne aufgegangen war und die schweren Wolken mit Licht erglühen

ließ. Nun ging sie mit einem letzten Schimmer schwachen Rots an eben derselben Stelle unter. Sie war aufgegangen, hatte sich ein wenig auf dieser Höhe gehalten und war wieder untergegangen. Nacht war hereingebrochen. Die Polizisten würden im Bett sein. Es hatte mich wirklich unter seltsame Menschen verschlagen. Ich beschloß, am nächsten Morgen als erstes die Revierwache aufzusuchen. Dann wandte ich mich wieder an den alten Mathers.

»Hätten Sie etwas dagegen«, sagte ich zu ihm, »wenn ich nach oben ginge und für diese Nacht eines Ihrer Betten benutzte? Es ist zu spät, nach Hause zu gehen, und regnen wird es auf jeden Fall.«

»Nein«, sagte er.

Ich ließ ihn über sein Teeservice gebeugt zurück und ging die Treppe hinauf. Ich hatte begonnen, ihn zu mögen, und fand es schade, daß man ihn ermordet hatte. Ich fühlte mich erleichtert und weniger verwirrt, und ich war sicher, daß ich die schwarze Kassette bald bekommen sollte. Ich würde die Polizisten jedoch zunächst nicht offen danach fragen. Ich würde auf die Wache gehen und den Diebstahl meiner amerikanischen goldenen Uhr melden. Vielleicht war diese Lüge für all das Ungemach verantwortlich, das mir später widerfahren sollte. Ich besaß keine amerikanische goldene Uhr.

III

Neun Stunden später schlich ich mich aus dem Hause des alten Mathers und strebte unter den ersten Morgenhimmeln der befestigten Landstraße zu. Die Dämmerung war ansteckend und breitete sich schnell über den Himmel aus. Vögel rührten sich, und die großen königlichen Bäume wurden von den ersten Brisen angenehm überrascht. Froh war mein Herz und auf Abenteuer aus. Ich wußte nicht, wie ich hieß und woher ich kam, aber die schwarze Kassette war mir sicher. Die Polizisten würden mich zu ihr führen. Börsenfähige Effekten im Werte von zehntausend Pfund waren noch eine vorsichtige Schätzung, was ihren Inhalt anging. Als ich die Straße beschritt, war ich mit allem recht zufrieden.

Die Straße war schmal, weiß, alt, hart und von Schatten genarbt. Im Dunst des frühen Morgens lief sie nach Westen; listig führte sie durch die kleinen Hügel und gab sich nicht geringe Mühe, auch winzige Städte zu besuchen, die, streng genommen, gar nicht auf ihrem Weg lagen. Es war wahrscheinlich eine der ältesten Straßen der Welt. Ich konnte mir kaum vorstellen, daß es hier einmal keine Straße gegeben haben mochte, denn die Bäume und hohen Hügel und die schönen Ausblicke auf Marschland waren von kundiger Hand so angeordnet, daß sie ein angenehmes Bild boten, wenn man sie von der Straße aus betrachtete. Ohne eine Straße, von der aus sie betrachtet werden konnten, hätte das Ganze einen etwas ziellosen, wenn nicht sogar unnützen Aspekt gehabt.

De Selby hat einiges Interessante zum Thema Straßen zu sagen.[1] Er sieht Straßen als die ältesten menschlichen Monumente an, die die ältesten Steingebilde, vom Menschen geschaffen, um sein Vorübergehen später zu beweisen, um Jahrtausende an Alter übertreffen. Der Zahn der Zeit, sagt er, der alles andere flachnagt, hat die Pfade, die durch die Welt führen, nur noch härter gemacht. Dabei erwähnt er auch einen

[1] *Golden Hours,* Band VI, S. 156.

Trick, den die Kelten in grauer Vorzeit beherrschten: den Trick, »eine Schätzung auf die Straße zu werfen«. Damals konnten weise Männer auf Bruchteile genau feststellen, wie stark ein Feind war, der in der Nacht vorbeimarschiert war, indem sie die Spuren mit einem gewissen Blick betrachteten und sie nach Vollkommenheit und Unvollkommenheit einschätzten, wobei es auch eine Rolle spielte, wie jeder Fußabdruck sich mit dem ihm nachfolgenden mischte. Auf diese Weise konnten sie die Anzahl der Krieger feststellen, die vorbeigezogen waren, ob sie zu Pferde saßen oder unter schweren Schilden und eisernen Waffen wankten, und wie viele Männer ihnen nachsetzen sollten, um sie zu töten. An anderem Orte[2] weist de Selby darauf hin, daß eine gute Straße immer Charakter und eine gewisse Aura von Zielsicherheit aufweisen wird, eine undefinierbare Andeutung, daß sie irgendwohin führt, sei es nach Osten oder Westen, und nicht von dort zurückkommt. Wer auf einer solchen Straße geht, so glaubt er, dem wird sie eine angenehme Reise vermitteln, eine angenehme Aussicht an jeder Biegung und eine freundliche Leichtigkeit des Dahinwandelns, so daß er den Eindruck gewinnt, ständig leicht bergab zu gehen. Wer dagegen auf einer Straße ostwärts geht, die nach Westen führt, wird die unfehlbare Ödnis jedes Ausblicks bestaunen, und die große Zahl gebeugter, fußkranker Mitwanderer wird ihn erschöpfen. Wenn eine wohlgesonnene Straße ihn dagegen in eine unübersichtliche Stadt mit einem Netzwerk gewundener Gassen und fünfhundert anderen Straßen führt, die mit unbekanntem Ziel wieder aus ihr herausführen, wird die richtige Straße immer dadurch erkennbar sein, daß sie selbst es ist, und sicher wird sie einen aus dem Stadtgewirr herausführen.

Still ging ich auf dieser Straße ein gutes Stück voran, ich dachte meine Gedanken mit dem Vorderteil meines Gehirns, und gleichzeitig ergötzte ich mich mit dem rückwärtigen Teil an der großartigen und großzügig verteilten Feinheit des

[2] *A Memoir of Garcia*, S. 27.

Morgens. Die Luft war scharf, klar, reichlich und berauschend. Überall war ihre machtvolle Gegenwart zu spüren, munter schüttelte sie das Grün, verlieh Steinen und Felsblöcken größere Würde und Bestimmtheit, ordnete die Wolken neu an und hauchte der Welt Leben ein. Die Sonne war steil aus ihrem Versteck emporgeklommen, stand nun gütig am niedrigeren Himmel und goß Fluten berückenden Lichts und das einleitende Prickeln von Hitze hernieder.
Ich kam an einem steinernen Tritt vorbei, der neben einem Tor stand, das auf ein Feld führte, und ich setzte mich auf den Tritt, um zu rasten. Ich saß noch nicht lange, als ich verwundert wurde; erstaunliche Ideen waren von nirgendwo herangeflogen und hatten sich in meinem Kopf festgesetzt. Zuallererst fiel mir ein, wer ich war, – nicht, wie ich hieß, sondern woher ich kam und wer meine Freunde waren. Ich erinnerte mich an John Divney, an mein Leben mit ihm und daran, wie es dazu gekommen war, daß wir an jenem Winterabend unter den triefenden Bäumen warteten. Dadurch nahm ich erstaunt wahr, daß dieser Morgen, an dem ich hier auf einem Stein saß, nichts Winterliches an sich hatte. Darüber hinaus kam mir an der schönen Landschaft, die sich nach allen Seiten hin ausbreitete, nichts bekannt vor. Ich war erst zwei Tage lang von zu Hause fort gewesen – nicht weiter als einen dreistündigen Fußmarsch –, und doch schien ich in Regionen vorgestoßen zu sein, in denen ich nie gewesen war, von denen ich noch nicht einmal gehört hatte. Das verstand ich nicht, denn obwohl ich mein Leben hauptsächlich über Büchern und Papieren zugebracht hatte, hatte ich geglaubt, es gebe im ganzen Gebiet keine Straße, die ich nicht bereist hatte, keine Straße, deren Richtung und Ziel mir nicht wohlbekannt gewesen wäre. Noch etwas war da. Meine Umgebung war von einer ganz besonderen Fremdheit, ganz verschieden von der bloßen Fremdheit eines Landes, in dem man noch nie gewesen ist. Alles schien fast zu angenehm, zu vollkommen, zu sorglich hergestellt. Alles, was das Auge sah, war

unmißverständlich und unzweideutig, unfähig, mit etwas anderem zu verschmelzen oder damit verwechselt zu werden. Die Farbe der Marschen war schön und erhaben das Grün der grünen Felder. Mit einer alles andere als üblichen Rücksicht auf das anspruchsvolle Auge waren hier und da Bäume angeordnet. Die Sinne zogen deutlichen Genuß aus dem schieren Einatmen der Luft und kamen ihren Aufgaben mit Vergnügen nach. Ich war zwar in einem fremden Land, aber alle Zweifel und Bestürzungen, die meinen Geist verfinsterten, konnten mich nicht davon abhalten, mich froh und leichtfertig zu fühlen, und begierig, meine Aufgabe zu erfüllen: das Versteck der schwarzen Kassette zu finden. Ihr wertvoller Inhalt, das fühlte ich, würde mir ein Leben in meinem eigenen Haus ermöglichen, und später könnte ich diesen geheimnisvollen Landstrich immer noch mit dem Fahrrad besuchen und in Muße herausfinden, worauf sich seine Seltsamkeiten gründeten. Ich erhob mich von jenem Tritt und setzte meinen Weg fort. Ich wußte, daß ich die Straße nicht in der falschen Richtung entlangschritt. Sie begleitete mich, sozusagen.

Bevor ich in der vorigen Nacht eingeschlafen war, hatte ich die Zeit mit ratlosen Gedankengängen und inneren Gesprächen mit meiner eben erst gefundenen Seele verbracht. Merkwürdigerweise dachte ich nicht über den verwirrenden Umstand nach, daß ich die Gastfreundschaft des Mannes genoß, den ich mit meinem Spaten ermordet hatte (oder den ermordet zu haben ich sicher war). Ich dachte vielmehr über meinen Namen nach und darüber, wie peinigend es war, ihn vergessen zu haben. Alle Menschen haben den einen oder anderen Namen. Mancher Name ist ein austauschbares Etikett, das sich nur auf die Erscheinung seines Trägers bezieht, mancher repräsentiert nicht mehr als genealogische Verbindungen, aber die meisten Namen bieten einen Hinweis, was die Eltern des Trägers betrifft, und sie vermitteln gewisse Vorteile bei der Ausfüllung juristischer Dokumente.[3] Sogar ein Hund

3 De Selby hat eine interessante Namen-Theorie aufgestellt (*Golden*

hat einen Namen, der ihn von anderen Hunden unterscheidet, und tatsächlich hatte meine Seele, die keiner jemals auf der Straße oder an der Theke einer Gastwirtschaft gesehen hat, augenscheinlich nicht die geringsten Schwierigkeiten, als es darum ging, einen Namen anzunehmen, die sie von den Seelen anderer Leute unterscheiden sollte.

Ziemlich unerklärlich ist es, daß ich meine verschiedenen Gründe, bestürzt zu sein, so unbekümmert verwarf. Wenn einen auf der Höhe des Lebens die blanke Anonymität ereilt, so sollte das zumindest alarmierend sein, ein ernstes Symptom für den Verfall der geistigen Gesundheit. Aber die unerklärliche Heiterkeit, mit der mich meine Umgebung erfüllte, schien mir angesichts meiner Lage lediglich das amüsierte Interesse abzunötigen, das man einem guten Witz entgegenbringt. Sogar jetzt, da ich zufrieden wanderte, spürte ich aus meinem Innern eine ernste Frage zu diesem Thema, eine Frage, den vielen anderen ähnlich, die in der vergangenen Nacht gestellt worden waren. Es war ein spöttisches Ver-

---

Hours, S. 93 ff.). Er geht in die graue Vorzeit zurück und betrachtet die frühesten Namen als rohe onomatopöische Assoziationen mit dem Erscheinungsbild der betreffenden Person oder des betreffenden Objekts – harsche und rauhe Manifestationen also, die durch keineswegs angenehme Gutturallaute repräsentiert wurden und umgekehrt. Diesen Gedanken verfolgt er in recht grillenhafter Breite, indem er sorgfältig erarbeitete Paradigmata von Vokalen und Konsonanten vorführt, welche gewissen Indices von Rasse, Farbe und Temperament entsprechen, und er beansprucht schließlich für sich, in der Lage zu sein, die physiologische »Gruppe« jedes Menschen bereits durch kurzes Studium der Buchstaben seines Namens bestimmen zu können, nachdem das Wort »rationalisiert« wurde, um sprachliche Variationen zu berücksichtigen. Gewisse »Gruppen«, so weist er nach, seien universell »unvereinbar« mit anderen »Gruppen«. Ein etwas unglücklicher Kommentar zu dieser Theorie wurde durch die Aktivitäten seines eigenen Neffen geliefert, was entweder auf dessen Ignoranz zurückzuführen ist, oder auf die Verachtung, die dieser für die humanistischen Forschungen seines Onkels hegte. Der Neffe hatte ein schwedisches Dienstmädchen, welches den Paradigmata zufolge mit ihm völlig unvereinbar war, in der Speisekammer eines Hotels in Portsmouth in eine heikle Lage gebracht, so daß de Selby seiner Börse den Betrag von fünf- oder sechshundert Pfund entnehmen mußte, um unerquickliche rechtliche Folgen zu vermeiden.

hör. Leichten Herzens gab ich eine Liste von Namen an, die ich, wer weiß, tragen könnte:
Hugh Murray.
Constantin Petrie.
Peter Small.
Signor Beniamino Bari.
The Honourable Alex O'Brannigan, Baronet.
Kurt Freund.
Mr John P. de Salis, M.A.
Dr Solway Garr.
Bonaparte Gosworth.
Legs O'Hagan.
Signor Beniamino Bari, sagte Joe, *der überragende Tenor. Bei der Premiere des großen Tenors wurden vor La Scala drei Polizeieinsätze nötig. Vor der Oper kam es zu außergewöhnlichen Szenen, als eine Menschenmenge von etwa zehntausend devotées, empört über die Mitteilung der Operndirektion, das Haus sei auf den allerletzten Stehplatz ausverkauft, versuchte, die Absperrungen zu durchbrechen. Bei der anschließenden wilden Straßenschlacht wurden Tausende verletzt, davon 79 tödlich. Wachtmeister Peter Coutts erlitt Verletzungen in der Leistengegend, von denen er sich nach Ansicht der Ärzte kaum wieder erholen wird. Diese Szenen waren höchstens noch dem Delirium des eleganten Publikums im Opernhaus vergleichbar, nachdem Signor Bari seinen Vortrag beendet hatte. Der große Tenor war in wunderbarer stimmlicher Verfassung. Nachdem er sein Programm in der tieferen Stimmlage begonnen hatte, die sich durch eine etwas heisere Klangfülle auszeichnete, welche auf eine Erkältung schließen ließ, gab er die unsterbliche Weise von* Che Gelida Manina, *der Lieblingsarie unseres geliebten Caruso. Nachdem er sich an seinem eines Gottes würdigen Auftrag entzündet hatte, ergoß sich goldene Note auf goldene Note bis in den fernsten Winkel des riesigen Theaters und erschütterte einen jeden bis ins innerste Mark. Als er das hohe C erreichte,*

wo sich Himmel und Erde auf einem großartigen Höhepunkt der Verzückung zu vermählen scheinen, erhob sich das Publikum, jubelte wie aus einer Kehle und überschüttete den großen Künstler mit Hüten, Programmheften und Pralinenschachteln.
Vielen Dank, murmelte ich und lächelte in unbändiger Freude.
Vielleicht eine Spur übertrieben, aber es ist nur eine Andeutung der Anmaßung und Eitelkeit, die Sie sich tiefinnerst gestatten.
Wirklich?
Oder was ist mit Dr Solway Garr? Die Herzogin sinkt ohnmächtig zu Boden. Ist ein Arzt im Saal? Die hagere Gestalt, feine, nervöse Finger, eisengraues Haupthaar, bahnt sich besonnen ihren Weg durch die bleichen, aufgeregten Gaffer. Einige kurze Befehle, leise, aber gebieterisch. Keine fünf Minuten später ist die Situation unter Kontrolle. Noch geschwächt, aber lächelnd murmelt die Herzogin ihren Dank. Schon wieder hat fachmännische Diagnose eine Tragödie abgewendet. Eine kleine Zahnprothese war aus dem Thorax extrahiert worden. In diesem Augenblick weilen die Herzen aller bei diesem Menschheitsdiener mit der leisen Stimme. Der Herzog, zu spät verständigt, sieht nur noch das glückliche Ende, öffnet sein Scheckheft und hat bereits eintausend Guineen als kleines Zeichen seiner Wertschätzung auf dem Kontrollabschnitt eingetragen. Sein Scheck wird entgegengenommen, von dem lächelnden Medikus aber zu Atomen zerrissen. Eine Dame in Blau ganz hinten im Saal beginnt, das O Peace Be Thine zu singen, und die Hymne, an Umfang und Ernst gewinnend, braust in die stille Nacht hinaus, wobei sie nur wenige Augen trocken und wenige Herzen mit tiefer Sehnsucht unerfüllt läßt, bevor die letzten Noten verklingen. Dr Garr lächelt nur dazu und schüttelt den Kopf in stillem Tadel.
Ich glaube, das genügt nun wirklich, sagte ich.

Unbeirrt ging ich dahin. Im Osten reifte schnell die Sonne, und eine große Hitze hatte begonnen, sich wie eine magische Beeinflussung über den Boden hinzubreiten, die alles, mich eingeschlossen, sehr schön und auf träumerisch benommene Weise glücklich machte. Die Polster zarten Grases hie und da, die trockenen schützenden Gräben fingen an, verführerisch und einladend auszusehen. Die Landstraße wurde allmählich hart gebacken, und das machte das Gehen immer beschwerlicher. Nicht lange, und ich hatte beschlossen, daß das Polizeirevier nah sein müsse und daß mir eine weitere Rast bei meinem Vorhaben nur dienlich sein könnte. Ich hielt inne und breitete meinen Körper gleichmäßig im Schutze des Grabens aus. Der Tag war funkelnagelneu, und der Graben war federartig. Ich legte mich schwelgerisch zurück, ganz von der Sonne überwältigt. Ich spürte eine Million kleiner Einwirkungen in meinen Nüstern, Heudüfte, Grasdüfte, Gerüche ferner Blumen, die beruhigende Unmißverständlichkeit der duldsamen Erde unter meinem Kopf. Es war ein neuer, strahlender Tag, der beste der Welt. Vögel pfiffen grenzenlos, und unvergleichliche gestreifte Bienen zogen über mir in Erfüllung ihres Auftrags vorüber, ohne wohl jemals dieselbe Strecke für den Heimweg zu wählen. Meine Augen waren fest geschlossen, und mein Kopf summte von der Drehung des Universums. Ich lag noch nicht lange dort, als mich das Denkvermögen verließ und ich in einen tiefen Schlaf fiel. So schlief ich lange Zeit, so reglos und jeden Gefühls ledig wie mein Schatten, der hinter mir schlief.

Als ich erwachte, war der Tag schon fortgeschritten, und ein kleiner Mann saß neben mir und beobachtete mich. Er sah durchtrieben aus, er rauchte eine durchtrieben aussehende Pfeife, und seine Hand bebte. Seine Augen waren ebenfalls durchtrieben, wahrscheinlich durch die Beobachtung von Polizisten. Es waren sehr ungewöhnliche Augen. Es gab keine sichtbare Divergenz in ihrer Anordnung, aber sie schienen nicht in der Lage zu sein, etwas anzusehen, das gerade war,

als sei ihre merkwürdige Unvereinbarkeit nur dazu geeignet, krumme Dinge wahrzunehmen. Daß er mich beobachtete, bemerkte ich nur an seiner Kopfhaltung; ich konnte seinen Blick nicht einfangen oder herausfordern. Er war klein, ärmlich gekleidet, und auf seinem Kopf befand sich eine ausgebleichte lachsfarbene Mütze aus Tuch. Er behielt seinen Kopf mir zugewandt, ohne zu sprechen, und ich empfand seine Gegenwart als beunruhigend. Ich fragte mich, wie lange er mich schon beobachtet hatte, als ich aufwachte.
Seien Sie vorsichtig. Ein sehr zweifelhaft aussehender Kunde.
Ich senkte die Hand in die Tasche, um zu prüfen, ob meine Brieftasche noch dort war. Sie war noch da, geschmeidig und warm wie die Hand eines guten Freundes. Als ich herausgefunden hatte, daß man mich nicht bestohlen hatte, beschloß ich, jovial und umgänglich mit ihm zu sprechen, zu erfahren, wer er war, und ihn nach dem Weg zur Revierwache zu fragen. Ich entschied, daß ich niemanden abweisen wolle, der mir behilflich sein konnte, und sei es auch nur in bescheidenem Maße, die schwarze Kassette zu finden. Ich entbot ihm den Gruß der Tageszeit und beschenkte ihn, soweit mir das möglich war, mit einem pfiffigen Blick, einem pfiffigen Blick, der gut und gern so pfiffig war wie einer seiner eignen Blicke.
»Ich wünsche Ihnen alles Gute«, sagte ich.
»Gleichfalls«, antwortete er mürrisch.
Fragen Sie ihn nach Namen und Beruf, und versuchen Sie herauszufinden, wohin er will.
»Ich will nicht aufdringlich erscheinen, Sir«, sagte ich, »aber wäre meine Annahme richtig, wenn ich sagte, daß Sie Vogelfänger sind?«
»Kein Vogelfänger«, antwortete er.
»Ein Kesselflicker?«
»Das nicht.«
»Ein Reisender?«
»Nein, ebenfalls nicht.«

»Ein Fiedler?«
»Wieder falsch.«
Ich lächelte ihn mit gutgelaunter Bestürzung an und sagte: »Durchtrieben aussehender Mann, Sie sind schwer einzuordnen, und es ist nicht leicht, Ihren Stand zu erraten. Einerseits kommen Sie mir sehr zufrieden vor, und andererseits scheinen Sie überhaupt nicht befriedigt zu sein. Was haben Sie gegen das Leben?«
Er blies kleine Rauchschwaden zu mir herüber und musterte mich sorgfältig durch die Haarbüschel, die ihm um die Augen wuchsen.
»Ist es das Leben?« gab er zurück. »Ich wäre gern damit verschont«, sagte er, »denn es ist von nur sehr wenig Nutzen. Man kann es nicht essen oder trinken oder in der Pfeife rauchen, es schützt nicht vor Regen, und im Dunkeln ist es eine schwache Gefährtin, wenn man es auszieht und nach einer Nacht voller Porter mit ins Bett nimmt, weil man von roter Leidenschaft geschüttelt ist. Es ist ein großer Fehler, und ohne es ist man besser dran, und dasselbe gilt für Bettpfannen und importierten Schinken.«
»Eine schöne Art zu reden – an so einem herrlichen, lebendigen Tag«, schalt ich, »wenn die Sonne am Himmel tobt und frohe Kunde in unsere morschen Knochen schickt.«
»Oder Federbetten«, fuhr er fort, »oder Brot, das von kraftvollen dampfbetriebenen Maschinen hergestellt wird. Das Leben, meinen Sie? Das Leben?«
Erklären Sie ihm die Schwierigkeiten des Lebens, betonen Sie aber dabei, daß es grundsätzlich süß und begehrenswert ist.
Süß?
Die Blumen im Frühling, Glanz und Erfüllung des menschlichen Lebens, abendlicher Vogelsang – Sie wissen sehr genau, was ich meine.
Süß? Ich weiß nicht.
»Es ist schwer, seine wahre Gestalt zu erfassen«, sagte ich zu dem durchtriebenen Mann, »oder das Leben überhaupt zu de-

finieren, aber wenn man Leben mit Vergnügen gleichsetzt, so habe ich gehört, daß es in der Stadt eine bessere Sorte Leben geben soll als auf dem Lande, und in gewissen Teilen Frankreichs sogar eine ganz ausgezeichnete Sorte. Ist Ihnen übrigens aufgefallen, daß Katzen eine Menge davon besitzen, wenn sie noch sehr jugendlich sind?«
Er blickte verdrossen in meine Richtung.
»Das Leben? Mancher Mann hat hundert Jahre damit verbracht, seine Dimensionen zu erfassen, und wenn er es schließlich versteht und ein gewisses Muster davon im Kopf hat, dann trollt er sich – beim Geier auch! – ins Bett und stirbt! Stirbt wie ein vergifteter Hütehund. Nichts ist so gefährlich, man kann es nicht rauchen, niemand gibt Ihnen zweieinhalb Pence für ein halbes, und zum Schluß bringt es einen um. Es ist eine üble Einrichtung, sehr gefährlich, eine tödliche Falle. Das Leben?«
Er saß da und sah sehr unzufrieden mit sich aus. Lange saß er schweigend hinter einer kleinen grauen Mauer, die er mittels seiner Pfeife für sich errichtet hatte. Nach einer Pause unternahm ich einen weiteren Versuch, seine Beschäftigung herauszufinden.
»Oder auf Kaninchenjagd?« fragte ich.
»Das nicht. Das nicht.«
»Ein fahrender Händler?«
»Nein.«
»Betreiben Sie eine Dampfmühle?«
»Ganz sicher nicht.«
»Prägen Sie Blechschilder?«
»Nein.«
»Städtischer Bediensteter?«
»Nein.«
»Wasserwerk-Inspektor?«
»Nein.«
»Mit Pillen für kranke Pferde unterwegs?«
»Nicht mit Pillen.«

»Da soll doch gleich...« bemerkte ich bestürzt. »Ihr Beruf ist sehr ungewöhnlich, und ich kann mir überhaupt keine Vorstellung davon machen, es sei denn, Sie sind Bauer, so wie ich, oder Sie gehen einem Gastwirt zur Hand oder sind möglicherweise in der Textilbranche tätig. Sind Sie Schauspieler oder Possenreißer?«
»Nichts von alledem.«
Plötzlich setzte er sich auf und sah mich auf seine Weise an, die man fast direkt nennen könnte, wobei mir seine Pfeife kämpferisch aus der Umklammerung seiner Kinnbacken entgegenragte. Er hatte die Welt mit seinem Rauch erfüllt. Mir war unbehaglich, aber ich hatte nicht die geringste Angst vor ihm. Wenn ich meinen Spaten dabeigehabt hätte, hätte ich kurzen Prozeß mit ihm machen können. Ich hielt es für das Klügste, ihn aufzuheitern und allem beizupflichten, was er sagte.
»Ich bin ein Räuber«, sagte er mit finsterer Stimme, »ein Räuber mit einem Messer und einem Arm, so stark wie ein Teil von einer kraftvollen Dampfmaschine.«
»Ein Räuber?« rief ich. Meine Befürchtungen hatten sich bestätigt.
Immer langsam. Kein Risiko eingehen.
»So stark wie die glänzenden beweglichen Apparaturen in einer Wäscherei. Außerdem ein finsterer Mörder. Jedesmal, wenn ich einen Mann beraubt habe, schlage ich ihn tot, denn ich habe keinen Respekt vor dem Leben, nicht den mindesten. Wenn ich genügend Menschen umbringe, bleibt mehr Leben übrig, und vielleicht kann ich dann leben, bis ich tausend Jahre alt bin, ohne das gute, alte Röcheln im Halse zu kriegen, wenn ich erst siebzig bin. Haben Sie einen Geldbeutel bei sich?«
Schützen Sie Armut und Mangel vor. Bitten Sie ihn um ein Darlehen.
Das wird mir nicht schwerfallen, sagte ich.
»Ich besitze weder Geld, noch wertvolle Münzen, weder

Sovereigns noch irgendwelche Bankwechsel«, antwortete ich, »keine Pfandscheine, nichts, was sich mit Gewinn absetzen ließe oder von irgendeinem Wert wäre. Ich bin, wie Sie, ein armer Mann und wollte Sie schon fragen, ob Sie mir vielleicht mit zwei Shilling einstweilen ein wenig unter die Arme greifen könnten.«

Wie ich ihn so betrachtete, war ich nervöser als zuvor. Er hatte seine Pfeife weggesteckt und ein langes Bauernmesser hervorgezogen. Er sah die Klinge an und ließ auf ihr die Sonne blitzen.

»Auch wenn Sie kein Geld haben«, gackerte er, »werde ich Ihnen Ihr kleines Leben nehmen.«

»Nun hören Sie doch mal zu«, entgegnete ich mit ernster Stimme. »Raub und Mord sind ungesetzlich, und außerdem würde mein Leben nicht viel zu dem Ihren beitragen, weil ich es auf der Brust habe und in sechs Monaten bestimmt schon tot bin. Darüber hinaus hatte ich letzten Dienstag den Hinweis auf ein düsteres Begräbnis im Kaffeesatz. Warten Sie, bis Sie meinen Husten gehört haben.«

Ich stieß ein heftiges, hackendes Husten aus. Wie eine Brise trieb es über das Gras neben uns. Inzwischen dachte ich, es wäre vielleicht nicht unklug, schnell aufzuspringen und fortzulaufen. Zumindest wäre es einfache Abhilfe.

»Und noch etwas«, fügte ich hinzu. »Ich bin teilweise aus Holz, und der Teil ist gänzlich leblos.«

Der durchtriebene Mann gab schrille Schreie des Erstaunens von sich, sprang auf und betrachtete mich mit jeder Beschreibung spottenden Durchtriebenheit. Ich lächelte ihn an und krempelte mein linkes Hosenbein hoch, um ihm mein hölzernes Schienbein zu zeigen. Er untersuchte es genauestens und fuhr mit seinem harten Finger über die Kanten. Dann ließ er sich sehr schnell nieder, versorgte sein Messer und holte die Pfeife wieder hervor. Sie hatte die ganze Zeit in seiner Tasche weitergebrannt, denn er rauchte unverzüglich weiter, und nach einer Minute hatte er soviel blauen Qualm und grauen Qualm erzeugt, daß ich dachte, seine Kleidung habe Feuer gefangen. Durch den Qualm hindurch konnte ich sehen, daß er mich mit freundlichen Blicken bedachte. Einige Augenblicke später richtete er herzlich und sanft das Wort an mich.

»Ich könnte Ihnen nie etwas zuleide tun, kleiner Mann«, sagte er.

»Ich muß mir das in Mullingar zugezogen haben«, erklärte ich. Ich wußte, daß ich sein Vertrauen gewonnen hatte und daß die Gefahr körperlicher Gewaltanwendung überwunden war. Dann tat er etwas, was mich sehr erstaunte. Er zog sein zerlumptes Hosenbein hoch und zeigte mir sein linkes Bein. Es war glatt, wohlgeformt und nicht zu dünn, aber es war ebenfalls aus Holz.

»So ein Zufall«, sagte ich. Ich begriff nun den Grund für seinen plötzlichen Sinneswandel.

»Sie sind ein feiner Kerl«, antwortete er feierlich, »und ich würde keinen Finger gegen Sie erheben. Ich bin der Hauptmann aller Einbeinigen des Landes. Bisher kannte ich sie alle bis auf einen – Sie selbst sind es –, und dieser eine ist nun auch mein Freund geworden. Wenn Sie irgend jemand schief ansieht, schlitze ich ihm den Bauch auf.«

»Das sind sehr freundliche Worte«, sagte ich.

»Und zwar weit auf«, sagte er und machte mit den Händen eine ausladende Gebärde. »Wenn Sie je in Schwierigkeiten sind, schicken Sie nach mir, und ich rette Sie vor der Frau.«

»Für Frauen interessiere ich mich überhaupt nicht«, sagte ich lächelnd. »Eine Fiedel taugt besser zur Zerstreuung.«

»Ganz egal. Ob eine Armee oder ein Hund, wenn Ihnen etwas Verdruß bereitet, werde ich mit all meinen einbeinigen Männern kommen und die Bäuche aufschlitzen. Mein richtiger Name lautet Martin Finnucane.«

»Ein sehr annehmbarer Name«, stimmte ich zu.

»Martin Finnucane«, wiederholte er und lauschte seiner Stimme, als lausche er der süßesten Musik der Welt. Er legte sich

zurück, füllte sich bis zu den Ohren mit dunklem Rauch, und als er schon beinahe platzte, ließ er ihn wieder heraus und versteckte sich darin.
»Sagen Sie«, sagte er schließlich, »haben Sie ein Desideratum?«
Diese seltsame Frage kam unerwartet, ich beantwortete sie aber schnell genug. Ich sagte, ich hätte eines.
»Was für ein Desideratum?«
»Zu finden, was ich suche.«
»Das ist ein angenehmes Desideratum«, sagte Martin Finnucane. »Auf welche Weise werden Sie vorgehen oder sein Mutandum reifen lassen und es ultimativ zu passabler Faktivität bringen?«
»Indem ich der Revierwache einen Besuch abstatte«, sagte ich, »und die Polizisten bitte, mir den Weg dorthin zu weisen. Vielleicht könnten Sie mir mitteilen, wie ich von hier zum Polizeirevier komme?«
»Das könnte ich vielleicht tatsächlich«, sagte Mr Finnucane. »Haben Sie ein Ultimatum?«
»Ich habe ein geheimes Ultimatum«, erwiderte ich.
»Ich bin sicher, es ist ein ausgezeichnetes Ultimatum«, sagte er, »aber ich will davon absehen, Sie um den Vortrag desselben zu bitten, wenn Sie glauben, daß es geheim ist.«
Er hatte seinen ganzen Tabak aufgeraucht und rauchte nun, wie es schien, die Pfeife selber, so schroff war der Geruch, der von ihr ausging. Er senkte die Hand in eine Tasche, die sich dort befand, wo sich seine Beine gabelten, und holte etwas Rundes hervor.
»Hier ist ein Sovereign, der Ihnen Glück bringen soll«, sagte er. »Das goldene Unterpfand Ihres goldenen Geschicks.«
Ich stattete ihm, sozusagen, meinen goldenen Dank ab, bemerkte aber, daß die Münze, die er mir gab, ein blankgeputzter Penny war. Ich versorgte ihn behutsam in meine Tasche, als sei er eine hohe Auszeichnung von großem Wert. Ich war über meine Art, mit diesem exzentrischen, faselnden Bruder

des Hölzernen Beines fertig zu werden, recht erfreut. Auf der entgegengesetzten Seite der Landstraße war ein kleiner Fluß. Ich stand auf und betrachtete sein weißes Wasser. Es wälzte sich in seiner steinigen Bettstatt und sprang in die Luft und eilte erregt um eine Biegung.

»Die Revierwache befindet sich an eben dieser Straße«, sagte Martin Finnucane, »und ich ließ sie heute morgen eine Meile entfernt hinter mir. Sie werden Sie an der Stelle entdecken, an der der Fluß sich von der Straße entfernt. Wenn Sie jetzt genau hinsehen, werden Sie die fetten Forellen in ihren braunen Mänteln, die um diese Zeit von der Wache zurückkommen, im Bach erkennen, denn jeden Morgen nehmen sie dort ihr Frühstück aus Spülicht und Abfall der beiden Polizisten ein. Das Mittagessen holen sie sich in entgegengesetzter Richtung bei einem Mann namens MacFeeterson, der eine Bäckerei in einem Dorf unterhält, dessen Häuser mit der Hinterfront in den Fluß münden. Er hat drei Brotwagen und einen zweirädrigen Einspänner, mit dem er auch in gebirgigere Gefilde vorstoßen kann, und nach Kilkishkeam kommt er montags und mittwochs.«

»Martin Finnucane«, sagte ich, »zwischen hier und dem Ziel meiner Reise habe ich noch hundertzwei schwierige Gedanken zu denken, und je eher ich damit anfange, desto besser.«

Er sandte freundliche Blicke aus seinem verrauchten Graben zu mir herauf.

»Schöner Mann«, sagte er, »möge das Glück mit Ihnen sein, und begeben Sie sich nicht in Gefahr, ohne mich davon zu verständigen.«

Ich sagte »Leben Sie wohl, leben Sie wohl«, und verließ ihn nach einem Händedruck. Auf der Landstraße blickte ich mich um und sah nur den Rand des Grabens, aus dem Rauch aufstieg, und es sah aus, als säßen Kesselflicker auf seinem Grund, die dort ihr was-es-gerade-gab kochten. Bevor ich zu weit entfernt war, blickte ich mich wieder um und sah den Umriß seines alten Kopfes; er betrachtete mich und studierte

sorgfältig mein Verschwinden. Er war unterhaltend und interessant gewesen, und er war mir behilflich gewesen, indem er mir den Weg zur Wache gewiesen und mir gesagt hatte, wie weit es noch war. Und als ich meinen Weg fortsetzte, war ich ein bißchen froh darüber, ihn getroffen zu haben.
Ein komischer Kunde.

IV

Von allen erstaunlichen Feststellungen de Selbys kann es, glaube ich, keine mit seiner Behauptung »Eine Reise ist eine Halluzination« aufnehmen. Man findet diesen Satz im *Country Album*[1], und zwar sozusagen Backe an Wange mit der wohlbekannten Abhandlung über »Zelt-Anzüge«, jene ausgezeichneten Kleidungsstücke aus Leinwand, die er als Ersatz sowohl für die verhaßten Häuser als auch für die herkömmliche Kleidung entwarf. Seine Theorie mißachtet, soweit ich sie verstehen kann, das Zeugnis menschlicher Erfahrung und weicht von allem ab, was ich je bei einem meiner vielen Spaziergänge über Land erfahren habe. De Selby definiert die menschliche Existenz als »Sukzession unendlich kurzer statischer Erfahrungen«, eine Auffassung, zu der er nach allgemeiner Ansicht gelangt sein muß, als er einige alte Filme untersuchte, die wahrscheinlich seinem Neffen gehörten.[2] Von dieser Voraussetzung ausgehend, bestreitet er die Wirklichkeit oder Wahrheit jeglicher Progression und natürlichen Reihenfolge des Lebens, verneint, daß die Zeit als solche im überkommenen Sinn vergehen kann und verbannt das allgemein erfahrene Gefühl der Progression ins Reich der Halluzinationen, zum Beispiel bei einer Reise von einem Ort zum anderen oder sogar während man »lebt«. Wenn sich jemand in A aufhält, erläutert er, und wünscht, sich an dem entfernten Ort B aufzuhalten, so kann er das nur dadurch bewerkstelligen, daß er sich unendlich kurze Intervalle lang an unzähligen dazwischen liegenden oder intermediären Orten aufhält. Daher besteht kein essentieller Unterschied, ob man sich

---

1 S. 822.
2 Hier handelt es sich offensichtlich um dieselben Filme, von denen er in *Golden Hours* (S. 155) erwähnt, sie hätten »ein ausgeprägt repetitives Element« und seien »ermüdend«. Er hatte sie augenscheinlich Bild für Bild untersucht und war von der Annahme ausgegangen, sie würden in ebendieser Weise vorgeführt, da ihm zu jener Zeit das Prinzip des Kinematographen noch unklar war.

vor Antritt der »Reise« in A aufhält, oder ob man »unterwegs« ist, d. h. sich an diesem oder jenem intermediären Ort aufhält. Über diese »intermediären Orte« verbreitet er sich in einer längeren Fußnote. Sie seien nicht, so warnt er uns, als determinable Punkte auf der Achse A–B anzusehen, die soundso viele Zoll oder Fuß voneinander entfernt seien. Sie seien vielmehr als Punkte zu verstehen, die einander unendlich nah seien, trotzdem aber genügend weit auseinander lägen, um zwischen sich noch eine Reihe anderer »intermediärer« Orte zu dulden, zwischen welchen man sich wieder eine Kette anderer Aufenthaltsorte denken muß, die, natürlich, nicht unmittelbar aneinander gruppiert, sondern in einer Weise angeordnet sind, die die Anwendung dieses Prinzips bis ins Unendliche gestattet. Für die Illusion der Progression macht er die Unfähigkeit des menschlichen Gehirns – »in seinem gegenwärtigen Entwicklungsstadium« – verantwortlich, die Realität dieser separaten »Aufenthalte« anzuerkennen; statt dessen ziehe man es vor, Millionen von ihnen zusammenzufassen und das Resultat Bewegung zu nennen, ein völlig unvertretbares und unmögliches Vorgehen, da auch nur zwei verschiedene Positionen nicht von einem Körper gleichzeitig eingenommen werden können. Daher ist Bewegung ebenfalls eine Illusion. Er erwähnt, nahezu jede Photographie sei der schlüssige Beweis für seine Lehren.

Was immer man über die Stichhaltigkeit von de Selbys Theorien denken mag, es fehlt nicht an Beweisen, daß er sie ehrlich vertrat und mehrere Vorstöße unternahm, um sie in praxi zu erproben. Während seines Englandaufenthalts wohnte er eine Zeitlang in Bath, wo es ihm nötig schien, in einer dringenden Angelegenheit nach Folkestone zu reisen.[3] Hierbei war seine Methode alles anderere als konventionell. Anstatt zum Bahnhof zu gehen und sich dort über Zuganschlüsse zu informieren, schloß er sich in seinem Pensionszimmer mit einem Vorrat von Ansichtskarten der Orte ein, die man auf

[3] Siehe auch *De Selby's Life and Times* von Hatchjaw.

einer solchen Reise durchqueren würde; hinzu kam eine durchdachte Anordnung von Uhren und barometrischen Instrumenten, sowie eine Vorrichtung zur Regulierung des Gaslichts, dergestalt, daß es sich dem Wechsel des Tageslichts anpaßte. Was in diesem Zimmer geschah, oder wie die Uhren und anderen Maschinen im einzelnen gehandhabt wurden, werden wir nie erfahren. Es scheint, daß er nach einem Zeitraum von sieben Stunden wieder auftauchte, davon überzeugt, in Folkestone zu sein und darüber hinaus eine Formel für Reisende entwickelt zu haben, die bei Eisenbahngesellschaften und Schiffahrtslinien heftigen Widerwillen erregen würde. Es ist nichts über das Ausmaß seiner Desillusionierung überliefert, als er sich immer noch in den vertrauten Gefilden von Bath wiederfand, aber ein Gewährsmann[4] berichtet, er habe, ohne mit der Wimper zu zucken, behauptet, in Folkestone gewesen und nun wieder zurück zu sein. An derselben Stelle wird auf einen Mann verwiesen (ohne Angabe des Namens), welcher erklärte, er habe den Weisen an dem fraglichen Tag aus einer Bank in Folkestone treten sehen.

Wie bei den meisten Theorien de Selbys ist auch hier das Endresultat ohne die letzte Beweiskraft. Es bleibt ein Rätsel, wie ein so großer Geist dazu kommen konnte, die offensichtlichsten Fakten in Frage zu stellen, sogar wissenschaftlich eindeutig Erwiesenes (wie die Existenz von Tag und Nacht) zu bestreiten und gleichzeitig mit völliger Unbedingtheit an seine eigenen phantastischen Erklärungen dieser Phänomena zu glauben.

Über meine Reise zur Polizeiwache läßt sich sagen, daß sie keine Halluzination war. Die Sonnenhitze spielte unbestreitbar auf jedem Quadratzoll meines Körpers, die Härte der Straße blieb unnachgiebig, und die Landschaft veränderte sich langsam, aber sicher, als ich sie durchschritt. Zur Linken lag braunes Marschland, von dunklen Einschnitten zernarbt und mit zerfetzten Buschklumpen, weißen Felsstreifen und hie und

---

[4] Bassett, *Lux Mundi: A Memoir of de Selby*.

da einem fernen Haus bestreut, das sich hinter einer Ansammlung kleiner Bäume halb versteckte. Und weit dahinter duckte sich eine andere Region in den Dunst, purpurn und geheimnisvoll. Zur Rechten war das Land grüner, ein kleiner, ungestümer Fluß begleitete die Straße in respektvollem Abstand, und hinter dem Fluß erstreckte sich hügeliges, felsiges Weideland, bald auf, bald ab, in die Ferne hinein. Winzige Schafe waren himmelsfern auszumachen, und verschlungene Pfade führten bald hier-, bald dorthin. Nichts, gar nichts kündete von menschlichem Leben. Es war immer noch früher Morgen, vielleicht. Wenn ich meine goldene amerikanische Uhr nicht verloren hätte, wäre es mir möglich gewesen, die genaue Tageszeit zu bestimmen.
Sie haben keine goldene amerikanische Uhr.
Dann geschah plötzlich etwas Seltsames mit mir. Die Landstraße vor mir wandte sich mählich nach links, und als ich mich der Biegung näherte, begann mein Herz, unregelmäßig zu schlagen, und eine unerklärliche Aufregung nahm mich ganz gefangen. Zu sehen war nichts, und es hatte keinerlei Veränderung gegeben, die das, was in mir stattfand, hätte erklären können. Mit wilden Augen ging ich weiter.
Als ich der Wegbiegung gefolgt war, bot sich mir ein außergewöhnliches Schauspiel. In einer Entfernung von etwa hundert Metern stand auf der linken Straßenseite ein Haus, das mich erstaunte. Es sah aus, als sei es gemalt, und zwar wie eine Reklametafel am Straßenrand, sehr schlecht gemalt noch dazu. Es sah völlig verfehlt und gar nicht überzeugend aus. Es hatte weder Tiefe noch Breite und sah aus, als würde ein Kind nicht darauf hereinfallen. Das allein genügte noch nicht, um mich in Erstaunen zu versetzen, denn ich hatte vorher schon Bilder und Reklametafeln am Straßenrand gesehen. Was mich verwirrte, war meine unbeirrbare, tief wurzelnde Gewißheit, daß es dies Haus sei, welches ich suchte, und daß es von Menschen bewohnt sei. Ich hegte nicht den geringsten Zweifel, daß es die Revierwache der Polizisten war. Nie in

meinem Leben hatten meine Augen etwas so Unnatürliches und Schreckliches gesehen, und verständnislos schweifte mein Blick über das Ding, als wäre mindestens eine der gebräuchlichen Dimensionen ausgefallen, so daß die übrigen keine Bedeutung mehr hatten. Die Erscheinung dieses Hauses war die größte Überraschung, seit ich den alten Mann auf dem Stuhl getroffen hatte, und ich hatte Angst vor ihr.
Ich ging weiter, aber ich ging langsamer. Als ich mich dem Haus näherte, schien es sein Aussehen zu verändern. Zuerst unternahm es nichts, um sich mit der Gestalt eines herkömmlichen Hauses in Einklang zu bringen, sondern sein Umriß wurde ungewiß, wie etwas, was unter einer gekräuselten Wasseroberfläche liegt. Dann klärte es sich wieder, und ich sah, daß es so etwas wie eine Hinterfront zu haben begann, etwas Raum für Zimmer hinter der Fassade. Dies entnahm ich dem Umstand, daß ich gleichzeitig die Fassade und die Hinterfront des »Gebäudes« zu sehen schien, als ich mich dem näherte, was die Schmalseite hätte sein sollen. Da es, soviel ich sah, keine solche Seite gab, dachte ich mir, das Haus müsse dreieckig, sein Scheitelpunkt mir zugewandt sein, als ich jedoch nur noch fünf Meter entfernt war, sah ich, offenbar mir gegenüber, ein kleines Fenster, und daher wußte ich, daß es *irgend*eine Schmalseite haben mußte. Dann fand ich mich fast im Schatten des Gebildes wieder, verwundert, ängstlich, und mit trockener Kehle. Aus der Nähe betrachtet, sah es ganz normal aus; nur war es sehr weiß und still. Es war eindrucksvoll und furchterregend; der gesamte Morgen und die ganze Welt schienen nur den einen Zweck zu haben, für das Haus einen Rahmen abzugeben und ihm etwas Größe und Ansehen zu verleihen, so daß ich es mit meinen einfachen Sinnen auffinden konnte und mir einreden, daß ich es verstehe. Ein Polizei-Emblem über der Tür sagte mir, daß es sich um eine Polizeiwache handelte. So eine Polizeiwache hatte ich noch nie gesehen.
Ich weiß nicht, warum ich nicht stehenblieb, um nachzuden-

ken, oder warum meine Nervosität mich nicht innehalten und schwach an den Straßenrand sinken ließ. Statt dessen ging ich geradewegs auf die Tür zu und sah hinein. Ich sah einen enormen Polizisten, der mir den Rücken zuwandte. Seine rückwärtige Erscheinung war ungewöhnlich. Er stand hinter einer kleinen Thekenbarriere in einem adretten, weißgetünchten Tagesraum; sein Mund war offen, und er betrachtete sich in einem Spiegel, der an der Wand hing. Und wieder finde ich es schwierig, den genauen Grund dafür anzugeben, daß meine Augen seine Gestalt ohne Beispiel und ungewohnt fanden. Er war sehr groß und dick, und sein Haar, das im Überfluß über den wulstigen Nacken irrte, war von der bleichen Farbe des Strohs; all das war verwunderlich, aber nicht unerhört. Ich ließ meinen Blick über seinen riesigen Rücken, über die dicken Arme und Beine schweifen, die in eine blaue Uniform aus grobem Tuch gezwängt waren. So gewöhnlich jeder seiner Bestandteile für sich genommen wirkte, schienen sie doch insgesamt – dank einem unnachweislichen Mißverhältnis in Anordnung oder Proportion – einen äußerst beunruhigenden Eindruck von Unnatürlichkeit zu bewirken, die fast auf das Entsetzliche, das Monströse schlechthin hinauslief. Seine Hände waren rot, aufgedunsen und gewaltig, und es schien, als habe er eine davon zur Hälfte in seinen Mund gesenkt, als er in den Spiegel starrte.
»Es sind die Zähne«, hörte ich ihn versonnen und halblaut sagen. Seine Stimme klang schwer und leicht abgedämpft, und sie erinnerte mich an eine dicke, winterliche Steppdecke. Ich muß ein Geräusch gemacht haben, oder wahrscheinlich sah er mein Abbild im Spiegel, denn er drehte sich langsam um, wobei er sein Gewicht mit gemächlicher und schwerer Erhabenheit verlagerte und weiter mit den Fingern im Mund hantierte; und während er sich wandte, hörte ich ihn murmeln:
»Fast jede Krankheit hängt mit den Zähnen zusammen.«
Sein Gesicht sorgte für eine weitere Überraschung. Es war unförmig dick, rot und ausgedehnt, es hockte viereckig auf

dem Kragen seines Uniformrocks und besaß eine plumpe Gewichtigkeit, die mich an einen Sack Mehl erinnerte. Seine untere Hälfte wurde von einem grellroten Schnurrbart verdeckt, der aus der Haut hervor- und weit in die Luft hineinschoß wie die Fühler eines ungewöhnlichen Insekts. Seine Wangen waren rot und rund, und seine Augen waren fast unsichtbar, da sie von oben durch das Hindernis seiner quastigen Brauen und von unten durch das wogende Fett unter seiner Haut verborgen wurden. Er trat schwerfällig an die Barriere, und ich näherte mich demütig von der Tür her, bis wir einander von Angesicht zu Angesicht gegenüberstanden.
»Handelt es sich um ein Fahrrad?« fragte er.
Seine Miene war, als ich ihr begegnete, unerwartet beruhigend. Sein Gesicht war grob und alles andere als schön, aber er hatte seine verschiedenen ungefälligen Gesichtszüge auf eine geschickte Weise soweit gemäßigt und zusammengestellt, daß sie für mich einen guten Charakter, Höflichkeit und unendliche Geduld ausdrückten. Über dem Schirm seiner Dienstmütze stak ein wichtig aussehendes Abzeichen, und darüber befand sich in goldenen Lettern das Wort SERGEANT. Es war Sergeant Pluck persönlich.
»Nein«, antwortete ich und streckte meine Hand aus, um mich auf die Barriere zu stützen. Der Sergeant sah mich ungläubig an.
»Sind Sie sicher?« fragte er.
»Gewiß.«
»Auch nicht um ein Motorrad?«
»Nein.«
»Eins mit Doppelkopfzylinder und einem Dynamo zur Lichterzeugung? Oder mit Rennlenkrad?«
»Nein.«
»Unter diesen Umständlichkeiten kann es sich nur um ein Fahrrad mit Hilfsmotor handeln«, sagte er. Er blickte erstaunt und verwirrt drein und lehnte sich seitlich mit Hilfe seines stützenden Ellenbogens auf die Barriere, wobei er sich

die Knöchel seiner rechten Hand zwischen die Zähne schob und seine Stirnhaut zu drei enormen Runzeln der Verblüffung faltete. Ich entschied nun, daß er ein einfacher Mensch sei, mit dem ich ohne Schwierigkeiten nach Gutdünken fertigwerden könne; durch ihn würde ich herausfinden, was mit der schwarzen Kassette geschehen war. Ich verstand nicht genau, warum er diese Fragen nach Fahrrädern gestellt hatte, aber ich beschloß, alles gewissenhaft zu beantworten, meine Zeit zu opfern und im Umgang mit ihm Schläue walten zu lassen. Er entfernte sich geistesabwesend, kam zurück und händigte mir ein Bündel verschiedenfarbiger Papiere aus, die wie Anmeldungsformulare für Zuchtbullen-Lizenzen und steuerpflichtige Wachhunde und ähnliches aussahen.

»Es kann nichts schaden, wenn Sie diese Formulare ausfüllen«, sagte er. »Sagen Sie mir«, fuhr er fort, »trifft es zu, daß Sie ein ambulanter Dentist sind und mit einem Dreirad hierhergefahren sind?«

»Das trifft nicht zu«, sagte ich.

»Auf einem Spezial-Tandem?«

»Nein.«

»Zahnärzte sind ein unberechenbares Völkchen«, sagte er. »Würden Sie eher sagen, daß es sich um ein Veloziped oder ein Hochrad handelte?«

»Das würde ich nicht«, sagte ich gleichmütig. Er sah mich lange forschend an, als wolle er ergründen, ob ich es ernst meinte mit dem, was ich da sagte, und wieder hob er seine Brauen.

»Dann sind Sie vielleicht gar kein Zahnarzt«, sagte er, »sondern nur jemand, der seine Hundesteuer bezahlen will oder um eine Zuchtbullenlizenz einkommt.«

»Ich habe nie behauptet, Zahnarzt zu sein«, sagte ich scharf, »und einen Bullen habe ich schon gar nicht erwähnt.«

Der Sergeant sah mich ungläubig an.

»Äußerst merkwürdig«, sagte er. »Ein rechtes Rätsel ohne rechte Lösung. Ein dickes Ding.«

Er ließ sich vor dem Torffeuer nieder, kaute an seinen Knöcheln und schickte unter seinen buschigen Augenbrauen schneidende Blicke zu mir herüber. Hätte ich Hörner auf dem Kopf und einen Schwanz hinter mir her getragen, er hätte mich nicht mit größerem Interesse betrachten können. Ich war nicht willens, dem Gespräch eine neue Wendung zu verleihen, und so herrschte fünf Minuten lang völliges Schweigen. Dann glättete sich seine Miene ein wenig, und er ergriff erneut das Wort.
»Ihr Pronomen?« wollte er wissen.
»Ich habe kein Pronomen«, antwortete ich und hoffte zu wissen, was er meinte.
»Und Ihr Zun.?«
»Mein Zun.?«
»Ihr Postnomen?«
»Besitze ich ebenfalls nicht.«
Meine Antwort erstaunte ihn wieder, schien ihm aber auch zu behagen. Er hob die dicken Augenbrauen und verzog das Gesicht zu etwas, das man als Lächeln gelten lassen konnte. Er kam zur Barriere zurück, streckte seine enorme Hand aus, ergriff damit meine und drückte sie warm.
»Kein Name und nicht die Ahnung eines Schimmers über Ihre Herkunft?«
»Nichts davon.«
»Nun, da soll doch gleich der von vorhin!«
Signor Bari, der überragende einbeinige Tenor!
»Nun, da soll doch die heilige Macht Hiberno-Amerikas«, sagte er, »beim Vati! Dann zeigt mir mein altes Kentucky noch mal!«
Darauf zog er sich von der Barriere auf seinen Stuhl vor dem Kamin zurück und saß vornübergebeugt in stille Gedanken versunken, als lasse er die Jahre, die er in seinem Gedächtnis gespeichert hatte, nacheinander Revue passieren.
»Ich kannte mal einen ziemlich großen Mann«, sagte er schließlich zu mir, »der auch keinen Namen hatte, und Sie

sind bestimmt sein Sohn und der Erbe seines Unvermögens und all seiner Unterlassenschaften. Wie geht es Ihrem Paps denn immer, und wo steckt er?«
So unvernünftig fand ich die Annahme nicht, daß der Sohn eines Mannes ohne Namen ebenfalls keinen Namen hat, aber es war klar, daß der Sergeant mich mit jemand anderem verwechselte. Er meinte es nicht böse, und ich beschloß, ihn zu ermutigen. Ich erachtete es als wünschenswert, wenn er nichts über mich wußte, aber noch besser war es, wenn er einige Einzelheiten erfuhr, die gründlich falsch waren. Das würde mir dabei helfen, ihn für meine eigenen Zwecke auszunutzen und schließlich die schwarze Kassette zu finden.
»Er ist nach Amerika gegangen«, gab ich zurück.
»Dahin also«, sagte der Sergeant. »So so. Aha. Er war ein guter Familienvater. Als ich ihn das letztemal verhörte, ging es um eine verschwundene Luftpumpe, und er hatte ein Frauchen und zehn Sohnemänner, und zu der Zeit war seine Frau wieder in einem Zustand sehr fortgeschrittener Sexualität.«
»Das war ich«, sagte ich lächelnd.
»Das waren Sie«, bestätigte er. »Was ist aus den zehn starken Söhnen geworden?«
»Alle nach Amerika.«
»Das Land ist mir ein großes Rätsel«, sagte der Sergeant, »ein sehr ausgedehntes Territorium, ein Ort voll schwarzer Männer und Ausländer. Man sagt mir, in jener Gegend seien Schießwettbewerbe sehr beliebt.«
»Es ist ein merkwürdiges Land«, sagte ich.
In diesem Augenblick hörte man Schritte an der Tür, und es trat ein schwerer Polizist ein, der eine kleine Konstablerlampe trug. Er hatte ein dunkles jüdisches Gesicht, eine Hakennase und Massen schwarzen Lockenhaares. Er war blauwangig und schwarzwangig und sah aus, als müsse er sich zweimal täglich rasieren. Seine Zähne glänzten vor weißem Schmelz und kamen, daran hatte ich keinen Zweifel, sicherlich aus Manchester, zwei Reihen davon, im Innern seines

Mundes arrangiert, und wenn er lachte, so war das ein schöner Anblick, wie Delfter Porzellan auf einer reinlichen, ländlichen Anrichte. Er stand gut im Fleisch und war von grobem Körperbau wie der Sergeant, aber sein Gesicht wirkte wesentlich intelligenter. Es war unerwartet mager, und die Augen darin waren durchdringend und aufmerksam. Wäre es nur um sein Gesicht gegangen, so hätte er eher wie ein Poet als wie ein Polizist ausgesehen, aber der übrige Leib sah alles andere als poetisch aus.

»Wachtmeister MacCruiskeen«, sagte Sergeant Pluck.

Wachtmeister MacCruiskeen stellte die Lampe auf den Tisch, reichte mir die Hand und entbot mir mit tiefem Ernst den Gruß der Tageszeit. Seine Stimme war hoch, nahezu weiblich, und er sprach mit zarter sorgfältiger Betonung. Dann trug er die kleine Lampe zum Schreibpult und unterwarf uns beide einer genauen Betrachtung.

»Handelt es sich um ein Fahrrad?« fragte er.

»Nicht direkt«, sagte der Sergeant. »Wir haben es hier mit einem privaten Besucher zu tun. Er behauptet, unsere Gemeinde nicht mit dem Fahrrad erreicht zu haben. Er führt nicht den geringsten persönlichen Namen. Sein Paps hält sich in Merika auf.«

»In welchem der beiden Merikas?« fragte MacCruiskeen.

»In den Vereinten Stationen«, sagte der Sergeant.

»Wenn er sich an jenem Ende der Welt befindet, dürfte er inzwischen steinreich geworden sein«, sagte MacCruiskeen, »denn dort gibt es die Dollars, die Dollars und die Bucks, und der Erdboden quillt von Nuggets über; Tennisschläger, Golfturniere und Musikinstrumente, soweit das Auge reicht. Ein freies Land, möchte ich wetten.«

»Frei für jedermann«, sagte der Sergeant zum Wachtmeister. »Und nun sagen Sie mir das eine«, sagte er, »haben Sie heute schon abgelesen?«

»Und ob«, sagte MacCruiskeen.

»Seien Sie lieb, zücken Sie Ihr schwarzes Buch und sagen

Sie mir, woran ich bin«, sagte der Sergeant. »Teilen Sie mir die Quintessenz Ihrer Erkenntnisse mit, damit ich sehe, was ich dann sehen werde«, fügte er hinzu.
MacCruiskeen fischte ein kleines, schwarzes Notizbuch aus seiner Brusttasche.
»Zehn Komma Sechs«, sagte er.
»Zehn Komma Sechs«, sagte der Sergeant. »Und wie lautet die Eintragung für den Rahmen?«
»Sieben Komma Vier.«
»Und für die Pedale?«
»Eins Komma Fünf.«
Eine Pause trat ein. Der Sergeant trug eine Miene überlegener Pfiffigkeit zur Schau, als spielten sich in seinem Schädel Additionen und eingekleidete Aufgaben von ungeahnter Schwierigkeit ab. Schließlich klärte sich sein Blick, und er richtete das Wort an den Kameraden:
»Gab es eine Senkung?«
»Gegen halb vier trat eine heftige Senkung ein.«
»Sehr verständlich und unter den gegebenen Umständen sogar zufriedenstellend«, sagte der Sergeant. »In der Küche steht Ihr Abendessen auf dem Herd; rühren Sie die Milch aber bitte um Himmels willen um, bevor Sie sich bedienen, damit wir anderen, die wir nach Ihnen essen, ebenfalls in den Genuß von Fett, Gesundheit, Herz und Sinn dieser Speise kommen.«
Wachtmeister MacCruiskeen lächelte, weil vom Essen die Rede war, lockerte seinen Gürtel und schritt ins Hinterzimmer. Augenblicke später hörten wir ein ungebildetes Schmatzen, ganz so, als äße jemand Haferschleim, ohne sich dabei eines Löffels oder auch nur der Hände zu bedienen. Der Sergeant lud mich ein, in seiner Gesellschaft am Kamin zu sitzen und bot mir aus seiner Jackentasche eine runzlige Zigarette an.
»Merika ist sicher das beste für Ihren Paps«, bemerkte er, »besonders, wenn er Ärger mit den guten, alten Zähnen hat.

Es gibt kaum eine Krankheit, die nicht mit der Zusammensetzung des Speichels zu tun hätte.«
»Ja«, sagte ich. Ich war entschlossen, so wenig wie möglich zu sagen. Erst sollten diese ungewöhnlichen Polizisten ihre Karten aufdecken. Danach würde ich wissen, wie mit ihnen zu verfahren war.
»Denn ein Mensch kann in seinem Speichel mehr Unrat und Krankheitskeime beherbergen als eine Ratte in ihrem Fell. Die Bevölkerung von Merika dagegen besitzt Zähne wie Rasierschaum oder Delfter Porzellan an einer frischen Bruchstelle.«
»Sehr wahr«, sagte ich.
»Oder wie Eier unter einer schwarzen Krähe.«
»Wie Eier«, sagte ich.
»Haben Sie auf Ihren Reisen je ein Lichtspielhaus besucht?«
»Nie«, antwortete ich beschämt, »aber ich vermute, es handelt sich um einen finsteren Saal, in dem es außer den Bildern an der Wand nichts zu sehen gibt.«
»Nun, dort bekommt man die prächtigen Zähne zu sehen, die in Merika die Regel sind.«
Er bedachte das Kaminfeuer mit einem durchdringenden Blick und stocherte geistesabwesend in seinen gelben Zahnstümpfen. Das geheimnisvolle Gespräch mit MacCruiskeen hatte mich in Erstaunen versetzt.
»Sagen Sie mir nur das eine«, preschte ich vor, »was bedeuten die Aufzeichnungen im schwarzen Buch des Wachtmeisters?«
Der Sergeant warf mir einen forschenden Blick zu, der mich fast zu versengen drohte, nachdem er so lange auf dem Kaminfeuer geruht hatte.
»Die erste Regel der Weisheit«, sagte er, »besteht darin, daß man Fragen stellt, nie aber solche beantwortet. *Sie* beziehen Ihr Wissen daraus, daß Sie fragen, *ich* daraus, daß ich nicht antworte. Würden Sie mir glauben, wenn ich Ihnen sagte, daß die Kriminalität in dieser Gegend stark im Ansteigen begriffen ist? Letztes Jahr hatten wir neunundsechzig Fälle ohne

Lampe und vier Fälle, bei denen die Lampe entwendet worden war. Dieses Jahr haben wir zweiundachtzig Fälle ohne Lampe, dreizehn Fälle, bei denen auf dem Bürgersteig gefahren worden war, und vier Diebstähle. Es gab einen Fall mutwilliger Beschädigung einer Dreigangschaltung, der bestimmt vor die Gerichte kommen wird ... Und wer steht als der Dumme da? –: die Gemeinde. Bevor das Jahr zu Ende geht, rechne ich fest mit dem Diebstahl einer Luftpumpe. Eine doch recht verwerfliche und jämmerliche Offenbarung von Kriminalität und ein Schandfleck für die ganze Grafschaft.«
»Freilich«, sagte ich.
»Vor fünf Jahren hatten wir den Fall mit dem lockeren Lenker. Und jetzt passen Sie auf, jetzt kommt der Clou. Wir drei hatten eine geschlagene Woche damit zu tun, die Anklageschrift zu formulieren.«
»Lockerer Lenker«, murmelte ich. Ich sah nicht so recht ein, warum man in dieser Weise über Fahrräder sprach.
»Und dann die Sache mit den schadhaften Bremsen. Dies Land ist mit schadhaften Bremsen übersät, fünfzig Prozent der Unfälle sind darauf zurückzuführen; schadhafte Bremsen scheinen erblich zu sein.«
Ich hielt es für klüger, das Thema zu wechseln und nicht mehr über Fahrräder zu sprechen.
»Sie sagten mir die erste Regel der Weisheit«, sagte ich. »Wie lautet die zweite?«
»Das will ich Ihnen gern beantworten«, sagte er. »Im ganzen sind es fünf. Immer alle Fragen stellen, die gestellt werden müssen, und nie welche beantworten. Alles Gehörte zum eigenen Vorteil nutzen. Immer Reparaturwerkzeug dabeihaben. So oft als möglich nach links abbiegen. Nie die vordere Handbremse zuerst betätigen.«
»Das sind interessante Regeln«, sagte ich trocken.
»Wenn Sie sie befolgen«, sagte der Sergeant, »werden Sie Ihre Seele retten und nie auf glatter Straße stürzen.«

»Ich wäre Ihnen sehr verbunden«, sagte ich, »wenn Sie mir mitteilten, welche dieser Regeln für das Problem zuständig ist, das ich Ihnen heute zu unterbreiten versucht habe.«
»Dies ist nicht heute, dies ist gestern«, sagte er. »Aber um welches Problem handelt es sich? Was ist die *crux rei*?«
Gestern? Ich entschied ohne Zögern, daß es Zeitverschwendung wäre, auch nur die Hälfte dessen, was er sagte, verstehen zu wollen. Ich beharrte auf meiner Frage.
»Ich bin gekommen, um Sie offiziell vom Diebstahl meiner goldenen amerikanischen Uhr zu unterrichten.«
Er sah mich durch eine Atmosphäre großen Erstaunens und Unglaubens an und zog die Augenbrauen fast bis in Höhe des Haaransatzes.
»Das ist eine verwunderliche Aussage«, sagte er schließlich.
»Warum?«
»Warum sollte jemand eine Uhr stehlen, wenn er ein Fahrrad stehlen kann?«
Hören Sie sich seine kalte, zwingende Logik an.
»Durchsuchen Sie mich«, sagte ich.
»Wer hat je von einem Menschen gehört, der auf einer Uhr die Straße entlangradelt oder einen Sack Torf auf der Querstange seiner Uhr nach Hause transportiert?«
»Ich habe nicht gesagt, daß der Dieb meine Uhr zum Fahren benutzen wollte«, wies ich ihn zurecht. »Höchstwahrscheinlich hatte er ein eigenes Fahrrad, auf dem er sich dann auch mitten in der Nacht leise davongemacht hat.«
»Mein Lebtag hab ich noch von keinem Menschen gehört, der etwas anderes als ein Fahrrad gestohlen hätte, wenn er seine gesunden Sinne beisammen hatte«, sagte der Sergeant, » – außer Luftpumpen und Hosenklammern und Lampen und derlei mehr. In meinem Alter werden Sie mir doch gewiß nicht weismachen wollen, daß die Welt sich ändert?«
»Ich sage nur, daß man mir die Uhr gestohlen hat«, sagte ich spitz.
»Nun gut«, sagte der Sergeant, und in seinem Ton schwang

etwas Endgültiges mit, »wir werden eine Fahndung veranlassen müssen.«
Er lächelte mich strahlend an. Es war ganz klar, daß er kein Wort von meiner Geschichte glaubte und meinen Geisteszustand für bedenklich hielt. Er versuchte mich aufzumuntern, als wäre ich ein Kind.
»Danke«, murrte ich.
»Aber wenn wir sie gefunden haben, fängt der Ärger überhaupt erst an«, sagte er ernst.
»Wie das?«
»Wenn wir sie finden, werden wir den Besitzer suchen müssen.«
»Aber ich bin der Besitzer.«
Hier lachte der Sergeant nachsichtig und schüttelte den Kopf.
»Ich weiß, was Sie meinen«, sagte er. »Aber das Gesetz ist ein äußerst verwickeltes Phänomen. Wenn Sie keinen Namen haben, können Sie keine Uhr besitzen, und die gestohlene Uhr existiert nicht, und wenn wir sie gefunden haben, muß sie ihrem rechtmäßigen Eigentümer zurückerstattet werden. Wenn Sie keinen Namen haben, besitzen Sie nichts und existieren nicht, und sogar Ihre Hosen haben Sie nicht an, obwohl es von hier so aussieht. Andererseits wiederum können Sie tun, was Ihnen beliebt, und brauchen das Gesetz nicht zu fürchten.«
»Sie hatte fünfzehn Steine«, sagte ich verzweifelnd.
»Einerseits aber nun wieder könnten Sie des Diebstahls oder eines unvorsätzlichen Eigentumsdelikts angeklagt werden, wenn man Sie mit jemand anderem verwechselt, der die Uhr trägt.«
»Ich bin sehr verwirrt«, sagte ich, und das war nur zu wahr.
Der Sergeant lachte gutgelaunt.
»Wenn wir die Uhr jemals finden«, lächelte er, »so habe ich das Gefühl, daß sie mit Klingel und Luftpumpe ausgestattet sein wird.«
Ich betrachtete meine Lage mit einiger Besorgnis. Es schien unmöglich, den Sergeant dazu zu bringen, irgend etwas auf

der Welt zur Kenntnis zu nehmen, das kein Fahrrad war. Ich wollte eine letzte Anstrengung unternehmen.
»Sie scheinen unter dem Eindruck zu stehen«, sagte ich kühl, aber liebenswürdig, »daß ich ein goldenes Fahrrad amerikanischen Fabrikats mit fünfzehn Steinen verloren habe. Ich habe aber eine Uhr verloren, und sie ist ohne jede Klingel. Nur an Weckern befinden sich Klingeln, und ich habe noch nie im Leben eine Uhr gesehen, an der eine Luftpumpe befestigt gewesen wäre.«
Wieder lächelte der Sergeant mich an.
»Vor vierzehn Tagen war ein Mann in dieser Stube«, sagte er, »und der meldete mir den Verlust seiner Mutter, einer Dame von zweiundachtzig Jahren. Als ich ihn um eine Beschreibung bat – nur um die leeren Stellen auf dem amtlichen Formular auszufüllen, das wir so gut wie umsonst von der Materialverwaltung bekommen –, da sagte er, sie habe rostige Felgen, und der Rücktritt funktioniere nur gelegentlich.«
Diese Ansprache machte mir meine Lage vollends bewußt. Als ich etwas anderes sagen wollte, steckte ein Mann sein Gesicht herein, sah uns an, trat dann vollständig ein, schloß die Tür sorgfältig hinter sich und kam zur Barriere herüber. Er war plump und rotgesichtig, er trug einen derben Mantel, und unter den Knien hatte er die Hosenbeine mit Zwirn zusammengebunden. Später erfuhr ich, daß er Michael Gilhaney hieß. Statt sich an die Theke zu stellen, wie er es in einer Gastwirtschaft getan hätte, ging er zur Wand, stemmte die Arme in die Seiten und lehnte sich gegen die Mauer, wobei er sein Gewicht vollständig auf die Spitze eines Ellenbogens stützte.
»Na, Michael?« sagte der Sergeant heiter.
»Saukalt heute«, sagte Mr Gilhaney.
Zu uns drangen Rufe aus dem Hinterzimmer herüber, wo Wachtmeister MacCruiskeen mit der Einnahme eines frühen Mittagessens befaßt war.

»Gib mir 'ne Lulle«, rief er.
Der Sergeant gab mir eine weitere zerknitterte Zigarette aus seiner Tasche und stieß seinen Daumen in die Richtung des Hinterzimmers. Als ich mit der Zigarette hineinging, hörte ich, wie der Sergeant ein riesiges Hauptbuch öffnete und dem rotgesichtigen Besucher Fragen stellte.
»Welches Fabrikat«, sagte er, »und die Nummer des Rahmens, und hatte das Ganze eine Lampe und eine Luftpumpe?«

V

Das lange, beispiellose Gespräch, das ich mit Wachtmeister MacCruiskeen führte, nachdem ich ihn in meiner Zigarettenmission aufgesucht hatte, rief mir später einige der eher bedenklichen Überlegungen de Selbys ins Gedächtnis zurück, besonders seine Untersuchung des Wesens von Zeit und Ewigkeit anhand eines Systems von Spiegeln.[1] Seine Theorie ist, soweit ich sie verstehen kann, die folgende:

Wenn ein Mensch vor einem Spiegel steht und in diesem seine Reflexion betrachtet, dann sieht er nicht sein wahres Abbild, sondern er sieht ein Bild, das ihn als jüngeren Menschen darstellt. Die Erklärung, die de Selby für dieses Phänomen liefert, ist denkbar einfach. Es gibt eine nachgewiesene und definierte Zeit, die das Licht braucht, um einen Weg zurückzulegen, die Lichtgeschwindigkeit. Daher ist es nötig, daß, bevor man von einem Objekt sagen kann, daß seine Reflexion in einem Spiegel stattgefunden hat, die Lichtstrahlen zuerst das Objekt treffen und erst dann auf das Glas des Spiegels stoßen, um auf das Objekt zurückgeworfen zu werden – die Augen eines Menschen zum Beispiel. Daraus folgt die Exi-

---

[1] Hatchjaw merkt (von Bassett jedoch nicht bestätigt) an, daß de Selby die gesamten zehn Jahre hindurch, die die Abfassung von *The Country Album* in Anspruch nahm, von Spiegeln besessen gewesen sei und sich ihrer dermaßen häufig bedient habe, daß er behauptete, zwei linke Hände zu haben und in einer Welt zu leben, die despotisch von einem hölzernen Rahmen eingeengt sei. Im Laufe der Zeit weigerte er sich, den direkten Anblick wovon auch immer zu dulden, und er benutzte einen kleinen Spiegel, welcher ständig mit Hilfe einer Drahtkonstruktion eigener Fabrikation vor seinen Augen hing. Nachdem er zu dieser phantastischen Anordnung Zuflucht genommen hatte, pflegte er sich mit Besuchern zu besprechen, indem er ihnen den Rücken zuwandte und den Kopf zur Zimmerdecke reckte; man schreibt ihm sogar zu, er habe lange Spaziergänge rückwärts auf belebten Durchgangsstraßen unternommen. Hatchjaw behauptet, diese Aussage sei dadurch abgesichert, daß das Manuskript von etwa 300 Seiten des *Albums* rückwärts geschrieben sei, »ein Umstand, der die Anwendung des Spiegel-Prinzips selbst auf der Bank des bedauernswerten Schriftsetzers nötig machte.« (*De Selby's Life and Times*, S. 221) Das betreffende Manuskript ist zur Zeit nicht aufzufinden.

stenz eines abschätz- und meßbaren Zeitintervalls zwischen dem Blick, den ein Mensch auf sein Gesicht in einem Spiegel wirft, und der Registrierung des reflektierten Bildes in seinem Auge.
So weit, so gut, ist man versucht zu sagen. Mag diese Idee nun stimmig sein oder nicht, so ist doch die damit verbundene Zeitspanne so unbedeutend, daß sich nur wenige Menschen von Verstand ernsthaft mit diesem Punkt auseinandersetzen werden. De Selby jedoch, nie ein Freund von Halbheiten, besteht darauf, die erste Reflexion in einem weiteren Spiegel zu reflektieren und die winzigen Unterschiede in diesem zweiten Abbild ausfindig zu machen. Schließlich konstruierte er die bekannte Versuchsanordnung paralleler Spiegel, deren jeder die schwächer werdenden Abbilder eines zwischengeschalteten Objekts unendlich reflektiert. Bei dem zwischengeschalteten Objekt handelte es sich in diesem Fall um de Selbys eigenes Gesicht, und dieses habe er, gibt er an, durch eine Unendlichkeit von Reflexionen »mit Hilfe eines starken Glases« rückwärts studiert. Was er durch dieses Glas gesehen zu haben behauptet, ist erstaunlich. Er berichtet, er habe in den Reflexionen seines Gesichts eine zunehmende Jugendlichkeit bemerkt, und zwar der zunehmenden Entfernung der Spiegel entsprechend, wobei die entfernteste – zu winzig, um unbewaffneten Auges wahrgenommen zu werden – das Gesicht eines bartlosen Knaben von zwölf Jahren war, welches, um es in seinen eigenen Worten zu sagen, »Züge von einzigartiger Schönheit und unvergleichlichem Adel« aufwies. Es gelang ihm allerdings nicht, den Gegenstand bis zur Wiege zurückzuverfolgen, wofür er »die Erdkrümmung und die Grenzen des Teleskops« verantwortlich machte.
Soviel zu de Selby. Ich fand MacCruiskeen mit rotem Gesicht am Küchentisch vor. Wegen all der Nahrung, die er in seinem Magen untergebracht hatte, keuchte er ruhig vor sich hin. Im Austausch für die Zigarette bedachte er mich mit forschenden Blicken. »Tja«, sagte er.

Er entzündete die Zigarette, nahm einen Zug und musterte mich verstohlen.
»Tja«, sagte er wieder. Neben ihm stand seine kleine Lampe auf dem Tisch, und er spielte mit den Fingern an ihr herum.
»Ein schöner Tag«, sagte ich. »Was machen Sie am hellichten Morgen mit einer Lampe?«
»Ich kann Ihnen eine ebenso gute Frage stellen«, erwiderte er. »Können Sie mir die Bedeutung des Wortes Bulbul mitteilen?«
»Bulbul?«
»Was, würden Sie sagen, ist eine Bulbul?«
Dieses Ratespiel interessierte mich nicht, ich gab aber vor, mir das Hirn zu zermartern, und zog mein Gesicht in bestürzte Falten, bis ich das Gefühl hatte, daß es nur noch halb so groß war wie es sich gehört.
»Nicht eine dieser Damen, die es für Geld tun?« sagte ich.
»Nein.«
»Kein Messingknopf an einer deutschen Dampforgel?«
»Keine Knöpfe.«
»Nichts, was mit der amerikanischen Unabhängigkeit oder ähnlichem zu schaffen hätte?«
»Nein.«
»Eine mechanische Maschine, mit der man Uhren aufzieht?«
»Nein.«
»Ein Tumor, oder der Schaum im Maul einer Kuh, oder so ein elastischer Artikel, wie er von Damen getragen wird?«
»Keine Rede davon.«
»Kein orientalisches Instrument, wie es die Araber spielen?«
Er klatschte in die Hände.
»Nein, aber schon sehr nah dran«, lächelte er. »Nur eine Tür weiter. Sie sind ein herzlicher, verständlicher Mensch. Eine Bulbul ist eine persische Nachtigall. Was sagen Sie nun?«
»Daß ist so weit daneben liege, passiert selten«, sagte ich trocken.
Er sah mich bewundernd an, und eine Zeitlang saßen wir

beide still da, als wäre jeder von uns sehr zufrieden mit sich und dem anderen, und hätte auch allen Grund dazu.
»Es kann doch wenig Zweifel daran bestehen, daß Sie ein Baccalaureus Artium sind?« befragte er mich.
Ich gab ihm keine direkte Antwort, versuchte aber, auf meinem kleinen Stuhl groß, gelehrt und alles andere als einfältig auszusehen.
»Ich glaube, Sie sind ein immerwährender Mensch«, sagte er langsam.
So saß er für ein Weilchen, unterzog den Fußboden einer genauen Prüfung, streckte mir dann sein angedunkeltes Kinn entgegen und begann mich nach den Umständen meiner Ankunft in der Gemeinde auszufragen.
»Ich will nicht hinterhältig sein«, sagte er, »aber würden Sie mich über die Umstände Ihrer Ankunft in der Gemeinde unterrichten? Für die Hügel hatten Sie doch sicher eine Dreigangschaltung?«
»Ich hatte keine Dreigangschaltung«, antwortete ich ziemlich schroff, »und auch keine Zweigangschaltung, und darüber hinaus kann gesagt werden, daß ich kein Fahrrad hatte und keine Luftpumpe oder doch so gut wie kaum eine, und falls ich eine Lampe gehabt hätte, so wäre sie unnütz gewesen, wo ich doch kein Fahrrad hatte und keinen Mauerhaken, um es daran aufzuhängen.«
»Das mag sein«, sagte MacCruiskeen, »aber man verlachte Sie doch wohl auf Ihrem Dreirad?«
»Ich hatte weder Zwei- noch Dreirad, und ich bin auch kein Zahnarzt«, sagte ich mit ernster, kategorischer Gründlichkeit, »und ich halte weder etwas vom Hochrad oder vom Tretroller, noch vom Velociped oder vom Touren-Tandem.«
MacCruiskeen wurde bleich und zittrig. Er packte mich beim Arm und sah mich durchdringend an.
»All mein Lebtag«, sagte er schließlich, mit angestrengter Stimme, »habe ich keinen phantastischeren Epilog oder eine seltsamere Geschichte vernommen. Sie sind ja wirklich ein

merkwürdiger, weit hergeholter Mensch. Bis zum Abend meines Todes werde ich diesen denkwürdigen Morgen nicht vergessen. Sie nehmen mich doch wohl nicht auf den Arm?«
»Nein«, sagte ich.
»Heiliges Kugellager!«
Er stand auf, strich sich das Haar mit flacher Hand am Schädel zurück und blickte ein langes Intervall lang aus dem Fenster, wobei seine Augen aus den Höhlen traten und tanzten, und sein Kopf wirkte wie ein leerer, blutloser Beutel.
Dann wanderte er herum, um die Blutzirkulation wieder anzuregen. Er nahm einen kleinen Speer vom Gesims.
»Strecken Sie die Hand aus«, sagte er.
Ich streckte sie aus, lässig genug, und er hielt den Speer in ihre Nähe. Er führte den Speer immer näher, und als die glänzende Spitze nur noch etwa einen halben Fuß entfernt war, fühlte ich einen Stich und stieß einen kurzen Schrei aus. In der Mitte meiner Handfläche sah ich einige Perlen meines roten Bluts.
»Haben Sie herzlichen Dank«, sagte ich. Ich war zu überrascht, um böse auf ihn zu sein.
»Das wird Sie zum Nachdenken bringen«, bemerkte er triumphierend, »oder ich lasse mich nach allen Regeln der Kunst aufhängen.«
Er legte seinen kleinen Speer auf das Gesims zurück und blickte mich aus einem seitlichen Winkel verschwörerisch an, wobei er eine gehörige Menge dessen an den Tag legte, was man mit *le roi s'amuse* umschreiben könnte.
»Vielleicht können Sie mir das erklären?« sagte er.
»Das ist der Gipfel«, sagte ich verwundert.
»Es bedarf einiger Analyse«, sagte er, »intellektuell zumindest.«
»Warum hat Ihr Speer gestochen, als er noch einen halben Fuß von der Stelle entfernt war, wo ich blutete?«
»Dieser Speer«, antwortete er ruhig, »ist eines der ersten Dinge, die ich in meiner Freizeit hergestellt habe. Heute halte

ich nicht mehr soviel davon, aber in dem Jahr, als ich ihn machte, war ich so stolz darauf, daß ich für keinen Sergeanten der Welt morgens früh aus den Federn gestiegen wäre. In Irland gibt es weit und breit keinen solchen Speer und nur einen einzigen in Merika, obschon ich nicht gehört habe, was für einer es ist. Aber über das Nicht-Fahrrad komme ich nicht hinweg. Heiliges Kugellager!«

»Aber der Speer«, beharrte ich. »Teilen Sie mir die Zusammenhänge in groben Umrissen mit, und ich werde es auch bestimmt nicht weitersagen.«

»Ich werde es Ihnen sagen, weil Sie ein vertraulicher Mensch sind«, sagte er, »und noch dazu ein Mensch, der etwas über Fahrräder gesagt hat, das ich noch nie gehört habe. Das, was Sie für die Spitze halten, ist ganz und gar nicht die Spitze, sondern erst der Anfang der Spitzigkeit.«

»Schön und gut«, sagte ich, »aber ich verstehe kein Wort.«

»Die Spitze ist sieben Zoll lang und so spitz und dünn, daß man sie mit dem guten, alten Auge nicht erkennen kann. Die erste Hälfte der Spitzigkeit ist dick und stark, aber sehen kann man sie ebenfalls nicht, weil die richtige Spitzigkeit in sie übergeht, und wenn man die Hälfte sähe, die man noch eben gerade sehen kann, würde man vielleicht den Übergang bemerken.«

»Ich vermute, sie ist wesentlich dünner als ein Streichholz?« fragte ich.

»Es *gibt* einen Unterschied«, sagte er. »Denn der wirklich spitze Teil ist so dünn, daß niemand ihn wahrnehmen könnte, gleichgültig, wie die Lichtverhältnisse sind; egal, wie gut das betreffende Auge sein mag. Etwa einen Zoll vom Ende entfernt ist die Spitze so spitz, daß man – besonders spät nachts oder bei schlechtem Wetter – gar nicht an sie denken oder sie zum Thema einer flüchtigen Überlegung machen kann, weil man seinen Gehirnkasten beschädigen würde mit einer solchen Marter.«

Ich runzelte die Stirn und versuchte, wie ein weiser Mensch

auszusehen, der etwas zu verstehen versucht, was all sein Wissen in Anspruch nimmt.
»Kein Rauch ohne Feuer«, sagte ich und nickte.
»Gut gesprochen«, erwiderte MacCruiskeen.
»Scharf genug war sie auf jeden Fall«, gestand ich ihm zu. »Es kam ein kleiner Blutstropfen, aber den Stich selbst habe ich kaum gefühlt. Der Speer muß sehr scharf sein, wenn er so wirkt.«
MacCruiskeen lachte kurz, setzte sich an den Tisch und begann, seinen Gürtel umzuschnallen.
»Sie ahnen das Ganze nicht im mindesten«, lächelte er. »Denn das, was Sie blutig gestochen hat, war gar nicht die Spitze; es war die in Rede stehende Stelle, und diese befindet sich einen guten Zoll von der vermeintlichen Spitze des Gegenstandes unserer Diskussion entfernt.«
»Und was ist mit dem übrigen Zoll?« fragte ich. »Wie würden sie den, um Himmels willen, nennen?«
»Das ist die tatsächliche Spitze«, sagte MacCruiskeen, »aber sie ist so dünn, daß man sie durch ihre Hand und am anderen Ende wieder herausstoßen könnte, ohne daß Sie das Geringste spüren oder sehen oder hören würden. Sie ist so dünn, daß sie vielleicht gar nicht existiert und man eine gute halbe Stunde damit verbringen könnte, an sie zu denken, ohne zum Schluß einen klaren Gedanken daran befestigen zu können. Der erste Teil dieses Zolls ist dicker als der zweite, und es gibt ihn wohl auch in Wirklichkeit, was ich bezweifle, falls es meine Privatmeinung ist, die zu erfahren Sie sich verzehren.«
Ich umklammerte mein Kinn mit den Fingern und begann, äußerst konzentriert nachzudenken, wobei ich Teile meines Gehirns auf den Plan rief, die ich selten benutzte. Trotzdem machte ich, was die Frage der Spitzen betraf, keine Fortschritte. MacCruiskeen war ein zweites Mal bei der Kommode gewesen und kam unverzüglich mit einem kleinen schwarzen Artikel zurück, der wie ein Zwergenklavier mit

winzigen schwarzen und weißen Tasten aussah und Messingröhren hatte und Zahnräder wie eine Getreidemühle. Seine weißen Hände wanderten über den Gegenstand, als versuchten sie, eine winzige Unebenheit zu entdecken, sein Gesicht blickte vergeistigt in die Luft, und meiner persönlichen Anwesenheit schenkte er nicht die geringste Aufmerksamkeit. Auf uns lastete eine überwältigende, entsetzliche Stille, als hätte das Dach des Zimmers sich zur Hälfte seiner Höhe gesenkt; er war ganz in seine merkwürdige Beschäftigung mit dem Instrument vertieft, und ich versuchte, die Spitzigkeit der Spitzen zu begreifen und ihre genaue Bedeutung zu erfassen.
Nach zehn Minuten stand er auf und legte das Ding beiseite. Er schrieb eine Zeitlang in seinem Notizbuch und zündete sich dann seine Pfeife an.
»Tja«, bemerkte er gedehnt.
»Diese Spitzen«, sagte ich.
»Habe ich Sie zufällig schon gefragt, was eine Bulbul ist?«
»Allerdings«, gab ich zurück, »aber das Problem mit den Spitzen brennt mir noch mehr auf den Nägeln.«
»Ich habe nicht erst heute oder gestern mit dem Schleifen von Speerspitzen begonnen«, sagte er, »aber vielleicht würden Sie gern etwas anderes sehen, was als ein einigermaßen geglücktes Beispiel höchster Kunstfertigkeit gelten kann?«
»Selbstverständlich«, antwortete ich.
»Trotzdem komme ich nicht über das hinweg, was Sie mir privat *sub rosa* über das Nicht-Fahrrad anvertraut haben; das ist eine Geschichte, mit der Sie ein goldenes Vermögen machen könnten, wenn Sie es als Buch niederschrieben, so daß die Menschen sie im Wortlaut verfolgen können.«
Er ging wieder zur Kommode, öffnete ihre unterste Lade, nahm einen kleinen Kasten heraus und stellte ihn auf den Tisch, so daß ich ihn untersuchen konnte. Ich habe noch nie im Leben etwas Ornamentaleres und besser Gemachtes sehen dürfen. Es war ein brauner Kasten, wie ihn Fahrensleute

oder indische Matrosen aus Singapur besitzen, aber er war auf so winzige Weise vollkommen, als betrachte man einen Kasten normaler Größe durch ein umgedrehtes Fernrohr. Er war etwa einen Fuß hoch, von perfekten Proportionen und ohne jeden handwerklichen Makel. Er hatte Einkerbungen und Schnitzereien und einen schrulligen Schliff und Muster über und über, und der Deckel besaß eine Wölbung, die dem gesamten Artikel große Vornehmheit verlieh. An jeder Ecke befand sich ein strahlender Dreikantbeschlag aus Messing, und auf dem Deckel waren weitere Messingbeschläge, wunderschön gearbeitet und untadelig gegen das Holz abgesetzt. Das ganze Stück besaß die Würde und befriedigende Qualität wahrer Kunst.

»Bitte sehr«, sagte MacCruiskeen.
»Es ist fast zu schön«, sagte ich, »um darüber zu sprechen.«
»Als junger Bursch habe ich zwei Jahre für die Herstellung gebraucht«, sagte MacCruiskeen, »und ich kann mich immer noch daran begeistern.«
»Es ist mit Worten nicht zu beschreiben«, sagte ich.
»Ja, beinahe«, sagte MacCruiskeen.
Dann begannen wir beide, den Kasten zu betrachten, und wir betrachteten ihn fünf Minuten lang so eingehend, daß er auf dem Tisch zu tanzen und noch kleiner auszusehen schien, als er möglicherweise war.
»Ich sehe mir nicht oft Kisten oder Kästen an«, sagte ich schlicht, »aber dies ist der schönste Kasten, den ich je gesehen habe, und ich werde ihn nie vergessen. Ist vielleicht etwas darin?«
»Vielleicht«, sagte MacCruiskeen.
Er ging zum Tisch und schloß seine Hände einschmeichelnd um den Kasten, als streichele er einen Hütehund, öffnete den Deckel mit Hilfe eines kleinen Schlüssels, schloß ihn aber sofort wieder, bevor ich das Innere des Kasten untersuchen konnte.
»Ich werde Ihnen eine Geschichte erzählen und eine Synopsis

der Verästelungen des kleinen Sachverhalts auffächern«, sagte er. »Als ich den Kasten fertiggestellt und vollendet hatte, versuchte ich, mir etwas einfallen zu lassen, was man darin aufbewahren könnte. Zunächst dachte ich an die Briefe von Frl. Braut, die mit dem blauen Papier und dem starken Geruch, aber dann dachte ich mir, das wäre gut und gern ein Sakrileg, denn in denen Briefen sind ganz schöne scharfe Stellen. Begreifen Sie den Fluß meiner Betrachtungen?«
»Oh, ja«, antwortete ich.
»Dann gab es noch meine Manschettenknöpfe und das emaillierte Abzeichen und meinen eisernen Dedikationsdrehbleistift, einen verzwickten Artikel voller Mechanismen und ein Geschenk aus Southport. All diese Dinge sind das, was man als Beispiele des Maschinenzeitalters bezeichnen könnte.«
»Sie würden dem Geiste dieses Kastens widersprechen«, sagte ich.
»Das würden sie allerdings. Dann gab es noch mein Rasiermesser und mein Ersatzgebiß für den Fall, daß ich in Ausübung meiner Pflicht eins in die Fresse gesemmelt kriege...«
»Aber das war auch nichts.«
»Aber das war auch nichts. Dann gab es noch meine Diplome und mein Bargeld und das Bild von Peter, dem Eremiten, und das Messingdings mit den Riemen, das ich eines Nachts vor Matthew O'Carahans Haus gefunden habe. Aber das war es auch nicht.«
»Eine rechte Zwickmühle«, sagte ich.
»Zum Schluß fand ich, daß es nur eines gab, das mich mit meinem privaten Gewissen in Einklang bringen konnte.«
»Es ist großartig, daß Sie die richtige Antwort überhaupt gefunden haben«, gab ich zurück.
»Ich beschloß bei mir«, sagte MacCruiskeen, »daß das Eine und Einzige, was in dem Kasten aufbewahrt werden sollte, ein weiterer Kasten sein sollte, und zwar von genau der gleichen Machart, wenn auch von geringerer kubischer Dimension.«

»Das zeugt von sehr kompetenter Meisterschaft«, sagte ich, wobei ich mich bemühte, seine eigene Sprache zu sprechen.
Er ging zu dem kleinen Kasten hinüber, öffnete ihn wieder, senkte seine Hände seitlich hinein – wie flache Platten oder wie die Flossen eines Fischs – und holte einen kleineren Kasten heraus, der seinem Mutter-Kasten in jeder Einzelheit glich, was Aussehen und Dimensionen betraf. Es verschlug mir fast den Atem, so angenehm unverwechselbar war er. Ich ging hinüber und betastete ihn und bedeckte ihn mit der Hand, um zu sehen, wie groß seine Kleinheit war. Die Messingbeschläge leuchteten wie die Sonne auf dem Meer, und die Farbe des Holzes war von einem reichen, tiefen Reichtum, eine Farbe, wie nur die Jahre sie vertiefen und tönen können. Der Anblick machte mich ein wenig schwach, ich setzte mich auf einen Stuhl, und um den Eindruck zu erwekken, ich sei nicht beeindruckt, pfiff ich *The Old Man Twangs His Braces*.
MacCruiskeen bedachte mich mit einem sanften, unmenschlichen Lächeln.
»Sie mögen nicht mit dem Fahrrad hergekommen sein«, sagte er, »aber das bedeutet noch nicht, daß Sie alles wissen.«
»Diese Kästen«, sagte ich, »sind einander so ähnlich, daß ich nicht glauben kann, daß es sie wirklich gibt, weil es einfacher wäre, das Gegenteil zu glauben. Trotzdem sind die beiden die wunderbarsten zwei Gegenstände, die ich je gesehen habe.«
»Zwei Jahre habe ich für die Anfertigung gebraucht«, sagte MacCruiskeen.
»Was ist in dem kleineren Kasten?« fragte ich.
»Was würden Sie sagen?«
»Ich habe völlig halbwegs Angst davor, daran zu denken«, sagte ich, und das war nur zu wahr.
»Warten Sie, bis ich es Ihnen zeige«, sagte MacCruiskeen, »und Ihnen eine Vorführung und eigens eine persönliche Inspektion ermöglicht habe.«

Er nahm zwei dünne Buttermesser vom Gesims, steckte sie in den kleinen Kasten und zog etwas heraus, was bemerkenswerte Ähnlichkeit mit einem weiteren Kasten hatte. Ich stand auf und untersuchte den Kasten sorgfältig mit der Hand. Ich fühlte die gleichen identischen Kerben, dieselben Proportionen und die gleichen vollkommenen Messingarbeiten in kleinerem Maßstab. Er war so makellos und entzückend, daß er mich, so seltsam und töricht es klingen mag, an etwas erinnerte, das ich nicht verstand und von dem ich sogar noch nie gehört hatte.

»Sagen Sie nichts«, sagte ich schnell zu MacCruiskeen, »sondern fahren Sie getrost fort; ich werde Sie von hier aus beobachten und mir Mühe geben sitzenzubleiben.«

Er bedachte meine Bemerkung mit einem Nicken, ergriff zwei Teelöffel mit geradem Stiel und steckte sie mit den Stielen voran in den letzten Kasten. Was dann kam, läßt sich leicht erraten. Er öffnete diesen Kasten und holte mit Hilfe zweier Messer einen weiteren heraus. Er arbeitete mit Messern, kleinen Messern und noch kleineren Messern, bis er zwölf kleine Kästen auf dem Tisch stehen hatte, der letzte etwa halb so groß wie eine Streichholzschachtel. Er war so winzig, daß man die Messingbeschläge kaum erkennen konnte; man ahnte sie nur, weil sie im Licht funkelten. Ich konnte nicht sehen, ob er wieder die gleichen identischen Schnitzereien hatte, denn ich begnügte mich mit einem kurzen Blick und wandte mich dann ab. Doch im Herzen wußte ich, daß er genauso war wie die anderen. Ich sagte kein Wort, denn mein Geist schwappte über vor Bewunderung für die Kunstfertigkeit des Polizisten.

»Für diesen letzten«, sagte MacCruiskeen und legte die Messer aus der Hand, »habe ich drei Jahre gebraucht und dann noch einmal ein Jahr, bis ich glauben konnte, daß ich ihn wirklich gemacht habe. Besitzen Sie die Annehmlichkeit einer Stecknadel?«

Schweigend gab ich ihm meine Stecknadel. Er öffnete den

kleinsten von allen mit einem Schlüssel, der aussah wie ein Haar und arbeitete mit der Stecknadel, bis wieder ein kleiner Kasten auf dem Tisch stand, insgesamt der dreizehnte Kasten, und alle standen in einer geraden Reihe auf dem Tisch. Merkwürdig genug: sie schienen mir alle von gleicher Größe, aber in irgendeiner wahnsinnigen Perspektive angeordnet. Diese Idee verwunderte mich dermaßen, daß ich meine Stimme wiederfand und sagte:
»Dies sind die erstaunlichsten dreizehn Dinge, die ich je beisammen gesehen habe.«
»Warten Sie ab, Mann«, sagte MacCruiskeen.
Alle meine Sinne waren jetzt so angespannt, während ich die Bewegungen des Polizisten verfolgte, daß ich beinahe hören konnte, wie das Gehirn in meinem Kopf rasselte, und plötzlich zitterte ich, als trockne es zu einer kleinen verrunzelten Erbse aus. Er manipulierte und stocherte mit der Nadel, bis er achtundzwanzig kleine Kästen auf dem Tisch hatte, und der letzte war so klein, daß er aussah wie ein Insekt oder ein winziges Stück Schmutz, wäre das Funkeln nicht gewesen. Dann bemerkte ich daneben etwas, das aussah, wie etwas, das man an einem windigen Tag aus einem roten Auge entfernt, und da wußte ich, daß es nun neunundzwanzig an der Zahl waren.
»Ihre Stecknadel«, sagte MacCruiskeen.
Er legte sie in meine plumpe Hand und ging gedankenverloren zum Tisch zurück. Er nahm etwas aus der Tasche, was zu klein war, als daß ich hätte erkennen können, was es war, und begann, sich an dem winzigen Ding auf dem Tisch zu schaffen zu machen, welches neben dem größeren Ding stand, das ebenfalls jeder Beschreibung spottete, so klein war es.
An diesem Punkt bekam ich Angst. Was er da tat, war nicht mehr wunderbar, es war entsetzlich. Ich schloß die Augen und betete, er möge innehalten, solange er noch Dinge tat, die ein Mensch immerhin zu tun in der Lage sein konnte. Als ich wieder hinsah, war ich froh darüber, daß es nichts

mehr zu sehen gab und daß er keine weiteren Kästen weithin sichtbar auf den Tisch gestellt hatte, sondern links mit dem unsichtbaren Ding in seiner Hand den Tisch selbst bearbeitete. Als er meinen Blick spürte, kam er zu mir herüber und gab mir ein enormes Vergrößerungsglas, das aussah wie ein Goldfischglas mit einem Stiel daran. Ich fühlte, wie sich die Muskeln um mein Herz zusammenkrampften, als ich das Instrument entgegennahm.
»Kommen Sie zum Tisch herüber«, sagte er, »und sehen Sie sich das an, was Sie dann intra-okulär sehen werden.«
Als ich den Tisch betrachtete, war er bis auf die neunundzwanzig Kästen leer, aber mit Unterstützung des Glases war ich imstande zu bemerken, daß er neben den letzten noch zwei weitere Kästen hervorgeholt hatte, deren letzter etwa halb so groß war wie das, was normalerweise als unsichtbar gelten kann. Ich gab ihm sein Vergrößerungsglas zurück und begab mich wortlos auf meinen Stuhl. Um mich zu beruhigen und ein lautes menschliches Geräusch zu machen, pfiff ich *The Corncrake Plays the Bagpipes*.
»Tja«, sagte MacCruiskeen.
Er entnahm seiner Hosentasche zwei runzlige Zigaretten, zündete beide gleichzeitig an und händigte mir eine aus.
»Nummer Zweiundzwanzig«, sagte er, »habe ich vor fünfzehn Jahren gemacht, und seitdem jedes Jahr einen neuen, und das ging natürlich nicht ohne ein gerüttelt Maß an Nachtarbeit und Überstunden und Gefahrenzulage ab.«
»Das kann ich wohl verstehen«, sagte ich.
»Vor sechs Jahren fingen sie an, unsichtbar zu werden, Lupe oder nicht. Niemand hat die letzten fünf je gesehen, denn kein Glas ist stark genug, um sie befriedigend als das erscheinen zu lassen, was sie sind: die kleinsten Dinge, die jemals hergestellt wurden. Es kann mich auch niemand bei der Herstellung beobachten, denn meine kleinen Werkzeuge sind natürlich auch unsichtbar. Der Kasten, an dem ich jetzt arbeite, ist fast so klein wie nichts. In Nummer Eins könnte

man eine Million von ihnen unterbringen und dann wäre immer noch Platz für eine Damenreithose, wenn man sie zusammenrollt. Der Ewige mag wissen, wann das aufhören und zum Schluß kommen wird.«

»Diese Arbeit muß doch sehr schädlich für die Augen sein«, sagte ich, denn ich war entschlossen, jeden für einen so normalen Menschen wie mich zu halten.

»Eines Tages«, antwortete er, »werde ich mir eine Brille mit goldenen Bügeln zulegen müssen. Ich habe mir die Augen mit dem kleinen Zeitungsdruck und dem Kleingedruckten in den amtlichen Formularen verdorben.«

»Bevor ich in den Tagesraum zurückgehe«, sagte ich, »wäre es vielleicht angebracht, Sie zu fragen, was Sie mit diesem kleinen Klavier-Instrument gemacht haben? Mit diesem Artikel mit den Knöpfen und Messingnadeln?«

»Das ist mein persönliches Musikinstrument«, sagte MacCruiskeen, »und ich spielte meine eigenen Weisen darauf, um private Befriedigung aus ihrer Süße zu ziehen.«

»Ich habe zwar gelauscht«, sagte ich, »aber ich konnte Sie nicht hören.«

»Das erstaunt mich intuitiv nicht im mindesten«, sagte MacCruiskeen, »da es sich hier um eines meiner eingeborenen Patente handelt. Die Schwingungen der Töne sind so hoch in ihren feinen Frequenzen, daß sie von der menschlichen Ohrmuschel nicht wahrgenommen werden können. Nur ich selbst besitze das Geheimnis des Umstandes und die intime Art des Umganges, den vertraulichen gewissen Kniff, wie man es überlistet. Was sagen Sie dazu?«

Ich stellte mich wieder auf die Füße, um in den Tagesraum zurückzugehen, und fuhr mir schwächlich mit der Hand über die Braue.

»Ich finde das Ganze äußerst akatalektisch«, antwortete ich.

VI

Als ich wieder in den Tagesraum eindrang, traf ich auf zwei Herren namens Sergeant Pluck und Mr Gilhaney, welche in ein Gespräch vertieft waren, das Fahrräder zum Thema hatte.

»Von der Dreigangschaltung halte ich überhaupt nichts«, sagte der Sergeant gerade. »Sie ist ein neumodernes Instrument, sie ist eine Marter für die Beine, die Hälfte aller Unfälle läßt sich auf sie zurückführen.«

»Bergauf ist sie eine große Hilfe«, sagte Gilhaney, »so gut wie ein zweites Paar Pedale oder ein kleiner Benzinmotor.«

»Sie läßt sich schwer einstellen«, sagte der Sergeant. »An dem Drahtkabel, das aus ihr heraushängt, kann man solange herumschrauben, bis die Pedale gar nicht mehr anziehen. Sie ist nie so, wie man sie gerade haben will; sie könnte einen an schadhaften Zahnersatz erinnern.«

»Alles Lüge«, sagte Gilhaney.

»Oder an die Wirbel einer billigen Jahrmarktsfiedel«, sagte der Sergeant, »oder an ein mageres Eheweib im Kropf eines kalten Bettes im Frühling.«

»Ach, woher«, sagte Gilhaney.

»Oder an Porter auf verdorbenen Magen«, sagte der Sergeant.

»Gottes Wille«, sagte Gilhaney.

Der Sergeant bemerkte mich aus dem Augenwinkel und richtete das Wort an mich, zu welchem Zweck er Gilhaney seine gesamte Aufmerksamkeit entzog.

»MacCruiskeen hat Ihnen zweifellos seinen Vortrag gehalten«, sagte er.

»Es war überaus aufschlußreich«, antwortete ich trocken.

»Er ist ein komischer Mensch«, sagte der Sergeant, »ein wandelndes Warenhaus, man sollte meinen, er werde durch Drähte bewegt und mit Dampf betrieben.«

»Ja«, sagte ich.

»Er ist ein Melodiemensch«, fügte der Sergeant hinzu, »und sehr, sehr temporär, eine Bedrohung für den Geist.«
»Was ist mit dem Fahrrad?« sagte Gilhaney.
»Wir werden das Fahrrad finden«, sagte der Sergeant, »wenn ich es aufspüre, und seinem rechtmäßigen Besitzer nach geltendem Gesetz und eigentümlich überstellen. Wäre es Ihr Wunsch, bei der Suche von Anwesenheit zu sein?« fragte er mich.
»Ich hätte nichts dagegen«, antwortete ich.
Eine kurze Pause lang betrachtete der Sergeant seine Zähne im Spiegel, legte dann seine Beinkleider an und ergriff, als Zeichen, daß er für die Landstraße gerüstet sei, seinen Knüppel. Gilhaney bediente die Tür, um uns hinauszulassen. Dann schritten wir drei in den hellen Mittag hinein.
»Für den Fall, daß wir das Fahrrad nicht bis zum Mittagessen gefunden haben sollten«, sagte der Sergeant, »habe ich ein offizielles Memorandum zur persönlichen Information von Wachtmeister Fox hinterlassen, damit er von der *res ipsa* unterrichtet und über sie im Bilde ist«, sagte er.
»Was halten Sie von Rennpedalen?« fragte Gilhaney.
»Wer ist Fox?« fragte ich.
»Wachtmeister Fox ist der Dritte im Bunde«, sagte der Sergeant, »aber wir sehen ihn nie, und wir hören auch nie von ihm, weil er immer auf Streife ist und nie in seinen Bestrebungen nachläßt, und ins Wachbuch trägt er sich mitten in der Nacht ein, wenn sogar die Dachse schlafen. Er ist verrückt wie ein Märzhase; nie verhört er das Publikum, und ständig macht er sich Notizen. Wenn Rennpedale allgemein verbreitet wären, so wäre das das Ende des Fahrrads schlechthin, da würden die Menschen dahinsterben wie die Fliegen.«
»Wodurch ist er so geworden?« wollte ich wissen.
»Ich habe es nie hinreichend perzipiert«, erwiderte der Sergeant, »noch habe ich die wahre informative Information erhalten, aber an einem bestimmten 23. Juni hielt er sich eine volle Stunde lang mit MacCruiskeen in einem privaten Raum

auf, und seit diesem Tage hat er mit niemandem mehr gesprochen, und er ist so verrückt wie ein Mormone und so schrullig wie ein Kormoran. Habe ich Ihnen je erzählt, wie ich Inspektor O'Corky nach den Rennpedalen befragte? Warum werden sie nicht verboten, sagte ich, oder zu Spezialitäten erklärt wie Arsen, so daß man sie nur in Apotheken bekommt und in einem kleinen Buch unterschreiben und wie eine verantwortliche Persönlichkeit aussehen muß?«
»Bergauf sind sie eine große Hilfe«, sagte Gilhaney.
Der Sergeant spuckte auf die trockene Straße.
»›Man möchte sich eine parlamentarische Sonderverfügung wünschen‹, sagte der Inspektor, ›eine parlamentarische Sonderverfügung.‹«
»Wohin gehen wir eigentlich?« fragte ich, »beziehungsweise, in welcher Richtung bewegen wir uns, oder sind wir auf dem Rückweg von irgendwo?«
Wir befanden uns in einer merkwürdigen Landschaft. In, wie man sagen könnte, respektvollem Abstand waren blaue Berge, und von einem oder zwei Bergen floß das Funkeln weißen Wassers zu Tal, und die Berge umstellten uns und hielten unsere Geister gebieterisch beschäftigt. Auf halbem Wege zu diesen Bergen war der Ausblick klarer und bot Höcker und Vertiefungen mit ausgedehnter parkähnlicher Marschlandschaft und umgänglichen Menschen darinnen dort und da, die mit langen Instrumenten arbeiteten, und der Wind trug ihre rufenden Stimmen über die tiefen Furchen der langsamen Karren auf den Feldwegen zu uns herüber. Stellenweise konnte man weiße Gebäude und Kühe sehen, die auf der Suche nach Gras träge von hier nach dort schaukelten. Eine Gesellschaft von Krähen verließ einen Baum, als ich sie beobachtete, und flog traurig zu einem Feld hinunter, auf dem sich eine Anzahl Schafe befand, die in feine Überröcke gekleidet waren.
»Wir gehen dorthin, wohin wir gehen«, sagte der Sergeant, »und das ist der richtige Weg zu einem Ort, der sich gleich

daneben befindet. Es gibt eine einzige ganz bestimmte Sache, die noch gefährlicher ist als das Rennpedal.«
Er verließ die Straße und zog uns hinter sich her durch eine Hecke.
»Es ist unehrenhaft, so über die Rennpedale herzuziehen«, sagte Gilhaney, »denn meine Familie steckt ihre Stiefel schon seit Generationen in diese Pedale, sowie auch sämtliche Vorfahren vorwärts und rückwärts, und sie sind noch alle im Bett gestorben, außer meinem Vetter ersten Grades, der das Saugrohr einer Dampfmühle reparieren wollte.«
»Eine einzige Sache ist noch gefährlicher«, sagte der Sergeant, »und das ist eine lockere Zahnprothese. Ein lockeres Gebiß ist das Übelste, was es gibt; niemand überlebt es lange, wenn er eines verschluckt hat, und es führt indirekt zum Erstickungstod.«
»Aber es besteht keine Gefahr, ein Rennpedal zu verschlukken?« sagte Gilhaney.
»Wenn man ein Gebiß trägt, möchte man sich gute, starke Klammern wünschen«, sagte der Sergeant, »und jede Menge rotes Siegelwachs, um es am Gewölbe der Gaumen festzukleben. Sehen Sie sich die Wurzeln jenes Busches an; das sieht sehr verdächtig aus, und wir brauchen keinen Durchsuchungsbefehl.«
Es war ein kleiner, bescheidener Ginsterbusch, sozusagen ein weibliches Stammesmitglied, mit trockenen Partikeln von Heu und Schafsgefieder, die sich in seinen Ästen hoch und niedrig verfangen hatten. Gilhaney kauerte auf den Knien, durchkämmte das Gras mit den Händen und durchwühlte es wie ein Tier niederer Gattung. Nach einer Minute zog er ein schwarzes Instrument hervor. Es war lang und dünn und sah aus wie ein großer Füllfederhalter.
»Meine Luftpumpe, so wahr mir Gott helfe«, rief er.
»Das habe ich mir gedacht«, sagte der Sergeant. »Das Auffinden der Pumpe ist ein glückliches Indiz, das uns bei unserer Mission privater Detektion und schlauer Polizeiarbeit

dienlich sein kann. Verstauen Sie sie in Ihrer Tasche und verstecken Sie sie, denn es ist möglich, daß wir von einem Bandenmitglied beobachtet, verfolgt und ausgekundschaftet werden.«

»Woher wußten Sie, daß sie ausgerechnet an diesem Ende der Welt sein würde?« fragte ich in meiner höchsten Einfalt.

»Wie ist Ihre Einstellung gegenüber dem hohen Rennsattel?« wollte Gilhaney wissen.

»Fragen sind wie das Pochen eines Bettelmannes, und man sollte ihnen keine Beachtung schenken«, antwortete der Sergeant, »aber ich sage Ihnen gern, daß ich nichts gegen den hohen Sattel habe, wenn man zufällig ein Rückgrat aus Messing besitzt.«

»Ein hoher Sattel ist bergauf eine große Hilfe«, sagte Gilhaney.

Inzwischen waren wir auf einem ganz anderen Feld und befanden uns in der Gesellschaft von weißfarbig-braunfarbigen Kühen. Sie beobachteten uns schweigend, als wir uns einen Weg durch ihre Mitte bahnten, und wechselten langsam ihre Stellung, als wollten sie uns alle Landkarten ihrer feisten Flanken zeigen. Sie gaben uns zu verstehen, daß sie uns persönlich kannten, viel von unseren Familien hielten, und ich zog vor der letzten, die ich passierte, als Zeichen meiner Anerkennung den Hut.

»Der hohe Sattel«, sagte der Sergeant, »wurde von einem gewissen Peters erfunden, der sein Leben in ausländischen Gefilden verbrachte und auf Kamelen und anderen erhabenen Tieren zu reiten pflegte – Giraffen, Elefanten und Vögeln, die wie die Hasen rennen können und Eier legen, die so groß sind wie die Bottiche, die man in einer Dampfwäscherei sehen kann und in denen man das chemische Wasser aufbewahrt, das man zum Entfernen des Teers aus Männerhosen verwendet. Als er aus den Kriegen heimkehrte, dachte er gering vom niedrigen Sattel, und als er eines Nachts gerade im Bett lag, erfand er als Ergebnis seiner Zerebrationen und geistigen

Forschungen den Hochsattel. Der Hochsattel war der Vater des niedrigen Rennlenkers. Er ist eine Marter für das Rückgrat, er läßt das Blut in den Kopf schießen, er ist Gift für die inneren Organe.«

»Für welche Organe?« fragte ich.

»Für alle beide«, sagte der Sergeant.

»Ich glaube, dies dürfte der Baum sein«, sagte Gilhaney.

»Das würde mich nicht überraschen«, sagte der Sergeant. »Führen Sie Ihre Hände unter sein Unterteil und tasten Sie promiskuös, und zwar so, daß Sie faktisch ermitteln können, ob sich dort zusätzlich zu dem ihm eigentümlichen Nichts etwas befindet.«

Gilhaney legte sich am Fuße eines Schwarzdorns bäuchlings in das Gras, suchte mit seinen starken Händen in den intimen Teilen des Baumes herum und grunzte von der Anstrengung seines Tuns. Nach einem Weilchen fand er eine Fahrradlampe und eine Klingel. Er stand auf und steckte sie sich verstohlen in die Hosentasche.

»Das ist sehr zufriedenstellend und paßt trefflich ins Bild«, sagte der Sergeant. »Es beweist die Notwendigkeit des Ausharrens; dies ist mit Sicherheit ein Indiz; wir werden das Fahrrad bestimmt finden.«

»Ich stelle ungern Fragen«, sagte ich höflich, »aber das Wissen, das uns diesen Baum finden ließ, wird nicht auf den Schulen des Landes vermittelt.«

»Es ist nicht das erstemal, daß mein Fahrrad gestohlen wird«, sagte Gilhaney.

»Zu *meiner* Zeit«, sagte der Sergeant, »lief die Hälfte der Schüler an den Schulen des Landes mit genügend Krankheitskeimen im Speichel herum, um den russischen Kontinent zu dezimieren und durch ihren bloßen Anblick ein erntereifes Feld zum Verdorren zu bringen. All das ist jetzt Vergangenheit, denn es gibt obligatorische Untersuchungen, die mittelmäßigen werden mit Eisen ausgekleidet, und die schlechten werden mit einer Zange gezogen, die einer Drahtschere gleicht.«

»Fünfzig Prozent der Fälle entstehen dadurch, daß man mit offenem Mund radfährt«, sagte Gilhaney.

»Heutzutage«, sagte der Sergeant, »wundert sich kein Mensch mehr, wenn er eine ganze Klasse voller ABC-Schützen sieht, die gesunde Zähne hat und Zahnklammern trägt, die gegen ein Geringes vom Landratsamt zur Verfügung gestellt werden.«

»Wenn man auf halbem Weg bergauf mit den Zähnen knirscht«, sagte Gilhaney, »da gibt es nichts Schlimmeres, das schleift die besten Stücke ab und führt indirekt zu Leberzirrhose.«

»In Rußland«, sagte der Sergeant, »machen sie für ältere Kühe Zähne aus Klaviertasten, aber Rußland ist ein unwirtliches Land ohne allzuviel Zivilisation, und, in Fahrradreifen umgerechnet, würde das ein Vermögen kosten.«

Wir kamen nun durch eine Landschaft voll feiner, dauerhafter Bäume, in der es immer fünf Uhr nachmittags zu sein schien. Es war ein sanfter Weltenwinkel, bar aller Inquisitionen und Disputationen, und er wirkte sehr besänftigend und einschläfernd auf das Gemüt. Es gab kein Tier in der Nähe, das größer gewesen wäre als der Daumen eines Mannes, und kein Geräusch, das jenes übertroffen hätte, das der Sergeant mit seiner Nase machte, eine ungewöhnliche Sorte Musik, wie Wind im Kamin. Zu allen Seiten sproß ein grüner, weicher, durchfarnter Teppich, der in grünes Gestrüpp überging, welches wiederum in grünen Teppich überging, und hie und da steckten grobe Büsche den Kopf hervor und unterbrachen so die Weltläufigkeit des Gebotenen nicht ungefällig. Wie weit wir so durch diese Landschaft gingen, weiß ich nicht, aber schließlich erreichten wir einen Ort, an dem wir blieben, ohne weiterzugehen. Der Sergeant zeigte mit dem Finger auf eine bestimmte Stelle im Bewuchs.

»Da könnte es sein, muß aber nicht«, sagte er. »Es kommt nur auf einen Versuch an, denn Ausdauer ist ihr eigener schönster Lohn und Notwendigkeit die ledige Mutter der Erfindungskraft.«

Gilhaney hatte noch nicht lange hantiert, als er auch schon sein Fahrrad bei jener betreffenden Stelle des Bewuchses hervorholte. Er befreite die Speichen vom wuchernden Unterholz, befühlte die Reifen mit roten, wissenden Fingern und richtete seine Maschine aufs anspruchsvollste her. Ohne auch nur den Bruchteil eines Gesprächs gingen wir drei zur Straße zurück, und Gilhaney stellte den Zeh auf das Pedal, um kundzutun, daß er bereit sei für den Heimweg.
»Bevor ich losfahre«, sagte er zum Sergeant, »wie ist Ihre ehrliche Meinung zur Holzfelge?«
»Eine sehr lobenswerte Erfindung«, sagte der Sergeant. »Sie sorgt für stärkere Federung und beschädigt die weißen Zier-Pneus weniger.«
»Die Holzfelge«, sagte Gilhaney langsam, »ist als solche bereits eine Todesfalle. An nassen Tagen quillt sie, und ich kenne einen Mann, der nichts anderem seinen frühen nassen Tod zu verdanken hat.«
Bevor wir Zeit hatten, uns das, worauf er hinauswollte, aufmerksam anzuhören, war er bereits halbwegs die Straße hinunter verschwunden. Sein hinten geteilter Überrock segelte mit Hilfe des Windes hinter ihm her, den er durch seinen überstürzten Aufbruch verursachte.
»Ein merkwürdiger Mensch«, wagte ich zu behaupten.
»Ein sehr wesentlicher Mensch«, sagte der Sergeant, »überaus dienlich, aber auf beredte Art inbrünstig.«
Uns nobel in den Hüften wiegend, gingen wir heimwärts durch den Nachmittag, welchen wir mit dem Rauch unserer Zigaretten beizten. Ich überlegte, daß wir uns mit Sicherheit auf den Feldern und Marschen verlaufen hätten, wäre die Straße nicht gewesen, die beflissen vor uns her zur Revierwache zurückstrebte. Der Sergeant sog geruhsam an seinen Zahnstummeln, und auf der Braue trug er einen schwarzen Schatten wie einen Hut.
Im Dahinschreiten wandte er sich nach einiger Zeit an mich.
»Das Landratsamt trägt die Schuld an vielem«, sagte er.

Ich verstand nicht, was er meinte, sagte aber, ich sei ganz seiner Ansicht.

»Da gibt es ein Rätsel«, bemerkte ich, »das mich im Hinterkopf schmerzt und mir einige Neugier verursacht. Es geht um das Fahrrad. Ich hatte noch nie von so guter kriminalistischer Arbeit gehört. Sie haben nicht nur das verlorene Fahrrad gefunden, sondern auch alle Indizien. Ich finde es in zunehmendem Maße anstrengend, das zu glauben, was ich sehe, und gelegentlich habe ich Angst, manche Dinge anzusehen – für den Fall, daß ich sie glauben müßte. Was ist das Geheimnis Ihrer polizeilichen Virtuosität?«

Er belachte meine ernste Anfrage und bedachte meine Einfalt kopfschüttelnd mit umfassender Nachsicht.

»Das war doch leicht«, sagte er.

»Wieso leicht?«

»Auch ohne die Indizien wäre es mir geglückt, das Fahrrad schlußendlich zu finden.«

»Diese Leichtigkeit scheint mir besonders schwierig«, erwiderte ich.

»Wußten Sie, wo das Fahrrad war?«

»Ei freilich.«

»Woher?«

»Ich hatte es selbst dorthin getan.«

»Sie haben das Fahrrad selbst gestohlen?«

»Gewiß.«

»Und die Luftpumpe und die anderen Indizien?«

»Ich habe sie ebenfalls dorthin getan, wo sie letzten Endes entdeckt wurden.«

»Und warum?«

Er antwortete nicht mit Worten, sondern ging ein Weilchen heftig ausschreitend neben mir her und blickte vor sich hin in weite Fernen.

»Das Landratsamt ist der Schuldige«, sagte er schließlich.

Ich sagte nichts, weil ich wußte, daß er das Landratsamt desto ausführlicher schmähen würde, je länger ich ihm Zeit ließ,

die Schmähung sorgfältig zu bedenken. Bald wandte er sich mir wieder zu, um zu reden. Seine Miene war ernst.
»Haben Sie jemals die Atom-Theorie entdeckt oder von ihr gehört?« befragte er mich.
»Nein«, antwortete ich.
Er beugte seinen Mund vertraulich an mein Ohr.
»Würde es Sie in Erstaunen versetzen, wenn Sie erführen«, sagte er dunkel, »daß die Atom-Theorie in dieser Gemeinde am Werk ist?«
»Das würde es allerdings.«
»Sie richtet namenlosen Schaden an«, fuhr er fort. »Die Hälfte der Bevölkerung ist davon befallen, und es ist schlimmer als die schwarzen Blattern.«
Ich hielt es für besser, *irgend* etwas zu sagen.
»Wäre es nicht ratsam«, sagte ich, »das Gesundheitsamt mit diesem Fall zu betrauen, oder die Lehrer, oder finden Sie, es geht eher die Haushaltungsvorstände an?«
»Das Wesentliche, der springende Punkt und das, worauf es ankommt«, sagte der Sergeant, »ist das Landratsamt.«
Er ging weiter und sah besorgt und zerstreut drein, so, als sei das, was er in seinem Kopf bewegte, auf besonders verzwickte Weise unerfreulich.
»Die Atom-Theorie«, versetzte ich, »ist mir überhaupt nicht klar.«
»Michael Gilhaney«, sagte der Sergeant, »ist das Beispiel für einen Mann, der durch das Prinzip der Atom-Theorie dem nahezu völligen Ruin verfallen ist. Würde es Sie erstaunen, wenn Sie hörten, daß er fast zur Hälfte ein Fahrrad ist?«
»Das würde es unbedingt«, sagte ich.
»Michael Gilhaney«, sagte der Sergeant, »ist nach einfacher Berechnung etwa sechzig Jahre alt, und ich sollte mich schon sehr in ihm täuschen, wenn er weniger als fünfunddreißig Jahre damit verbracht hätte, mit seinem Fahrrad über die steinigen Feldwege und die Hügel hinauf und herunter und in die tiefen Straßengräben zu fahren, wenn sich die Straße

unter der Last des Winters verliert. Ständig ist er zu jeder Stunde des Tages mit seinem Fahrrad unterwegs und fährt hierhin oder dorthin, und zu jeder zweiten Stunde des Tages kommt er mit seinem Fahrrad wieder von hierher oder dorther zurück. Wenn ihm nicht jeden Montag das Fahrrad gestohlen würde, hätte er es bestimmt schon mehr als zur Hälfte geschafft.«

»Was zur Hälfte?«

»Zur Hälfte ein Fahrrad zu sein«, sagte der Sergeant.

»Ihre Rede«, sagte ich, »speist sich sicherlich aus großer Weisheit, denn ich verstehe kein einziges Wort.«

»Haben Sie denn als junger Bursch nie die Atomphysik studiert?« fragte der Sergeant und betrachtete mich forschend und erstaunt.

»Nein«, antwortete ich.

»Das ist eine schwerwiegende Unterlassung«, sagte er, »ich werde Ihnen trotzdem eine Ahnung davon vermitteln. Alles besteht aus kleinen Partikeln seiner selbst, und diese fliegen in konzentrischen Kreisen herum und im Bogen und in Segmenten und in unzähligen anderen geometrischen Figuren, die so zahlreich sind, daß man sie gar nicht kollektiv erwähnen kann, und diese stehen nie still oder ruhen sich mal aus, nein, sie trudeln vor sich hin und flitzen mal hier-, mal dahin und gleich wieder zurück, immer auf Achse. Diese kleinwinzigen Herrschaften nennt man Atome. Können Sie mir scharfsinnig folgen?«

»Ja.«

»Sie sind so lebhaft wie zwanzig Kobolde, die auf einem Grabstein Reigen tanzen.«

Ein sehr hübsches Bild, murmelte Joe.

»Nun nehmen wir mal ein Schaf an«, sagte der Sergeant. »Was ist ein Schaf anderes als Millionen von kleinen schafsmäßigen Teilen, die umherwirbeln und im Innern des Schafs verzwickte Konvolutionen ausführen? Was bitte?«

»Das müßte das Tier doch schwindlig machen«, gab ich zu

bedenken, »besonders, wenn das Wirbeln auch im Kopf stattfindet.«
Der Sergeant bedachte mich mit einem Blick, den er selber, da bin ich gewiß, als einen Blick des *non-possum* und *noli-me-tangere* bezeichnet hätte.
»Diese Bemerkung darf man billigerweise als Blech bezeichnen«, sagte er scharf, »weil nämlich die Nervenstränge und der Schafskopf ebenfalls wirbeln, und deswegen hebt ein Wirbel den anderen auf, und bitteschön, da haben Sie's schon – so, wie man einen Bruch kürzt, wenn über und unter dem Strich Fünfer vorkommen.«
»Um ehrlich zu sein: Darauf bin ich nicht gekommen«, sagte ich.
»Die Atomik ist ein sehr verzwicktes Theorem, und man kann ihr mit Hilfe der Algebra beikommen, man muß dabei aber graduell vorgehen, denn sonst kann es passieren, daß man die ganze Nacht damit verbringt, einen kleinen Teil davon mit Rechenschiebern und Kosinen und anderen ähnlichen Instrumenten zu beweisen, ohne zum Schluß an das zu glauben, was man bewiesen hat. Wenn das nämlich passierte, müßte man es zurückverfolgen, bis man die Stelle gefunden hat, an der man seine eigenen Fakten und Ziffern, so, wie sie in der *Algebra* von Hall und Knight dargelegt sind, wieder glauben kann, und von dort aus müßte man sich wieder zu der betreffenden Stelle vorarbeiten, bis man das Ganze anständig glaubt und nicht Teile nur halb geglaubt werden oder ein Zweifel im Kopf zurückbleibt, der einen plagen würde wie ein im Bett verlorengegangener Hemdknopf.«
»Sehr wahr«, sagte ich.
»Daher und infolgedessen«, fuhr er fort, »können Sie getrost folgern, daß auch Sie aus Atomen hergestellt sind, und dasselbe gilt auch für Ihre Hosentasche und den Schoß Ihres Hemdes und das Instrument, das Sie zur Entfernung von Speiseresten aus der Krümmung Ihres hohlen Zahnes verwenden. Wissen Sie, was geschieht, wenn Sie mit einem guten

Vorschlaghammer oder einem stumpfen Gegenstand auf eine Eisenstange schlagen?«

»Was?«

»Durch die Wucht des Schlages werden die Atome auf den Grund der Stange getrieben und zusammengedrückt und versammeln sich wie Eier unter einer guten Brüthenne. Nach einem Weilchen im Laufe der Zeit schwimmen sie herum und kommen schließlich wieder dorthin, wo sie waren. Wenn man aber lange und heftig genug auf die Stange einschlägt, haben sie dazu keine Gelegenheit, und was passiert dann?«

»Das ist eine schwere Frage.«

»Fragen Sie einen Schmied, und er wird Ihnen sagen, daß die Stange sich mählich auflöst, wenn man lange genug mit den kräftigen Hieben fortfährt. Einige Atome der Stange werden in den Hammer gehen und die andere Hälfte in den Tisch oder in den Stein oder in den jeweiligen Artikel, der sich unter der Stange befindet.«

»Das ist wohlbekannt«, sagte ich.

»Das Brutto- und Nettoresultat davon ist, daß die Persönlichkeit von Menschen, die die meiste Zeit ihres natürlichen Lebens damit verbringen, die steinigen Feldwege dieser Gemeinde mit eisernen Fahrrädern zu befahren, sich mit der Persönlichkeit ihrer Fahrräder vermischt – ein Resultat des wechselseitigen Austauschs von Atomen –, und Sie würden sich über die hohe Anzahl von Leuten in dieser Gegend wundern, die halb Mensch und halb Fahrrad sind.«

Ich keuchte vor Staunen, und das hörte sich in der Luft an wie ein defekter Reifen.

»Und Sie wären platt, wenn Sie wüßten, wie viele Fahrräder es gibt, die halb menschlich, die halbe Menschen sind, die zur Hälfte dem Menschengeschlecht angehören.«

Da gibt es anscheinend keine Grenze, bemerkte Joe. *In dieser Gegend kann alles gesagt werden, und es wird wahr sein, und man muß es glauben.*

Mir würde es nichts ausmachen, in dieser Minute auf hoher

See auf einem Dampfer zu arbeiten, sagte ich, Trossen aufschießen, harte körperliche Arbeit. Ich wäre gern weit weg von hier.
Ich sah mich aufmerksam um. Zu beiden Seiten der Straße waren braune Moore und schwarze Moore in hübscher Anordnung, und hie und da hatte man rechteckige Kästen herausgeschnitten, deren jeder mit gelb-braunem, braun-gelbem Wasser gefüllt war. Weit entfernt, ganz in Himmelsnähe, waren winzige Menschen über ihre Torfarbeit gebeugt; mit Patent-Spaten stachen sie präzis geformte Soden und bauten sie zu einem großen Denkmal zusammen, zweimal so groß wie ein Wagen nebst Pferd. Ihre Geräusche kamen zum Sergeant und mir herüber, vom Westwind unbehelligt, wurden sie an unsere Ohren herangetragen, Geräusche von Gelächter, und Pfeifen, und Teile von Strophen aus den alten Torfstecherliedern. In größerer Nähe stand ein Haus in Gesellschaft dreier Bäume und von der Heiterkeit eines Geflügelklüngels umgeben, welcher allzumal pickte, scharrte, laut disputierte und dabei doch nie mit der unermüdlichen Herstellung von Eiern innehielt. Das Haus als solches gab keinen Ton von sich, aber ein Baldachin aus trägem Rauch war über dem Kamin errichtet, um anzuzeigen, daß drinnen Menschen waren, die sich ihren Aufgaben widmeten. Die Straße ging uns voran, wobei sie kurz verhielt, um langsam einen Hügel zu erklimmen, der sie an einer Stelle erwartet hatte, an der hohes Gras wuchs und wo es graue Feldsteine und faulige, verkrüppelte Bäume gab. Nach oben wurde das Ganze durch den Himmel abgerundet, heiter, undurchdringlich, unaussprechlich und unvergleichlich, mit einer lieblichen Insel aus Wolken, in der Stille verankert, zwei Meter zur Rechten von Mr Jarvis' Plumpsklo.
Die Szene war wirklich und unbestreitbar und stand in Widerspruch zu den Reden des Sergeants, aber ich wußte, daß der Sergeant die Wahrheit sprach, und hätte ich meine Wahl treffen sollen, so wäre es möglich gewesen, daß ich von der

Wirklichkeit all der einfachen Dinge, die ich mit meinen Augen betrachtete, hätte Abstand nehmen müssen.
Ich musterte den Sergeant von der Seite. Mit einem Gesicht, das vom Zorn auf das Landratsamt gefärbt war, schritt er voran.
»Sind Sie sich ganz sicher, was das Menschentum der Fahrräder betrifft?« wollte ich von ihm wissen. »Ist die Atom-Theorie so gefährlich, wie Sie sagen?«
»Sie ist zwei- bis dreimal so gefährlich, wie sie eigentlich sein dürfte«, erwiderte er düster. »Früh am Morgen habe ich manchmal den Eindruck, daß sie viermal so gefährlich ist, und, darüber hinaus, wenn Sie ein paar Tage hierblieben und Ihrer Beobachtung und Inspektion freien Lauf ließen, dann wüßten Sie, wie gewiß die Sicherheit der Gewißheit ist.«
»Gilhaney sah gar nicht wie ein Fahrrad aus«, sagte ich. »Er hatte kein Hinterrad, und ich glaube auch nicht, daß er ein Vorderrad besaß, obwohl ich seiner Vorderseite nicht viel Beachtung geschenkt habe.«
Der Sergeant sah mich mit einigem Mitgefühl an.
»Sie können nicht erwarten, daß ihm eine Lenkstange aus dem Hals wächst, aber ich habe noch unbeschreiblichere Dinge gesehen. Haben Sie je bemerkt, wie seltsam sich die Fahrräder in dieser Gegend benehmen?«
»Ich bin noch nicht lange in diesem Bezirk.«
Gottseidank, sagte Joe.
»Dann beobachten Sie die Fahrräder, wenn Sie glauben, daß Ihnen permanente Verwunderung Vergnügen bereitet«, sagte er. »Wenn ein Mann es erst mal soweit kommen läßt, daß er zur Hälfte oder mehr als zur Hälfte ein Fahrrad ist, sehen Sie überhaupt nichts, weil er sich meistens mit einem Ellbogen gegen Wände lehnt oder sich beim Stehen mit dem Fuß auf dem Kantstein abstützt. Natürlich gibt es noch anderes, das mit Damen und mit Damenfahrrädern zu tun hat, aber das werde ich Ihnen irgendwann separat erzählen. Immerhin

ist das bemannte Fahrrad ein Phänomen von großem Zauber und großer Intensität und ein sehr gefährlicher Artikel.«

In diesem Augenblick näherte sich ein Mann mit langen, hinter sich ausgebreiteten Rockschößen rasch auf einem Fahrrad und rollte den Hügel, der vor uns lag, im wohltuenden Freilauf hinunter. Ich betrachtete ihn mit dem Scharfblick von sechs Adlern und versuchte herauszufinden, welches das andere trug, und ob es wirklich ein Mann war, der ein Fahrrad geschultert hatte. Ich schien jedoch nichts zu sehen, was denkwürdig oder bemerkenswert gewesen wäre.

Der Sergeant blickte in sein schwarzes Notizbuch.

»Das war O'Feersa«, sagte er schließlich. »Er beläuft sich nur auf dreiundzwanzig Prozent.«

»Er ist zu dreiundzwanzig Prozent ein Fahrrad?«

»Ja.«

»Bedeutet das auch, daß sein Fahrrad zu dreiundzwanzig Prozent ein Mensch ist?«

»So ist es.«

»Wieviel sind es bei Gilhaney?«

»Achtundvierzig.«

»Dann liegt O'Feersa weit niedriger.«

»Das ist auf den glücklichen Umstand zurückzuführen, daß drei ähnliche Brüder im Hause sind, und daß sie zu arm sind, um pro Stück ein getrenntes Fahrrad zu besitzen. Manche Leute begreifen nie, wie sehr sie von Glück reden können, wenn sie ärmer sind als jeder andere. Vor sechs Jahren hat ein O'Feersa im Preisausschreiben von *John Bull* zehn Pfund gewonnen. Als ich von dieser Kunde Wind bekam, wußte ich, daß ich Schritte einleiten mußte, wenn die Familie nicht zwei weitere Fahrräder bekommen sollte, denn Sie werden verstehen, daß ich in einer Woche nur eine begrenzte Anzahl von Fahrrädern stehlen kann. Ich wollte nicht, daß mir alle drei O'Feersas gleichzeitig zur Last fielen. Glücklicherweise kannte ich den Briefträger sehr gut. Der Briefträger! Allmächtige heilige leidende Hafergrützengummischüssel!« Die

Erinnerung an den Briefträger schien dem Sergeant Vorwand für nicht enden wollende Heiterkeit und Anlaß für verworrene Bewegungen seiner roten Hände zu sein.
»Der Briefträger?« sagte ich.
»Einundsiebzig Prozent«, sagte er leise.
»Grundgütiger!«
»Vierzig Jahre lang jeden Tag eine Runde von achtunddreißig Meilen mit dem Fahrrad, bei Hagel, Regen und Schneeball. Es besteht sehr wenig Hoffnung, ihn jemals wieder unter die Fünfzig-Prozent-Marke zu drücken.«
»Haben Sie ihn bestochen?«
»Natürlich. Zwei von diesen kleinen Strippen, die man an der Radnabe befestigt, damit sie fein adrett und glänzend bleibt.«
»Und wie benehmen sich die Fahrräder dieser Leute?«
»Die Fahrräder dieser Leute?«
»Ich meine die Leute dieser Fahrräder, oder wie immer die korrekte Bezeichnung lauten mag ... diejenigen mit den zwei Rädern und einer Lenkstange.«
»Das Benehmen eines Fahrrades mit hohem Humanitäts-Anteil«, sagte er, »ist sehr listig und überaus bemerkenswert. Man sieht nie, wie sie sich aus eigener Kraft bewegen, aber man trifft sie unerwartet an kaum erklärlichen Orten. Haben Sie noch nie ein Fahrrad gesehen, in einer warmen Küche gegen die Anrichte gelehnt, während es draußen gießt?«
»Doch.«
»Nicht sehr weit vom Herd entfernt?«
»Ja.«
»In Hörweite, nah genug, um die Gespräche der Familie zu verfolgen?«
»Ja.«
»Weniger als tausend Meilen von den Essensvorräten entfernt?«
»Nicht, daß ich wüßte. Sie wollen doch nicht sagen, daß diese Fahrräder *essen*?«

»Sie wurden noch nie dabei beobachtet, niemand hat sie je mit einem Mundvoll Steak ertappt. Ich weiß nur soviel: das Essen verschwindet.«
»Was!«
»Mehr als einmal habe ich Krumen an den Vorderrädern dieser Herrschaften bemerkt.«
»Das alles ist für mich ein schwerer Schlag«, sagte ich.
»Niemand merkt etwas«, erwiderte der Sergeant. »Mick denkt, Pat habe es verursacht, und Pat glaubt, Mick sei es gewesen. Nur wenige erraten, was in dieser Gemeinde vorgeht. Es gibt noch andere Vorfälle, über die ich lieber nicht zu eingehend sprechen will. Es war einmal eine neue Lehrerin hier, und die hatte ein neues Fahrrad. Sie war noch nicht lange hier, als Gilhaney mit ihrem Damenfahrrad hinaus aufs einsame Land fuhr. Geht Ihnen auf, welche Unmoral dahintersteckt?«
»Oh ja.«
»Es kam noch schlimmer. Wie immer Gilhaneys Fahrrad es angestellt haben mag – es lehnte irgendwo, wo die junge Lehrerin herauseilte, um ganz schnell mit ihrem Fahrrad irgendwohin zu fahren. Ihr Fahrrad war dann fort, aber da lehnte ja Gilhaneys Fahrrad in Reichweite und versuchte, klein und bequem und anziehend auszusehen. Muß ich Ihnen noch sagen, was das Resultat war, oder was passierte?«
Nein, das muß er nicht, sagte Joe drängend. *So etwas Schamloses und Liederliches habe ich ja noch nie gehört. Die Lehrerin trifft natürlich keine Schuld; sie zog schließlich kein Vergnügen daraus und hatte keine Ahnung.*
»Nein, das müssen Sie nicht«, sagte ich.
»Sehen Sie, da war es dann passiert. Gilhaney verbrachte einen Tag mit dem Damenfahrrad und umgekehrt auch vice versa, und es ist ganz klar, daß die in Rede stehende Dame einen hohen Anteil hatte – fünfunddreißig oder vierzig Prozent, würde ich sagen, trotz der Neuheit des Fahrrads. Es hat so manches graue Haar auf meinen Kopf gebracht; ständig ist

man bemüht, die Leute in dieser Gemeinde im Zaum zu halten. Wenn man es zu weit gedeihen läßt, dann ist das der Anfang vom Ende. Dann kommen die Fahrräder und verlangen das Wahlrecht, dann bekommen sie Sitze im Landtag und machen die Straßen noch schlechter, als sie ohnehin schon sind, um ihre weitgesteckten Ziele zu erreichen. Aber demgegenüber und andererseits ist ein gutes Fahrrad ein famoser Kamerad, und es geht ein großer Zauber von ihm aus.«
»Woran erkennen Sie, daß jemand viel Fahrrad in den Adern hat?«
»Wenn sein Anteil über Vierzig liegt, merkt man es unverkennbar an seinem Gang. Der Gang wird immer schneidig sein, er wird sich nie hinsetzen, und er wird sich mit dem Ellenbogen gegen die Wand lehnen und so die ganze Nacht lang in der Küche bleiben, anstatt ins Bett zu gehen. Wenn er zu langsam geht oder mitten auf der Straße stehenbleibt, wird er der Länge nach hinschlagen und sich von Dritten aufhelfen und anschieben lassen müssen. Dies ist der traurige Zustand, in den der Briefträger sich geradelt hat, und ich glaube nicht, daß er sich je wieder herausradeln wird.«
»Ich glaube nicht, daß ich jemals radfahren möchte«, sagte ich.
»Ein bißchen kann nicht schaden, es härtet ab und versorgt den Körper mit Eisen. Aber zu weit, zu oft und zu schnell zu gehen, ist auch keineswegs gesund. Der kontinuierliche Aufprall der Füße auf den Straßenboden bewirkt, daß Sie eine gewisse Quantität Straße in sich aufnehmen. Wenn ein Mensch stirbt, sagt man, er werde wieder zu Lehm, aber zuviel Gehen stopft Sie noch viel früher mit Lehm voll (oder es beerdigt Sie Stück für Stück in der Landstraße) und bringt Sie dem Tod auf halbem Wege näher. Es ist nicht leicht zu entscheiden, welches die beste Art der Fortbewegung ist.«
Als er mit Reden fertig war, bemerkte ich, daß ich behende und leichtfüßig auf Zehenspitzen ging, um mein Leben zu verlängern. Mein Kopf war mit Ängsten und vermischten Wahrnehmungen vollgestopft.

»Von diesen Dingen habe ich nie gehört«, sagte ich, »und ich habe nie gewußt, daß diese Geschehnisse geschehen könnten. Ist das eine neue Entwicklung, oder war es schon immer eine der alten Grundwahrheiten?«
Das Gesicht des Sergeants umwölkte sich, und er spie gedankenverloren einen Meter weit vor sich auf die Straße.
»Ich werde Ihnen ein Geheimnis mitteilen«, sagte er sehr vertraulich mit leiser Stimme. »Mein Urgroßvater war dreiundachtzig, als er starb. Vor seinem Tode war er ein Jahr lang ein Pferd gewesen!«
»Ein Pferd?«
»Ein Pferd, und zwar in allem außer den äußerlichen Externalitäten. Er verbrachte seine Tage grasend auf der Wiese oder im Stall und fraß Heu. Meist war er still und faul, aber hin und wieder brach er in einen schnittigen Galopp aus und setzte stilvoll über eine Hecke. Haben Sie jemals einen Mann auf zwei Beinen gesehen, der galoppiert?«
»Noch nie.«
»Nun, es heißt, das sei ein großartiger Anblick. Er sagte immer, er habe das Grand National gewonnen, als er noch wesentlich jünger gewesen sei, und er pflegte seine Familie mit Erzählungen über seine schwierigen Sprünge und deren enorme Höhe zu verärgern.«
»Ich nehme an, Ihr Herr Urgroßvater hat sich diesen Zustand durch zuviel Reiten zugezogen?«
»Sie haben es erfaßt. Mit seinem alten Hengst Dan war es genau umgekehrt. Er machte ständig Ärger, kam nachts ins Haus, wirkte tagsüber störend auf die jungen Mädchen ein und beging so viele beklagenswerte Ordnungswidrigkeiten, daß man ihn erschießen mußte. Die Polizei zeigte sich uneinsichtig, da sie damals den wahren Sachverhalt noch nicht begriff. Sie sagte, sie werde das Pferd festnehmen und anklagen und dem Magistrat vorführen müssen, wenn es nicht umgebracht würde. Also hat meine Familie das Pferd erschossen, aber wenn Sie mich fragen, war es mein Urgroßvater, der

erschossen, und das Pferd, das auf dem Friedhof von Cloncoonla beigesetzt wurde.«

Die Erinnerung an seine Vorfahren stimmte den Sergeant nachdenklich; während wir die nächste halbe Meile hinter uns legten und bis wir die Revierwache erreichten, war sein Gesicht von den Reminiszenzen gezeichnet. Joe und ich stimmten privat darin überein, daß diese Enthüllungen die bisher größte Überraschung für uns waren, und wir bangten der Ankunft auf dem Revier entgegen.

Als wir es erreicht hatten, ließ mir der Sergeant mit einem Seufzer den Vortritt. »Das Wesentliche, der springende Punkt und das, worauf es ankommt«, sagte der Sergeant, »ist das Landratsamt.«

VII

Der schwere Schock, den ich bald nach meiner Rückkehr mit dem Sergeant erfahren sollte, zeigte mir später den ungeheuren Trost, den Philosophie und Religion in mißlichen Lagen bieten können. Sie scheinen finstere Orte aufzuhellen und die Kraft zu verleihen, die man braucht, um ungewohnte Bürden zu tragen. Es kann nicht verwundern, daß sich meine Gedanken nie weit von de Selby entfernten. All seine Werke – aber *Golden Hours* ganz besonders – besitzen das, was ich einmal eine therapeutische Qualität nennen möchte. Sie haben einen herzerhebenden Effekt, der sonst in der Regel den geistigen Getränken zugeschrieben wird, welcher das Seelengewebe belebt und auf sanfte Weise erneuert. Diese wohltätige Wirkung seiner Prosa ist, so möchte man hoffen, nicht auf die Ursache zurückzuführen, die der exzentrische du Garbandier einmal bemerkt zu haben glaubt, als er sagte: »Die Schönheit der Lektüre einer Seite von de Selby besteht darin, daß sie unausweichlich zu der glückhaften Überzeugung führt, man sei der Einfaltspinsel größter nicht.«[1] Dies ist, finde ich, eine Überbetonung der dankenswertesten Qualitäten de Selbys. Die humanisierende Urbanität seines Werks wird meiner Ansicht nach durch die hin und wieder eingestreute Andeutung geringfügiger Charakterfehler eher gesteigert als gemindert, was um so mehr rühren muß, als er einige von diesen für den Gipfel seiner intellektuellen Kühnheit hielt, nicht aber für Hinweise auf nur allzumenschliche Schwächen.

Da er die üblichen mit dem Ablauf des Lebens verbundenen Prozesse für zutiefst illusorisch hielt, ist es nur natürlich, daß er den Unbilden des Lebens nicht viel Aufmerksamkeit schenkte und auch in der Tat kaum Vorschläge zu ihrer Bewältigung liefert. In diesem Zusammenhang könnte Bassetts

---

[1] »Le suprême charme qu'on trouve à lire une page de de Selby est qu'elle vous conduit inexorablement à l'heureuse certitude que des sots vous n'êtes pas le plus grand.«

Anekdote von einigem Aufschluß sein.[2] Zu seiner Zeit in Bartown hatte de Selby einen gewissen, örtlich begrenzten Ruf als Weiser erlangt, »welcher wahrscheinlich auf den Umstand zurückzuführen ist, daß er, was allgemein bekannt war, nie Zeitung las«. Ein junger Mann, der ebenfalls in dieser Stadt wohnte, hatte ernsthafte Schwierigkeiten, die von einer Dame herrührten, und da er das Gefühl hatte, diese Angelegenheit belaste sein Gemüt und sei eine Bedrohung für seinen Geisteszustand, wandte er sich ratsuchend an de Selby. Anstatt nun diesen einen Makel aus des jungen Mannes Seele zu entfernen, was sich leicht hätte bewerkstelligen lassen, lenkte er die Aufmerksamkeit des jungen Mannes auf etwa fünfzig nicht nachprüfbare Lehrsätze, deren jeder Probleme aufwarf, die mehrere Ewigkeiten umspannten und das mit der jungen Dame verknüpfte Problem ins Reich der absoluten Bedeutungslosigkeit verbannte. Daher verließ der junge Mann, der mit einer einzigen Befürchtung gekommen war, das Haus in einem Zustand tiefster Resignation und spielte freudig mit dem Gedanken an Selbstmord. Daß er rechtzeitig zum Abendessen nach Hause kam, ist nur dem Einschreiten des Mondes zu verdanken, denn der junge Mann war auf dem Heimweg am Hafen vorbeigegangen und mußte feststellen, daß eine zwei Meilen breite Ebbe herrschte. Sechs Monate später handelte er sich eine Haftstrafe von sechs Kalendermonaten in Verbindung mit Zwangsarbeit ein, da er in achtzehn Punkten des Diebstahls sowie der Beschädigung von Eisenbahneigentum für schuldig befunden worden war. Soviel zu unserem Weisen in seiner Eigenschaft als Ratgeber.

Wie jedoch bereits ausgeführt, versieht de Selby den Leser, der das objektiv zu lesen versteht, was lesenswert ist, mit einigem Seelentrost. In seinem *Layman's Atlas*[3] befaßt er

[2] In: *Lux Mundi*.
[3] Das Buch ist inzwischen sehr selten geworden und ein ausgesprochenes Objekt für den Sammler. Der sardonische du Garbandier spielt ausführlich auf den Umstand an, daß der erste Drucker des *Atlas* (Watkins) an dem Tage vom Blitz erschlagen wurde, als er die Drucklegung beendet

sich ausführlich mit den Einschränkungen, die Alter, Liebe, Sünde, Tod und andere hervorstechende Merkmale der Existenz darstellen. Zwar ist es zutreffend, daß er ihnen nur sechs Zeilen widmet, doch dies infolge seiner vernichtenden Aussage, sie seien sämtlich »unnötig«.[4] So erstaunlich es klingen mag, leitet er diese Behauptung als direkte Folge aus seiner Entdeckung ab, daß die Erde, weit davon entfernt, sphärische Gestalt zu besitzen, »wurstförmig« sei.

Nicht wenige kritische Kommentatoren bekennen offen, daß der Anflug ungewöhnlicher Leichtfertigkeit, die de Selby sich in Verbindung mit dieser Theorie zu gestatten scheint, für einige Zweifel Raum läßt, andererseits scheint de Selby aber die Materie durchaus ernsthaft und nicht ohne Überzeugungskraft abzuhandeln.

Er schlägt den bewährten Weg ein, Trugschlüsse in bereits existierenden Konzeptionen aufzuzeigen und in aller Stille anstelle des Systems, das er zerstört zu haben vorgibt, sein eigenes zu errichten.

Wenn man sich an einem Punkt der vorgeblich sphärischen Erde befindet, so sagt er, bieten sich einem vier Richtungen an, nämlich der Norden, der Süden, der Osten und der Westen. Es erfordert jedoch nicht viel Überlegung, um einzusehen, daß es nur zwei geben kann, da Norden und Süden im Zu-

---

hatte. Ferner sei die Anmerkung gestattet, daß der sonst so verläßliche Hatchjaw die Behauptung aufgestellt hat, der gesamte *Atlas* sei eine Fälschung und »von anderer Hand fertiggestellt«, womit er Sachverhalte berührt, die der Bacon/Shakespeare-Kontroverse an Pikanterie in nichts nachstehen. Er führt mehrere geistreiche, jedoch nicht immer überzeugende Argumente an, von denen besonders eines verdient, gehört zu werden. De Selby habe bekanntlich, so heißt es, beträchtliche Summen aus den Rechten für dieses Buch bezogen, ohne es geschrieben zu haben, »ein Vorgehen, das mit der sittlichen Einstellung des Meisters übereinstimmen würde«. Diese Theorie empfiehlt sich jedoch dem ernsthaften Studenten nicht als glaubwürdig.

[4] Mit seinem üblichen Sarkasmus hat du Garbandier herausgefunden, warum eine Gallenblasen-Beschwerde, ein Leiden, das de Selby häufig zum Krüppel machte, von der Liste der »unnötigen Hemmnisse« gestrichen wurde.

sammenhang mit einem sphärischen Körper ohnehin bedeutungslose Begriffe sind und nur die Bewegung in *einer* Richtung beschreiben können; dasselbe gilt für Osten und Westen. Man kann jeden beliebigen Punkt auf der Nord-Süd-Linie erreichen, indem man die eine oder auch die andere »Richtung« einschlägt, wobei der einzige Unterschied zwischen beiden »Routen« nur auf äußere Einflüsse wie Zeit und Raum zurückzuführen ist, beides, wie wir gesehen haben, illusorische Begriffe. Demnach gibt es eine Nord-Süd-Richtung sowie eine Ost-West-Richtung. Anstelle von vier Himmelsrichtungen gibt es also nur zwei. Man kann demnach getrost folgern[5], sagt de Selby, daß hier ein weiterer Trugschluß vorliegt und daß es in Wirklichkeit nur eine einzige Richtung gibt, die diesen Namen verdient, denn wenn man irgendeinen Punkt des Globus verläßt, sich bewegt und fortfährt, sich in welcher »Richtung« auch immer zu bewegen, dann erreicht man unweigerlich wieder den Ausgangspunkt.

Die Lehre, die aus der Schlußfolgerung dieser Theorie gezogen wird, »die Erde« sei »eine Wurst«, ist nicht ohne Reiz. Die Vorstellung, die Erde sei sphärisch, schreibt er der Tatsache zu, daß der Mensch sich kontinuierlich nur in einer bekannten Richtung bewegt (obwohl er davon überzeugt ist, sich in einer Richtung seiner freien Wahl zu bewegen) und daß diese eine Richtung der kreisförmigen Zirkumferenz einer Erde entspricht, die nur wurstförmig sein kann. Man kann kaum bestreiten, daß, wenn die Multidirektionalität der Erde als Trugschluß entlarvt worden ist, die sphärische Gestalt der Erde ein weiterer Trugschluß ist, der sich zwingend aus dem ersten ableitet. De Selby vergleicht die Lage eines Menschen, der sich auf der Erde befindet, mit der Situation eines Seiltänzers, der auf dem Drahtseil weitergehen muß, um nicht abzustürzen, ansonsten aber Herr seiner Ent-

---

[5] Und das scheint mir die einzige schwache Stelle in der Beweisführung zu sein.

scheidungen ist. Aus der Bewegung in diesem begrenzten Spielraum resultiert jene permanente Halluzination, die uns unter dem Begriff »Leben« mit seinen zahllosen Einschränkungen, Betrübnissen und Anomalien bekannt ist. Neue und unvorstellbare Dimensionen werden die gegenwärtige Ordnung verdrängen, und die mannigfaltigen »Unnötigkeiten« der »ein-direktionalen« Existenz werden verschwinden.

Zwar stimmt es, daß de Selby uns darüber, wie diese Richtung zu finden wäre, ein wenig im unklaren läßt. Sie läßt sich nicht, so warnt er uns, anhand einer mikroskopisch kleinen Unterteilung der Windrose feststellen, und ebensowenig sollte man sich von plötzlichen Sprüngen hierhin und dorthin erhoffen, die man in der Hoffnung ausführt, es werde ein Glücksfall eintreten. Er bezweifelt, daß menschliche Beine »geeignet« seien, das »Längen-Zelestium« zu durchwandeln, und er scheint anzudeuten, daß die Entdeckung der neuen Richtung fast immer den Tod nach sich zieht. Wie Bassett völlig zu Recht einwirft, verleiht dies der Theorie zwar den Anstrich von Wahrscheinlichkeit, weist aber gleichzeitig darauf hin, daß de Selby lediglich etwas weithin Bekanntes und Anerkanntes auf obskure und abstruse Weise neu formuliert.

Wie üblich gibt es Belege dafür, daß er einige private Experimente durchgeführt hat. Zu einer bestimmten Zeit scheint er angenommen zu haben, die Schwerkraft sei der »Kerkermeister« der Menschheit, da sie sie auf die ein-direktionale Straße in die Vergessenheit dränge und daß das Heil nur in einer eher aufwärts gearteten Richtung liegen könne. Die Luftfahrt verwarf er als unwirksames Heilmittel und verbrachte folgerichtig mehrere Wochen mit dem Entwurf von »barometrischen Pumpen«, welche mit Hilfe von »Quecksilber und Drähten« arbeiten und breite Landstriche von den Einwirkungen der Schwerkraft befreien sollten. Zum Glück für die Bewohner der betreffenden Gegenden – zum Glück auch für ihre bewegliche Habe – scheint er keine nennenswerten Resultate erzielt zu haben. Schließlich wurde er durch die ungewöhnliche Angelegenheit mit dem Wasserkasten von diesen Betätigungen abgelenkt.[6]

Wie ich bereits andeutete, hätte ich, nachdem ich mich zwei Minuten lang mit Sergeant Pluck wieder im weißen Tagesraum aufgehalten hatte, viel darum gegeben, auch nur den flüchtigen Anblick eines solchen Wegweisers erhaschen zu können, der die Richtung angibt, in der man den »Zylinder« der Wurst beschreiten muß.

Wir waren kaum zur Tür hereingekommen, als uns bewußt wurde, daß wir uns in der Gesellschaft eines Besuchers befanden. Er trug die farbigen Streifen eines hohen Amtes auf der Brust, war aber sonst in Polizeiblau gewandet und trug eine Polizistenmütze auf dem Kopf, an der ein besonderes Abzeichen funkelte, welches von übergeordnetem Rang kündete. Er war sehr dick und kreisförmig gebaut, Arme und Beine besaßen nur die Mindestlänge, und der gewaltige Busch seines Schnurrbarts war von schlechter Laune und Hemmungslosigkeit gesträubt. Der Sergeant bedachte ihn zunächst mit erstaunten Blicken und dann mit einem militärischen Gruß.

»Inspektor O'Corky!« sagte er.

»Was hat es zu bedeuten, daß dieses Revier während der Dienststunden so verwaist ist?« bellte der Inspektor.

Seine Stimme war rauh, wie das Geräusch grober Pappe, die man gegen Schmirgelpapier reibt, und es war offenkundig, daß weder er selbst noch andere ihm zur Freude gereichten.

»Ich war ausgegangen«, antwortete der Sergeant voller Respekt, »da mich die Notlage einer Pflicht sowie Polizeiarbeit von höchster Wichtigkeit dazu zwangen.«

»Wußten Sie, daß vor zwei Stunden ein Mann namens Mathers in der Gabelung eines Straßengrabens aufgefunden

---

[6] Siehe Hatchjaw, *The De Selby Water-Boxes Day by Day*. Die Berechnungen sind vollständig wiedergegeben, und die täglichen Schwankungen werden durch bewunderungswürdig klare Schaubilder aufgezeigt.

wurde? Den Bauch hatte man ihm mit einem Messer oder sonstigem scharfen Instrument aufgeschlitzt.«
Wollte ich sagen, daß dies eine Überraschung war, die die Funktion meiner Herzmuskeln erheblich beeinträchtigte, so könnte man mit der gleichen Berechtigung behaupten, daß ein rotglühender Schürhaken eine gewisse Hitze im Gesicht erzeugt, falls jemand beschließen sollte, ihn gegen dasselbe zu drücken. Ich starrte vom Sergeant zum Inspektor und wieder zum Sergeant, und mein gesamtes Inneres flatterte vor Bestürzung.
Es scheint, daß sich unser gemeinsamer Freund Finnucane in dieser Gegend aufhält, sagte Joe.
»Das wußte ich allerdings«, sagte der Sergeant.
Sehr merkwürdig. Wie kann er es gewußt haben, wenn er die letzten vier Stunden mit uns nach dem Fahrrad gesucht hat?
»Und welche Schritte haben Sie eingeleitet und wie viele?« bellte der Inspektor.
»Lange Schritte und Schritte in der richtigen Richtung«, erwiderte der Sergeant gleichmütig. »Ich weiß, wer der Mörder ist.«
»Und warum ist er dann in polizeilichem Gewahrsam?«
»Er ist in polizeilichem Gewahrsam«, sagte der Sergeant entwaffnend.
»Wo?«
»Hier.«
Das war der zweite Blitzschlag. Nachdem ich angstvoll hinter mich geblickt hatte, ohne einen Mörder zu sehen, wurde mir klar, daß ich selbst der Gegenstand der privaten Unterhaltung war, die die beiden Polizisten miteinander führten. Ich brachte keinen Protest vor, denn meine Stimme versagte, und mein Mund war knochentrocken.
Inspektor O'Corky war so ärgerlich, daß ihn selbst die erstaunliche Aussage des Sergeants nicht besänftigen konnte.
»Warum ist er dann nicht mit Hilfe eines Durchsteckschlüssels

und eines Vorhängeschlosses in einer Zelle eingesperrt?« röhrte er.
Zum erstenmal sah der Sergeant ein wenig niedergeschlagen und beschämt drein. Sein Gesicht wurde etwas röter als vorher, und er heftete die Augen auf den Steinfußboden.
»Um die Wahrheit zu sagen«, sagte er schließlich, »ich bewahre dort mein Fahrrad auf.«
»Verstehe«, sagte der Inspektor.
Er bückte sich schnell, rammte schwarze Fahrradklammern um die Säume seiner Beinkleider und stampfte mit dem Fuß auf. Ich bemerkte zum erstenmal, daß er sich mit dem Ellenbogen gegen das Pult gelehnt hatte.
»Sorgen Sie dafür, daß diese Unregelmäßigkeit unverzüglich behoben wird«, rief er zum Abschied, »und korrigieren Sie Ihren Verstoß und bringen Sie den Mörder hinter Gitter, bevor er dem gesamten Bezirk den Bauch aufschlitzt!«
Mit diesen Worten war er verschwunden. Wir hörten die groben Laute von knirschendem Kies, ein Zeichen dafür, daß der Inspektor die altmodische Methode bevorzugte und vom Treppenabsatz aus das Rad bestieg.
»Also dann«, sagte der Sergeant.
Er nahm die Mütze ab, ging zu einem Stuhl hinüber, setzte sich auf den Stuhl und entspannte sich auf der breiten pneumatischen Sitzfläche. Er zog ein rotes Tuch aus der Hosentasche und füllte es mit den Schweißkugeln auf seinen ausladenden Gesichtszügen. Dann öffnete er die Knöpfe seiner Uniformjacke, als wolle er die darin eingekerkerten Sorgen in die Freiheit entlassen. Abschließend unterzog er die Sohlen und Spitzen seiner Polizeistiefel einer eingehenden Betrachtung, ein Zeichen dafür, daß er mit schwerwiegenden Problemen rang.
»Was bedrückt Sie?« forschte ich, denn mir lag sehr daran, das Geschehene zu erörtern.
»Das Fahrrad«, sagte er.
»Das Fahrrad?«

»Wie kann ich es aus der Zelle entfernen?« fragte er. »Ich halte es immer in Einzelhaft, wenn ich es nicht gerade benutze, um zu verhindern, daß es ein Privatleben führt und unfreundliche Akte begeht, die meiner eigenen Unnachahmlichkeit ins Gehege kommen könnten. Man kann nicht vorsichtig genug sein. In Ausübung meiner polizeilichen Pflichten muß ich lange Strecken auf dem Fahrrad zurücklegen.«
»Wollen Sie damit sagen, daß ich in die Zelle gesperrt und vor der Welt verborgen werden soll?«
»Sie haben ja die Anordnungen des Inspektors gehört.«
Fragen Sie, ob das Ganze ein Scherz ist, sagte Joe.
»Ist dies alles ein Scherz, der auf die Erregung von Heiterkeit abzielt?«
»Wenn Sie es so auffaßten, wäre ich Ihnen unendlich verbunden«, sagte der Sergeant ernst, »und ich werde mich Ihrer stets mit aufrichtigen Gefühlen erinnern. Es wäre eine edle Geste und ein unsagbares Beispiel höchster Vortrefflichkeit seitens des Verblichenen.«
»Was!« schrie ich.
»Sie müssen sich vor Augen führen, daß es eine der Vorschriften wahrer Weisheit ist, alles zu seinem persönlichen Vorteil zu verwenden, wie ich Ihnen gegenüber bereits vertraulich ausführte. Dadurch, daß ich meinerseits diese Regel befolge, werden Sie heute abend zum Mörder. Der Inspektor brauchte als mindestes, winzigstes Minimum einen inhaftierten Gefangenen, um seine unzulängliche *bonhomie* sowie *mal d'esprit* zu kurieren. Daß Sie zu der in Frage stehenden Zeit gerade zur Hand waren, war Ihr persönliches Mißgeschick und gleichermaßen mein persönliches Glück sowie günstiges Geschick. Die einzige sich bietende Möglichkeit besteht darin, Sie für das schwere Vergehen aufzuknüpfen.«
»Aufzuknüpfen?«
»Sie an der Luftröhre aufzuhängen, bevor es Zeit für's zweite Frühstück ist.«
»Das ist überaus ungerecht«, stammelte ich, »es ist unbillig...

gemein... teuflisch.« Meine Stimme erhob sich zu einem dünnen Tremolo der Furcht.
»So pflegen wir in diesem Teil des Landes vorzugehen«, erläuterte der Sergeant.
»Ich werde Widerstand leisten«, rief ich, »und ich werde dem Tode trotzen und um meine Existenz kämpfen, selbst wenn ich dabei mein Leben verliere.«
Der Sergeant machte eine besänftigende Geste der Mißbilligung. Er kramte eine riesige Pfeife hervor, und als er sie sich in das Gesicht steckte, sah sie aus wie ein großes Beil.
»Nun zum Fahrrad«, sagte er, als er sie in Betrieb genommen hatte.
»Zu welchem Fahrrad?«
»Zu meinem Fahrrad. Wäre es Ihnen unbequem, wenn ich es versäumte, Sie in die Zelle zu sperren? Ich will nicht eigennützig sein, aber über mein Fahrrad muß ich sehr sorgfältig nachdenken. Die Wand des Tagesraums ist nicht der rechte Ort dafür.«
»Macht mir nichts aus«, sagte ich ruhig.
»Sie können sich mit Urlaub auf Ehrenwort in der Umgebung aufhalten, bis wir die Zeit gefunden haben, die Richtstätte auf dem Hinterhof aufzubauen.«
»Woher wissen Sie, daß ich keinen kühnen Ausbruchsversuch unternehmen werde?« fragte ich, wobei ich mir im stillen dachte, es wäre wohl besser, sämtliche Gedanken und Vorhaben des Sergeants zu ergründen, um die Umstände meiner Flucht abzusichern.
Er lächelte mich an, soweit es das Gewicht seiner Pfeife zuließ.
»Das werden Sie nicht tun«, sagte er, »denn es wäre nicht ehrenhaft. Und selbst wenn es das wäre, würden wir ganz leicht die Spur Ihres Hinterreifens verfolgen, und davon abgesehen, würde Wachtmeister Fox Sie ohne größere Anstrengung im Weichbild der Stadt stellen. Wir brauchten nicht einmal einen Haftbefehl auszuschreiben.«

So saßen wir eine Weile da, jeder in seine eigenen Gedanken versunken, wobei er über sein Fahrrad nachdachte und ich über meinen Tod.
Da fällt mir wieder ein, sagte Joe, daß unser Freund gesagt hat, das Gesetz könne, Ihrer angeborenen Anonymität wegen, keinen Finger gegen uns erheben.
Völlig richtig, sagte ich. Das war mir entfallen.
So, wie die Sache steht, ist das nicht viel mehr als ein Diskussionspunkt.
Erwähnen sollte man es schon, sagte ich.
Mein Gott, ja!
»Übrigens«, sagte ich zum Sergeant, »haben Sie meine amerikanische Uhr wiedergefunden?«
»Die Sache schwebt und wird aufmerksam verfolgt«, sagte er amtlich.
»Wissen Sie noch, daß Sie mir gesagt haben, ich sei gar nicht hier, weil ich keinen Namen hätte, und daß meine Persönlichkeit dem Gesetz gegenüber unsichtbar sei?«
»Das habe ich gesagt.«
»Wie kann ich dann wegen Mordes gehängt werden – selbst wenn ich einen begangen hätte –, wenn es weder Prozeß noch einleitende Untersuchungen noch gestellte Kautionen noch Verhöre vor dem Friedensrichter gibt?«
Ich beobachtete den Sergeant und sah, wie er das Beil verwundert aus der Umklammerung seiner Gaumen entfernte und seine Augenbrauen in beträchtliche Windungen verzog. Es war ihm anzumerken, daß ihn meine Anfrage in ernste Verlegenheit brachte. Er blickte mich düster an und wiederholte dann seinen Blick, indem er mir die gedrängte Zusammenfassung seines ersten Blicks zuteil werden ließ.
»Wer hätte das gedacht?« sagte er.
Drei Minuten lang wandte er meiner Erscheinung seine ungeteilte Aufmerksamkeit zu. Er runzelte die Stirn so heftig, daß die tiefen Furchen sein Gesicht blutlos machten und es schwarz und unnahbar erscheinen ließen.

Dann sprach er.

»Hegen Sie nicht den geringsten Zweifel daran, namenlos zu sein?« fragte er.

»Ich bin dessen absolut sicher«, sagte ich.

»Wie wär's mit Mick Barry?«

»Nein.«

»Charlemagne O'Keeffe?«

»Nein.«

»Sir Justin Spens?«

»Falsch.«

»Kimberley?«

»Nein.«

»Bernard Fann?«

»Nein.«

»Joseph Poe oder Nolan?«

»Nein.«

»Gehören Sie zu den Garvins oder Moynihans?«

»Weder, noch.«

»Rosencranz O'Dowd?«

»Nein.«

»Und O'Benson?«

»O'Benson schon gar nicht.«

»Einer von den Quigleys, den Mulrooneys oder den Hounimen?«

»Nein.«

»Hardiman? Merriman?«

»Bedaure.«

»Peter Dundy?«

»Nein.«

»Scrutch?«

»Nein.«

»Lord Brad?«

»Ebenfalls nicht.«

»Von den O'Growneys, den O'Roartys oder den Finnehys?«

»Nein.«

»Ein erstaunlicher Fall von Dementi und Denunziation«, sagte er.
Wieder fuhr er sich mit dem roten Tuch über das Gesicht, um die Feuchtigkeit zu reduzieren.
»Eine bemerkenswerte Zurschaustellung von Nichtigkeit«, fügte er hinzu.
»Jenkins heiße ich ebenfalls nicht«, gab ich herablassend zu bedenken.
»Roger MacHugh?«
»Roger? Auch das noch.«
»Sitric Hogan?«
»Nein.«
»Auch nicht Conroy?«
»Nein.«
»Und O'Conroy?«
»O'Conroy auch nicht.«
»Dann bleiben nur wenig Namen übrig, die Sie haben könnten«, sagte er. »Denn nur ein schwarzer Mann könnte einen anderen Namen als die eben von mir vorgetragenen haben. Oder ein roter Mann. Wie ist es mit Byrne?«
»Nein.«
»Das ist ja eine schöne Bescherung«, sagte er düster. Er beugte sich vor, damit sich auch das zusätzliche Hirn, das er im Hinterkopf haben mochte, frei entfalten konnte.
»Bei allen Leiden der heiligen Senatoren«, klagte er.
Ich glaube, die Lage ist gerettet.
Noch sind wir nicht zu Hause und im Trockenen, antwortete ich.
Trotzdem finde ich, daß wir uns entspannen können. Offensichtlich hat er noch nie etwas von Signor Bari, der goldkehligen Lerche von Milano, gehört.
Ich finde, daß jetzt nicht die Zeit für Späße ist.
Oder von J. Courtney Wain, dem Privatdetektiv und gern gesehenen Mitglied exklusivster Kreise. Sein frei verfügbares Vermögen wird grob auf achtzehntausend Guineen geschätzt.

Ich erinnere nur an den einzigartigen Fall mit den drei rothaarigen Männern.
»Beim Zeus!« sagte der Sergeant plötzlich. Er erhob sich und schritt auf und ab.
»Ich glaube, man kann den Fall zufriedenstellend lösen«, sagte er gewinnend, »und umgehend bedingungslos ratifizieren.«
Sein Lächeln gefiel mir nicht, und ich bat ihn um eine Erklärung.
»Zwar stimmt es«, sagte er, »daß Sie kein Verbrechen begehen können und daß der Arm des Gesetzes keinen Finger gegen Sie erheben kann – gleichgültig, wie hoch das Ausmaß Ihrer Kriminalität ist. Alles, was Sie tun, ist Lüge, und nichts, was Ihnen passiert, ist wahr.«
Behaglich nickte ich Zustimmung.
»Aus diesem Grunde«, sagte der Sergeant, »können wir Sie ergreifen und erhängen, bis das Leben aus Ihnen gewichen ist, und trotzdem sind Sie gar nicht gehängt, und man braucht keinen Totenschein auszustellen. Der persönliche Tod, den Sie sterben, ist nicht einmal ein Tod (ohnehin bestensfalls ein zweitrangiges Phänomen), sondern lediglich eine wenig appetitliche Ablenkung auf dem Hinterhof, Neutralisierung eines Exemplars negativer Nullität, durch Erstickung und die Fraktur des Rückgrats ungültig gemacht. Wenn es keine Lüge ist zu behaupten, daß man Ihnen auf dem Hinterhof den Gnadenstoß versetzt hat, so ist die Aussage ebenso wahr, daß Ihnen gar nichts zugestoßen ist.«
»Wollen Sie damit sagen, daß ich, weil ich keinen Namen habe, nicht sterben kann, und daß Sie deshalb für meinen Tod nicht verantwortlich gemacht werden können, selbst wenn Sie mich umbringen?«
»So ungefähr«, sagte der Sergeant.
Ich war so traurig und gründlich enttäuscht, daß mir Tränen in die Augen schossen und ein Kloß von unbeschreiblicher Bitterkeit tragisch in meiner Kehle zu schwellen begann. In-

tensiv spürte ich jedes Fragment meines Menschseins. Das Leben, das in meinen Fingerspitzen pulste, war wirklich und fast schmerzhaft in seiner Heftigkeit, und ebenso war es mit der Schönheit meines warmen Gesichts, mit der beweglichen Menschlichkeit meiner Gliedmaßen und der urwüchsigen Gesundheit meines reichlichen roten Bluts. Dies alles ohne guten Grund verlassen zu müssen, dies kleine Reich in kleine Splitter zu zerschmettern, war zu traurig, um den Gedanken daran auch nur zurückzuweisen.

Das nächste wichtige Ereignis, das sich im Tagesraum begab, war der Eintritt Wachtmeister MacCruiskeens. Er marschierte auf einen Stuhl zu, zog sein schwarzes Buch hervor und begann, seine handschriftlichen Notizen durchzublättern, wobei er gleichzeitig die Lippen zu einem Artikel schürzte, der einem geöffneten Geldbeutel glich.

»Haben Sie abgelesen?« fragte der Sergeant.

»Ja«, sagte MacCruiskeen.

»Lesen Sie die Meßergebnisse vor, damit ich sie höre«, sagte der Sergeant, »und damit ich innerhalb des Interieurs meines innersten Kopfes Vergleiche anstellen kann.«

MacCruiskeen betrachtete aufmerksam sein Buch.[7]

---

[7] Da ich die Gelegenheit hatte, das Notizbuch flüchtig durchzublättern, ist es mir möglich, an dieser Stelle einen Eindruck von den Eintragungen einer Woche zu vermitteln. Die Werte allerdings müssen aus naheliegenden Gründen fiktiv bleiben:

Ausgangswert	Messung am Balken	Messung am Hebel	Art der Senkung (falls vorh.) plus Zeit	
10,2	4,9	1,25	Hell	4,15
10,2	4,6	1,25	Hell	18,16
9,5	6,2	1,7	Hell (mit Klumpen)	7,15
10,5	4,25	1,9	– entfällt –	
12,6	7,0	3,73	Heftig	21,6
12,5	6,5	2,5	Schwarz	9,0
9,25	5,0	6,0	Schwarz (mit Klumpen)	14,45

»Zehn Komma Fünf«, sagte er.
»Zehn Komma Fünf«, sagte der Sergeant. »Und wie sah es auf dem Balken aus?«
»Fünf Komma Drei.«
»Und auf dem Hebel?«
»Zwei Komma Drei.«
»Zwei Komma Drei ist hoch«, sagte der Sergeant. Er schob den Rücken seiner Faust zwischen die Sägen seiner gelben Zähne und begann, seine geistigen Vergleiche anzustellen. Nach fünf Minuten klärte sich sein Blick, und er sah MacCruiskeen an.
»Gab es eine Senkung?« fragte er.
»Um halb sechs trat eine leichte Senkung ein.«
»Für eine leichte Senkung ist halb sechs ein wenig spät«, sagte er. »Waren Sie so umsichtig, Holzkohle einzuschüren?«
»Oh ja«, sagte MacCruiskeen.
»Wieviel?«
»Sieben Pfund.«
»Ich hätte acht genommen«, sagte der Sergeant.
»Sieben war völlig zufriedenstellend«, sagte MacCruiskeen, »besonders, wenn man bedenkt, daß die Werte auf dem Balken seit vier Tagen im Fallen begriffen sind. Ich habe das Schiffchen überprüft, es war aber nicht im geringsten locker und hatte nicht die Spur von Spiel.«
»Aus Gründen der Sicherheit würde ich trotzdem acht nehmen«, sagte der Sergeant, »aber wenn das Schiffchen fest angezogen ist, besteht kein Grund für ängstliche Befürchtungen.«
»Nicht der geringste«, sagte MacCruiskeen.
Der Sergeant glättete sein Gesicht von den Spuren der Gedanken, denen er nachhing, und schlug sich mit den flachen Händen gegen die Brusttaschen. »Na schön«, sagte er.
Er bückte sich, um die Klammern an seinen Knöcheln anzubringen. »Ich muß jetzt dorthin aufbrechen, wohin mein Weg mich führen wird«, sagte er, »und Sie werden«, sagte er zu

MacCruiskeen, »mich zwei Augenblicke lang nach draußen begleiten, damit ich Sie in amtlicher Form über die letzten Vorfälle unterrichten kann.«

Die zwei gingen miteinander hinaus und ließen mich mit meiner traurigen und freudlosen Einsamkeit allein. MacCruiskeen blieb nicht lange fort, aber während dieses kaum erwähnenswerten Alleinseins kam ich mir vereinsamt vor. Als er zurückkam, gab er mir eine Zigarette, die von seiner Hosentasche warm und runzlig war.

»Man wird Sie wohl aufknüpfen«, sagte er freundlich.

Ich antwortete durch ein Nicken.

»Und das in dieser Jahreszeit; das kostet uns ein Vermögen«, sagte er. »Sie würden nicht glauben, was heute für Holzpreise verlangt werden.«

»Genügt nicht schon ein Baum?« fragte ich und versuchte, einem Anflug grillenhaften Humors freien Lauf zu lassen.

»Ich glaube nicht, daß das ordnungsgemäß wäre«, sagte er, »aber ich werde es dem Sergeant vertraulich unterbreiten.«

»Danke schön.«

»Die letzte Hinrichtung in dieser Gemeinde«, sagte er, »fand vor dreißig Jahren statt. Es handelte sich da um einen sehr berühmten Mann namens MacDadd. Er war Inhaber des 100-Meilen-Rekords mit Vollgummireifen. Muß ich Ihnen noch schildern, was ihm der Vollgummireifen angetan hat? Wir mußten das Fahrrad aufknüpfen.«

»Das Fahrrad aufknüpfen?«

»MacDadd hegte einen erstklassigen Groll gegen einen Mann namens Figgerson, er rührte Figgerson aber nicht an. Er wußte, wie die Dinge standen, und versetzte Figgersons Fahrrad einen fürchterlichen Hieb mit dem Brecheisen. Danach setzte es eine Schlägerei zwischen MacDadd und Figgerson, welche Figgerson nicht lange genug überlebte, um herauszufinden, wer gesiegt hatte. Er bekam eine großartige Totenwache und wurde zusammen mit seinem Fahrrad beigesetzt. Haben Sie je einen fahrradförmigen Sarg gesehen?«

»Nein.«

»Es handelt sich da um ein sehr verzwicktes Werk höchster Schreinerkunst; man möchte sich wünschen, ein erstklassiger Handwerker zu sein, um bei der Lenkstange gute Arbeit zu leisten, von den Pedalen und der Rücktrittnabe ganz zu schweigen. Aber der Mord war ein übles Stück Kriminalität, und wir konnten MacDadd längere Zeit nicht finden oder feststellen, wo er sich zum größten Teil aufhielt. Wir mußten sowohl sein Fahrrad als auch ihn selbst festnehmen, und wir stellten alle beide eine Woche lang unter geheime Überwachung, um herauszufinden, wo sich die Mehrheit von MacDadd befand und ob das Fahrrad hauptsächlich *pari passu* in MacDadds Hosen steckte, falls Sie verstehen, was ich meine.«

»Was geschah weiter?«

»Nach einer Woche faßte der Sergeant seinen Beschluß. Seine Lage war extrem schwierig, denn nach den Dienststunden war er innig mit MacDadd befreundet. Er verurteilte das Fahrrad, und das Fahrrad wurde gehängt. Wir trugen, den anderen Angeklagten betreffend, ein *nolle prosequi* ins Wachbuch ein. Die Hinrichtung selbst habe ich nicht gesehen, da ich ein sehr empfindlicher Mensch bin und einen äußerst reaktionären Magen besitze.«

Er stand auf, ging zur Anrichte und holte seine Patent-Spieldose, deren Töne so esoterisch verdünnt waren, daß nur er sie hören konnte. Dann lehnte er sich auf seinem Stuhl zurück, steckte die Hände durch die Griffriemen und begann, sich mit seiner Musik zu vergnügen. Was er spielte, ließ sich in groben Zügen von seinem Gesicht ablesen. Seine Miene trug eine breite, derbe Befriedigung zur Schau, ein Zeichen dafür, daß er mit lauten, lärmenden Liedern beschäftigt war, wie sie aus Scheunen zu dringen pflegen, sowie mit stürmischen Shanties des Meeres und stämmigen, röhrenden Marschgesängen. Die Stille im Zimmer war so ungewöhnlich still, daß ihr Beginn vergleichsweise laut schien, als man sich ihrem Ende näherte.

Ich weiß nicht, wie lange diese unheimliche Stimmung anhielt oder wie lange wir aufmerksam dem Nichts lauschten. Vor lauter Untätigkeit wurden meine Augen müde und schlossen sich wie eine Gastwirtschaft um zehn Uhr abends. Als sie sich wieder öffneten, sah ich, daß MacCruiskeen von der Musik Abstand genommen hatte und Vorbereitungen traf, seine Wäsche und seine Sonntagshemden zu mangeln. Er hatte eine große rostige Mangel aus dem Schatten der Wand hervorgezogen, hatte das Tuch, das sie bedeckte, heruntergezogen, schraubte nun die Druckfeder niedrig, drehte an der Kurbel und richtete die Maschine mit kundigen Händen her.

Dann ging er zur Anrichte hinüber und holte aus einer Schublade kleine Artikel hervor wie Trockenbatterien und ein Instrument, das einer zweizinkigen Gabel ähnelte, und Glasröhren, in denen sich Drähte befanden, und andere, etwas grobschlächtigere Artikel, ähnlich den Sturmlaternen, die das Landratsamt verwendet. Er brachte diese Dinge an verschiedenen Stellen der Mangel an, und nachdem er sie alle zu seiner Zufriedenheit eingestellt hatte, sah die Mangel eher wie ein grobes wissenschaftliches Instrument aus und nicht eigentlich wie eine Maschine, mit der man die Wäsche eines Tages auswringt.

Unterdessen war eine dunkle Tageszeit angebrochen, da die Sonne sich anschickte, völlig im roten Westen zu verschwinden und alles Licht mit sich zu nehmen. MacCruiskeen brachte weitere kleine, wohlgeformte Artikel an der Mangel an und montierte unbeschreiblich zarte Glasinstrumente an Metallbeine und Überbau. Als er mit seiner Arbeit fast fertig war, war das Zimmer nahezu schwarz, und von dem Auf und Ab seiner Hand gingen helle blaue Funken aus.

Unter der Mangel, in der Mitte des gußeisernen handgeschmiedeten Rahmens bemerkte ich einen schwarzen Kasten, aus dem farbige Drähte ragten, und man hörte ein leises, tickendes Geräusch, als befände sich eine Uhr in dem Kasten. Dies war alles in allem die komplizierteste Mangel, die ich

je gesehen habe, und an Komplexität stand sie dem Inneren einer dampfbetriebenen Getreidemühle in nichts nach.
Als MacCruiskeen an meinem Stuhl vorbeiging, um weiteres Zubehör zu holen, sah er, daß ich wach war und ihn beobachtete.
»Haben Sie keine Angst, weil Sie glauben, es sei dunkel«, sagte er zu mir, »denn ich werde jetzt Licht machen und es sodann zur Zerstreuung und auch im Dienste der Wissenschaft durch die Mangel drehen.«
»Sagten Sie, Sie würden das Licht durch die Mangel drehen?«
»Warten Sie's ab.«
Was er als nächstes tat, oder an welchen Knöpfen er drehte, konnte ich wegen der Finsternis nicht feststellen, aber irgendwo auf der Mangel erschien plötzlich ein merkwürdiges Licht. Es war ein örtlich begrenztes Licht, das sich außerhalb seiner eigenen Helligkeit nicht ausbreitete; ein Lichtpunkt war es aber ebenfalls nicht, und ein Lichtstrahl erst recht nicht. Es war nicht völlig stetig, aber es flackerte auch nicht wie Kerzenlicht. Es war ein Licht, wie man es hierzulande selten zu sehen bekommt und wahrscheinlich aus ausländischen Rohmaterialien gefertigt. Ein düsteres Licht war es, und es sah genauso aus, als gäbe es irgendwo auf der Mangel eine kleine Stelle, die lediglich der Dunkelheit entbehrte.
Dann geschah etwas Erstaunliches. Ich konnte die undeutlichen Konturen von MacCruiskeen sehen, der die Mangel bediente. Mit seinen geschickten Fingern nahm er Feineinstellungen vor und bückte sich eine Minute lang, um an den tiefer gelegenen Erfindungen des eisernen Rahmens zu arbeiten. Dann erhob er sich zu voller Lebensgröße, begann, an der Kurbel der Mangel zu drehen, ganz langsam, und in der Polizeiwache breitete sich ein schraubendes Quietschen aus. Sobald er die Kurbel betätigt hatte, begann das ungewöhnliche Licht Aussehen und Lage auf äußerst schwierige Weise zu verändern. Mit jeder Drehung wurde es heller und kräftiger, und es waberte so unmerklich und delikat, daß es eine

Stetigkeit erreichte, die es auf Erden noch nie gegeben hatte, und mit seinen beiden wabernden Enden bezeichnete es den Ort, an dem es sich unwiderruflich befand. Es wurde stählerner, und seine fahle Bleichheit wurde so intensiv, daß es die innere Netzhaut meiner Augen einfärbte, so daß es immer noch allgegenwärtig war, als ich meinen Blick abgewandt hatte, um mir das Augenlicht zu erhalten. MacCruiskeen kurbelte langsam weiter, und plötzlich schien das Licht – zu meinem äußersten und übelkeiterregenden Schrecken – zu bersten und zu verschwinden, und gleichzeitig gellte ein lauter Ruf durch das Zimmer, ein Schrei, der nicht aus einer menschlichen Kehle stammen konnte.

Ich saß auf dem Stuhlrand und sandte furchtsame Blicke zu dem Schatten von MacCruiskeen hinüber, der sich wieder zu den winzigen wissenschaftlichen Vorrichtungen hinunterbückte und im Dunkeln leichtere Schäden an der laufenden Maschine behob.

»Was war das für ein Schrei?« stammelte ich.

»Das werde ich Ihnen sofort sagen«, rief er, »wenn Sie mich davon in Kenntnis setzen könnten, um welche Worte es sich bei dem Schrei gehandelt hat. Nun, was würden Sie sagen?«

Das war eine Frage, mit der ich mich bereits in meinem eigenen Kopf beschäftigte. Die unirdische Stimme hatte sehr schnell irgend etwas herausgebrüllt, das aus drei oder vier Wörtern bestand, die zu einem einzigen zerfetzten Schrei zusammengepreßt waren. Ich konnte nicht sagen, was es war, aber mehrere Sätze stürmten gleichzeitig auf meinen Kopf ein, und jeder hätte die Aussage des Schreis sein können. Sie wiesen eine unheimliche Ähnlichkeit mit ganz alltäglichen Rufen auf, die ich schon oft gehört hatte, wie zum Beispiel *Nach Tinahely und Shillelagh umsteigen! Zwei zu Eins für die Gastgeber! Vorsicht Stufe! Mach ihn fertig!* Ich wußte jedoch, daß der Ruf nicht so töricht und trivial gewesen sein konnte, denn er hatte mich so verstört, daß er nur etwas Folgenschweres und Diabolisches gewesen sein konnte.

MacCruiskeen sah mich an, und in seinem Auge schimmerte eine Frage.
»Ich bin nicht ganz schlau daraus geworden«, sagte ich unsicher und schwach, »aber ich glaube, es war Eisenbahngeschrei.«
»Ich höre mir schon seit Jahren Rufe und Schreie an«, sagte er, »aber noch nie habe ich die einzelnen Worte genau verstanden. Würden Sie sagen, daß es ›Drängeln Sie nicht so‹ war?«
»Nein.«
»›Anwärter auf den zweiten Platz gewinnen immer‹?«
»Bestimmt nicht.«
»Eine schwierige Zwickmühle«, sagte MacCruiskeen, »eine sehr komplizierte *crux*. Warten Sie, wir versuchen es noch einmal.«
Diesmal schraubte er die Walzen der Mangel so eng zusammen, daß sie wimmerten und es nahezu unmöglich war, die Kurbel zu betätigen. Das daraufhin erscheinende Licht war das dünnste und stechendste Licht, das ich mir je hätte vorstellen können, wie das Innere der Schneide einer scharfen Rasierklinge, und die Intensivierung, die mit dem Drehen der Kurbel einherging, war ein so delikater Vorgang, daß man ihn noch nicht einmal von der Seite betrachten konnte.
Am Ende ergab das aber keinen Ruf, sondern ein schrilles Kreischen, einen Laut, dem Pfeifen von Ratten nicht unähnlich, jedoch weit schriller als jedes Geräusch, das Mensch oder Tier erzeugen können. Wieder hatte ich den Eindruck, daß es sich um Worte gehandelt hatte, obwohl mir ihre genaue Bedeutung oder die Sprache, in der sie geäußert worden waren, recht unklar war.
»›Zwei Bananen einen Penny‹?«
»Keine Bananen«, sagte ich.
MacCruiskeen starrte finster ins Leere.
»Dies ist eine der komprimiertesten und intrikatesten Zwickmühlen, die mir je vorgekommen sind«, sagte er.

Er breitete die Decke wieder über die Mangel, schob sie beiseite und entzündete mittels Knopfdruck im Dunkeln eine Lampe an der Wand. Das Licht war hell, aber es flackerte und war weit davon entfernt, etwa beim Lesen dienlich zu sein. Er lehnte sich auf seinem Stuhl zurück, als warte er darauf, ausgefragt und gelobt zu werden, weil er so merkwürdige Dinge vollbracht hatte.

»Wie lautet Ihre Privatmeinung zu alledem?« fragte er.
»Was haben Sie da gemacht?« befragte ich ihn.
»Licht gestreckt.«
»Ich verstehe nicht, was Sie meinen.«
»Ich werde es Ihnen in groben Zügen schildern«, sagte er, »und versuchen, das Thema in verständlicher Form anzuschneiden. Es kann nicht schaden, daß Sie Ungewöhnliches erfahren, denn in zwei Tagen sind Sie ein toter Mann, und bis dahin wird man Sie incognito und inkommunikativ verwahren. Haben Sie je vom Omnium gehört?«
»Omnium?«
»Omnium ist das richtige Wort dafür, obwohl Sie es in keinem Buch finden werden.«
»Sind Sie sicher, daß es das richtige Wort ist?« Außer im Lateinischen hatte ich das Wort noch nie gehört.
»Gewiß.«
»Wie gewiß?«
»Der Sergeant gebraucht das Wort.«
»Und wofür ist Omnium das richtige Wort?«
MacCruiskeen lächelte mich nachsichtig an.
»Sie sind Omnium, und ich bin Omnium, und die Mangel und meine Stiefel und der Wind, der durch den Kamin streicht.«
»Wie aufschlußreich«, sagte ich.
»Es tritt in Wellen auf«, erläuterte er.
»Welche Farbe?«
»In allen Farben.«
»Hoch oder niedrig?«

»Sowohl als auch.«

Die Klinge meiner inquisitiven Neugier war zwar geschärft, ich sah aber ein, daß die Angelegenheit durch Fragen nicht klarer, sondern eher noch zweifelhafter wurde. Ich blieb stumm, bis MacCruiskeen wieder sprach.

»Mancher«, sagte er, »nennt es Energie, aber das richtige Wort ist Omnium, denn es steckt viel mehr dahinter als Energie, wohinter auch immer. Omnium ist die wesentliche inwendig innewohnende Essenz, die sich im Innern der Wurzel des Kerns von allem verbirgt, und es ist immer Dasselbe.«

Ich nickte weise.

»Es verändert sich nie. Aber es kommt in Millionen verschiedener Arten vor, und es tritt immer in Wellen auf. Nehmen wir zum Beispiel den Fall mit dem Licht auf der Mangel.«

»Nehmen wir ihn«, sagte ich.

»Licht ist dasselbe Omnium mit einer kürzeren Wellenlänge; wenn es aber eine längere Wellenlänge hat, tritt es in der Form von Lärm oder Geräusch auf. Mit meinem Patent bin ich in der Lage, einen Lichtstrahl so zu strecken, daß er zum Geräusch wird.«

»Aha.«

»Und wenn ich einen Schrei in dem Kasten mit den Drähten eingesperrt habe, kann ich ihn so lange pressen, bis ich Hitze bekomme, und Sie glauben gar nicht, wie angenehm das im Winter ist. Sehen Sie dort die Lampe an der Wand?«

»Ja.«

»Sie ist mit einem Patentkompressor und einem geheimen Instrument verbunden, welches mit dem Drahtkasten zu tun hat. Der Kasten ist voller Lärm. Ich und der Sergeant verbringen unsere sommerliche Freizeit mit dem Sammeln von Geräuschen, damit wir Licht und Wärme für unser dienstliches Leben im Winter haben. Deshalb ist das Licht mal stärker und mal schwächer. Einige Geräusche sind geräuscher als andere, und wir beide werden erblinden, wenn wir an die

Stelle kommen, als letzten September im Steinbruch gearbeitet wurde. Das Geräusch steckt irgendwo im Kasten, und früher oder später wird es unweigerlich und folgerichtig herauskommen.«

»Sprengungen?«

»Dynamitierungen und übermütige Verbrennungen von wahrhaft weitreichenden Ausmaßen. Aber hinter allem steckt das Omnium. Wenn man die richtige Wellenlänge fände, die die Entstehung eines Baumes bewirkt, könnte man mit dem Export von Bauholz ein kleines Vermögen scheffeln.«

»Und Polizisten und Kühe, bestehen die auch aus Wellen?«

»Alles hat seine Wellenlänge, und Omnium ist für den ganzen Schaden verantwortlich, sonst will ich ein Holländer aus den fernen Niederlanden sein. Mancher nennt es Gott, und es gibt noch andere Namen für etwas, das ihm identisch ähnelt, und das ist ebenfalls Omnium.«

»Käse?«

»Ja. Omnium.«

»Sogar Fahrradklammern?«

»Sogar Fahrradklammern.«

»Haben Sie je ein Stück davon oder seine Farbe gesehen?«

MacCruiskeen lächelte trocken und breitete die Hände zu roten Fächern aus.

»Das ist die höchste Zwickmühle«, sagte er. »Wenn man herausfinden könnte, was die Schreie bedeuten, dann wäre das vielleicht der Schlüssel zur Antwort.«

»Und Sturmwind und Wasser und Schwarzbrot und das Gefühl von Hagelkörnern auf unbedecktem Kopf, das alles ist Omnium von unterschiedlicher Wellenlänge?«

»Alles Omnium.«

»Könnte man sich nicht ein Stück davon besorgen, es in der Westentasche aufbewahren und die Welt nach Belieben verändern?«

»Das ist die letzte und unüberwindliche Zwickmühle. Wenn man einen Sack oder auch nur eine kleine halbvolle Streich-

holzschachtel davon hätte, könnte man alles machen und sogar solches, worauf das Wort ›machen‹ gar nicht zuträfe.«
»Ich verstehe Sie sehr gut.«
MacCruiskeen seufzte, ging zur Anrichte und entnahm der Schublade etwas. Als er sich wieder an den Tisch setzte, begann er, die Hände gegeneinander zu bewegen; mit den Fingern führte er verzwickte Schleifen und Drehungen aus, als strickten sie etwas, aber sie hielten keine Nadeln, nichts war zu sehen als seine nackten Hände.
»Arbeiten Sie wieder an dem kleinen Kasten?« fragte ich.
»So ist es«, sagte er.
Ich saß da und betrachtete ihn müßig. Zum erstenmal entsann ich mich des Weshalb der unseligen Visite, die mich in diese mißliche Lage gebracht hatte. Nicht meine Uhr, sondern die schwarze Kassette. Wo war sie? Falls MacCruiskeen die Antwort wußte, würde er sie mir sagen, wenn ich ihn fragte? Falls der Zufall es wollte, daß ich dem Henkersmorgen nicht entronn, würde ich sie je zu sehen bekommen? Oder sehen, was sie enthielt? Den Wert des Geldes erfahren, das ich nie würde ausgeben, wissen, wie stattlich mein Band über de Selby hätte werden können? Würde ich John Divney jemals wiedersehen? Wo war er jetzt? Wo war meine Uhr?
Sie haben keine Uhr.
Das stimmte. Ich fühlte, wie mein Hirn verwirrt war und vollgestopft mit Fragen und blinder Bestürzung, und außerdem fühlte ich, wie mir das Traurige meiner Lage in die Kehle stieg. Ich fühlte mich vollkommen einsam, hegte aber immer noch eine kleine Hoffnung, am Ende sicher entkommen zu können.
Ich hatte mich gerade dazu entschlossen, ihn nach der Geldkassette zu fragen, als meine Aufmerksamkeit von einer anderen erstaunlichen Begebenheit abgelenkt wurde.
Die Tür wurde aufgestoßen, und Gilhaney trat ein, das rote Gesicht von den Unbilden der Landstraße gebläht. Er blieb nicht stehen und setzte sich auch nicht, sondern er bewegte

sich rastlos im Tagesraum auf und ab, ohne mir die geringste Beachtung zu schenken. MacCruiskeen hatte einen besonders kritischen Punkt seiner Arbeit erreicht und seinen Kopf beinahe auf der Tischplatte, um sich zu vergewissern, daß seine Finger korrekt arbeiteten und keine schwerwiegenden Fehler machten. Als er die Schwierigkeit gemeistert hatte, blickte er flüchtig zu Gilhaney auf.

»Handelt es sich um ein Fahrrad?« fragte er beiläufig.

»Nein, nur um Bauholz«, sagte Gilhaney.

»Und was gibt es Neues im Bauholzwesen?«

»Die Preise sind von einer niederländischen Gruppe in die Höhe getrieben worden; für ein gutes Blutgerüst müßte man ein Vermögen anlegen.«

»Sieht den Holländern ähnlich«, sagte MacCruiskeen in einem Ton, der verriet, daß er den Holzhandel in allen Einzelheiten kannte.

»Ein Dreier-Gerüst mit anständiger Falltür und befriedigenden Stufen würde Sie – ohne Strick und Arbeitslohn – um zehn Pfund zurückwerfen«, sagte Gilhaney.

»Zehn Pfund sind viel Geld für eine Hinrichtung«, sagte MacCruiskeen.

»Ein Zweier-Galgen dagegen mit Schemel zum Wegstoßen anstelle der mechanischen Falltür würde höchstens sechs Pfund kosten, ohne Strick.«

»Immer noch ganz schön teuer«, sagte MacCruiskeen.

»Aber das Schafott zu zehn Pfund ist bessere Arbeit, es hat mehr Klasse«, sagte Gilhaney. »Von einem gut gemachten und zufriedenstellenden Blutgerüst geht ein großer Charme aus.«

Ich konnte nicht genau erkennen, was als nächstes geschah, denn ich lauschte diesen erbarmungslosen Reden sogar mit den Augen. Doch abermals geschah Erstaunliches. Gilhaney war nah an MacCruiskeen herangetreten, um ernsthaft auf ihn einzureden, und ich glaube, er machte den Fehler, zu einem völligen Stillstand zu kommen, anstatt sich ständig in

Bewegung zu halten, um sein perpendikuläres Gleichgewicht zu bewahren. Das Ergebnis war, daß er zusammenbrach, halb auf den gebeugten MacCruiskeen und halb auf den Tisch, wobei er beide in einem Schwall von Rufen und einem Gewirr von Beinen auf den Fußboden zerrte. Das Gesicht des Polizisten bot, als ich es wieder sehen konnte, einen erschreckenden Anblick. Vor Leidenschaft hatte es die Farbe einer Pflaume angenommen, aber seine Augen brannten wie Kartoffelfeuer unter seiner Stirn, und um den Mund herum befand sich schäumender Ausfluß. Er sagte eine Zeitlang nichts, sondern stieß nur Laute urwaldhafter Wut hervor, wilde Grunzlaute und Schnalzer von dämonischer Feindseligkeit. Gilhaney hatte sich an die Wand gekauert und benutzte sie als Stütze, um sich wieder zu erheben. Dann zog er sich zur Tür zurück. Als MacCruiskeen seine Zunge wieder unter Kontrolle hatte, gebrauchte er die unsauberste Sprache, die je gesprochen wurde, und er erfand schmutzigere Worte als die schmutzigsten, die je irgendwo gesprochen wurden. Er versah Gilhaney mit Bezeichnungen, die zu unmöglich und ekelerregend waren, als daß man sie mit gebräuchlichen Buchstaben niederschreiben könnte. Er war zeitweilig wahnsinnig vor Wut und eilte unverzüglich zur Anrichte, in der er all seinen Besitz aufbewahrte, zog eine Patent-Pistole hervor und zielte damit wild durch das Zimmer, um uns beide und jeden zerbrechlichen Artikel im Hause zu bedrohen.

»Nieder auf eure vier Knie, ihr zwei, auf den Fußboden«, donnerte er, »und beendet die Suche nach dem Kasten, den ihr heruntergeschmissen habt, nicht, bevor ihr ihn gefunden habt!«

Gilhaney ging sofort in die Knie, und ich folgte seinem Beispiel, ohne mir die Mühe zu machen, den Polizisten anzusehen, denn ich erinnerte mich, seitdem ich es zum letztenmal gesehen hatte, noch übergenau an sein Gesicht. Wir krochen wenig überzeugend auf dem Fußboden herum, wir starrten und fühlten und suchten etwas, was weder erblickt noch be-

fühlt werden konnte, da es zu klein war, um überhaupt verlorenzugehen.
Das ist amüsant. Man wird Sie hängen, weil Sie einen Mann ermordet haben, den Sie nicht ermordet haben, und jetzt wird man Sie erschießen, weil Sie etwas Winziges nicht finden können, das wahrscheinlich gar nicht existiert und das Sie auf jeden Fall nicht verloren haben.
Ich habe es nicht anders verdient, antwortete ich, weil ich, um mit den Worten des Sergeants zu sprechen, gar nicht hier bin.
Die Erinnerung daran, wie lange wir, Gilhaney und ich, uns dieser sonderbaren Aufgabe widmeten, ist nicht leicht wiederherzustellen. Zehn Minuten oder zehn Jahre, vielleicht, und MacCruiskeen saß neben uns, wobei er mit dem Schießeisen fuchtelte und wild auf unsere gebeugten Leiber stierte. Dann ertappte ich Gilhaney dabei, daß er mir seitlich das Gesicht zuwandte und mich mit einem breiten geheimen Zwinkern bedachte. Bald schloß er die Finger, richtete sich mit Hilfe der Türklinke auf und begab sich zu MacCruiskeen, welcher sein klaffendes Lächeln lächelte.
»Bitteschön, hier ist es ja«, sagte er mit ausgestreckter Faust.
»Tun Sie's auf den Tisch«, sagte MacCruiskeen gleichmütig.
Gilhaney legte die Hand auf den Tisch und öffnete sie.
»Sie können jetzt gehen und Ihren Abschied nehmen«, ließ ihn MacCruiskeen wissen, »und das Gebäude verlassen, um sich Fragen der Holzbeschaffung zuzuwenden.«
Als Gilhaney fort war, sah ich, daß inzwischen die größte Leidenschaft vom Gesicht des Polizisten verebbt war. Er saß eine Weile lang ruhig auf seinem Stuhl, stieß dann seinen üblichen Seufzer aus und stand auf.
»Ich habe heute abend noch einiges zu tun«, sagte er umgänglich, »und deshalb werde ich Ihnen zeigen, wo Sie zur dunklen Nachtzeit schlafen werden.«
Er entzündete eine merkwürdige Lampe, die aus Drähten und einem winzigen Kasten voller geringfügiger Geräusche

bestand, und führte mich in ein Zimmer, in dem sich zwei weiße Betten befanden, und sonst nichts.

»Gilhaney hält sich für einen großen Schlaumeier und kühnen Denker«, sagte er.

»Vielleicht ist er das, und vielleicht auch nicht«, murmelte ich.

»Er nimmt von zufälligen Gelegenheiten nicht viel Notiz.«

»Er kommt mir nicht so vor, als scherte er sich über Gebühr darum.«

»Als er sagte, er habe den Kasten, dachte er, er könnte mich an der Nase herumführen und mir Sand in die Augen streuen.«

»Den Eindruck hatte ich auch.«

»Aber dank einem seltenen Glücksfall *hat* er den Kasten zufällig in die Hand bekommen, und es war der Kasten und nichts anderes, was er folgerichtig auf den Tisch legte.«

Ein Schweigen entstand.

»Welches Bett?« fragte ich.

»Dieses«, sagte MacCruiskeen.

VIII

Nachdem MacCruiskeen so behutsam wie eine ausgebildete Kinderschwester auf Zehenspitzen aus dem Zimmer geschlichen war und die Tür lautlos hinter sich geschlossen hatte, stand ich neben dem Bett und fragte mich dumpf, was ich damit anstellen sollte. Mein Leib war schwach, mein Gehirn war taub. Mein linkes Bein fühlte sich merkwürdig an. Ich fand, daß es sich – sozusagen – ausdehnte, daß sich seine Hölzernheit langsam in meinem ganzen Körper ausbreitete, ein trockenes Holzgift war es, das mich Zoll für Zoll umbrachte. Bald würde mein Gehirn sich vollständig in Holz verwandelt haben, und dann wäre ich tot. Sogar das Bett war aus Holz und nicht aus Metall. Wenn ich darin schliefe...

Wollen Sie sich endlich um des lieben Himmels willen hinsetzen und nicht herumstehen wie ein Clown, sagte Joe plötzlich.

Ich weiß nicht, was ich tun werde, wenn ich nicht mehr stehe, erwiderte ich. Aber um des lieben Himmels wegen setzte ich mich auf das Bett.

Ein Bett bietet doch keinerlei Schwierigkeit; sogar ein Kind kann die Benutzung eines Bettes erlernen. Ziehen Sie Ihre Kleider aus und legen Sie sich auf das Bett, und bleiben Sie auf dem Bett liegen, auch wenn Sie sich dabei blöd vorkommen.

Ich sah die Klugheit dieser Worte ein und begann, mich zu entkleiden. Ich war für dieses simple Vorhaben schon fast zu müde. Als meine gesamten Kleider auf dem Fußboden lagen, waren sie viel zahlreicher als erwartet, und mein Körper war erstaunlich weiß und dünn.

Ich setzte eine Kennermiene auf, schlug die Bettdecke zurück, legte mich in die Mitte des Bettes, deckte mich sorgfältig zu und ließ einen Seufzer frei, aus dem Glück und Ruhe sprachen. Ich fühlte mich, als hätten sich aller Überdruß und alle

Bestürzungen des Tages auf mich gesenkt wie eine angenehme, breite, schwere Decke, die mich warm und schläfrig halten würde. Meine Kniekehlen öffneten sich wie Rosenknospen im strahlenden Sonnenlicht, und ich schob meine Schienbeine zwei Zoll näher an das Fußende heran. Jedes Gelenk wurde locker und töricht und entriet jeder ernsthaften Nutzbarkeit. Jeder Zoll meiner Person gewann mit jeder Sekunde an Gewicht, bis das Gesamtgewicht, das auf dem Bett lastete, ungefähr fünfhunderttausend Tonnen betrug. Die Last verteilte sich gleichmäßig auf die vier hölzernen Bettpfosten, die inzwischen zum vollwertigen Bestandteil des Universums geworden waren. Meine Augenlider, deren jedes nicht weniger als vier Tonnen wog, umwölbten plump meine Augäpfel. Meine mageren Schienbeine, noch kratziger und entfernter in ihrer Entspannungsagonie, bewegten sich weiter fort, bis meine erfreuten Zehen sich eng gegen die Bettstangen preßten. Meine Position war vollkommen horizontal, schwerfällig, absolut und unwiderruflich. Mit dem Bett verbunden, wurde ich gewichtig und planetarisch. Vom Bett weit entfernt, konnte ich die äußere Nacht sehen, säuberlich ins Fenster gerahmt, als wäre sie ein Bild an der Wand. In einer Ecke gab es einen hellen Stern, und anderswo waren kleinere Sterne in sublimem Überschwang dahingestreut. Still und mit toten Augen daliegend, reflektierte ich darüber, wie neu die Nacht[1] noch war, wie eigentümlich und ungewohnt in ihrer

---

[1] Selbst den leichtgläubigen Kraus (s. sein *De Selbys Leben*) nicht ausgenommen, gehen alle Kommentatoren an de Selbys Abhandlungen über Nacht und Schlaf mit beträchtlicher Reserve heran. Das kann kaum wundernehmen, hat er doch behauptet, daß (a) Dunkelheit ganz einfach eine Verdichtung »schwarzer Luft« sei, d. h. eine Befleckung der Atmosphäre, zurückzuführen auf Eruptionen vulkanischer Natur, welche zu schwach seien, um mit bloßem Auge wahrgenommen zu werden, sowie auch auf gewisse »bedauerliche« industrielle Aktivitäten, die mit den Nebenprodukten von Kohle und Teer und pflanzlichen Färbemitteln zusammenhängen; und daß (b) der Schlaf ganz einfach eine Folge von Ohnmachtsanfällen sei, die durch partielle Erstickung herbeigeführt werden, welche auf (a) zurückzuführen sind. Dem stellt Hatchjaw seine reichlich unbedachte und

Individualität. Indem sie mich der beruhigenden Gewißheit meiner Fähigkeit zu sehen beraubte, löste sie meine körperliche Persönlichkeit in einen Fluß aus Farbe, Geruch, Erinnerung und Begierde auf: in all jene merkwürdigen und ungezählten Essenzen irdischer und spiritueller Existenz. Mir fehlten Definition, Position und Ausmaß, und meine Bedeutung war beträchtlich verringert. Wie ich so dalag, fühlte ich, wie die Mattigkeit langsam von mir abebbte, wie das Meer, wenn es sich über grenzenlosen Sand zurückzieht. Das Gefühl war so angenehm und profund, daß ich wieder einen langen Laut

leichtfertige Überlegung entgegen, es handele sich um eine Fälschung, wobei er auf gewisse ungewohnte syntaktische Konstruktionen im ersten Teil des dritten sogenannten »Prosa-Canto« in *Golden Hours* hinweist. Demgegenüber äußert er allerdings nicht den geringsten Verdacht, es könnten Teile der ähnlich verheerenden Rodamontade im *Layman's Atlas* von umstrittenem Ursprung sein, in deren Verlauf de Selby über »die unhygienischen Verhältnisse, die nach 18 Uhr überall herrschen«, herzieht, und ferner jene berühmte *gaffe* begeht zu behaupten, der Tod sei nichts anderes als »das Zusammenbrechen der Herzfunktionen als Resultat eines an Ohnmachtsanfällen reichen Lebens«. Bassett scheut (in *Lux Mundi*) keine Mühe, das Datum der Niederschrift dieser Passagen festzustellen, und er weist nach, daß de Selby zumindest kurz vor dem Verfassen der in Frage stehenden Abschnitte wegen seiner chronischen Gallenblasenstörungen *hors de combat* war. Man sollte Bassetts vorzügliche Zeittafeln ebensowenig leichtfertig vom Tisch fegen wie die den Sachverhalt bekräftigenden Auszüge aus zeitgenössischen Journalen, die sich mit einem ungenannten »älteren Herrn« befassen, welcher in Privatwohnungen gepflegt wurde, nachdem er auf offener Straße Anfälle gehabt hatte. Für Leser, die sich ein eigenes Urteil bilden wollen, mag Hendersons *Hatchjaw and Bassett* nicht ohne Nutzen sein. Auch die Lektüre von Kraus, sonst eher unwissenschaftlich und unverläßlich, ist, was diesen Punkt betrifft, lohnend *(Leben, S. 17-37)*.
Wie bei so vielen von de Selbys Konzepten, ist es auch hier schwierig, seine Argumentation in den Griff zu bekommen oder seine sonderbaren Folgerungen zu widerlegen. Seine »Eruptionen vulkanischer Natur«, die wir einmal der Einfachheit halber mit der infra-visuellen Aktivität solcher Substanzen wie Radium vergleichen wollen, finden gewöhnlich am »Abend« statt, werden durch den Rauch und die industriellen Verbrennungen des »Tages« stimuliert und an gewissen Orten, die wir, in Ermangelung eines genaueren Terminus, »finstere Orte« nennen wollen, intensiviert. Eine der Schwierigkeiten ist eben jene Frage der Terminologie. Ein »finsterer Ort« ist nur deshalb dunkel, weil an ihm die Dunkelheit »keimt«, und der »Abend« ist nur deshalb eine Phase des Zwielichts, weil der »Tag« wegen der stimulierenden Effekte von Ruß, die die Prozesse vulkanischer Natur

der Glückseligkeit herausseufzte. Fast gleichzeitig hörte ich noch einen Seufzer, und ich hörte, wie Joe zufrieden etwas Zusammenhangloses murmelte. Seine Stimme erklang ganz nah, aber sie schien nicht von dem gewohnten Platz in meinem Inneren zu kommen. Ich dachte, er müsse im Bett neben mir liegen, und drückte die Hände sorgsam gegen meinen Körper, um ihn nicht aus Versehen zu berühren. Ich hatte – ohne Grund – das Gefühl, sein winziger Körper müsse menschlicher Berührung abscheulich sein – schuppig oder schleimig wie ein Aal oder von abstoßender Rauheit wie eine Katzenzunge.

nach sich ziehen, mählich verfällt. De Selby meidet die Erklärung, warum ein »finsterer Ort« wie z. B. ein Keller dunkel sein muß, und ebensowenig definiert er die atmosphärischen, physikalischen oder mineralogischen Bedingungen, die gleichförmig an all diesen Orten vorherrschen müssen, wenn seine Theorie standhalten soll. »Der einzige Strohhalm, den er uns reicht«, um Bassetts trockenen Ausdruck zu gebrauchen, ist die Feststellung, daß es sich bei »schwarzer Luft« um etwas extrem leicht Entzündliches handelt und daß bereits die kleinste Flamme enorme Mengen davon verschlingt, und das gelte sogar, führt er aus, für das in einem Vakuum isolierte elektrische Glimmen. »Dies«, so führt Bassett seinen Gedanken weiter, »scheint mir der Versuch zu sein, seine Theorie vor dem Schock zu bewahren, den man ihr durch das schlichte Anreißen eines Streichholzes versetzen könnte, und man mag es als den letzten Beweis dafür nehmen, daß sich das Hirn des Olympiers zeitweilig verdüstert hatte.«

Ein bezeichnender Zug dieser Angelegenheit ist das Fehlen jeglicher verbindlicher Aufzeichnungen jener Experimente, mit denen de Selby stets seine Ideen zu untermauern bestrebt war. Zwar trifft es zu, daß Kraus (s. weiter unten) eine vierzigseitige Aufstellung gewisser Experimente liefert, die sich hauptsächlich der Bemühung widmen, Quantitäten von »Nacht« auf Flaschen zu ziehen, und ferner endlose Sitzungen beschreibt, die in verriegelten und verdunkelten Schlafzimmern stattfanden, aus denen der Lärm lauten Hämmerns drang. Er erläutert, die Abfüllung habe mit Flaschen stattgefunden, die »aus leicht ersichtlichem Grunde« aus schwarzem Glas hergestellt gewesen seien. Durchscheinende Porzellankrüge seien ebenfalls »mit einigem Erfolg« verwendet worden. Wenn wir den herzlosen Bassett zitieren wollen, so »hat diese Information leider nur allzuwenig zu ernsthaften Deselbiana (*sic!*) beigetragen«.

Über Kraus und sein Leben ist kaum etwas bekannt. Wir finden eine kurze biographische Notiz in der veralteten *Bibliographie de de Selby*. Er sei, heißt es, in Ahrensburg bei Hamburg geboren worden, und er habe als junger Mann im Kontor seines Vaters gearbeitet, welcher den norddeutschen Marmeladenmarkt weitgehend kontrolliert habe. Er habe sich, heißt

Das ist nicht sehr logisch ... und schon gar nicht schmeichelhaft, sagte er plötzlich.
Was?
Das mit meinem Körper. Wieso schuppig?
Das war doch nur ein Scherz, kicherte ich benommen. Ich weiß, daß Sie keinen Körper haben. Außer meinem eigenen, möglicherweise.
Aber wieso schuppig?
Ich weiß es nicht. Woher soll ich wissen, warum ich meine Gedanken denke?
Ich lasse mich bei Gott nicht schuppig nennen!
Zu meiner Verblüffung war seine Stimme vor Gereiztheit

es weiter, völlig dem menschlichen Gesichtskreis entzogen, nachdem Hatchjaw in einem Hotel in Sheephaven festgenommen worden war – eine Folge der Enthüllung des de-Selby-Brief-Skandals durch die *Times*, welche entlarvende Zusammenhänge zu Kraus' ehrenrührigen Hamburger Umtrieben herstellte und eindeutig auf seine Komplizenschaft anspielte. Wenn man sich vor Augen hält, daß diese Vorfälle in ebenjenem verhängnisvollen Juni stattfanden, in dem auch das *Country Album* in vierzehntägiger Folge zu erscheinen begann, drängt sich das Bezeichnende der ganzen Affäre geradezu auf. Die kurz darauf erfolgte Entlastung Hatchjaws konnte nur dazu dienen, weitere Verdächte gegen den zwielichtigen Kraus aufkommen zu lassen.
Neuere Forschungen konnten nicht viel Licht auf Kraus' Identität oder weiteres Schicksal werfen. Bassetts posthum erschienenen *Recollections* beinhalten die interessante Vermutung, Kraus habe gar nicht existiert, sondern sei vielmehr eines der Pseudonyme, die der unsägliche du Garbandier angenommen habe, um seine »Verleumdungskampagne« zu fördern. Dieser Spekulation widerspricht allerdings der freundliche Ton, in dem das *Leben* gehalten ist.
Du Garbandier selbst, welcher wohl nur vorgibt, die Charakteristika der englischen und der französischen Sprache miteinander zu verwechseln, gebraucht konstant die Worte »black hair« für »black air«, und er macht sich gründlich über die Herrin der Himmel mit dem ebenholzfarbenen Haar lustig, die jeden Abend beim Zubettgehen die Welt mit der Flut ihrer Flechten überschüttet.
Die klügste Anmerkung zu dieser Frage stammt wahrscheinlich aus der Feder des wenig bekannten Schweizer Autors Le Clerque. »Die Angelegenheit«, schreibt er, »entzieht sich dem eigentlichen Sektor, den der gewissenhafte Kommentator mit Fug behandeln sollte, und zwar dergestalt, daß es ihm nicht möglich ist, irgend etwas auszusagen, das von Nutzen oder Wohltätigkeit wäre, weshalb er zu diesem Punkt Stillschweigen bewahren sollte.«

schrill geworden. Dann schien er die ganze Welt mit seiner Entrüstung zu erfüllen, und zwar nicht durch Worte, sondern durch das Schweigen, das er seinen Worten folgen ließ.
Na na, Joe, murmelte ich beschwichtigend.
Wenn Sie nämlich Streit suchen, den können Sie haben, und zwar reichlich, schnappte er.
Sie haben keinen Körper, Joe.
Warum sagen Sie dann, ich hätte einen? Und wieso schuppig?
Hier hatte ich eine Idee, die eines de Selby nicht unwürdig gewesen wäre. Warum störte Joe der Gedanke so sehr, er könnte einen Körper haben? Was, wenn er tatsächlich einen hatte? Einen Körper, in dem wiederum ein Körper steckte, tausende solcher Körper ineinander, wie die Häute einer Zwiebel, bis hin zu einem unvorstellbaren Ultimum? War ich meinerseits nur Bindeglied in einer unermeßlichen Folge unwägbarer Wesen, war die mir bekannte Welt nur das Innere des Wesens, dessen innere Stimme ich war? Wer oder was war der Kern, und welches Monstrum in welcher Welt war der endgültige unverpackte Koloß? Gott? Nichts? Empfing ich diese wilden Gedanken von Weiter Unten, oder wurden sie frisch in mir ausgekocht, um nach Weiter Oben übermittelt zu werden?
Von Weiter Unten, bellte Joe.
Danke schön.
Ich gehe.
Was?
Ich haue ab. Wollen doch mal sehen, wer hier schuppig ist.
Diese wenigen Worte machten mich sofort krank vor Angst, obwohl ihre Bedeutung zu folgenschwer war, um ohne gründliche Überlegung begriffen zu werden.
Die Idee mit den Schuppen – woher habe ich die nur? schrie ich.
Von Weiter Oben, rief er.
Verstört und verängstigt, wie ich war, versuchte ich die Zusammenhänge nicht nur meiner Abhängigkeit als Zwischen-

existenz und meiner Unvollständigkeit als Glied einer Kette zu begreifen, sondern auch mein gefährliches Zugeordnetsein und meine bestürzende Nicht-Isolation. Wenn wir davon ausgehen, daß ...

Hören Sie zu. Bevor ich gehe, werde ich Ihnen dies Eine sagen. Ich bin Ihre Seele, und ich bin all Ihre Seelen. Wenn ich fort bin, sind Sie tot. Die Menschheit vergangener Zeiten ist in jedem neugeborenen Menschen nicht nur implizit, sondern direkt vorhanden. Die Menschheit ist eine sich immer weiter ausdehnende Spirale, und das Leben ist der Lichtstrahl, der für kurze Zeit auf jeder ihrer Windungen spielt. Die gesamte Menschheit ist bereits von ihrem Ursprung bis zu ihrem Ende vorhanden, aber der Lichtstrahl hat noch nicht auf Ihnen gespielt. Ihre irdischen Nachfolger harren und vertrauen dumpf Ihrer und meiner Führung, und der Hilfe all der Verwandtschaft in meinem Innern, auf daß wir sie erhalten und das Licht weiter leuchten lassen. Sie befinden sich jetzt ebensowenig an der Spitze Ihrer Ahnenreihe wie es Ihre Mutter tat, als sie Sie austrug. Wenn ich Sie verlasse, werde ich alles mitnehmen, was Sie zu dem gemacht hat, was Sie sind ... Ihre gesamte Unverwechselbarkeit werde ich mitnehmen, sowie sämtliche Ansammlungen menschlicher Instinkte und Appetite und menschlicher Weisheit und Würde. Ich werde Sie verlassen, und nichts wird hinter Ihnen sein, und Sie werden nichts haben, was Sie an die Wartenden weiterreichen können. Wehe Ihnen, wenn sich das bei den Wartenden herumspricht! Leben Sie wohl!

Obwohl ich seine Rede als reichlich gesucht und lächerlich empfand, war er fort, und ich war tot.

Die Vorbereitungen zur Beerdigung wurden unverzüglich getroffen. Ich lag in meinem dunklen, bettdeckengepolsterten Sarg und konnte die scharfen Schläge des Hammers hören, mit dem der Deckel zugenagelt wurde.

Es stellte sich bald heraus, daß das Hämmern das Werk von Sergeant Pluck war. Er stand in der Tür, lächelte mich an,

und er sah groß aus und lebensecht und erstaunlich vollgefrühstückt. Über dem engen Kragen seiner Uniformjacke trug er einen roten Reifen aus Fett, der frisch und dekorativ aussah, als käme er direkt aus der Wäscherei. Sein Schnurrbart war vom Milchtrinken feucht.
Gottseidank, der Wahnsinn hat ein Ende, sagte Joe.
Seine Stimme war freundlich und beruhigend, wie die Taschen eines alten Anzugs.
»Einen wunderschönen morgendlichen guten Morgen«, sagte der Sergeant anheimelnd.
Ich beantwortete seinen Gruß in artiger Weise und gab Einzelheiten meines Traums zum besten. Lauschend lehnte er sich gegen den Türpfosten und nahm die schwierigeren Passagen mit kundigem Ohr in sich auf. Als ich fertig war, strahlte er mich mitfühlend und gut gelaunt an.
»Ziemlicher Traum, Mann«, sagte er.
Verwundert lenkte ich den Blick zum Fenster. Die Nacht war spurlos daraus verschwunden und hatte statt dessen einen fernen Hügel zurückgelassen, der sich milde himmelwärts wölbte. Wolken türmten sich weiß und grau über ihn, und auf seine sanfte Schulter waren Bäume und Felsbrocken verteilt, um die Szenerie glaubwürdig zu machen. Ich konnte den Morgenwind hören, der sich unbezwingbar seinen Weg durch die Welt bahnte, und die ganze leise Unstille, die dem Tage eigen ist, war in meinem Ohr lebhaft und ruhelos wie ein Vogel in seinem Käfig. Ich seufzte und sah wieder den Sergeant an, der sich weiterhin anlehnte und abwesenden Ausdrucks ruhig in seinen Zähnen stocherte.
»Ich erinnere mich noch sehr gut«, sagte er, »an einen Traum, den ich einst – am 23. November ist es genau sechs Jahre her – hatte. Albtraum wäre wohl ein passenderes Wort. Mir träumte, ich hätte – wenn Sie nichts dagegen haben – einen Platten.«
»Das ist erstaunlich«, sagte ich träge, »aber nicht ungewöhnlich. War es das Werk einer Reißzwecke?«

»Keine Reißzwecke«, sagte der Sergeant, »sondern zuviel Stärke.«

»Ich wußte gar nicht«, sagte ich sarkastisch, »daß die Straßen gestärkt werden.«

»Es lag nicht an der Straße und wie durch ein Wunder auch nicht am Landratsamt. Ich träumte, ich wäre drei Tage lang dienstlich mit dem Fahrrad unterwegs. Plötzlich fühlte ich, wie der Sattel unter mir hart und klumpig wurde. Ich stieg ab und prüfte die Reifen, aber sie waren in keinem ungewöhnlichen Zustand und ausreichend aufgepumpt. Dann dachte ich, mein Kopf sei durch Überarbeitung in einem bedenklichen nervlichen Zustand. Ich suchte eine Privatwohnung auf, in der ein qualifizierter Arzt praktizierte, dieser untersuchte mich gründlich und teilte mir den Grund meines Leidens mit. Ich hatte einen Platten.«

Er lachte heiser und wandte mir seine enorme Kehrseite halb zu.

»Hier, sehen Sie mal«, lachte er.

»Aha«, murmelte ich.

Laut vor sich hin kichernd, ging er auf eine Minute fort und kam dann wieder herein.

»Ich habe die Milchspeise auf den Tisch gestellt«, sagte er, »und die Milch ist immer noch euterwarm.«

Ich zog mich an und begab mich zu meinem Frühstück im Tagesraum, in welchem der Sergeant und MacCruiskeen über ihre Ziffern sprachen.

»Sechs Komma Neun Sechs Drei. Zirkulierend«, sagte MacCruiskeen.

»Hoch«, sagte der Sergeant. »Sehr hoch. Da muß es eine Grundhitze geben. Erzählen Sie mir von der Senkung.«

»Eine mittlere Senkung gegen Mitternacht und keine Klumpen.«

Der Sergeant lachte und schüttelte den Kopf.

»Keine Klumpen; das kann ich mir vorstellen«, kicherte er. »Morgen wird auf dem Hebel der Teufel los sein, wenn es eine Grundhitze gibt.«

MacCruiskeen erhob sich plötzlich von seinem Stuhl.
»Ich werde ihr einen halben Zentner Holzkohle geben«, kündigte er an. Er marschierte schnurstracks aus dem Haus, wobei er Berechnungen murmelte und nicht seines Weges achtete, sondern in sein schwarzes Notizbuch starrte.
Ich war mit meinem Napf Porridge fast fertig und lehnte mich zurück, um den Sergeant direkt anzublicken.
»Wann werden Sie mich hängen?« fragte ich und sah ihm furchtlos in sein großes Gesicht. Ich fühlte mich erfrischt und neu erstarkt, und ich war voller Zuversicht, ohne Schwierigkeiten entkommen zu können.
»Morgen früh, wenn wir das Schafott rechtzeitig hinkriegen, und wenn es nicht regnet. Sie glauben ja gar nicht, wie schlüpfrig ein neues Schafott wird, wenn es regnet. Sie könnten ausgleiten und sich mit ausgefallenen Frakturen den Hals brechen, und Sie würden nie erfahren, was mit Ihrem Leben geschehen ist oder wie Sie es verloren haben.«
»Na schön«, sagte ich mit fester Stimme. »Wenn ich in vierundzwanzig Stunden ein toter Mann sein soll, könnten Sie mir vielleicht ebensogut auch erklären, was es mit den Ziffern in MacCruiskeens schwarzem Buch auf sich hat?«
Der Sergeant lächelte nachsichtig.
»Die Eintragungen?«
»Ja.«
»Wenn Sie komplett tot sein werden, besteht kein unlösbares Impediment mehr gegen dies Ansinnen«, sagte er, »aber es ist leichter, es Ihnen zu zeigen als verbal zu sagen. Folgen Sie mir also freundlichst.«
Er führte mich zu einer Tür im hinteren Flur, stieß sie mit einer Geste bedeutungsschwerer Offenbarung auf und trat höflich beiseite, um mir einen vollkommenen und ungehinderten Überblick zu ermöglichen.
»Was halten Sie davon?« fragte er.
Ich blickte in das Zimmer und hielt nicht sehr viel davon. Es war ein kleines Schlafzimmer, finster und nicht übermäßig

sauber. Es befand sich in großer Unordnung und war mit einem schweren Geruch erfüllt.

»Das ist MacCruiskeens Zimmer«, erläuterte er.

»Ich sehe nicht viel«, sagte ich.

Der Sergeant lächelte geduldig.

»Sie sehen in die falsche Richtung«, sagte er.

»Ich habe mir alles angesehen, was man ansehen kann«, sagte ich.

Der Sergeant schritt bis zur Mitte des Fußbodens voraus und ergriff einen Spazierstock, der sich in bequemer Reichweite befunden hatte.

»Wenn ich mich jemals verstecken will«, bemerkte er, »werde ich immer treppauf einen Baum besteigen. Die Menschen besitzen nicht die Gabe, den Blick zu heben; sie unterziehen die luftigen Höhen nur selten einer Prüfung.«

Ich sah die Zimmerdecke an.

»Da gibt es nicht viel zu sehen«, sagte ich, »außer einer Schmeißfliege, die mir tot zu sein scheint.«

Der Sergeant sah nach oben und deutete mit seinem Stock.

»Das ist keine Schmeißfliege«, sagte er. »Das ist das Plumpsklo von Gogarty.«

Ich sah ihn mit gemischten Gefühlen von der Seite an, aber er schenkte mir keine Beachtung, sondern er zeigte auf andere winzige Flecken an der Decke.

»Das«, sagte er, »ist das Haus von Martin Bundle, und das ist das Haus von Tiernahin, und das da ist das Haus, in dem seine verheiratete Schwester wohnt. Und hier haben wir den Weg, der von Tiernahin zur Durchgangsstraße mit den Telegraphenmasten führt.« Er führte seinen Stock einen ungleichmäßigen dünnen Riß entlang, der in einen tieferen Spalt einmündete.

»Eine Landkarte!« rief ich aufgeregt.

»Und hier haben wir das Polizeirevier«, fügte er hinzu. »Alles sonnenklar.«

Als ich die Zimmerdecke sorgfältig betrachtete, sah ich, daß das Haus von Mr Mathers und jede Straße und jedes Haus, die mir bekannt waren, hier verzeichnet waren, sowie ein Netz von Feldwegen und Gegenden, die ich noch nicht kannte. Es war eine Landkarte der Gemeinde, vollständig, verläßlich und erstaunlich.

Der Sergeant betrachtete mich und lächelte erneut.

»Sie werden zugeben«, sagte er, »daß dies eine faszinierende Zwickmühle und ein Konundrum von großer Unenthaltsamkeit ist, ein Phänomen erster Güte und Seltenheit.«

»Haben Sie das selbst angefertigt?«

»Ich nicht und auch sonst niemand. Es war schon immer da, und MacCruiskeen ist sicher, daß es sogar schon vorher da war. Die Risse sind natürlich, und die kleinen Risse ebenfalls.«

Mit gezücktem Auge folgte ich dem Verlauf der Straße, auf der wir gegangen waren, als Gilhaney das Fahrrad beim Busch fand.

»Das Komische ist«, sagte der Sergeant, »daß MacCruiskeen zwei Jahre im Bett verbracht und die Decke angestarrt hat, bevor er erkannte, daß es sich um eine Landkarte von superber Erfindungsgabe handelte.«

»Sowas Dummes«, sagte ich mit belegter Stimme.

»Und noch einmal fünf Jahre lang betrachtete er liegend die Landkarte, bis er bemerkte, daß sie den Weg zur Ewigkeit weist.«

»Zur Ewigkeit?«

»Gewiß.«

»Werden wir von dort zurückkehren können?« flüsterte ich.

»Natürlich. Es gibt einen Aufzug. Aber warten Sie's ab, bis ich Ihnen das Geheimnis der Landkarte gezeigt habe.«

Wieder ergriff er den Stock und zeigte auf die Stelle, die das Polizeirevier sein sollte.

»Wir befinden uns hier auf der Revierwache an der Durchgangsstraße mit den Telegraphenmasten«, sagte er. »Nun benutzen Sie mal Ihre innerliche Phantasie und sagen mir, auf

welche Straße Sie zur Linken stoßen, wenn Sie von der Revierwache aus die Durchgangsstraße entlanggehen.«
Ich malte es mir ohne Schwierigkeiten aus.
»Man stößt auf die Straße, die beim Plumpsklo von Jarvis in die Durchgangsstraße einmündet«, sagte ich, »und als wir das Fahrrad gefunden hatten, sind wir da vorbeigekommen.«
»Demnach ist diese Straße die erste Abzweigung linker Natur?«
»Ja.«
»Und hier haben wir sie ... hier.«
Er zeigte mit seinem Stab auf die linke Abzweigung und streifte das Plumpsklo von Mr Jarvis an der Ecke.
»Und nun haben Sie doch bitte die Güte«, sagte er feierlich, »und berichten mir, was dies ist.«
Er fuhr mit seinem Stock einen kaum erkennbaren Spalt entlang, der sich etwa auf halbem Wege zwischen der Revierwache und Mr Jarvis der Durchgangsstraße anschloß.
»Wie würden Sie das nennen?« wiederholte er.
»Da gibt es gar keine Straße«, rief ich erregt. »Die Abzweigung nach links bei Jarvis ist die erste Straße zur Linken. Ich bin doch kein Narr. Es gibt dort keine Straße.«
Wenn Sie noch keiner sind, werden Sie weiß Gott bald einer sein. Wenn Sie den Reden dieses Herrn noch länger lauschen, sind Sie verloren.
»Aber es *gibt* dort eine Straße«, sagte der Sergeant triumphierend. »Man muß nur wissen, wie man sie auf kenntnisreiche Weise findet. Eine sehr alte Straße noch dazu. Folgen Sie mir, damit wir sehen, was es in groben Zügen mit ihr auf sich hat.«
»Ist das die Straße, die zur Ewigkeit führt?«
»Allerdings. Es gibt aber keinen Wegweiser.«
Obwohl er keine Anstalten dazu traf, sein Fahrrad von der Einzelhaft in der Zelle zu erlösen, ließ er gewandt die Fahrradklammern um seine Hosenbeine schnappen und führte

mich mit schwerem Schritt hinaus in den voll erblühten Morgen. Zusammen marschierten wir die Landstraße hinunter. Keiner sprach, und keiner achtete auf das, was der andere vielleicht vorzubringen haben mochte.
Als mich der kecke Wind traf, wischte er die Finsternis aus Furcht und Verwunderung fort, die in meinem Hirn verankert war wie eine Regenwolke auf einem Hügel. All meine Sinne, von der Pein befreit, sich mit der Existenz des Sergeants zu beschäftigen, wurden auf übernatürliche Weise wachsam, weil sie diesen begnadeten Tag zu meinen Gunsten interpretieren mußten. In meinem Ohr lärmte die Welt wie eine große Werkstatt. Überall kündete es von den vergeistigten Heldentaten physikalischer und chemischer Natur. Die Erde wimmelte von unsichtbarem Fleiß. Bäume waren dort, wo sie standen, tätig und legten unanfechtbar Zeugnis ab von ihrer Kraft. Überall standen unvergleichliche Gräser zur Verfügung, um dem Universum ihre Würde zu verleihen. Alles, was das Auge sehen konnte, fügte sich zu kaum vorstellbaren Mustern und verschmolz seine unverwechselbaren Spielarten zu einer erhabenen Harmonie. Männer, die sich durch das Weiß ihrer Hemden auszeichneten, arbeiteten winzig klein in der fernen Marsch und werkelten in braunem Torf und Heidekraut. Nahebei standen geduldige Pferde mit ihren nützlichen Karren und fohlten zwischen Felsblöcken, die sie von einem Hügel trennten, auf denen winzige Schafe weideten. Aus der Verschwiegenheit der größeren Bäume waren Vögel zu hören, die von Ast zu Ast wechselten und ohne Aufruhr miteinander Konversation pflegten. Auf einem Feld nahe der Straße stand still ein Esel, als prüfe er den Morgen, Stück für Stück und ohne Hast. Er rührte sich nicht, den Kopf trug er hoch erhoben, und es gab nichts, worauf er kaute. Er sah aus, als verstünde er die unerklärlichen Erquickungen gründlich, die unsere Welt zu bieten hatte.
Mein Auge schweifte unersättlich. Ich konnte nicht genug in mich aufnehmen, bevor ich in Begleitung des Sergeants den

Weg nach links einschlug, und meine Gedanken blieben mit dem verknüpft, was meine Augen gesehen hatten.
Sie wollen doch nicht sagen, daß Sie diesen Ewigkeits-Kram glauben?
Habe ich eine andere Wahl? Seit gestern wäre es töricht, irgend etwas anzuzweifeln.
Alles schön und gut, aber ich darf mich rühmen, ein Experte auf dem Gebiet der Ewigkeit zu sein. Irgendwann muß das Affentheater ein Ende finden, das dieser Herr veranstaltet.
Das wird es aber sicherlich nicht.
Unsinn. Sie lassen sich demoralisieren.
Ich werde morgen gehängt.
Das steht zwar noch nicht fest, aber wenn es denn sein muß, werden wir uns um einen starken Abgang bemühen.
Wir?
Gewiß. Ich werde bis zum Schluß dabei sein. Und bis dahin sollten wir uns darüber klarwerden, daß die Ewigkeit keine Straße ist, die man findet, wenn man die Risse an der Zimmerdecke im Schlafzimmer eines Landgendarmen betrachtet.
Also wohin führt die Straße?
Das kann ich nicht beurteilen. Wenn er gesagt hat, am anderen Ende der Straße sei die Ewigkeit und damit basta, würde ich nicht weiter in ihn dringen. Wenn er uns aber weismachen will, man komme mit einem Aufzug wieder aus ihr zurück –, nun, dann beginne ich anzunehmen, daß er Nachtklubs mit dem Himmel verwechselt. Ein Aufzug!
Zweifellos, argumentierte ich, wenn wir gelten lassen, daß sich am Ende der Straße die Ewigkeit befindet, dann ist die Sache mit dem Aufzug eine Frage von zweitrangiger Bedeutung. Ein typischer Fall von »Ihr blinden Jünger, die ihr ein Pferd nebst Wagen verschluckt und einen Floh seihet«.
Nein. Den Aufzug schließe ich aus. Ich weiß genug über das Jenseits, um zu wissen, daß man nicht mit dem Aufzug hinein- und wieder herauskommt. Außerdem dürften wir uns

der Stelle inzwischen genähert haben, und ich sehe keinen Aufzugsschacht, der sich zu den Wolken erhöbe.
Gilhaney hatte keine Lenkstange dabei, gab ich zu bedenken.
Es sei denn, das Wort »Aufzug« hat eine spezielle Bedeutung. Ähnlich, wie man im Zusammenhang mit einer Richtstätte von »Baumeln« spricht. Vermutlich könnte man einen kräftigen Spatenhieb gegen das Kinn als »Aufzug« bezeichnen. Und wenn das zutrifft, können Sie der Ewigkeit sicher sein; dann haben Sie sie ganz für sich allein; mit Kußhand.
Ich glaube immer noch, daß es einen elektrischen Lift gibt.
Meine Aufmerksamkeit wurde von diesem Gespräch ab- und auf den Sergeant gelenkt, der nun seine Schritte verlangsamt hatte und mit dem Spazierstock sonderbare Forschungen anstellte. Die Straße hatte einen Punkt erreicht, an welchem sich die Landschaft zu beiden Seiten erhob, es wucherten üppiges Gras und Brombeersträucher zu unseren Füßen, dahinter gab es noch größere Gewächse, und dahinter wiederum stand hohes, braunes Dickicht mit grünen Schlingpflanzen.
»Hier muß es irgendwo sein«, sagte der Sergeant, »oder an einer Stelle, die sich einer benachbarten unmittelbar anschmiegt.«
Mit seinem Stock zog er die Grenze des Bewuchses nach und prüfte das verborgene Erdreich.
»MacCruiskeen sucht dieses Gras immer per Fahrrad ab«, sagte er. »Das ist eine leichtere Zwickmühle; Räder sind verläßlicher, und der Sattel ist ein empfindlicheres Instrument als die hornige Hand.«
Tastend ging er weiter, fand, was er gesucht hatte, und zerrte mich plötzlich ins Unterholz, wobei er die grünen Vorhänge des Astwerks mit kundiger Hand zerteilte.
»Das ist die geheime Straße«, rief er mir über die Schulter zu.
Es ist nicht leicht zu entscheiden, ob »Straße« das richtige Wort für einen Weg ist, den man sich erst Zoll um Zoll bahnen muß, wobei kleinere Verletzungen in Kauf zu nehmen

sind, sowie der Schmerz, den Zweige verursachen, wenn sie gegen die eigene Person zurückschnellen. Dennoch war der Boden unter dem Fuß eben, und zu beiden Seiten konnte ich in undeutlicher Entfernung eine scharfe Abgrenzung aus Steinen und Finsternis und feuchter Vegetation wahrnehmen. Ein schwüler Geruch lag in der Luft, und viele Insekten der Schnakenklasse waren hier heimisch.

Einen Meter vor mir strebte der Sergeant gesenkten Hauptes wild voran, wobei er mit seinem Stock ernsthaft auf die jüngeren Schößlinge eindrosch und mich gedämpft vor starken, angespannten Ästen warnte, die er in meine Richtung loszulassen im Begriff war.

Ich weiß nicht, wie lange wir so reisten, oder welche Strecke wir zurückgelegt hatten, aber Luft und Licht wurden immer rarer, bis ich sicher war, daß wir uns in den Eingeweiden eines großen Waldes verloren hatten. Der Boden war immer noch so eben, daß man auf ihm wandeln konnte, jedoch bedeckte ihn der feuchte, faulige Abfall manchen Herbstes. Ich war dem lärmenden Sergeant in blindem Vertrauen so lange gefolgt, bis mir fast all meine Kräfte schwanden, so daß ich, anstatt zu gehen, vorwärts taumelte und der Brutalität der Äste schutzlos ausgesetzt war. Ich fühlte mich sehr krank und erschöpft. Ich wollte ihm schon zurufen, ich sei dem Tode nahe, als ich bemerkte, daß der Bewuchs sich lichtete, und daß mir der Sergeant – von dort, wo er mir voraus und mir verborgen war – zurief, wir seien am Ziel. Als ich ihn erreichte, stand er vor einem kleinen steinernen Gebäude und bückte sich, um die Fahrradklammern von seinen Hosenbeinen zu entfernen.

»Dies ist es«, sagte er und nickte mit gesenktem Kopf dem kleinen Haus zu.

»Dies ist was?« murmelte ich.

»Der Eingang«, erwiderte er.

Das Gebilde sah genauso aus wie die Vorhalle einer kleinen ländlichen Kirche. Die Dunkelheit und das Gewirr der Äste

machten es mir schwer zu beurteilen, ob sich hinten noch ein größeres Gebäude anschloß. Die kleine Vorhalle war alt, auf dem Gemäuer waren grüne Flecken, und in seinen vielen Rissen befanden sich Warzen von Moos. Die Tür war eine alte braune Tür mit kirchlichen Scharnieren und ornamentaler Schmiedearbeit; sie war weit nach hinten versetzt eingebaut und auf das spitze Portal abgestimmt. Dies war der Eingang zur Ewigkeit. Mit der Hand schlug ich mir die Schweißbäche von der Stirn.
Wollüstig betastete sich der Sergeant auf der Suche nach seinen Schlüsseln.
»Es ist ganz in der Nähe«, sagte er höflich.
»Ist dies der Eingang zum Jenseits?« murmelte ich. Meine Stimme war leiser als geplant, und das lag an Anstrengungen und Gliederzittern.
»Aber das Wetter entspricht der Jahreszeit, und wir können uns nicht beklagen«, fügte er laut hinzu, ohne meine Frage zu beachten. Meine Stimme war vielleicht nicht deutlich genug gewesen, um sein Ohr zu erreichen.
Er fand einen Schlüssel, den er ins Schlüsselloch stieß, und schmetterte die Tür auf. Er betrat das dunkle Innere, sandte aber seine Hand wieder aus, um mich am Jackenärmel mitzuzerren.
Machen Sie lieber ein Streichholz an!
Fast gleichzeitig hatte der Sergeant einen Kasten mit Knöpfen und Drähten an der Wand gefunden und tat, was eben getan werden mußte, um ein beunruhigendes, sprunghaftes Licht zu erzeugen. Während jener Sekunde jedoch, die ich im Dunkeln verbrachte, hatte ich genug Zeit, die Überraschung meines Lebens zu erleben. Der Fußboden. Meine Füße erstaunten sich, als sie ihn berührten. Er bestand aus einer verschwenderischen Anzahl kleiner Bolzen, wie der Fußboden einer Dampfmaschine oder wie die geländerbewehrten Galerien an großen Druckmaschinen. Unter den Nagelschuhen des Sergeants, der nun zum anderen Ende des Raumes getrampelt

war, um sich unter beträchtlichem Aufhebens an seinem Schlüsselring zu schaffen zu machen und eine weitere, in der Wand verborgene Tür zu öffnen, gab der Fußboden einen geisterhaft hohlen Ton von sich.

»Ein kleiner Regenschauer würde natürlich die Luft reinigen«, rief der Sergeant.

Ich ging vorsichtig hinüber, um zu sehen, was er in dem kleinen Gelaß trieb, das er betreten hatte. In diesem hatte er mit Erfolg einen weiteren Kasten mit flackerndem Licht bedient. Er wandte mir den Rücken zu und überprüfte zwei Wandtäfelungen. Sie waren so winzig wie Streichholzschachteln, und auf einer war die Zahl Sechzehn, und die Zahl Zehn auf der anderen zu sehen. Er seufzte, verließ das Gelaß und betrachtete mich traurig.

»Es heißt, durch Gehen würde es weniger«, sagte er, »aber nach meiner persönlichen Erfahrung wird es durch Gehen sogar noch gesteigert, denn Gehen macht es solide und schafft Platz für mehr.«

An diesem Punkt dachte ich mir, daß eine einfache und würdige Frage gewisse Aussichten auf Erfolg haben könnte.

»Könnten Sie mir bitte erklären«, sagte ich, » – zumal ich morgen ein toter Mann sein werde –, wo wir sind, und was wir treiben?«

»Wir wiegen uns«, antwortete er.

»Wir wiegen uns?«

»Steigen Sie in diese Kiste«, sagte er, »damit wir sehen, worauf sich Ihre Registrierung beläuft.«

Vorsichtig bestieg ich weitere Eisenplatten im Gelaß und sah, daß die Zahlen auf Neun und Sechs umsprangen.

»Neun Stone sechs Pfund«, sagte der Sergeant, »ein beneidenswertes Gewicht. Zehn Jahre meines Lebens würde ich dafür geben, den Speck loszuwerden.«

Er hatte mir wieder den Rücken zugewandt. Er öffnete ein weiteres Gelaß in einer anderen Wand und ließ seine geübten Finger über einen neuen Lichtkasten wandern. Das flackernde

Licht erschien, und ich sah ihn im Gelaß stehen, seine große Uhr studieren und sie geistesabwesend aufziehen. Das Licht beleuchtete seine Wangen und warf außerirdische Schatten auf seine feiste Miene.
»Würden Sie hier herüberkommen«, rief er mir schließlich zu, »und zu mir eintreten, es sei denn, Sie zögen es vor, in Ihrer eigenen Gesellschaft zurückgelassen zu werden.«
Als ich hinübergegangen war und schweigend neben ihm im Stahlgelaß stand, schloß er mit präzisem Klicken die Tür und lehnte sich nachdenklich gegen die Wand. Ich wollte um einige Erläuterungen bitten, als sich meiner Kehle ein Aufschrei des Schreckens entrang. Lautlos und ohne jede Warnung gab unter uns der Boden nach.
»Kein Wunder, daß Sie gähnen«, sagte der Sergeant im Gesprächston. »Es ist sehr eng hier, und die Belüftung ist alles andere als zufriedenstellend.«
»Ich habe nur gekreischt«, platzte ich heraus. »Was passiert mit dieser Kiste? Wohin...«
Meine Stimme verklang in einem trockenen Glucksen der Angst. Der Boden unter uns fiel so schnell, daß ich ein- oder zweimal das Gefühl hatte, er falle schneller als ich selber fallen konnte, und überzeugt war, daß ihn meine Füße nicht mehr berührten und daß ich für kurze Zeiträume eine Stellung auf halber Höhe zwischen Fußboden und Decke eingenommen hatte. Von Panik geschüttelt, erhob ich meinen rechten Fuß und stampfte ihn mit aller Kraft auf, wobei ich mein ganzes Gewicht in diesen Tritt legte. Er schlug zwar auf dem Boden auf, aber mit einem kümmerlichen Klimpergeräusch. Ich fluchte und stöhnte und schloß die Augen und wünschte mir einen glimpflichen Tod. Ich spürte meinen Magen übelkeiterregend in mir schwappen, als wäre er ein nasser, mit Wasser gefüllter Fußball.
Der Herr stehe uns bei!
»Es kann keinem Menschen schaden«, bemerkte der Sergeant anheimelnd, »wenn er ein wenig herumkommt und etwas

von der Welt kennenlernt. Das ist eine große Hilfe, wenn man seinen Horizont erweitern will. Ein weiter Horizont ist etwas Großartiges, er führt fast immer zu Erfindungen von großer Tragweite. Sehen Sie sich Sir Walter Raleigh an, der das Pedalenfahrrad erfunden hat, und Sir George Stephenson mit seiner Dampfmaschine und Napoleon Bonaparte und George Sand und Walter Scott – alles große Männer.«
»Sind ... sind wir schon in der Ewigkeit?« schnatterte ich.
»Wir sind noch nicht da, aber wir sind nichtsdestoweniger fast da«, antwortete er. »Lauschen Sie mit all Ihren Ohren auf ein leises Klicken.«
Was kann ich sagen, um meine persönliche Lage zu erklären? Ich war mit einem einhundertzweiunddreißig kg schweren Polizisten in eine eiserne Kiste gesperrt, ich tat auf entsetzliche Weise einen nicht enden wollenden Fall, ich lauschte Reden, die sich mit Walter Scott befaßten, und ich lauschte darüber hinaus auf ein Klicken.
Klick!
Endlich war es gekommen, scharf und fürchterlich. Fast gleichzeitig änderte sich unser Fall; er hörte entweder völlig auf oder wurde doch zumindest wesentlich langsamer.
»Ja«, sagte der Sergeant strahlend, »jetzt sind wir da.«
Mir fiel nicht das geringste auf, außer, daß das Ding, in dem wir uns befanden, gerüttelt wurde und daß der Boden plötzlich meinen Füßen zu widerstehen schien, und zwar auf eine Art und Weise, die durchaus hätte ewig sein können. Der Sergeant fingerte an einem Arrangement knopfähnlicher Instrumente an der Tür herum, welche er nach einer Weile öffnete. Er ging hinaus.
»Das war der Aufzug«, bemerkte er.
Eigenartig: Wenn man etwas entsetzlich Unberechenbares und Verheerendes erwartet, das dann nicht eintrifft, ist man eher enttäuscht als erleichtert. Ich hatte zum Beispiel mindestens mit einem augenzerstörenden Lichtschein gerechnet. Keine andere Erwartung war in meinem Gehirn klar genug,

um erwähnt werden zu können. Statt dieser Strahlung sah ich einen langen Gang, der in regelmäßigen Abständen von jenen ungefügen selbstgefertigten Lärm-Maschinen zurückhaltend erleuchtet war, so daß man mehr Dunkelheit als Licht sehen konnte. Die Wände des Ganges schienen aus genieteten Roheisen-Platten gefertigt, in welche Reihen kleiner Türen eingelassen waren, die mir vorkamen wie Ofen- oder Herdklappen oder Banksafes. Die Decke bestand, soweit ich sie sehen konnte, aus einem Gewirr von Drähten, und zwar außerordentlich dicken Drähten, Rohren vielleicht. Dabei war ständig ein völlig neues Geräusch zu hören, gar nicht unmusikalisch, manchmal wie unterirdisch gurgelndes Wasser und manchmal wie gedämpfte Konversation in einer fremden Sprache.

Vor mir türmte sich bereits der Sergeant auf seinem Weg durch den Gang und stapfte schwer auf die Eisenplatten ein. Keck schwang er seine Schlüssel und summte ein Lied. Ich blieb ihm dicht auf den Fersen und versuchte, die kleinen Türen zu zählen. Auf zwei Meter Wand entfielen jeweils vier Sechserreihen, zusammen mußten es also viele Tausende sein. Hie und da sah ich eine Wählscheibe oder ein verwickeltes Nest von Uhren und Knöpfen, das einem Schaltbrett ähnelte, auf das von allen Seiten Massen stämmiger Drähte zusammenliefen. Ich verstand zwar nicht, was das alles zu bedeuten hatte, aber ich fand die Szenerie so wirklich, daß mir die meisten meiner Ängste unbegründet vorkamen. Festen Schrittes trabte ich neben dem Sergeant einher, und dieser war so wirklich, wie man ihn sich nur wünschen konnte.

Wir erreichten eine Kreuzung, und es wurde heller. Ein gepflegterer, hellerer Gang mit glänzenden Stahlwänden führte nach beiden Seiten und entschwand dem Blick erst dort, wo die Entfernung seine Wände, den Boden und die Decke zu einem finsteren Punkt verschmelzen ließ. Ich glaubte, ein Geräusch wie das Zischen von Dampf zu hören – und noch ein anderes Geräusch, wie große Zahnräder, die sich in einer Richtung drehen, stehenbleiben und sich wieder zurückdrehen. Der Sergeant blieb stehen, um etwas von einem Zifferblatt an der Wand abzulesen, dann wandte er sich abrupt nach links und bedeutete mir, ich solle ihm folgen.

Ich werde die Gänge, durch die wir schritten, nicht aufzählen, auch nicht den Gang mit den runden Löchern erwähnen, die wie Ladeluken aussahen, oder die Stelle, an der sich der Sergeant eine Schachtel Streichhölzer besorgte, indem er irgendwo in die Wand griff. Es muß genügen, wenn ich sage, daß wir, nachdem wir mindestens eine Meile weit über Eisenplatten gegangen waren, in einer gut beleuchteten Halle ankamen, die vollkommen rund war und mit Artikeln angefüllt, die sich der Beschreibung entziehen; sie sahen aus wie Maschinerie, aber etwas weniger kompliziert als die schwierigeren Maschinen. Große, teuer aussehende Schränke voll dieser Artikel waren geschmackvoll über den Fußboden verteilt, während die runde Wand ein Gewimmel all dieser Erfindungen war, mit kleinen Wählscheiben und Meßinstrumenten, welche verschwenderisch mal hier, mal da angebracht waren. Hunderte von Meilen stämmigen Drahtes waren, außer auf dem Fußboden, überall zu sehen, und es gab tausende von Türen, die den stark scharnierten Türen von Feuerlöchern glichen, und Anordnungen von Knöpfen und Tasten, die mich an amerikanische Registrierkassen erinnerten.

Der Sergeant las auf einer der vielen Uhren Zahlen ab und bediente dann mit großer Sorgfalt eine kleine Kurbel. Plötzlich wurde die Stille durch den Lärm lauten, erbitterten Hämmerns gebrochen, das am anderen Ende der Halle stattzufinden schien, wo die Apparaturen am dicksten und komplexesten waren. Augenblicklich entfernte sich das Blut aus meinem bestürzten Gesicht. Ich sah den Sergeant an, aber dieser widmete sich nach wie vor geduldig seiner Uhr und seiner Kurbel, wobei er kaum hörbar Zahlen rezitierte und von nichts anderem Notiz nahm. Das Gehämmer brach ab.

Ich setzte mich, um nachzudenken, meine verschütteten Ge-

danken einzusammeln und sie auf einen glatten Artikel wie eine Eisenstange zu vereinigen. Sie war angenehm warm und beruhigend. Bevor noch ein Gedanke Zeit gefunden hatte, zu mir zurückzukehren, brach wieder das Gehämmer los; dann war wieder Stille, dann ein leises, aber heftiges Geräusch wie das von leidenschaftlich gemurmelten Flüchen, dann wieder Stille und dann das Geräusch schwerer Schritte, die sich uns von den großen Maschinerieschränken her näherten.
Ich fühlte eine Schwäche im Rückgrat, ging schnell hinüber und stellte mich neben den Sergeant. Er hatte ein langes weißes Instrument wie ein großes Thermometer oder den Taktstock einer Marschkapelle aus einem Wandloch gezogen und prüfte dessen Meßergebnisse mit einem Stirnrunzeln äußerster Aufmerksamkeit. Er schenkte weder mir die geringste Beachtung noch jenem verborgenen Wesen, das sich unsichtbar näherte. Als ich hörte, wie sich die klirrenden Schritte um den letzten Schrank herumbewegten, blickte ich gegen meinen Willen auf. Es war Wachtmeister MacCruiskeen. Er hatte die Stirn in schwere Falten gelegt und trug ebenfalls einen langen Stab oder ein Thermometer, doch von Orangenfarbe. Er ging geradewegs auf den Sergeant zu und zeigte ihm dies Instrument, wobei er seinen roten Finger auf eine Markierung legte. So standen sie da, einer das Instrument des anderen überprüfend. Der Sergeant schien erleichtert, hatte ich den Eindruck, als er die Angelegenheit durchdacht hatte, und er marschierte an jenen verborgenen Ort, von dem MacCruiskeen gerade gekommen war. Bald hörten wir wieder ein Gehämmer, diesmal sanft und rhythmisch.
MacCruiskeen steckte seinen Stab in das Loch in der Wand, wo vorher der Stab des Sergeants gewesen war, wandte sich mir zu und gab mir großzügig die runzlige Zigarette, die ich inzwischen als Herold unvorstellbarer Konversationen zu betrachten gelernt hatte.
»Gefällt es Ihnen?« wollte er wissen.
»Es ist sehr adrett«, erwiderte ich.

»Sie glauben nicht, wie praktisch es ist«, bemerkte er kryptisch. Der Sergeant kam zurück. Er trocknete sich die roten Hände mit einem Handtuch ab und schien sehr zufrieden mit sich zu sein. Ich sah die beiden scharf an. Sie empfingen meinen Blick und tauschten ihn vertraulich unter sich aus, bevor sie ihn fallen ließen.
»Ist dies die Ewigkeit?« fragte ich. »Warum nennen Sie es die Ewigkeit?«
»Fühlen Sie mein Kinn an«, sagte MacCruiskeen und lächelte rätselhaft.
»Wir nennen es so«, erklärte der Sergeant, »weil man hier nicht alt wird. Wenn Sie diesen Ort verlassen, werden Sie genauso alt sein, wie Sie waren, als Sie herkamen, und von ebenderselben Länge und Breite sein. Wir haben hier eine Acht-Tage-Uhr mit einer Spezial-Unruh, aber gehen tut sie nie.«
»Woher wissen Sie so genau, daß man hier nicht älter wird?«
»Fühlen Sie mein Kinn an«, sagte MacCruiskeen wieder.
»Ganz einfach«, sagte der Sergeant. »Der Bart wächst nicht, und wenn man satt ist, wird man nicht hungrig, und wenn man hungrig ist, wird man nicht noch hungriger. Ihre Pfeife wird den ganzen Tag rauchen und trotzdem voll bleiben, und ein Glas Whiskey wird unberührt sein, gleichgültig, wieviel Sie daraus trinken, und überhaupt ist das völlig unwichtig, denn es wird Sie nicht betrunkener machen als Ihre eigene Nüchternheit.«
»Tatsächlich?« murmelte ich.
»Ich bin heute morgen schon lange hier gewesen«, sagte MacCruiskeen, »und meine Kinnladen sind immer noch so sanft wie ein Frauenrücken, und das ist so praktisch, daß es mir den Atem verschlägt; es ist schon etwas Großartiges, das gute alte Rasiermesser an den Nagel zu hängen.«
»Wie groß ist diese ganze Anlage?«
»Sie hat gar keine Ausmaße«, erläuterte der Sergeant, »denn es besteht kein Unterschied zwischen alldem, was sich darin

befindet, und wir haben nicht die geringste Vorstellung vom Grad seiner unwandelbaren Gleichrangigkeit.«

MacCruiskeen zündete ein Streichholz für unsere Zigaretten an und warf es dann sorglos auf den eisernen Fußboden, wo es sehr bedeutend und einsam aussah.

»Könnten Sie nicht Ihr Fahrrad mitbringen und die ganze Strecke abfahren und alles besichtigen und einen Plan zeichnen?« fragte ich.

Der Sergeant lächelte mich an, als wäre ich ein Säugling.

»Fahrrad ist leicht«, sagte er.

Zu meiner Verwunderung ging er zu einem der größeren Öfen hinüber, bediente einige Knöpfe, zog die massive Metalltür auf und hob ein nagelneues Fahrrad heraus. Es besaß eine Dreigangschaltung und ein kleines Ölkännchen, und ich konnte sehen, daß die Vaseline noch auf den verchromten Teilen glänzte. Er stellte das Vorderrad auf den Boden und gab dem Hinterrad einen fachmännischen Stoß, so daß es sich in der Luft drehte.

»Das Fahrrad ist eine leichte Zwickmühle«, sagte er, »aber es ist nutzlos und ohne jeden Belang. Kommen Sie, ich werde Ihnen die *res ipsa* demonstrieren.«

Er verließ das Fahrrad und führte uns zwischen den komplizierten Schränken hindurch und hinter anderen Schränken vorbei und zu einem Torweg. Was ich sah, ließ mir das Hirn schmerzhaft im Kopf schrumpfen und überzog mein Herz mit einer lähmenden Kälte. Und das lag nicht daran, daß diese andere Halle in jeder Hinsicht eine genaue Kopie der Halle war, die wir gerade verlassen hatten. Schlimmer noch: mein geplagtes Auge sah, daß die Tür eines der Wandschränke offen stand, und daß ein nagelneues Fahrrad gegen die Wand gelehnt war, mit dem anderen völlig gleich und sogar im selben Winkel gegen die Wand gelehnt.

»Wenn Sie weitergehen wollen, um wieder hierher zu gelangen, ohne zurückzukehren, begeben Sie sich getrost bis zum nächsten Torweg. Ganz nach Belieben. Es wird Ihnen allerdings nichts nützen, und selbst wenn wir Sie alleine ziehen lassen, ist es wahrscheinlich, daß wir Sie dort erwarten werden.«

Hier stieß ich einen Schrei aus, da mein Auge deutlich ein weggeworfenes Streichholz auf dem Boden liegen sah.

»Was halten Sie von der Sache mit dem Rasieren?« fragte MacCruiskeen großsprecherisch. »Das ist ja wohl ein unstreitiges Experiment.«

»Unausweichlich und höchst eigensinnig«, sagte der Sergeant.

MacCruiskeen untersuchte einige Knöpfe in einem in der Mitte stehenden Schrank. Er wandte sich um und rief nach mir.

»Kommen Sie hier herüber«, rief er. »Ich will Ihnen etwas zeigen, was Sie Ihren Freunden erzählen können.«

Später wurde mir klar, daß dies einer seiner seltenen Scherze war, denn von dem, was er mir zeigte, konnte ich niemandem erzählen; es gibt auf der Welt keine angemessenen Worte, um klarzumachen, was ich gemeint hätte. Dieser Schrank wies eine Schüttelrinne auf, sowie eine weitere große Öffnung, die einem schwarzen Loch ähnelte und sich etwa einen Meter unter der Rutsche befand. MacCruiskeen drückte auf zwei rote Gegenstände, die aussahen wie Schreibmaschinentasten, und legte einen großen Hebel um. Sofort erklang ein rumpelnder Lärm, als fielen Tausende gefüllter Keksdosen eine Treppe herunter. Ich spürte, daß diese fallenden Dinger jeden Augenblick aus der Rutsche kommen mußten. Und so geschah es; ein paar Sekunden lang erschienen sie in der Luft und verschwanden in dem schwarzen Loch in der Tiefe. Doch was kann ich über sie sagen? Sie waren weder schwarz noch weiß und ganz gewiß auch von keiner Farbe zwischen diesen beiden; sie waren alles andere als dunkel und schon gar nicht hell. Aber merkwürdigerweise war es nicht ihr beispielloser Farbton, der meine Aufmerksamkeit am stärksten beschäftigte. Sie hatten noch eine andere Eigenschaft, die bewirkte, daß ich sie mit wilden Augen, trockener Kehle und atemlos betrachten mußte. Ich kann den Versuch nicht unternehmen, diese Eigenschaft zu beschreiben. Noch viel später verbrachte ich Stunden damit, mir darüber klarzuwerden, warum diese Artikel erstaunlich waren. *Ihnen fehlte ein wesentlicher Bestandteil aller bekannten Gegenstände.* Form oder Gestalt kann ich es nicht nennen, denn von Gestaltlosigkeit rede ich gar nicht. Ich kann nur sagen, daß diese Objekte, von denen keines dem anderen glich, keine bekannten Dimensionen besaßen. Sie waren weder vierkantig noch rechteckig oder rund oder einfach unregelmäßig geformt, noch konnte man sagen, daß ihre endlose Vielfalt auf dimensionalen Unterschieden beruhte. Schon ihr Aussehen, falls dieses Wort nicht unzulässig ist, war durch das Auge nicht erfaßbar und auf jeden Fall unbeschreiblich. Das mag genügen.

Als MacCruiskeen nicht mehr auf die Knöpfe drückte, fragte mich der Sergeant höflich, was ich mir sonst noch gern ansehen würde.

»Was gibt es denn noch?«
»Alles.«
»Alles, was ich sage, zeigen Sie mir?«
»Natürlich.«

Die Leichtigkeit, mit der der Sergeant ein Fahrrad hervorgebracht hatte, das im Laden gut und gern seine acht Pfund zehn kosten mochte, hatte gewisse Gedankengänge in meinem Kopf ausgelöst. Durch das, was ich gesehen hatte, reduzierte sich meine Nervosität auf Absurdes und Nichtiges, und nun bemerkte ich, daß ich ein Interesse an den kommerziellen Möglichkeiten der Ewigkeit zu fassen begann.

»Ich würde mir gern mal ansehen«, sagte ich langsam, »wie Sie eine Tür öffnen und einen massiven Klotz Gold im Gewicht von einer halben Tonne herausholen.«

Der Sergeant lächelte und zuckte die Achseln.

»Das ist aber doch unmöglich und ein sehr unvernünftiges Verlangen noch dazu«, sagte er. »Es ist verdrießlich und unverantwortlich«, fügte er in richterlichem Ton hinzu.

Daraufhin sank mir der Mut.
»Sie sagten aber doch: *alles*.«
»Weiß ich, Mann. Aber alles hat seine Grenze, und alles im Garten der Vernunft findet einmal seine Beschränkung.«
»Wie enttäuschend«, murmelte ich.
MacCruiskeen machte eine verlegene Bewegung.
»Natürlich«, sagte er, »wenn Sie nichts dagegen hätten, daß ich dem Sergeant beim Aufheben des Klotzes behilflich wäre...«
»Was! Ist das denn schwierig?«
»Ich bin kein Kutschpferd«, sagte der Sergeant mit einfacher Würde.
»Aber meinetwegen«, fügte er hinzu und erinnerte jeden von uns an seinen Urgroßvater.
»Dann packen wir eben alle an«, rief ich.
Das taten wir dann auch. Die Knöpfe wurden bedient, die Tür öffnete sich, und der Goldklotz, der sich in einer schön gezimmerten Kiste befand, wurde dank unserer gemeinsamen Anstrengung angehoben und auf den Fußboden gestellt.
»Gold ist ein weit verbreiteter Artikel, und man sieht nicht viel, wenn man es ansieht«, bemerkte der Sergeant. »Bitten Sie ihn um etwas Vertrauenswürdiges, etwas, was schiere Brillanz übertrifft. Ein Vergrößerungsglas ist etwas viel Besseres, denn man kann es ansehen, und das, was man sieht, wenn man durch es hindurch sieht, ist wieder etwas anderes.«
MacCruiskeen öffnete eine andere Tür, und man händigte mir ein Vergrößerungsglas aus, ein sehr gewöhnlich aussehendes Instrument mit einem beinernen Griff. Ich benutzte es, um meine Hand anzusehen, sah aber nichts, was erkennbar gewesen wäre. Dann betrachtete ich andere Dinge, sah aber nichts, was ich deutlich hätte sehen können. MacCruiskeen nahm mir das Vergrößerungsglas wieder ab und bedachte mein erstauntes Auge mit einem Lächeln.
»Es vergrößert bis zur Unsichtbarkeit«, erklärte er. »Es macht alles so groß, daß das Glas nur dem kleinsten Partikel

Raum bietet – nicht genug, um es von etwas zu unterscheiden, das anders ist.«

Mein Auge wanderte von seinem erläuternden Gesicht zu dem Goldklotz, von dem sich meine Aufmerksamkeit in Wirklichkeit nie entfernt hatte.

»Jetzt würde ich gern«, sagte ich vorsichtig, »fünfzig Würfel aus massivem Gold sehen, deren jeder ein Pfund wiegt.«

Beflissen wie ein gut ausgebildeter Kellner ging MacCruiskeen fort, holte die gewünschten Artikel wortlos aus der Wand und stellte sie auf dem Fußboden in artiger Anordnung auf. Der Sergeant war müßig davongeschlendert, um einige Uhren zu untersuchen und Messungen vorzunehmen. Inzwischen arbeitete mein Gehirn kalt und schnell. Ich bestellte eine Flasche Whiskey, Edelsteine im Wert von £ 200 000,–, mehrere Bananen, einen Füllfederhalter nebst Schreibzeug und schließlich einen blauen Anzug aus Serge mit reinseidener Fütterung. Als all dies auf dem Fußboden lag, fielen mir andere Dinge ein, die ich übersehen hatte, und ich bestellte Unterwäsche, Schuhe und Banknoten, sowie eine Schachtel Streichhölzer. MacCruiskeen, den die Arbeit an den schweren Türen ins Schwitzen gebracht hatte, beschwerte sich über die Hitze und legte eine Pause ein, um etwas bernsteinfarbenes Ale zu trinken. Der Sergeant klickte schweigend mit einem winzigen Sperrad an einer Kurbel herum.

»Das wäre es dann wohl«, sagte ich schließlich.

Der Sergeant trat herzu und starrte die aufgehäufte Ware an.

»Der Herr stehe uns bei«, sagte er.

»Ich werde diese Sachen mitnehmen«, verkündete ich.

Der Sergeant tauschte mit MacCruiskeen einen jener vertraulichen Blicke. Dann lächelten sie.

»In dem Fall werden Sie einen starken Sack brauchen«, sagte der Sergeant. Er ging zu einer weiteren Tür und besorgte mir einen schweinsledernen Beutel, für den man auf dem freien Markt mindestens fünfzig Guineen hätte bezahlen müssen. Sorgfältig verstaute ich mein Hab und Gut.

Ich sah, wie MacCruiskeen seine Zigarette an der Wand ausdrückte, und bemerkte, daß sie immer noch so lang war wie vor einer halben Stunde. Meine Zigarette brannte ebenfalls still vor sich hin, war aber unverbraucht. Ich drückte sie gleichfalls aus und steckte sie in die Tasche.
Als ich den Beutel gerade zuschnüren wollte, kam mir ein Gedanke. Ich richtete mich auf und wandte mich an die Polizisten.
»Nur noch einen Wunsch«, sagte ich. »Ich möchte eine kleine Waffe, die in meine Tasche paßt, damit ich jeden Mann oder jede Million Männer ausrotten kann, die mir nach dem Leben trachten.«
Wortlos brachte mir der Sergeant einen kleinen schwarzen Artikel, der wie eine Taschenlampe aussah.
»Dies hier übt einen Einfluß aus«, sagte er, »der jeden Mann oder alle Männer in graues Pulver verwandeln wird, wenn Sie damit auf ihn oder sie zielen und auf den Knopf drücken, und wenn Ihnen graues Pulver nicht zusagt, können Sie auch lila Pulver haben, oder gelbes Pulver, oder Pulver in jeder gewünschten Schattierung, wenn Sie es jetzt sagen und mir Ihre Lieblingsfarbe anvertrauen. Wäre eine samtfarbene Farbe genehm?«
»Grau genügt«, sagte ich kurz angebunden.
Ich steckte die mörderische Waffe in den Sack, verschnürte ihn und erhob mich.
»Ich glaube, wir könnten jetzt nach Hause gehen.« Ich sprach diese Worte ganz beiläufig aus und war darauf bedacht, den Polizisten nicht ins Gesicht zu sehen. Zu meinem Erstaunen willigten sie eilfertig ein, und wir brachen mit widerhallenden Schritten auf, bis wir uns wieder in den endlosen Korridoren befanden, wobei ich den schweren Sack trug, während die Polizisten sich still über ihre Meßergebnisse unterhielten. Ich fühlte mich munter und war mit dem bisherigen Tag zufrieden. Ich fühlte mich gewandelt, erholt und voll neuen Muts.

»Wie funktioniert dieses Ding eigentlich?« forschte ich in angenehmer Weise nach, um freundliche Konversation bemüht. Der Sergeant sah mich an.
»Es hat eine spiralenförmige Gangschaltung«, sagte er zur Erläuterung.
»Haben Sie die Drähte nicht gesehen?« fragte MacCruiskeen, wobei er sich mit einiger Verwunderung an mich wandte.
»Sie wären erstaunt, wenn Sie wüßten, wie wichtig die Holzkohle ist«, sagte der Sergeant. »Es kommt in erster Linie darauf an, die Werte auf dem Ausgleichshebel so niedrig wie möglich zu halten, und besonders gut sind Sie dran, wenn der Ablesewert an der Selbststeuerungsanlage konstant bleibt. Wenn man den Hebelwert dagegen ansteigen läßt, kann man den gesamten Hebel vergessen. Wenn man vergißt, ausreichend Holzkohle nachzulegen, steigen die Hebelwerte in schwindelnde Höhen, und man muß mit einer ernsthaften Explosion rechnen.«
»Selbststeuerung niedrig: schwache Senkung«, sagte Mac Cruiskeen. Er sprach klar und weise, als wäre seine Bemerkung ein Sprichwort.
»Alles in allem jedoch besteht das ganze Geheimnis«, sagte der Sergeant, »darin, daß man jeden Tag die Meßergebnisse abliest. Nehmen Sie die täglichen Messungen vor, und Ihr Gewissen wird so rein sein wie ein sauberes Hemd am Sonntagmorgen. Ich bin ein großer Anhänger der täglichen Messungen.«
»Habe ich alles gesehen, was von Wichtigkeit ist?«
An dieser Stelle sahen die Polizisten einander verwundert an und brachen in Gelächter aus. Ihr rauhes Gebrüll eilte von uns fort, den Flur entlang, und kam als blasses Echo aus der Ferne zu uns zurück.
»Ich nehme an, Sie halten einen Geruch für eine simple Sache«, sagte der Sergeant lächelnd.
»Einen Geruch?«
»Ein Geruch ist das komplizierteste Phänomen der Welt«,

sagte er, »und kann von der menschlichen Nüster nicht entwirrt werden oder ausreichend verstanden werden, obwohl Hunde besser mit Gerüchen umgehen können als wir.«

»Dafür sind Hunde erbärmliche Radfahrer«, sagte Mac Cruiskeen und präsentierte so die andere Seite des Vergleichs.

»Wir haben da unten eine Maschine«, fuhr der Sergeant fort, »die jeden Geruch in seine Unter- und Zwischengerüche aufspaltet, so, wie man einen Lichtstrahl mit Hilfe eines gläsernen Instruments zerlegen kann. Das ist sehr interessant und bildend; man glaubt gar nicht, welch schmutzige Gerüche sich innerhalb des Dufts einer lieblichen Berglilie befinden.«

»Dann gibt es noch eine Maschine für Geschmäcker«, warf MacCruiskeen ein. »Der Geschmack eines gebratenen Koteletts besteht, ob Sie's glauben oder nicht, zu vierzig Prozent aus dem Geruch von ...«

Er schnitt eine Grimasse, spie aus und blickte auf delikate Weise verschwiegen drein.

»Und Gefühle«, sagte der Sergeant. »Sie stellen sich sicher vor, daß es nichts Glatteres gibt als einen Frauenrücken oder ähnliches. Wenn wir Ihnen aber dieses Gefühl auffächerten, wären Sie mit Frauenrücken gar nicht mehr zufrieden, das verspreche ich Ihnen mit feierlichem Eid und Dotter. Die Hälfte der ganzen Glätte ist so rauh wie die Hüfte eines Stiers.«

»Wenn Sie nächstesmal herkommen«, versprach MacCruiskeen, »werden Sie erstaunliche Dinge zu sehen bekommen.«

Diese Aussage allein, dachte ich, war erstaunlich genug nach allem, was ich gesehen hatte und in meinem Beutel trug. Er tastete in seiner Hosentasche, fand seine Zigarette, zündete sie neu an und überreichte mir das Streichholz. Durch den schweren Beutel behindert, brauchte ich mehrere Minuten, bis ich meine Zigaretten fand, aber das Streichholz brannte immer noch gleichmäßig, hell und klar.

Wir rauchten schweigend und gingen durch den finsteren Flur,

bis wir den Aufzug wieder erreicht hatten. Neben dem offenen Aufzug waren Zifferblätter oder Wählscheiben, die ich vorher noch nicht gesehen hatte, sowie zwei Türen. Mein Gold-, Kleider und Whiskeybeutel hatte mich zutiefst erschöpft, und ich strebte dem Aufzug zu, um endlich stehen und den Beutel absetzen zu können. Als ich die Schwelle fast erreicht hatte, hemmte meinen Schritt ein Ausruf des Sergeants, der nahezu die Höhe eines weiblichen Schreis erreichte.
»Nicht einsteigen!«
Aus meinem Gesicht floh bei der Dringlichkeit seines Tons die Farbe. Ich wandte den Kopf und stand, einen Fuß vor den anderen gesetzt, still, als wäre ich ein Mensch, der unwissentlich beim Gehen photographiert wurde.
»Warum?«
»Weil der Boden unterhalb des Unterteils ihrer Füße nachgeben wird und Sie dorthin stürzen werden, wohin noch niemand vor Ihnen gestürzt ist.«
»Und warum?«
»Der Beutel, Mensch.«
»Der simple Grund«, sagte MacCruiskeen geduldig, »ist der, daß Sie den Aufzug nicht betreten können, wenn Sie nicht genausoviel wiegen, wie Sie wogen, als Sie sich eingewogen haben.«
»Andernfalls«, sagte der Sergeant, »werden Sie bedingungslos ausgerottet, und Ihr Leben wird aus Ihnen herausgetötet.«
Ich stellte den Beutel ziemlich unsanft auf den Boden, wobei Flaschen und Goldbarren klirrten. Er war mehrere Millionen Pfund wert. Ich stand auf dem Fußboden aus Eisenplatten, lehnte mich gegen die Wand aus Eisenplatten und suchte mein Gehirn nach ein paar vernünftigen Gründen und Verständnis und Trost in Betrübnis ab. Ich verstand nur, daß meine Pläne zunichte gemacht und mein Besuch der Ewigkeit fruchtlos und verhängnisvoll waren. Ich wischte mit der Hand über meine feuchte Braue und starrte leer die beiden

Polizisten an, die nun verständnisvoll und nachsichtig lächelten. Ein starkes Gefühl schwoll mir gegen die Kehle und erfüllte meine Seele mit großer Traurigkeit und mit einem Gram, der unermeßlicher war und trostloser als ein breiter Strand am Abend, wenn sich das Meer in eine ferne Ebbe zurückgezogen hat. Gesenkten Hauptes betrachtete ich meine rissigen Schuhe und sah, wie sie in meinen jäh ausbrechenden Tränen verschwammen und zerflossen. Ich drehte mich zur Wand, gab laute, erstickte Schluchzer von mir, brach vollständig zusammen, und wie ein Säugling weinte ich laut. Ich weiß nicht, wie lange ich so weinte. Ich glaubte zu hören, wie die beiden Polizisten sich mit mitleidigem Unterton über mich unterhielten, als wären sie ausgebildete Krankenhausärzte. Ohne den Kopf zu heben, blickte ich über den Fußboden und sah, wie MacCruiskeens Beine sich mit meinem Beutel entfernten. Dann hörte ich, wie eine Ofentür geöffnet und der Beutel roh hineingefeuert wurde. Da weinte ich wieder laut die Wand des Aufzugs an und ließ meinem Elend vollends die Zügel schießen.

Schließlich faßte man mich zartfühlend bei den Schultern, man wog mich und geleitete mich in den Aufzug. Dann fühlte ich, daß die beiden großen Polizisten sich neben mich drängten, und spürte den schweren Geruch amtlichen blauen Wolltuchs, durch und durch mit ihrem Menschsein imprägniert. Als der Boden des Aufzugs meinen Füßen zu widerstehen begann, spürte ich, wie ein Stück festen Papiers raschelnd meinem abgewandten Gesicht entgegengestreckt wurde. Ich hob in der schwachen Beleuchtung den Blick und sah, daß MacCruiskeen seine Hand dumpf und demütig in meine Richtung reckte, am Brustkorb des Sergeants vorbei, welcher immer noch riesig und schweigend neben mir stand. In der Hand befand sich eine kleine weiße Papiertüte. Ich sah hinein und bemerkte runde farbige Dinger von der Größe eines Guldens.

»Sahnebonbons«, sagte MacCruiskeen freundlich.

Er schüttelte die Tüte aufmunternd und begann laut zu kauen und zu lutschen, als bereite ihm dieses Zuckerwerk ein nahezu überirdisches Entzücken. Aus irgendeinem Grunde fing ich wieder an zu weinen und steckte meine Hand in die Tüte, als ich aber ein Bonbon herausnahm, kamen noch drei oder vier andere zum Vorschein, die sich in der Hitze der Polizistentasche miteinander verbunden hatten und nun als klebrige Masse aneinander hafteten. Ungeschickt und töricht versuchte ich, sie zu entwirren, scheiterte aber kläglich, rammte mir dann den Klumpen in den Mund und stand dann schluchzend, lutschend und schnüffelnd da. Ich hörte, wie der Sergeant einen tiefen Seufzer ausstieß, wobei seine breite Flanke ein wenig zurückwich.

»Gott, ich liebe Bonbons«, murmelte er.

»Nehmen Sie eins«, lächelte MacCruiskeen und klapperte mit seiner Tüte.

»Was sagen Sie da, Mann«, rief der Sergeant und wandte sich MacCruiskeen zu, um dessen Gesicht in Augenschein zu nehmen, »sind Sie des Wahnsinns, Mann Gottes? Wenn ich ein einziges äße – nicht einmal eins, sondern die Hälfte des Bruchteils von einem Viertel – dann schwöre ich Ihnen beim heiligen Geier, daß mein Magen explodiert wie eine Tellermine, und ich wäre geschlagene vierzehn Tage an mein Bett galvanisiert, wobei ich unablässig vor Schmerz und wegen Sodflimmerns Obszönitäten brüllen würde. Wollen Sie mich umbringen, Mann?«

»Malzbonbons sind ein gar köstliches Konfekt«, sagte MacCruiskeen, wobei er mit geschwollenem Mund undeutlich sprach. »Man kann sie schon an Säuglinge verabreichen, und sie sind eine Wohltat für den Darm.«

»Wenn ich überhaupt Bonbons äße«, sagte der Sergeant, »dann würde ich mich ausschließlich von der ›Bunten Kirmesmischung‹ ernähren. *Das* sind noch Bonbons. Sie lutschen sich ganz großartig, ihr Geschmack ist sehr spirituell, und ein Bonbon reicht für eine halbe Stunde.«

»Haben Sie Lakritz-Taler probiert?« fragte MacCruiskeen.
»Nein, aber die ›Kaffee-Sahne-Mischung‹ zu vier Pence ist von großem Reiz.«
»Oder die ›Püppchen-Mischung‹?«
»Nein.«
»Es heißt«, sagte MacCruiskeen, »die ›Püppchen-Mischung‹ sei das Beste, was jemals hergestellt wurde, ihre Qualität werde nie übertroffen werden, und ich könnte sie auch tatsächlich in mich hineinfressen, bis mir schlecht wird.«
»Mag sein«, sagte der Sergeant, »aber wenn ich gesund wäre, würde ich Ihnen mit der Kirmesmischung kräftig Konkurrenz machen.« Während sie weiter über Süßigkeiten zankten und zu Schokoladentafeln und Zuckerstangen übergegangen waren, drückte der Fußboden heftig von unten. Dann änderte sich der Druck, man hörte ein zweimaliges Klicken, und der Sergeant begann mit dem Öffnen der Türen, wobei er MacCruiskeen mit seinen Ansichten über Gummibären, Geleebonbons und türkischen Honig vertraut machte.
Mit hängenden Schultern und einem Gesicht, das steif war von getrockneten Tränen, trat ich erschöpft aus dem Aufzug und in das kleine steinerne Zimmer und wartete, bis sie mit dem Überprüfen der Zifferblätter fertig waren. Dann folgte ich ihnen ins dichte Gebüsch und hielt mich hinter ihnen, während sie die Attacken der Äste abwehrten. Es war mir ziemlich gleichgültig.
Erst als wir wieder auftauchten, atemlos und mit blutigen Händen, und den grünen Saum der Landstraße erreicht hatten, wurde mir klar, daß etwas Merkwürdiges geschehen war. Seit der Sergeant und ich aufgebrochen waren, waren drei oder vier Stunden vergangen, und doch machten die Landschaft und die Bäume und die Stimmen ringsum immer noch den Eindruck, als wäre es früh am Morgen. In allem war eine unbeschreibliche Frühe, eine Ahnung von Erwachen und Beginn. Noch war nichts gewachsen oder gereift, und nichts Begonnenes war vollendet worden. Ein Vogel, der gesungen

hatte, war mit der letzten Wendung seines Liedes noch nicht fertig. Ein Kaninchen, das sich angeschickt hatte, hervorzuhoppeln, hatte immer noch einen verborgenen Schwanz.

Mitten auf der harten grauen Straße stand monumental der Sergeant und zupfte zierlich einige kleine grüne Dinge von seiner Person. MacCruiskeen stand gebückt im kniehohen Gras, prüfte sein Äußeres und schüttelte sich brüsk wie eine Henne. Ich selbst blickte trübe in den klaren Himmel und bestaunte die Wunder des frühen Morgens.

Als der Sergeant fertig war, machte er ein höfliches Zeichen mit dem Daumen, und wir beide machten uns in Richtung der Revierwache auf den Weg. MacCruiskeen war zurückgeblieben, aber bald erschien er schweigend vor uns. Bewegungslos saß er auf seinem lautlosen Fahrrad. Er sagte nichts, als er uns überholte, und ohne zu atmen oder ein Glied zu rühren, rollte er von uns fort, den sanften Hügel hinunter, bis ihn eine Kurve still empfing.

Ich ging mit dem Sergeant und bemerkte nicht, wo wir waren oder an wem wir auf der Straße vorbeikamen, Menschen, Tieren oder Häusern. Mein Gehirn war wie Efeu, an dem Schwalben vorbeifliegen. Gedanken zuckten um mich herum wie an einem Himmel, der von Vögeln verfinstert und mit Lärm erfüllt ist, aber keiner von ihnen kam mir nah genug. Immer noch war das Klicken schwerer ins Schloß fallender Türen in meinem Ohr, und das Sirren von Ästen, die ihre flirrenden Blätter mit flinkem Federn durch die Luft schnellen, und das Klirren von Nagelstiefeln auf Metallplatten.

Als ich die Wache erreichte, kümmerte ich mich um nichts und niemanden, sondern ich ging geradewegs zu Bett und hatte mich kaum hingelegt, als ich auch schon in einen tiefen, einfachen Schlaf fiel. Verglichen mit diesem Schlaf ist der Tod etwas Unstetes, tiefer Friede ein Geschrei und Dunkelheit ein gleißendes Licht.

IX

Am nächsten Morgen weckte mich das Geräusch lauten Hämmerns[1] vor dem Fenster, und ich erinnerte mich sofort – die Erinnerung war ein absurdes Paradoxon – daran, daß ich gestern in jener anderen Welt gewesen war. Da ich also im Halbschlaf lag, war es nur natürlich, daß sich meine Gedanken de Selby zuwandten. Wie an alle bedeutenderen Denker hat man sich an ihn gewandt, um Anleitungen für alle schwerwiegenden Verlegenheiten der Existenz zu erlangen. Den Kommentatoren allerdings, so steht zu befürchten, wird es nicht gelungen sein, aus der unermeßlichen Schatzkammer seiner Schriften einen einzigen folgerichtigen, zusammenhän-

---

[1] Le Clerque hat (in seinen fast vergessenen *Extensions and Analyses*) auf die Wichtigkeit der Perkussion in de Selbys Dialektik hingewiesen und aufgezeigt, daß die meisten Experimente des Physikers mit äußerstem Lärm verbunden waren. Unglücklicherweise fand das Hämmern immer hinter verschlossenen Türen statt, und kein Kommentator hat es gewagt, auch nur eine vage Vermutung darüber anzustellen, worauf da eingehämmert wurde und zu welchem Zweck. Sogar als er den berühmten Wasserkasten konstruierte, wohl das delikateste und zerbrechlichste Instrument, das je von Menschenhand gefertigt wurde, weiß man, daß de Selby drei schwere Vorschlaghämmer ruinierte und in würdelose juristische Händel mit seinem Hauswirt (dem berüchtigten Porter) verwickelt war, welche sich auf die Anschuldigung gründeten, Fußbodenbalken seien überstrapaziert und eine Zimmerdecke beschädigt worden. Es ist klar, daß er »Hammerarbeiten« beträchtliche Wichtigkeit beimaß (s. *Golden Hours* S. 48 f.). In *The Layman's Atlas* veröffentlicht er eine recht obskure Darstellung seiner Untersuchungen über die Natur des Hämmerns, und kühn führt er das scharfe Geräusch der Perkussion auf das Platzen »atmosphärischer Kugeln« zurück, wobei er offensichtlich davon ausgeht, Luft bestehe aus winzigen Ballons –, eine Ansicht, die durch spätere wissenschaftliche Forschungen kaum bestätigt wird. An anderer Stelle, in seinen Abhandlungen über die Natur von Licht und Dunkelheit, erwähnt er kurz die Strapazierung von »Lufthäuten«, bzw. »Luftkugeln« und »Blasen«. Er folgert: »Hämmern ist alles andere als das, als was es uns erscheint«; eine solche Behauptung entzieht sich jeder expliziten Widerlegung und erscheint unnötig und wenig erhellend.
Hatchjaw äußert den Vorschlag, das laute Hämmern sei ein Mittel gewesen, zu dem der Weise gegriffen habe, um anderen Lärm zu übertönen, der Hinweise auf das wirkliche Ziel seiner Experimente hätte geben können. Bassett schließt sich dieser Ansicht an, allerdings mit zwei Vorbehalten.

genden oder verständlichen Korpus spiritueller Ansichten und Praktiken zusammenzustellen. Seine Ideen, das Paradies betreffend, sind jedoch nicht uninteressant. Vom Inhalt des berühmten »Kodex«[2] einmal abgesehen, kann man die mei-

[2] Der Leser ist sicherlich mit den Stürmen vertraut, die das Überleben dieses peinlichsten Manuskripts entfachte. Der »Kodex« (diese Bezeichnung findet man zum erstenmal bei Bassett in seinem monumentalen *De Selby Compendium*) ist eine Sammlung von etwa zweitausend Seiten Kanzleipapier, beidseitig eng mit der Hand beschrieben. Auffälligstes Merkmal des Manuskripts ist der Umstand, daß kein einziges Wort der Schrift lesbar ist. Versuche verschiedener Kommentatoren, gewisse Passagen, die weniger furchterregend als andere erschienen, zu entziffern, waren durch phantastische Meinungsverschiedenheiten gekennzeichnet, die sich nicht an der Bedeutung der Passagen entzündeten (die ohnehin nicht zur Debatte stand), sondern an dem blühenden Unsinn, der sich dabei entfaltete. Eine Passage, von Bassett als »eindringliches Traktat über das Alter« beschrieben, wird von Henderson (dem Biographen Bassetts) als »eine durchaus reizvolle Beschreibung des Lämmerwerfens auf einem nicht näher bezeichneten Bauernhof« erwähnt. Solche Widersprüche tragen, ich muß es gestehen, nicht gerade zum guten Ruf beider Autoren bei.
Hatchjaw, der wohl eher Schläue als wissenschaftlichen Scharfsinn an den Tag legt, bringt abermals seine Fälschungs-Theorie ins Spiel und bekundet sein Erstaunen darüber, daß sich ein Mensch von einiger Intelligenz von einer »so unbeholfenen Täuschung« irreführen lassen könne. Ein seltsamer widriger Zufall begab sich, als Hatchjaw, von Bassett aufgefordert, seinen anmaßenden Vorwurf zu präzisieren, beiläufig erwähnte, elf Seiten des »Kodex« seien mit der Zahl »88« numeriert. Bassett, darauf offensichtlich nicht vorbereitet, führte eine unabhängige Prüfung durch, ohne auch nur eine einzige Seite mit dieser Nummer zu entdecken. Der daraufhin ausgebrochene Streit enthüllte den beunruhigenden Umstand, daß beide Kommentatoren für sich in Anspruch nahmen, »den einzigen echten Kodex« zu besitzen. Bevor dieser Disput beigelegt werden konnte, platzte eine weitere Bombe, diesmal im fernen Hamburg. Der Norddeutsche Verlag brachte ein Buch des zwielichtigen Kraus heraus, welches den Anschein erweckte, eine gründliche Exegese zu sein, die auf einer authentischen Abschrift des »Kodex« mit einer Transkription dessen beruhte, was als der obskure Code beschrieben wurde, in welchem das Dokument abgefaßt ist. Will man Kraus glauben, so handelt es sich bei dem bombastisch betitelten »Kodex« um nichts anderes als eine Sammlung äußerst pubertärer Maximen zu Themen wie Liebe, Leben, Mathematik u. dergl., das Ganze in einem dürftigen, grammatikalisch fehlerhaften Englisch geschrieben und völlig ohne de Selbys charakteristische Unklarheit und Obskurität. Bassett hält mit vielen anderen Kommentatoren dieses außergewöhnliche Buch für einen der zahlreichen Streiche des bissigen du Garbandier, behauptet aber, nie von dem Werk gehört zu haben; dessen ungeachtet weiß man, daß er sich – wahrscheinlich mit Hilfe fragwürdiger Methoden – mehrere Monate vor Er-

sten Verweise im *Rural Atlas* und in den sogenannten »wesentlichen« Anhängen zum *Country Album* finden. Er spielt kurz darauf an, Glückszustände seien »vom Wasser nicht zu trennen«, und: »Kaum eine vollständig befriedigende Situation ist ohne Wasser denkbar«. Er liefert zwar keine nähere Definition seines hydraulischen Elysiums, erwähnt aber, das

scheinen Korrekturfahnen des Buches besorgt hat. Einzig Hatchjaw ignorierte das Buch nicht. In einem Zeitungsartikel bemerkt er trocken, Kraus' »Verirrung« sei darauf zurückzuführen, daß der Ausländer die beiden englischen Wörter »code« und »codex« miteinander verwechselt habe und kündigte die Veröffentlichung einer »kurzen Broschüre« an, die die Arbeit des Deutschen sowie allen ähnlichen »belanglosen Schwindel« gründlich in Mißkredit bringen würde. Daß dieses Werk nie erschien, wird allgemein auf die Hamburger Intrigen von Kraus und ausgedehnte Ferngespräche zwischen England und dem Kontinent zurückgeführt. Wie dem auch sei, wieder wurde der unselige Hatchjaw verhaftet, diesmal auf Betreiben seines eigenen Verlegers, der ihn des Diebstahls von Büromaterial bezichtigte. Das Verfahren wurde vertagt und schließlich niedergeschlagen, da es gewissen ungenannten Zeugen aus dem Ausland nicht gelang, zur Gerichtsverhandlung zu erscheinen. Zwar ist es klar, daß diese phantastische Anschuldigung jeder Spur einer Grundlage entbehrte, es gelang Hatchjaw aber nicht, bei den zuständigen Stellen eine Entschädigung zu erwirken.
Wir können nicht behaupten, unsere Stellung, was diesen »Kodex« betrifft, sei auch nur annähernd zufriedenstellend, und es ist wenig wahrscheinlich, daß Zeit oder Forschung je neues Licht auf ein Dokument werfen werden, das man nicht lesen kann und von dem mindestens vier Exemplare existieren, die gleichmäßig bedeutungslos sind und alle für sich in Anspruch nehmen, das echte Original zu sein.
Eine amüsante Ablenkung wurde in dieser Affäre unfreiwillig durch den sanftmütigen Le Clerque verursacht. Nachdem er einige Monate vor dem Erscheinen von Bassetts prätentiösem *Compendium* vom »Kodex« gehört hatte, behauptete er, den »Kodex« gelesen zu haben, und gab im *Zürcher Tagblatt* mehrere vage Kommentare ab, wobei er sich auf den »Scharfsinn« des »Kodex« bezog, auf »schlagende und neuartige Argumente«, einen »unverbrauchten Standpunkt« etc. Später distanzierte er sich von dem Artikel und bat Hatchjaw in einem privaten Schreiben, ihn als Fälschung zu entlarven. Hatchjaws Antwort ist nicht überliefert, man nimmt aber an, daß er sich – durchaus nicht ohne Verständnis – weigerte, weiterhin am Tauziehen um den unter einem Unstern entstandenen »Kodex« teilzunehmen. Es ist vielleicht unnötig, auf du Garbandiers Beitrag zu dieser Frage hinzuweisen. Er beschied sich mit einem Artikel in *l'Avenir*, in welchem er bekannte, den »Kodex« entziffert und herausgefunden zu haben, daß es sich dabei um eine Ansammlung obszöner Scherzfragen, Berichte amouröser Abenteuer und erotischer Spekulationen handele, »allesamt zu kläglich, um auch nur andeutungsweise wiedergegeben zu werden«.

Thema an anderer Stelle erschöpfender behandelt zu haben.[3] Unglücklicherweise wird jedoch nicht klar, ob der Leser nun einen Regentag für ergötzlicher halten soll als einen trockenen, oder ob eine ausgiebige Serie von Bädern eine verläßliche Methode ist, den Seelenfrieden zu erlangen. De Selby preist das Gleichgewicht des Wassers, seine Umgebungsaktivität, Ausgewogenheit und Gerechtigkeit. Er postuliert, Wasser könne, »sofern es nicht mißbraucht werde«[4], zur »absoluten Überlegenheit« verhelfen. Im übrigen bleibt wenig außer den Aufzeichnungen seiner obskuren und zeugenlosen Experimente. Diese Geschichte ist eine Geschichte nicht enden wollender Anklagen wegen Wasserverschwendung seitens der zuständigen städtischen Behörden. Bei einer der Anhörungen stellte sich heraus, daß er an einem einzigen Tag 9000 Gallonen verbraucht hatte, und bei anderer Gelegenheit hatte er im Laufe einer Woche fast 80 000 Gallonen verbraucht. In diesem Zusammenhang kommt es auf das Wort »verbraucht« an. Die örtlichen Behörden waren, nachdem sie überprüft hatten, wieviel Wasser täglich über den Straßenanschluß in das Haus floß, neugierig genug, den Abfluß zu überwachen, und sie machten die erstaunliche Entdeckung, *daß nichts von der enormen Wassermasse, die dem Haus zugeführt worden war, jemals wieder ausgeschieden wurde.* Die Kommentatoren haben sich gierig auf diese Statistik gestürzt, sind aber in ihren Interpretationen – wie üblich – geteilter Meinung. Bassett

---

[3] Bezieht sich wahrscheinlich auf den »Kodex«.
[4] Natürlich wird keine Erklärung darüber gegeben, was mit dem »Mißbrauch« von Wasser gemeint ist, es ist aber zu beachten, daß der Weise mehrere Monate mit dem Versuch verbrachte, eine zufriedenstellende Methode zum »Verdünnen« von Wasser zu finden, da er fand, es sei »zu stark«, um für die zahlreichen neuen Zwecke verwendet zu werden, die er ihm zugedacht hatte. Bassett deutet an, daß der Wasserkasten nach de Selby mit diesem Ziel erfunden worden sei, kann aber nicht erklären, wie der delikate Mechanismus gehandhabt wird. Es sind mit dieser unergründlichen Maschine so viele phantastische Aufgaben verbunden (die absurde Wurst-Theorie des Zeugen Kraus), daß man Bassetts Theorie nicht das unberechtigte Gewicht verleihen sollte, das seine Kompetenz eigentlich beanspruchen könnte.

vertritt die Ansicht, das Wasser sei im Wasserkasten so stark verdünnt worden, daß es – zumindest in seiner Eigenschaft als Wasser – für die unberatenen Augen der Beobachter bei der Kloake unsichtbar wurde. Hatchjaws Theorie ist, was dies betrifft, annehmbarer. Er neigt der Auffassung zu, das Wasser sei gekocht und umgewandelt worden, wahrscheinlich mit Hilfe des Wasserkastens, und zwar in winzige Dampfstrahlen, die durch ein Dachfenster in die Nacht geschleudert wurden, wohl im Bestreben, die schwarzen, »vulkanischen« Flecken von den »Häuten« oder »Luftblasen« der Atmosphäre abzuwaschen und auf diese Weise die verhaßte und »unhygienische« Nacht zu verscheuchen. So weit hergeholt diese Theorie auch erscheinen mag, gewinnt sie doch unerwartete Wahrscheinlichkeit durch den Umstand, daß ein Gericht den Physiker mit einer Geldstrafe von vierzig Schilling belegte. Bei dieser Gelegenheit, etwa zwei Jahre vor der Konstruktion des Wasserkastens, wurde de Selby angeklagt, nachts mit einem Feuerwehrschlauch aus einem der höhergelegenen Fenster seines Hauses operiert zu haben, wodurch mehrere Passanten bis auf die Haut durchnäßt wurden. Bei einem anderen Anlaß[5] mußte er sich wegen der kuriosen Anschuldigung des Wasserhamsterns verantworten, wobei die Polizei bezeugte, jedes einzelne Gefäß in seinem Haus, von der Bade-

---

[5] Fast jede der zahlreichen Rechtsstreitigkeiten, in die de Selby verwickelt war, bietet ein lehrreiches Beispiel für die Erniedrigungen, die große Geister zu erdulden haben, wenn man sie dazu zwingt, mit dem unbeschwingten Intellekt der verständnislosen Laienschaft in Kontakt zu treten. Während einer Anhörung zum Thema Wasserverschwendung erlaubte sich das Gericht die einfältige Frage, warum der Beklagte nicht den Vorzugstarif für Industriebetriebe beantragt habe, »wenn er schon auf so unmäßigem Baden bestehe«. Bei dieser Gelegenheit konterte de Selby mit seiner berühmten Replik, »man könne sich nicht zu der Ansicht bereitfinden, das Paradies werde durch die Kapazität des Städtischen Wasserwerks begrenzt, oder das menschliche Glück hänge von Wasserzählern ab, die in Holland in unselbständiger Arbeit hergestellt« würden. Es bietet einen gewissen Trost, wenn man sich die medizinische Zwangsuntersuchung ins Gedächtnis zurückruft, dessen Ergebnis dem Ärztestand zur Ehre gereicht. De Selbys Freispruch war vollständig und ohne Auflagen.

wanne bis zu drei künstlerisch ausgestalteten Eierbechern, seien randvoll mit dem Naß gefüllt. Wieder zog man es vor, eine fingierte Anklage wegen versuchten Selbstmords zu erheben, und das nur, weil der Weise sich im Bestreben, lebenswichtige Statistiken über himmelsbedingten Wassersport zu erarbeiten, beinahe ertränkt hätte.

Aus zeitgenössischen Publikationen geht klar hervor, daß seine Wasserforschungen von Verfolgungen und juristischen Spitzfindigkeiten begleitet waren, die seit den Tagen Galileis ihresgleichen suchen. Es mag den verantwortlichen Schergen zum Trost gereichen, daß ihre brutalen und barbarischen Machinationen den Erfolg hatten, der Nachwelt eine klare Niederschrift der Wirksamkeit dieser Experimente und vielleicht auch eine grundlegende Einführung in die esoterische Wasserkunde ebenso zu versagen wie eine Heilung unserer weltlichen Peinigungen und Unglückseligkeiten. Praktisch bleibt von de Selbys Wirken in diesem Zusammenhang nur sein Haus, in dem seine zahllosen Wasserhähne[6] noch immer so sind, wie er sie hinterlassen hat, obwohl eine neue, empfindlichere Generation das Wasser an der Hauptleitung abgestellt hat.

Wasser? Das Wort klang mir in Ohr und Hirn. Der Regen begann, die Fenster zu peitschen, kein sanfter oder freund-

---

6 Hatchjaw hat das Haus (in seinem unbezahlbaren *Conspectus of the de Selby Dialectic*) als »das Gebäude mit den meisten Wasserleitungen der Welt« bezeichnet. Sogar in den Wohnzimmern befanden sich über zehn klobige, bäuerliche Wasserhähne, davon einige mit Zinktrögen, und manche (z. B. die an der Zimmerdecke angebrachten, sowie umgebaute Gashähne in Kaminnähe) zielten auf den ungeschützten Fußboden. Sogar im Treppenhaus kann man heute noch eine am Geländer der Balustrade festgenagelte Hauptleitung von drei Zoll Durchmesser besichtigen, mit Wasserhähnen, die im Abstand von einem Fuß angebracht sind. Unter den Stufen und in jedem nur denkbaren Versteck befanden sich sorgfältig geplante Anordnungen von Zisternen und Vorratsbehältern. Sogar die Gasleitungen waren an die Wasserversorgung angeschlossen, und bei jedem Versuch, die Beleuchtung anzuknipsen, ergoß sich stets ein satter Strahl.

In diesem Zusammenhang hat sich du Garbandier einige ungehobelte und zynische Betrachtungen über Viehställe gestattet.

licher Regen, sondern große, wütende Tropfen, die machtvoll gegen das Fensterglas sprudelten. Der Himmel war grau und stürmisch, und vom Himmel her hörte ich die schroffen Rufe der Wildgänse und Enten, die sich mit ihren geplagten Fittichen gegen den Wind mühten. Rauh schrieen schwarze Wachteln in ihren Verstecken, und ein angeschwollener Fluß plapperte rasend. Die Bäume, das wußte ich, würden gebeugt und schlechtgelaunt im Regen stehen, und die Feldsteine würden dem Betrachter mit kaltem Schimmer ins Auge stechen.
Ich hätte unverzüglich wieder Schlaf gesucht, wäre draußen das laute Hämmern nicht gewesen. Ich stand auf und ging über den kalten Fußboden zum Fenster. Draußen war ein Mann mit Säcken auf den Schultern, der an einem hölzernen Gerüst hämmerte, das er auf dem Hof der Revierwache errichtete. Er hatte ein rotes Gesicht und starke Arme und hinkte mit enormen Schritten um sein Werk herum. Sein Mund war voller Nägel, die sich im Schatten seines Schnurrbarts sträubten wie stählerne Fänge. Nach und nach zog er sie hervor, und ich beobachtete, wie er sie formvollendet in das nasse Holz klopfte. Er unterbrach sein Tun, um mit seiner großen Kraft einen Balken zu prüfen, und ließ dabei versehentlich den Hammer fallen. Er bückte sich ungeschickt und hob ihn auf.
Haben Sie etwas bemerkt?
Nein.
Der Hammer, Mensch.
Er sieht wie ein ganz gewöhnlicher Hammer aus. Was ist damit?
Sie sind wohl blind? Er ist ihm auf den Fuß gefallen.
Na und?
Er hat nicht mit der Wimper gezuckt. Als wäre ihm nur eine Feder auf den Fuß gefallen.
Hier stieß ich einen scharfen Schrei des Verstehens aus, schob sofort das Schiebefenster hoch, lehnte mich weit in den unwirtlichen Tag hinaus und rief den Arbeitsmann aufgeregt zu

mir heran. Er sah mich neugierig an und kam mit einem freundlich fragenden Stirnrunzeln herüber.
»Wie heißen Sie?« fragte ich ihn.
»O'Feersa, der mittlere Bruder«, antwortete er. »Wollen Sie herauskommen und bei der feuchten Schreinerarbeit mit Hand anlegen?«
»Haben Sie ein Holzbein?«
Zur Antwort versetzte er seinem linken Schenkel einen mächtigen Hieb mit dem Hammer. Hohl klang das Echo durch den Regen. Er legte neckisch die Hand ans Ohr, als lausche er aufmerksam dem Geräusch, das er verursacht hatte. Dann lächelte er.
»Ich baue hier ein hohes Schafott«, sagte er, »und komme mit der Arbeit nicht recht voran, weil der Boden holprig ist. Die Hilfe eines kompetenten Assistenten käme mir sehr gelegen.«
»Kennen Sie Martin Finnucane?«
Er hob die Hand zu einem militärischen Gruß und nickte.
»Wir sind beinahe Verwandte«, sagte er, »aber nicht ganz. Er steht in enger Beziehung zu meiner Kusine, die beiden haben aber nie geheiratet; sie fanden nie die Zeit dazu.«
Daraufhin stieß ich mein Bein heftig gegen die Wand.
»Haben Sie das gehört?« fragte ich ihn.
Er schreckte auf, ergriff meine Hand und drückte sie und blickte brüderlich und loyal drein und fragte mich, ob es das linke oder das rechte sei?
Schreiben Sie eine Notiz und schicken Sie ihn weg, damit er Hilfe holt. Wir dürfen keine Zeit verlieren.
Das tat ich sofort, und ich bat Martin Finnucane, sofort herzukommen und mich im letzten Augenblick davor zu bewahren, daß ich am Galgen zu Tode stranguliert werde, und ich teilte ihm mit, er möge sich beeilen. Ich wußte nicht, ob er tatsächlich wie versprochen kommen würde, aber in der Gefahr, in der ich schwebte, mußte ich alles versuchen.
Ich sah, wie O'Feersa sich schnell durch die Morgennebel ent-

fernte und seinen Weg vorsichtig durch die scharfen Winde bahnte, die über die Felder rasten, den Kopf gesenkt, Säcke auf den Schultern und Entschlossenheit im Herzen.
Dann ging ich wieder zu Bett und versuchte, meine Angst zu verlieren. Ich sprach ein Gebet, daß keiner der anderen Brüder mit dem Familienfahrrad unterwegs sein möge, wurde es doch gebraucht, um meine Nachricht schnell zum Hauptmann der einbeinigen Männer zu bringen. Dann fühlte ich eine Hoffnung in mir aufflackern und schlief wieder ein.

X

Als ich aufwachte, tauchten in meinem Kopf zwei Gedanken so nah beieinander auf, daß es schien, als seien sie zusammengeheftet; ich konnte nicht entscheiden, welcher zuerst gekommen war, und es fiel mir schwer, sie zu trennen und einzeln zu untersuchen. Der eine war ein froher Gedanke, der sich mit dem Wetter befaßte, mit der plötzlichen Helligkeit des Tages, der vorher nicht so ungetrübt gewesen war. Der andere Gedanke wollte mir eingeben, es sei gar nicht derselbe Tag, sondern ein ganz anderer und vielleicht nicht einmal der nächste, auf den bedrohlichen Tag folgende. Ich konnte die Frage nicht entscheiden und versuchte es auch nicht. Ich legte mich zurück und frönte meiner Angewohnheit, aus dem Fenster zu starren. Was immer es für ein Tag sein mochte, es war ein freundlicher Tag – mild, magisch und unschuldig, mit großartigen weißen Wolkensegeln heiter und undurchdringlich am hohen Himmel, die sich wie königliche Schwäne auf stillem Wasser bewegten. Die Sonne befand sich ebenfalls in der Nachbarschaft, und unaufdringlich verteilte sie ihren Zauber, färbte die Flanken unbelebter Dinge und belebte die Herzen der Lebewesen. Der Himmel war ein helles Blau ohne Entfernung, weder nah noch fern. Ich konnte ihn anstarren, durch ihn hindurch und über ihn hinaus, und ich konnte dabei die delikate Lüge seines Nichtseins unvergleichlich viel klarer und näher durchschauen. In der Nähe sang ein Vogel ein Solo, eine listige Amsel in dunkler Hecke, die in ihrer Muttersprache dankte. Ich lauschte und stimmte ihr von Herzen zu.

Dann drangen aus der nahen Küche andere Geräusche zu mir herüber. Die Polizisten waren aufgestanden und gingen ihren unverständlichen Pflichten nach. Ein Paar ihrer mächtigen Stiefel polterte über die Fliesen, hielt inne und polterte zurück. Das andere Paar polterte woanders hin, blieb längere Zeit dort und polterte mit heftigerem Stampfen zurück, als würde nun eine schwere Last befördert. Dann polterten die vier Stiefel massiv und gleichzeitig weit fort zur Haustür, und sofort erklang das Platschen verschütteten Spülwassers auf der Straße; ein größerer Schwung klatschte flach auf den trockenen Boden.

Ich erhob mich und begann, meine Kleidung anzulegen. Durch das Fenster konnte ich sehen, wie sich das Schafott aus unbehauenem Holz hoch in den Himmel reckte, und zwar nicht so, wie O'Feersa es hinterlassen hatte, als er aufbrach, um sich methodisch seinen Weg durch den Regen zu bahnen, sondern es war vollendet und fertig, seinen finsteren Zweck zu erfüllen. Der Anblick brachte mich weder zum Weinen noch zum Seufzen. Ich fand ihn traurig, allzu traurig. Durch die Strebebalken des Gebildes konnte ich das gute Land sehen. Von der Spitze des Schafotts mußte man jeden Tag eine herrliche Aussicht haben, heute aber konnte man sicherlich fünf Meilen weit sehen, weil die Luft so klar war. Um meine Tränen zu unterdrücken, widmete ich meine besondere Aufmerksamkeit dem Ankleiden.

Als ich fast fertig war, klopfte der Sergeant sehr zartfühlend an die Tür, trat mit großer Höflichkeit ein und entbot mir einen guten Morgen.

»Ich bemerke, daß in dem anderen Bett geschlafen wurde«, sagte ich, um etwas zu sagen. »Waren Sie das, oder war es MacCruiskeen?«

»Da dürfte es sich höchstwahrscheinlich um Wachtmeister Fox gehandelt haben. MacCruiskeen und ich verrichten unseren Schlaf nie hier; das ist zu kostspielig; wenn wir damit anfingen, wären wir in einer Woche tot.«

»Und wo schlafen Sie?«

»Da unten ... da drüben ... jenseits.«

Mit seinem braunen Daumen wies er meinen Augen die richtige Richtung. Er wies die Straße hinunter, dorthin wo die verborgene Abbiegung nach links in jenen Himmel voller Türen und Öfen führte.

»Und warum?«
»Um Lebenszeit zu sparen, Mann. Da unten ist man, wenn man seinen Schlaf beendet hat, so jung wie vorher, und während des Schlafes gibt es keinen Schwund; Sie machen sich keine Vorstellung, wie lange ein Anzug oder ein Paar Stiefel halten, und ausziehen muß man sich ebenfalls nicht. Darin liegt ja gerade der Reiz für MacCruiskeen – darin und darin, daß er sich nicht zu rasieren braucht.« Beim Gedanken an seinen Kameraden lachte er freundlich. »Ein komischer Künstler von einem Menschen«, fügte er hinzu.
»Und Fox? Wo wohnt er?«
»Jenseits, glaube ich.« Wieder stieß er seinen Daumen in Richtung jenes linken Ortes. »Tagsüber ist er irgendwo jenseits, aber wir haben ihn noch nie dort gesehen. Vielleicht befindet er sich in einer besonderen Abteilung, auf die er an der Zimmerdecke eines anderen Zimmers in einem speziellen Haus gestoßen ist, und tatsächlich würden die unerklärlichen Abweichungen bei den Hebelmessungen dafür sprechen, daß eine unbefugte Einmischung in den Ablauf obwaltet. Er ist so verrückt wie ein Aprilhase, ein unbestreitbarer Charakter und ein Mensch von unbezähmbaren Ungenauigkeiten.«
»Warum schläft er dann hier?« Es behagte mir gar nicht, daß dieser geisterhafte Mensch die Nacht mit mir in einem Zimmer verbracht hatte.
»Um sie zu verprassen und verrinnen zu lassen und nichts von ihr unverbraucht bei sich zu behalten.«
»Nichts wovon?«
»Seine Lebenszeit. Er will soviel wie möglich davon loswerden, sei es durch Überstunden, sei es durch Unterstunden, so schnell er kann, damit er sobald wie möglich sterben darf. MacCruiskeen und ich sind da vernünftiger, wir sind unser noch nicht überdrüssig, wir sparen. Ich glaube, daß er die Ansicht hegt, dort unten gäbe es eine Abzweigung nach rechts, und wahrscheinlich ist er auf der Suche nach ihr; er glaubt, er findet sie am ehesten, wenn er stirbt und alles Linke aus

seinem Blut ausscheidet. Ich glaube nicht, daß es zur Rechten einen Weg gibt, und wenn es einen gäbe, so wären ein Dutzend aktive Männer Tag und Nacht vollauf damit ausgelastet, auch nur die Messungen vorzunehmen. Wie Sie genau wissen, ist die rechte Seite wesentlich verzwickter als die linke Seite, und Sie würden sich wundern, welche Fallstricke sie bereithält. Wir stehen erst am Anfang der Erforschung der rechten Seite; nichts Trügerischeres gibt es für den Unberatenen.«
»Das wußte ich nicht.«
Vor Verwunderung riß der Sergeant die Augen weit auf.
»Haben Sie jemals im Leben«, fragte er, »ein Fahrrad von rechts bestiegen?«
»Nein.«
»Und warum nicht?«
»Ich weiß nicht. Ich habe noch nie darüber nachgedacht.«
Er lachte mich nachsichtig an.
»Das ist eine nahezu unlösbare Zwickmühle«, lächelte er, »ein Scherzrätsel von ungeahnten Ausmaßen, ein Knüller.«
Er geleitete mich aus dem Schlafzimmer in die Küche, wo er bereits mein dampfendes Mahl aus Haferschleim und Milch auf dem Tisch arrangiert hatte. Er deutete elegant auf das Gericht, machte eine Gebärde, als führte er einen schwer beladenen Löffel zum Munde, und brachte dann saftige, speichelnde Geräusche mit den Lippen hervor, als befaßten sich diese mit den schmackhaftesten aller bekannten Köstlichkeiten. Dann schluckte er laut und legte sich die roten Hände ekstatisch auf den Bauch. Auf diese Ermutigung hin ließ ich mich nieder und ergriff den Löffel.
»Und warum ist Fox verrückt?« fragte ich.
»Ich will Ihnen nur soviel sagen. In MacCruiskeens Zimmer steht eine kleine Schachtel auf dem Kaminsims. Und nun begab es sich, daß, als MacCruiskeen eines Tages, welcher zufällig auf den 23. Juni fiel, auf der Fahndung nach einem Fahrrad unterwegs war, Fox hineinging, die Schachtel öff-

nete und – ganz im Banne seiner unbezähmbaren Neugier –
hineinsah. Seit dem Tag...«
Der Sergeant schüttelte den Kopf und tippte sich dreimal mit
dem Finger gegen die Stirn. Trotz der Geschmeidigkeit, die
einem Porridge eigen ist, wäre ich fast erstickt, als ich den
Laut hörte, den er mit dem Finger machte. Es war ein dröhnendes, hohles Geräusch, ein wenig blechern, als habe er mit
dem Fingernagel gegen eine leere Gießkanne gestoßen.
»Und was war in der Schachtel?«
»Das ist schnell erzählt. Eine Karte, aus Pappe, etwa so groß
wie eine Zigarettenkarte, nicht besser und nicht dicker.«
»Verstehe«, sagte ich.
Ich verstand zwar nichts, aber ich war sicher, daß meine unbekümmerte Gleichgültigkeit den Sergeant zu einer Erläuterung
aufstacheln würde. Diese kam nach einer gewissen Zeit, während welcher er mich schweigend und unverwandt betrachtet
hatte. Ich saß am Küchentisch und nährte mich gleichmütig.
»Es lag an der Farbe«, sagte er.
»An der Farbe?«
»Aber vielleicht lag es auch gar nicht an der Farbe«, grübelte
er bestürzt.
Ich musterte ihn mit milder Neugier. Er runzelte nachdenklich die Stirn und blickte zu einem Winkel der Zimmerdecke
hoch, als erwarte er dort gewisse Worte in farbiger Leuchtschrift. Kaum war mir dieser Gedanke gekommen, als ich
auch schon verstohlen dorthin sah, wobei ich halb darauf gefaßt war, sie wirklich zu sehen. Doch es gab keine.
»Rot war die Karte nicht«, sagte er schließlich zweiflerisch.
»Grün?«
»Nicht grün. Nein.«
»Welche Farbe dann?«
»Es war keine jener Farben, die jeder Mensch mit sich im
Kopf herumträgt, wie nichts so sehr, das er je mit eigenen
Augen sah. Es war... anders. MacCruiskeen sagt, Blau sei es
auch nicht gewesen, und das glaube ich ihm aufs Wort; eine

blaue Karte würde niemanden in den Wahnsinn treiben, denn was blau ist, ist natürlich.«
»An Eiern habe ich oft Farben gesehen«, gab ich zu bedenken, »Farben, für die es keinen Namen gibt. Manche Vögel legen Eier, deren Farbschattierung zu delikat ist, als daß sie irgendein Instrument außer dem Auge wahrnehmen könnte; man könnte die Zunge nicht bemühen, ein Geräusch zu finden für etwas so nahezu Nichtseiendes. Das, was ich als grüne Abart von vollkommenem Weiß bezeichnen würde. Wäre das etwa die richtige Farbe?«
»Ganz bestimmt nicht«, antwortete der Sergeant sofort, »denn wenn Vögel Eier legen könnten, die Menschen um den Verstand bringen, gäbe es kein Getreide mehr, nur noch Vogelscheuchen auf jedem Acker wie bei einer öffentlichen Versammlung; mit ihren Zylindern würden sie zu Tausenden in wahren Trauben auf den Abhängen herumstehen. Es wäre eine total verrückte Welt; die Leute würden ihre Fahrräder mit dem Sattel nach unten auf die Straße stellen und in die Pedalen steigen, um genügend mechanische Bewegung zu erzeugen, damit die Vögel aus der gesamten Gemeinde verscheucht werden.« Vor Bestürzung wischte er mit einer Hand über seine Augenbrauen. »Das wäre eine sehr unnatürliche Zwickmühle«, fügte er hinzu.
Ich fand sie ein unergiebiges Gesprächsthema, diese neue Farbe. Offensichtlich war sie so neu, daß sie das Hirn eines Menschen vor lauter Überraschung bis zur Imbezilität zerschmettern konnte. Das genügte zu wissen, und mehr brauchte man nicht zu glauben. Ich hielt das Ganze für eine unglaubliche Geschichte, aber weder für Gold noch für Diamanten hätte ich diese Schachtel im Schlafzimmer geöffnet und einen Blick hineingeworfen.
Um Augen und Mund des Sergeants spielten die Fältchen angenehmer Erinnerungen.
»Haben Sie auf Ihren Reisen jemals die Bekanntschaft von Mr Andy Gara gemacht?« fragte er mich.

»Nein.«

»Er lacht ständig in sich hinein, sogar nachts im Bett lacht er im stillen, und wenn er Sie auf der Straße trifft, bricht er in röhrendes Gelächter aus, ein recht enervierendes Schauspiel und sehr schädlich für nervöse Menschen. Das alles läßt sich auf einen bestimmten Tag zurückführen, an dem MacCruiskeen und ich wegen eines abhanden gekommenen Fahrrads Nachforschungen anstellten.«

»Und?«

»Es war ein Fahrrad mit Kreuzrahmen«, erklärte der Sergeant, »und ich kann Ihnen versichern, daß so etwas nicht jeden Tag der Woche gemeldet wird; es ist eine große Rarität sowie auch ein Privileg, ein solches Fahrrad zu suchen.«

»Das Fahrrad von Andy Gara?«

»Nicht das Fahrrad von Andy. Damals war Andy noch ein vernünftiger Mensch, gleichzeitig aber sehr neugierig, und als wir ausgegangen waren, meinte er, etwas ganz Schlaues zu tun. In offener Mißachtung des Gesetzes brach er in diese Revierwache ein. Kostbare Stunden vergeudend, verdunkelte er die Fenster und machte MacCruiskeens Zimmer schwarz wie die Nacht. Dann machte er sich an der Schachtel zu schaffen. Er wollte wissen, wie sie sich innen anfühlte, wenn er sie schon nicht betrachten konnte. Als er mit der Hand hineingriff, entrang sich ihm ein heftiges Gelächter; man hätte schwören können, daß ihn etwas erheblich amüsierte.«

»Und wie fühlte es sich an?«

Der Sergeant zuckte massiv die Achseln.

»MacCruiskeen sagt, es sei weder sanft noch rauh, nicht kratzig und nicht samten. Es wäre ein Fehler, wenn man es für kalt wie Stahl hielte, und ein weiterer Fehler, die Kuscheligkeit einer Bettdecke zu erwarten. Ich dachte mir, vielleicht ist es wie das feuchte Brot von einem alten Breiumschlag, aber wieder nichts; MacCruiskeen meint, das wäre ein dritter Fehler. Wie eine Schüssel getrocknete Erbsen auch nicht. Gewiß eine konträre Zwickmühle, ein kitzliges Greuel, je-

doch nicht ohne einen gewissen eigenständigen seltsamen Charme.«
»Auch nicht das Gefühl des Flaums unter den Flügeln einer Henne?« fragte ich vorwitzig. Der Sergeant schüttelte entrückt den Kopf.
»Aber dieses Fahrrad mit dem Kreuzrahmen«, sagte er, »kein Wunder, daß es abhanden kam. Ein sehr konfuses Fahrrad, und es wurde von einem Manne namens Barbery gemeinsam mit seiner Frau benutzt, und wenn Sie Ihren Blick je auf die großmächtige Mrs Barbery gelenkt hätten, brauchte ich Ihnen den ganzen Fall überhaupt nicht vertraulich zu erläu ...«
Er brach seine Äußerungen ab, bevor er noch das letzte Wort derselben beendet hatte, sprang auf und starrte wilden Auges den Tisch an. Ich war mit Essen fertig und hatte den leeren Teller fortgeschoben. Flink folgte ich dem Zielpunkt seines Starrens und sah ein kleines Stück zusammengefaltetes Papier, das dort auf dem Tisch lag, wo der Teller gestanden hatte, bevor ich ihn von mir geschoben hatte. Der Sergeant stieß einen Schrei aus, sprang mit unübertrefflicher Leichtfüßigkeit heran und riß den Zettel an sich. Er trug ihn ans Fenster, entfaltete ihn und hielt ihn weit von sich, um einer gewissen Störung seines Auges Rechnung zu tragen. Mehrere Minuten lang war sein Gesicht bleich und verwirrt. Dann sah er gebannt aus dem Fenster und warf mir das Papier zu. Ich hob es auf und las die in unbeholfenen Druckbuchstaben verfaßte Nachricht:
»EINBEINIGE MÄNNER UNTERWEGS, UM GEFANGENEN ZU RETTEN.
NACH FUSSSPUREN GESCHÄTZTE ANZAHL: SIEBEN. EMPFEHLUNG. – FOX.«
Wild schlug mir nun im Innern das Herz. Den Sergeant musternd, bemerkte ich, daß er immer noch mit wildem Blick in den Tag hinaus starrte, und dieser befand sich mindestens fünf Meilen weit entfernt; er kam mir vor wie ein Mensch,

der sich die Vollkommenheit des leicht bewölkten Himmels für alle Zeiten einprägen will, und das Braun und Grün und das felsige Weiß der unvergleichlichen Landschaft. Dort unten konnte ich auf irgendeinem Pfad, der sich durch die Felder schlängelte, vor meinem geistigen Auge die sieben wahren Brüder sehen, wie sie eilig heranhumpelten, um mich zu retten, wobei sie ihre stämmigen Krückstöcke im Takt vorwärtsbewegten.

Der Sergeant heftete sein Auge immer noch auf jenen fünf Meilen entfernten Punkt, aber er veränderte seine monumentale Pose ganz leicht. Dann sprach er mit mir.

»Ich glaube«, sagte er, »wir sollten hinausgehen und es uns ansehen. Es ist herrlich, das Notwendige zu tun, bevor es wesentlich und unvermeidlich wird.«

Der Ton, in dem er diese Worte hervorbrachte, war beunruhigend und viel zu fremdartig. Jedes Wort schien auf einem winzigen Kissen zu ruhen und von allen anderen Worten weit entfernt zu sein. Als er nicht mehr sprach, entstand eine warme, verzauberte Stille, als wäre die letzte Note einer Musik verklungen, die fast zu faszinierend war, als daß man sie begreifen wollte, und als hätte sie aufgehört, lange bevor man ihre Abwesenheit hätte wirklich bemerken können. Dann ging er vor mir her aus dem Haus und auf den Hof; ich folgte ihm wie unter einem Bann und hegte keinen wie auch immer gearteten Gedanken in meinem Kopf. Bald hatten wir mit gelassenem Schritt und ohne die geringste Hast die Leiter erklommen und fanden uns – ich als das Opfer und er als Henker – in gleicher schwindelnder Höhe mit dem Spitzgiebel der Revierwache wieder. Mit leerem Blick sah ich sorgfältig in die Runde, überallhin, ohne eine Zeitlang irgendeinen Unterschied zwischen Unterschiedlichem zu entdecken, und methodisch überprüfte ich jeden Winkel derselben unabänderlichen Unveränderlichkeiten. Nahebei konnte ich wieder seine Stimme murmeln hören:

»Auf jeden Fall haben wir schönes Wetter«, sagte er.

Seine Worte, nunmehr an der frischen Luft und unter freiem Himmel geäußert, wiesen wieder eine gewisse warme atemlose Rundheit auf, als wäre seine Zunge mit bepelzten Geschmackszäpfchen bestückt, sprudelten sie doch hervor wie ein Faden aus Kohlenwasserstoffblasen oder wie winzige Dinge und strebten wie auf Distelwolle in windstiller Luft zu mir. Ich trat vor, ging zu einer hölzernen Rampe, legte meine gewichtigen Hände auf das Geländer und fühlte die kühle Brise, die in meiner Handrückenbehaarung spielte, mit erschreckender Deutlichkeit. Mir kam der Gedanke, daß die Brisen in großer Höhe von anderer Art sein müßten als jene, die das menschliche Antlitz in Kopfhöhe umspielen: hier war die Luft neuer und unnatürlicher, der Himmel näher und weniger mit irdischen Einflüssen belastet. Hier oben fühlte ich, daß jeder Tag immer derselbe sein würde, heiter und kühl, ein Band aus Wind, das die Menschen-Erde von den nie und nimmer verständlichen Ungeheuerlichkeiten des sie umgürtenden Universums trennte. Hier würden am stürmischsten Herbstmontag keine Blätter an einem Gesicht vorüberwischen, und keine Bienen im Sturmwind. Ich seufzte traurig.
»Seltsame Enthüllungen werden denen zuteil«, murmelte ich, »die an höher gelegene Orte streben.«
Ich weiß nicht, warum ich diese Merkwürdigkeit aussprach. Auch meine Worte waren weich und leicht, als fehlte ihnen der Atem, sie zu beleben. Ich hörte, wie der Sergeant hinter mir mit groben Seilen hantierte, als befände er sich weit weg am anderen Ende einer großen Halle und nicht hinter meinem Rücken, und dann hörte ich, wie seine Stimme sanft zu mir zurückkam wie durch ein unauslotbar tiefes Tal:
»Ich habe mal von einem Mann gehört«, sagte er, »der mit einem Ballon aufgestiegen war, um Beobachtungen anzustellen, ein Mann von großem persönlichem Charme, aber eine entsetzliche Leseratte. Sie ließen soviel Leine, bis er völlig aus jedermanns Blickfeld verschwunden war, Teleskop oder nicht, und dann schickten sie noch zehn Meilen Leine hinterher, um

sicherzugehen, daß erstklassige Beobachtungen angestellt wurden. Als die Zeit abgelaufen war, die man den Beobachtungen eingeräumt hatte, zog man den Ballon herunter, aber siehe da: im Korb war kein Mann, und nie fand man seinen Leichnam, lebendig oder tot, weder hier, noch in einer anderen Gemeinde.«

An dieser Stelle hörte ich, wie ich ein hohles Gelächter anstimmte; ich stand immer noch erhobenen Hauptes mit den Händen auf das hölzerne Geländer gestützt.

»Sie waren aber klug genug, den Ballon vierzehn Tage später noch einmal steigen zu lassen, und als sie ihn zum zweitenmal herunterzogen, siehe da: da saß der Mann im Korb, und keine Feder war ihm gekrümmt, falls man meinen Informationen auch nur den geringsten Glauben schenken will.«

Wieder stieß ich ein Geräusch aus, und ich hörte meine Stimme, als wäre ich Zeuge einer Massenveranstaltung, auf der ich selbst als Hauptredner auftrete. Ich hatte die Worte des Sergeants gehört, und ich hatte sie von vorn bis hinten verstanden, aber sie hatten nicht mehr Bedeutung als die klaren Laute, die ständig die Luft verpesten – der ferne Schrei der Möwen, die Störung, die von einem Windhauch ausgeht, und Wasser, das sich ungestüm von einem Hügel ergießt. In die Erde würde ich bald fahren, dorthin, wohin die Toten gehen, und vielleicht würde ich auf irgendeine bekömmliche Weise wieder daraus hervorgehen, frei und keiner menschlichen Bestürzung teilhaftig. Vielleicht wäre ich die Kühle eines Aprilwindes, vielleicht ein wesentlicher Bestandteil eines unbezähmbaren Flusses, oder ich hätte persönlich mit der zeitlosen Vollkommenheit eines ragenden Berges zu tun, der die Gemüter bedrückt, weil er zu jeder Zeit eine Stelle in der leichten blauen Ferne einnimmt. Oder vielleicht etwas Kleineres, wie eine Bewegung im Gras an einem atemlosen gelben Tag, irgendein verstecktes Geschöpf, das seinen Verrichtungen nachgeht – für all das mochte ich verantwortlich sein, oder doch zumindest für wesentliche Teile davon. Oder sogar jene unwägbaren Merkmale, durch die man einen Abend von seinem eigenen Morgen unterscheiden kann, die Gerüche und Geräusche und Bilder der vollendeten und gereiften Essenzen des Tages, all diese würden meiner Einmischung und beständigen Gegenwart vielleicht nicht ganz entraten.

»Also fragten sie ihn, wo er gewesen sei und was ihn aufgehalten habe, aber er konnte keine befriedigende Auskunft geben, er lachte nur, ähnlich, wie Andy Gara gelacht hätte, und er ging nach Hause und schloß sich ein und trug seiner Mutter auf, sie solle sagen, er sei nicht zu Hause, wolle nicht gestört sein und empfange keine Besuche. Das stimmte die Menschen sehr ärgerlich und heizte ihre Gefühle bis zu einem Grad an, den das Gesetz nicht mehr dulden kann. Also hielten sie eine private Versammlung ab, an der jedes Mitglied der breiteren Öffentlichkeit mit Ausnahme des betreffenden Mannes teilnahm, und beschlossen, am nächsten Tag ihre Gewehre mitzubringen, das Haus des Mannes zu stürmen, ihn ernsthaft zu bedrohen, zu fesseln und Schürhaken ins Feuer zu legen, damit er berichte, was im Himmel vorgefallen war, während er sich in ihm aufgehalten hatte. Da haben Sie ein schönes Beispiel für Recht und Ordnung, ein famoses Dokument demokratischer Volkskontrolle, einen wunderschönen Kommentar zur Selbstverwaltung.«

Oder vielleicht wäre ich ein Einfluß, wie er im Wasser vorkommt, etwas Maritimes und weit Entferntes, eine bestimmte Anordnung von Sonne, Licht und Wasser, unbekannt und nie geschaut, etwas ganz und gar nicht Alltägliches. Es gibt auf unserer großartigen Welt Wirbel aus Flüssigkeiten und dampfförmige Existenzen, die sich in ihrer eigenen, nie versiegenden Zeit behaupten, unbeobachtet und ungedeutet, gültig nur in ihrem eigenen wesenhaften unverständlichen Geheimnis, gerechtfertigt nur in ihrer augen- und vernunftlosen Unermeßlichkeit, unangreifbar in ihrer tatsächlichen Abstraktion; wenn meine Zeit kam, konnte ich sehr wohl der wahre, quintessentielle Kern der innersten Qualitäten eines solchen Dinges sein. Ich könnte Teil einer einsamen Küste sein, oder die Pein des Meeres, wenn es verzweiflungsvoll an ihr zerschellt.

»Aber zwischen eben Geschildertem und dem nächsten Morgen kam eine stürmische Nacht, eine laute, windige Nacht, die die Bäume bis in die tiefsten Wurzeln erschöpfte und die Straßen mit abgebrochenen Ästen schraffierte, eine Nacht, die den Hackfrüchten übel mitspielte. Als die Jungens am nächsten Morgen das Haus des Ballonmenschen erreichten, war, siehe da!, das Bett leer, und nie ward mehr eine Spur von ihm gesehen, weder tot noch lebendig, nackt oder mit Mantel. Und als sie zum Ballon zurückkamen, bemerkten sie, daß ihn der Wind aus seiner Verankerung gerissen hatte; das Seil spielte locker in der Winde, und inmitten der Wolken war der Ballon, dem Blick des bloßen Auges entzogen. Sie holten acht Meilen Seil ein, bevor sie ihn heruntergezogen hatten, aber siehe da!, wieder war der Korb leer. Alle sagten, der Mann sei damit aufgestiegen und dann oben geblieben, aber das ist eine unlösbare Preisfrage; sein Name war Quigley, und auf jeden Fall stammte er aus Fermanagh.«

Teile dieses Gespräches erreichten mich aus verschiedenen Richtungen der Windrose, da sich der Sergeant in Verrichtung seiner Aufgaben umherbewegte, bald nach rechts, bald nach links, und nun reckte er sich auf einer Leiter himmelwärts, um das Seil an der Spitze des Galgens anzubringen. Er schien die Hälfte der Welt, die sich hinter meinem Rücken befand, mit seiner Gegenwart zu beherrschen und durch Bewegungen und Geräusche bis in den hintersten Winkel mit seiner Persönlichkeit auszufüllen. Die andere, vor mir liegende Hälfte der Welt war von herrlich scharfer oder runder Gestalt, die makellos zu ihrem Wesen paßte. Die Weltenhälfte hinter mir jedoch war schwarz und böse und bestand aus nichts als dem bedrohlichen Polizisten, welcher geduldig und höflich die Maschinerie meines Todes arrangierte. Sein

Werk war nun fast vollendet, und meine Augen versagten, als sie ins Weite starrten; Entferntes wurde kaum erkannt, und Nahes konnte kaum befriedigen.
Dazu kann ich nicht viel sagen.
Nein.
Ich kann Ihnen allenfalls empfehlen, Mut und den Geist heldischer Ergebung zu zeigen.
Das wird mir nicht schwerfallen. Ich fühle mich zu schwach, um mich aus eigener Kraft zur Wehr zu setzen.
Das hat auch irgendwo sein Gutes. Nur keine Szenen. Dadurch wird die Sache für alle Beteiligten nur noch schwieriger. Ein Mann, der die Gefühle anderer berücksichtigt, wenn er die Gestaltung seines eigenen Todes arrangiert, legt einen Seelenadel an den Tag, der allen gesellschaftlichen Schichten Bewunderung abnötigen wird. Um einen bekannten Dichter zu zitieren, »sogar Toskaniens Reiterei bracht' aus ein dreifach Hoch«. Außerdem ist Gleichgültigkeit angesichts des sicheren Todes als solche die eindrucksvollste Geste des Trotzes.
Ich sagte Ihnen doch, daß mir die Kraft fehlt, eine Szene zu machen.
Sehr gut. Kein Wort weiter nötig.
Hinter mit entstand ein knarrendes Geräusch, als schaukele der Sergeant mit rotem Gesicht mitten in der Luft, um das Seil zu prüfen, das er gerade angebracht hatte. Dann erklang das Poltern seiner mächtigen Nagelschuhe, als er sich wieder auf die Bretter der Plattform geschwungen hatte. Ein Seil, das diesem enormen Gewicht standhielt, würde niemals auf wunderbare Weise unter meinem Gewicht nachgeben.
Sie wissen natürlich, daß ich Sie bald verlassen werde?
Das ist ja wohl die übliche Regelung.
Ich möchte mich nicht verabschieden, ohne dem Vergnügen Ausdruck verliehen zu haben, das es mir bereitet hat, mit Ihnen assoziiert gewesen zu sein. Ich lüge nicht, wenn ich sage, daß Sie mir immer mit der größten Höflichkeit und Rücksichtnahme begegnet sind. Ich kann nur bedauern, daß

es mir unmöglich ist, Ihnen ein kleines Zeichen meiner Anerkennung zu überreichen.
Vielen Dank. Auch ich bin sehr traurig darüber, daß wir uns nach all der miteinander verbrachten Zeit trennen müssen. Wenn meine Uhr gefunden würde, überließe ich sie Ihnen liebend gern, sofern Sie eine Methode finden könnten, sie anzunehmen.
Sie haben aber keine Uhr.
Das hatte ich vergessen.
Trotzdem vielen Dank. Sie haben nicht zufällig eine Ahnung, wohin Sie gehen . . . wenn dies alles vorüber ist?
Nein. Nicht die geringste.
Ich auch nicht. Ich weiß nicht, oder ich weiß nicht mehr, was mit unsereinem unter diesen Umständen passiert. Manchmal glaube ich, ich würde vielleicht zu einem Teil von . . . zu einem Bestandteil der Welt, falls Sie mich verstehen?
Ich weiß.
Ich meine . . . der Wind, wissen Sie. Ein Teil davon. Oder der Geist der Szenerie an einem schönen Ort wie den Seen von Killarney, die innere Bedeutung davon, falls Sie wissen, was ich meine.
Ich weiß.
Oder etwas, was mit dem Meer zu tun hat. »Das Licht, das nie noch Land und See beschien, des Landmanns Hoffnung, und des Dichters Traum.« Eine große Woge mitten im Ozean, zum Beispiel, ist eine sehr einsame und spirituelle Sache. Sowas in der Art.
Ich verstehe Sie sehr gut.
Oder meinetwegen auch der Duft einer Blume.
Hier sprang ein scharfer Schrei aus meiner Kehle, der sich zu einem Kreischen aufschwang. Lautlos war der Sergeant hinter mich getreten, hatte seine große Hand zu einem harten Reifen um meinen Arm geschlossen und zog mich sanft, aber unnachgiebig von dort, wo ich stand, zur Mitte der Plattform, dorthin, wo ich die Falltür wußte, die sich durch einen Mechanismus öffnen ließ.

Ganz ruhig bleiben!
Meine zwei Augen tanzten wie wahnsinnig in meinem Kopf und jagten durch die Landschaft wie zwei Hasen, um der Welt, die ich nun für immer verlassen sollte, das letzte wilde Erlebnis abzutrotzen. Doch bei all ihrer Hast und bei all ihrem Beben gelang es ihnen doch, eine Bewegung wahrzunehmen, die inmitten der Stille all dessen, was weit, weit draußen auf der Landstraße war, Aufmerksamkeit erregte.
»Die einbeinigen Männer!« rief ich.
Der Sergeant hinter mir hatte ebenfalls bemerkt, daß jener entfernte Teil der Straße gerade benutzt wurde, denn sein Griff, obzwar immer noch ungelockert, zerrte nicht mehr an mir, und ich konnte förmlich spüren, wie sein durchdringender Blick parallel zu meinem eigenen in den Tag hinaus schweifte, sich diesem jedoch mählich näherte, bis beide sich in einem Punkt schnitten, der eine Viertelmeile von uns entfernt lag. Wir schienen weder zu atmen noch lebendig zu sein, als wir beobachteten, wie die Bewegung uns entgegenkam und deutlicher wurde.
»MacCruiskeen, bei allen Mächten!« sagte der Sergeant leise.
Schmerzlich sank mir das Herz. Jeder Henker hat einen Gehilfen. MacCruiskeens Ankunft würde die Gewißheit meiner Zerstörung nur verdoppeln.
Während er sich näherte, konnten wir sehen, daß er in großer Eile war und daß er mit dem Fahrrad reiste. Er lag nahezu lang hingestreckt auf seinem Gefährt, wobei er die Kehrseite ein weniges höher hielt als seinen Kopf, um so eine Schneise durch den Wind zu brechen, und kein menschliches Auge konnte schnell genug sein, um die Geschwindigkeit seiner fliegenden Beine zu erfassen und wie sie das Fahrrad in ungezügelter Wut vorandroschen. Als er auf zwanzig Meter an die Revierwache herangekommen war, warf er den Kopf hoch und zeigte zum erstenmal sein Gesicht. Er sah uns, die wir oben auf der Richtstätte standen, vollauf damit beschäftigt, ihn mit größter Aufmerksamkeit zu beobachten. Er

sprang vom Fahrrad herunter, und zwar mit einem komplizierten Satz, der erst beendet war, nachdem das Rad geschickt herumgewirbelt worden war, so daß es ihm mit seiner Stange nun als Sitzgelegenheit diente. Er stand breitbeinig und winzig da, blickte zu uns auf und formte seine Hände zu einem Sprachrohr vor dem Munde, um uns seine atemlose Botschaft hinaufzurufen:
»Der Hebel... Neun Komma Sechs Neun!« rief er.
Zum erstenmal faßte ich genügend Mut, um den Kopf zu wenden und den Sergeant anzusehen. Sein Gesicht hatte augenblicklich die Farbe von Asche angenommen, als wäre jeder Blutstropfen daraus gewichen und hätte nur leere Hautsäcke und häßliche Lasch- und Verschwommenheiten zurückgelassen. Auch sein Unterkiefer hing locker herab, als wäre er der mechanische Unterkiefer eines Spielzeugmannes. Ich konnte fühlen, wie Entschlossenheit und Leben aus seiner umklammernden Hand wichen wie die Luft aus einer schadhaften Schweinsblase. Er sprach, ohne mich anzusehen.
»Bleiben Sie hier, bis ich reziprok rétourkomme«, sagte er.
Für einen Mann seines Gewichts ließ er mich mit einer erstaunlichen Geschwindigkeit zurück. Mit einem Satz war er bei der Leiter. Er schlang Arme und Beine um die Leiter und glitt mit einer Eile außer Sichtweite und zu Boden, die sich von einem gewöhnlichen Fall in nichts unterschied. In der nächsten Sekunde saß er auf der Stange von MacCruiskeens Fahrrad, und die beiden verschwanden in Richtung des anderen Endes jener Viertelmeile.
Als sie fort waren, überfiel mich eine schauerliche Schwäche, und zwar so plötzlich, daß ich auf der Plattform fast niedergesunken wäre. Ich bot all meine Kraft auf und kämpfte mich Zoll für Zoll die Leiter hinunter und in die Küche zurück, wo ich in einem Stuhl beim Kamin zusammenbrach. Ich staunte über die Standfestigkeit des Stuhls, denn mein Körper schien mir wie aus Blei gegossen. Meine Arme und Beine waren so schwer, daß ich sie nicht von dort, wohin sie gefallen waren,

fortbewegen konnte, und meine Augenlider ließen sich nur eben weit genug heben, um einen kleinen Schimmer des roten Feuers einzulassen.

Ich schlief längere Zeit nicht, war aber weit davon entfernt, wach zu sein. Ich nahm keine Notiz von der verstreichenden Zeit, noch gedachte ich einer der Fragen in meinem Kopf. Weder spürte ich das Altern des Tages, noch das Herunterbrennen des Feuers – und schon gar nicht eine Rückkehr meiner Kräfte. Teufel oder Elfen oder sogar Fahrräder hätten vor mir auf dem Steinfußboden tanzen können, ohne mich zu verblüffen oder die Haltung meines auf den Stuhl gesunkenen Körpers auch nur um einen Deut zu verändern. Ich bin sicher, nahezu tot gewesen zu sein.

Als ich jedoch wieder denken konnte, wußte ich, daß eine lange Zeitspanne vergangen, daß das Feuer fast aus war und daß MacCruiskeen soeben mit seinem Fahrrad die Küche betreten hatte, es hastig ins Schlafzimmer geschoben hatte, ohne dasselbe wieder herausgekommen war und zu mir heruntersah.

»Was ist geschehen?« flüsterte ich teilnahmslos.

»Bei dem Hebel sind wir noch gerade rechtzeitig gekommen«, erwiderte er, »es erforderte unsere vereinten Anstrengungen und drei Seiten voller Berechnungen und Schätzungen, aber in weniger als dem Handumdrehen von Nullkommanichts hatten wir die Werte wieder unten; Sie wären erstaunt, wie grob die Klumpen waren und wie schwerwiegend die große Senkung.«

»Wo ist der Sergeant?«

»Er hat mich angewiesen, Sie seiner Verspätungen wegen um freundliche Vergebung zu ersuchen. Er liegt mit acht Bürgern im Hinterhalt, die er an Ort und Stelle als Hilfspolizisten eingeschworen hat, um Gesetz und Ordnung im öffentlichen Interesse Geltung zu verschaffen. Sie können aber nicht viel ausrichten; sie sind in der Minderzahl und noch dazu im strategischen Nachteil.«

»Erwartet er die einbeinigen Männer?«
»Ganz gewiß. Sie haben allerdings durch Fox einen starken Zuwachs erfahren. Das wird ihm über kurz oder lang einen schweren Tadel vom Präsidium eintragen. Es sind nicht sieben, sondern vierzehn. Bevor sie sich auf den Marsch machten, schnallten sie ihre Holzbeine ab und banden sich paarweise aneinander fest, so daß jeweils zwei Mann auf zwei Beine entfielen, eine Taktik, die einen an Napoleon bei seinem Rückzug aus Rußland erinnert, ein Meisterwerk militärischer Technokratie.«
Diese Nachricht trug mehr dazu bei, meine Lebensgeister zu wecken, als es ein Schluck feinsten Brandys vermocht hätte. Ich setzte mich auf. Das Licht kehrte noch einmal in meine Augen zurück.
»Dann werden sie den Sergeant und seine Polizisten besiegen?« fragte ich eifrig.
MacCruiskeen zeigte ein geheimnisvolles Lächeln, zog große Schlüssel aus seiner Tasche und verließ die Küche. Ich konnte hören, wie er die Zelle öffnete, in der der Sergeant sein Fahrrad verwahrte. Er kam fast im selben Augenblick mit einem großen Kanister zurück, der mit einem schweren Deckel verschlossen war, einem Kanister, wie ihn Anstreicher verwenden, wenn sie ein Haus mit Leimfarbe anmalen. Während seiner kurzen Abwesenheit hatte er das listige Lächeln nicht abgelegt; statt dessen trug er es nun noch ausgeprägter zur Schau. Er brachte den Kanister ins Schlafzimmer und kam mit einem breiten Taschentuch in der Hand und dem immer noch in Gebrauch befindlichen Lächeln zurück. Wortlos trat er hinter meinen Stuhl und band mir das Taschentuch fest über die Augen, ohne sich um meine Bewegungen und mein Erstaunen zu scheren. Aus der Dunkelheit hörte ich seine Stimme:
»Ich glaube nicht, daß die Hoppelmänner den Sergeant schaffen werden«, sagte er, »denn wenn sie die Stelle erreichen, an der der Sergeant mit seinen Männern in geheimem

Hinterhalt liegt, bevor ich dazustoßen kann, wird sie der Sergeant mit militärischen Manövern und blindem Alarm aufhalten, bis ich mit meinem Fahrrad unten auf der Landstraße auftauche. Außerdem sind dem Sergeant und seinen Männern bereits sämtlich die Augen verbunden; genau wie Ihnen; ein ungewöhnlicher Zustand für Menschen, die auf der Lauer liegen, aber der einzig empfehlenswerte, wenn man mich jeden Augenblick mit meinem Fahrrad erwartet.«

Ich murmelte, ich hätte nicht verstanden, was er gesagt habe.

»In der Schachtel in meinem Schlafzimmer habe ich ein privates Patent«, erläuterte er, »und noch mehr davon in dem Kanister. Ich werde mein Fahrrad damit anstreichen und damit vor den sehenden Augen der Hoppelmänner die Landstraße hinunterradeln.«

Während er dies sagte, hatte er sich in der Dunkelheit von mir entfernt, und nun war er im Schlafzimmer und schloß die Tür. Leise Arbeitsgeräusche drangen von ihm zu mir herüber.

So saß ich wohl eine halbe Stunde lang, noch immer schwach, des Lichts beraubt, und es war das erste Mal, daß ich mir Gedanken über meine Flucht machte. Ich muß wenigstens soweit aus dem Reich der Toten auferstanden sein, um wieder eine gesunde Müdigkeit zu entwickeln, denn ich hörte nicht, wie der Polizist das Schlafzimmer verließ und die Küche mit seinem hirnzerstörerischen Fahrrad durchquerte, dessen Anblick so unerträglich war. Ich muß dort auf meinem Stuhl in einen ungleichmäßigen Schlaf gefallen sein; meine eigene private Dunkelheit herrschte geruhsam hinter der Dunkelheit des Taschentuchs.

XI

Es ist eine ungewöhnliche Erfahrung, wenn man friedlich und sachte aufwacht, das Gehirn träge aus einem tiefen Schlaf emporklettern läßt, ihm erlaubt, sich zu schütteln und trotzdem nicht mit dem Licht konfrontiert wird, das allein die Garantie dafür bietet, daß der Schlaf wirklich vorüber ist. Als ich erwachte, stellte ich zunächst diese Überlegung an, dann befiel mich die Angst vor Blindheit, und schließlich fand meine freudige Hand MacCruiskeens Taschentuch. Ich riß es mir herunter und blickte in die Runde. Ich war immer noch steif auf meinen Stuhl gespreizt. Die Wache schien still und verlassen, das Feuer war aus, und der Abendhimmel hatte die Fünf-Uhr-Färbung. Es nisteten bereits die Schatten in den Ecken der Küche und unter dem Tisch.

Mich stärker fühlend und erfrischt, streckte ich die Beine aus und spannte die Arme an, bestrebt, herzhafte körperliche Übungen vorzunehmen. Kurz überdachte ich die unschätzbare Segnung des Schlafs, und im besonderen bedachte ich meine Begabung, nach Bedarf schlafen zu können. Ich hatte mich schon oft zum Schlafen niedergelegt, wenn mein Hirn die Umstände, denen es sich gegenübergestellt sah, nicht mehr ertragen konnte. Dies war das genaue Gegenteil jener Schwäche, mit der kein Geringerer als de Selby behaftet war. Trotz all seiner Größe fiel er häufig ohne äußeren Grund mitten im Alltagsleben in tiefen Schlaf, oft genug sogar ohne einen halb vollendeten Satz fortzuführen.[1]

Ich stand auf und hob und senkte meine gestreckten Beine. Von meinem Stuhl am Kamin aus hatte ich flüchtig bemerkt, daß sich im Durchgang, der zu den hinteren Räumen

---

[1] Le Fournier, der konservative französische Kommentator, hat (in seinem *De Selby – Dieu ou Homme?*) erschöpfend über die weniger wissenschaftlichen Aspekte von de Selbys Persönlichkeit geschrieben und mehrere Mängel und Schwächen aufgezeigt, die nur schwer mit seiner hervorstechenden Bedeutung als Physiker, Ballistiker, Philosoph und Psychologe in Einklang

der Revierwache führte, das Vorderrad eines Fahrrads ins Bild reckte. Erst als ich, nachdem ich eine Viertelstunde lang geturnt hatte, wieder auf dem Stuhl saß, bemerkte ich, daß ich dieses Rad mit einiger Verwunderung anstarrte. Ich könnte schwören, daß es sich in der Zwischenzeit bewegt hatte, denn es war nun zu Drei-Vierteln sichtbar, während ich die Nabe vorher nicht hatte sehen können. Möglicherweise beruhte mein Eindruck auf einer Täuschung, die sich auf eine

zu bringen sind. Obwohl er den Schlaf als solchen nicht anerkannte, sondern es statt dessen vorzog, das Phänomen als eine Serie von »Anfällen« und Herzattacken anzusehen, trug ihm seine Angewohnheit, in der Öffentlichkeit einzuschlafen, die Feindschaft zahlreicher gelehrter Köpfe niederen Kalibers ein. Diese Schlafzustände fanden in belebten Passagen statt, bei Banketten, sowie – zumindest in einem belegten Fall – in einer öffentlichen Bedürfnisanstalt. (Du Garbandier hat letzterem Vorfall in seiner pseudowissenschaftlichen »Revision« zu übelwollender Publizität verholfen, als er die Verhandlungen des Untersuchungsgerichts wiedergab und dem Ganzen eine boshafte Einführung voranstellte, die den moralischen Charakter des Weisen in Ausdrücken angreift, welche, so unmäßig sie im einzelnen sein mögen, immerhin keine Mißverständnisse zulassen.) Zwar trifft es zu, daß sich einige dieser Schlafzustände auf den Konferenzen gelehrter Gesellschaften zutrugen, als man den Physiker gebeten hatte, seine Ansichten zu einem abstrusen Problem zu äußern, will man aber du Garbandier folgen, so sind diese Zustände nie »übermäßig opportun« gewesen.
Eine weitere Schwäche de Selbys war seine Unfähigkeit, zwischen Männern und Frauen zu unterscheiden. Nach jenem berühmten Zwischenfall, als ihm die Gräfin Schnapper vorgestellt worden war (ihr *Glauben über Überalles* wird immer noch gelesen), erwähnte er immer wieder in schmeichelhafter Absicht »diesen kultivierten alten Herrn«, den »geriebenen alten Kracher« und so weiter. Alter, intellektuelle Fertigkeiten und Kleidung der Gräfin mochten dies bei jedem, der schlechte Augen hat, als verzeihlichen Irrtum erscheinen lassen; trotzdem steht zu befürchten, daß sich dasselbe nicht zur Erklärung anderer Vorfälle sagen läßt, in deren Verlauf junge Ladenmädchen, Kellnerinnen u. dergl. öffentlich als »Jungens« angesprochen wurden. In den wenigen Hinweisen, die er uns auf seine mysteriöse Familie gibt, nannte er seine Mutter »einen sehr vornehmen Gentleman« (*Lux Mundi*, S. 307), »einen Mann von strengen Gewohnheiten« (ebd., S. 308) und »ein Bild von einem Manne« (Kraus: *Briefe*, S. XVII). Du Garbandier hat dieses bedauerliche Gebrechen (in seiner außergewöhnlichen *Histoire de Notre Temps*) zum Anlaß genommen, nicht nur die schicklichen Grenzen wissenschaftlichen Kommentierens, sondern sämtliche bekannten Horizonte menschlichen Anstands zu überschreiten. Indem er sich die Laxheit der französischen Gesetzgebung bei der Behandlung zweifelhafter oder obszöner Tatbestände zunutze machte, brachte er ein Pamphlet hervor, das in der

veränderte Sitzhaltung vor und nach der Gymnastik zurückführen ließ, doch war dies recht unwahrscheinlich, denn der Stuhl war klein und ließ, wenn man auf Behaglichkeit bedacht war, keine großen Variationen im Sitzen zu. Mein Erstaunen wuchs zu regelrechter Verblüffung an.
Sofort war ich wieder auf den Beinen und hatte mit vier langen Schritten den Flur erreicht. Ein Schrei der Verwunderung – inzwischen schon fast eine meiner Gewohnheiten – floh

Maske einer wissenschaftlichen Abhandlung über sexuelle Idiosynkrasien de Selby mit voller Namensnennung als das verworfenste aller Ungeheuer in Menschengestalt anklagt.
Henderson hat – wie auch mehrere weniger kompetente Geister der Hatchjaw-Bassett-Schule – das Erscheinen dieses beklagenswerten Dokuments als unmittelbare Ursache für Hatchjaws überstürzten Aufbruch nach Deutschland angesehen. Inzwischen geht man allgemein davon aus, daß Hatchjaw überzeugt war, der Name »du Garbandier« sei lediglich ein Pseudonym gewesen, das der zwielichtige Kraus zur Verfolgung seiner eigenen Zwecke angenommen habe. Man wird sich erinnern, daß Bassett den entgegengesetzten Standpunkt vertrat, nämlich daß Kraus ein Name war, den der bissige Franzose benutzte, um seine Verleumdungen in Deutschland zu verbreiten. Man sollte aber bedenken, daß keine dieser Theorien durch die Schriften beider Kommentatoren gestützt wird: du Garbandier befleißigt sich konstanter Bosheit und Diffamierung, während vieles aus Kraus' Werk – befleckt zwar durch den Makel des Mangels an Gelehrsamkeit – de Selby gegenüber alles andere als unschmeichelhaft ist. Hatchjaw scheint diese Diskrepanz im Abschiedsbrief an seinen Freund Harold Barge (dem letzten Brief, den er überhaupt geschrieben haben soll) zu berücksichtigen, wenn er seine Überzeugung mitteilt, daß Kraus es mit der Veröffentlichung lauer Widerlegungen von du Garbandiers Schimpfkanonaden zu einem beträchtlichen Vermögen gebracht hat. Diese Vorstellung ist nicht ohne Reiz, brachte Kraus doch, so führt er aus, äußerst sorgfältig edierte Bücher auf den Markt – einige davon mit aufwendigen Farbtafeln –, und das in unglaublich kurzer Zeit nach Erscheinen eines Bandes aus der giftigen Feder du Garbandiers. Unter diesen Umständen kommt man nur schwer um die Schlußfolgerung herum, daß beide Bücher in Zusammenarbeit entstanden, wenn sie nicht sogar denselben Urheber haben. Es ist sicherlich bezeichnend, daß die Bilanz dieser Auseinandersetzungen unfehlbar zum Nachteil de Selbys ausfiel.
Man sollte Hatchjaws plötzlichen und heroischen Entschluß nicht überschätzen, ins Ausland zu reisen, »um ein für allemal mit einem Krebsgeschwür aufzuräumen, das zu einem unerträglichen Affront gegenüber den anständigen Instinkten der Menschheit geworden ist«. Bassett wünschte Hatchjaw in einem Billet, das im Augenblick des Ablegens an der Kaimauer überbracht wurde, allen erdenklichen Erfolg bei seinem Vorhaben, be-

von meinen Lippen, als ich mich umsah. MacCruiskeen hatte in seiner Eile die Zellentür weit offengelassen, und der Schlüsselring hing müßig am Schlüsselloch. Am anderen Ende der kleinen Zelle befand sich eine Kollektion von Farbkübeln, alten Hauptbüchern, löchrigen Fahrradschläuchen, Flickzeug für Fahrradreifen und eine Menge sonderbarer Messing- und Lederartikel, ornamentalen Pferdegeschirren nicht unähnlich, aber eindeutig anderen Zwecken zugedacht. Meine Aufmerk-

dauerte aber den Umstand, daß er sich auf dem falschen Schiff befinde, ein listiger Hinweis, er solle seine Schritte lieber nach Paris als nach Hamburg lenken. Hatchjaws Freund Harold Barge hat uns die interessante Aufzeichnung des letzten Gesprächs hinterlassen, das er mit dem Kommentator in dessen Kabine führte. »Er schien mir nervös und verstimmt, er schritt die winzige Bodenfläche seiner Unterkunft auf und ab wie ein eingesperrtes Tier und blickte alle fünf Minuten mindestens einmal auf die Uhr. Seine Konversation war sprunghaft, fragmentarisch und bezog sich nicht auf die Themen, die ich angeschnitten hatte. Sein mageres, eingefallenes Gesicht, von einer unnatürlichen Bleichheit erfüllt, wurde fast bis zur Illumination durch Augen belebt, die mit krankhafter Intensität in seinem Schädel brannten. Die recht altmodische Kleidung, die er trug, war zerknittert und staubig, und alles deutete darauf hin, daß sie seit Wochen auch beim Schlafen getragen worden war. Alle Versuche, die er in der letzten Zeit unternommen haben mochte, um sich zu rasieren oder zu waschen, waren deutlich von der alleroberflächlichsten Natur gewesen; ich erinnere mich sogar, das fest verschraubte Bullauge mit gemischten Gefühlen betrachtet zu haben. Seine unvorteilhafte Erscheinung konnte jedoch weder vom Adel seiner Persönlichkeit ablenken, noch von jener eigentümlichen spirituellen Hochstimmung, die seinen Zügen von der selbstlosen Entschlossenheit verliehen worden war, der es bedurfte, um die verzweifelte Aufgabe, der er sich verschrieben hatte, zu einem erfolgreichen Abschluß zu führen. Nachdem wir einige leichtere mathematische Probleme durchgegangen waren (allerdings, hélas, ohne dabei einen nennenswerten Grad dialektischer Eleganz zu entfalten), entstand ein Schweigen zwischen uns. Wir hatten beide, ich bin mir da ganz sicher, den letzten Sonderzug zur Fähre gehört (der übrigens bei der Gelegenheit auf zwei Strecken verkehrte), wie er längsseits zum Stehen kam, und wir fühlten, daß die Stunde des Abschieds nicht mehr lange auf sich warten lassen würde. Im Geiste suchte ich nach einem Schwank nicht-mathematischer Natur, den ich vorbringen könnte, um der Atmosphäre etwas von ihrer Gespanntheit zu nehmen, als er sich mit einer spontanen und bewegenden Geste der Zuneigung an mich wandte und mir eine Hand, die im Sturm der Empfindungen bebte, auf die Schulter legte. Mit leiser, stockender Stimme sagte er: ›Ihnen ist zweifellos klar, daß meine Rückkehr unwahrscheinlich ist. Indem ich die Übel, die im Ausland herrschen, zerstöre, nehme ich meine eigene Person aus dem Bereich der Katastrophe nicht samkeit galt der vorderen Hälfte der Zelle. Halb gegen den Fenstersturz gelehnt, stand das Fahrrad des Sergeants. MacCruiskeen konnte es vor seinem Abgang dort nicht hingestellt haben, denn er war unverzüglich mit seinem Farbkanister wieder aus der Zelle herausgekommen, und seine zurückgelassenen Schlüssel waren der Beweis dafür, daß er inzwischen nicht zurückgekehrt war. Es ist unwahrscheinlich, daß während meiner schlafbedingten Geistesabwesenheit ein

aus, die kommen wird und zu deren Herbeiführung ich die nötigen Zutaten in diesem Augenblick im Koffer habe. Wenn die Welt bei meinem Hinscheiden sauberer ist, wenn ich gar dem Manne, den ich liebe, einen kleinen Dienst erweisen konnte, dann werde ich meine Freude an dem Ausmaß von Spurlosigkeit messen, mit der wir beide vom Erdboden getilgt sein werden, nachdem ich meinen Widersacher gefunden habe. Ich zähle auf Sie. Sie müssen meine Papiere und Bücher und Instrumente übernehmen und dafür sorgen, daß sie jenen erhalten bleiben, die nach uns kommen mögen.‹ Ich stotterte eine Erwiderung und ergriff mit Wärme seine dargebotene Hand. Bald darauf fand ich mich stolpernd auf dem Kai wieder, mit Augen, die von Gefühlsaufwallungen nicht frei waren. Seit jenem Abend hat mich der Eindruck nicht verlassen, daß in meiner Erinnerung etwas Heiliges und Kostbares um diese einsame Gestalt in der kleinen, schäbigen Kabine ist, die sich allein und fast unbewaffnet aufmacht, um ihre eigene schmächtige Person mit den schlangengleichen Einwohner des fernen Hamburg zu messen. Es ist dies eine Erinnerung, die ich immer stolz in mir bewahren werde, solange noch ein Atemzug diesen bescheidenen Tempel mit Leben erfüllt.«

Barge ließ sich, so steht zu befürchten, mehr von freundschaftlicher Zuneigung zu Hatchjaw als von der Bemühung um historische Genauigkeit leiten, als er schrieb, letzterer sei »fast unbewaffnet« gewesen. Wahrscheinlich hat sich noch nie ein Privatreisender in Begleitung eines fürchterlicheren Zeughauses ins Ausland begeben, und nirgendwo außerhalb eines Museums war jemals eine vielfältigere oder tödlichere Kollektion von Mordmaschinen versammelt. Außer explosiven Chemikalien und den noch nicht zusammengebauten Teilen mehrerer Bomben, Granaten und Tellerminen hatte er vier Armeerevolver, zwei Karabiner aus Heeresbeständen, eine komplette Angelausrüstung (!), ein kleines Maschinengewehr, mehrere weniger bedeutende Schießeisen, sowie ein ungewöhnliches Instrument, das gleichzeitig einer Pistole und einer Flinte glich, offenbar von einem erfahrenen Waffenschmied maßangefertigt und für Großwildmunition entworfen. Wo immer er dem zwielichtigen Kraus auch auflauern wollte –, eines ist klar: die beabsichtigte »Katastrophe« sollte weite Kreise ziehen.

Der Leser, dem der Sinn nach einer ausführlichen Darstellung des unrühmlichen Geschicks steht, das den furchtlosen Kreuzritter erwartete, muß Zuflucht zur Geschichtsschreibung nehmen. Zeitungsleser der älteren Genera-

Eindringling nur zu dem Zweck eingedrungen sein sollte, das Fahrrad zur Hälfte von dort wegzuschieben, wo es gestanden hatte. Andererseits konnte ich nicht vergessen, was mir der Sergeant über die Ängste um sein Fahrrad und seinen Beschluß, es in Einzelhaft zu verwahren, erzählt hatte. Wenn man Grund genug dafür hat, ein Fahrrad wie einen gefährlichen Verbrecher in eine Zelle zu sperren, überlegte ich, darf man getrost auch davon ausgehen, daß es bei erster Gelegen-

tion werden sich an die sensationellen Berichte von seiner Verhaftung *wegen irreführender Angaben zur Person* erinnern, als er von einem Mann namens Olaf (resp. Olafsohn) verklagt wurde, weil er unter dem Namen eines weltberühmten literarischen Gelehrten einen Kredit erschlichen habe. Damals herrschte die verbreitete Ansicht, daß nur Kraus oder du Garbandier ein so bösartiges Verhängnis in Szene setzen konnten. (Bemerkenswert ist, daß du Garbandier in einer Erwiderung auf einen entsprechenden Anwurf seitens des sonst eher arglosen Le Clerque jede Kenntnis vom Aufenthaltsort Hatchjaws auf dem Kontinent wild bestreitet, statt dessen aber die eigentümliche Bemerkung macht, er glaube schon seit vielen Jahren, daß dem leichtgläubigen Publikum »eine ähnliche Farce« vorgespielt werde, bevor überhaupt die Rede von »diesem lächerlichen Auslandsabenteuer« war, wobei er offensichtlich unterstellt, Hatchjaw sei gar nicht Hatchjaw, sondern entweder ein anderer gleichen Namens oder aber ein Nachahmer, dem es gelungen war, diesen Anspruch, sei es in seinen Schriften, sei es in anderen Bereichen, vierzig Jahre lang aufrechtzuerhalten. Es ist wohl fruchtlos, eine so absonderliche Unterstellung weiter zu verfolgen.) Die Umstände von Hatchjaws ursprünglicher Inhaftierung werden von sämtlichen Schicksalsschlägen nach seiner Freilassung jedenfalls in diesem Zusammenhang nicht berührt. Keine dieser Versionen ist jedoch bewiesene Tatsache, und viele sind zu absurd, um anderes als morbide Mutmaßung zu sein. Es sind in der Hauptsache die folgenden: er sei (1) zum jüdischen Glauben übergetreten und bekleide nun ein geistliches Amt dieser Konfession; er suche (2) sein Heil in Bagatellkriminalität und Drogenhandel und verbringe ein Gutteil seiner Zeit im Gefängnis; er sei (3) für den berüchtigten Vorfall mit dem »Münchener Brief« verantwortlich, der mit dem Versuch verknüpft war, de Selby als das Werkzeug internationaler Finanzverflechtungen zu benutzen; (4) sei er in einer Verkleidung und geistig umnachtet heimgekehrt; und (5) habe man zuletzt in Hamburg von ihm gehört, wo er der Spitzel eines Bordelldirektors sei oder anderen Anteil an den gesetzlosen werftnahen Baulichkeiten dieser maritimen Kosmopolis nehme. Das verbindliche Werk über das Leben dieses ungewöhnlichen Mannes ist natürlich das Buch von Henderson; ebenfalls lohnend ist jedoch das Studium der folgenden Schriften: *Recollections,* von Bassett, Teil VII; *The Man Who Sailed Away: A Memoir* von H. Barge; die Gesammelten Werke von Le Clerque, Band III, S. 118-287; *Thoughts in a Library* von Peachcroft, sowie das Kapitel über Hamburg in *Great Towns* von Goddard.

heit zu entkommen versucht. Ich konnte das nicht recht glauben, und ich zog es vor, nicht mehr über das Geheimnis nachzudenken, bevor ich unausweichlich dazu gezwungen wurde, denn wenn ein Mensch in einem Haus mit einem Rad allein ist, von dem er annimmt, es bahne sich seinen Weg an der Wand entlang, so wird er angstvoll davonlaufen; und ich war inzwischen so sehr mit dem Gedanken an meine Flucht beschäftigt, daß ich mir nicht leisten konnte, vor irgend etwas Angst zu haben, das mir dabei dienlich sein konnte.

Das Fahrrad selbst schien eine gewisse eigenartige Qualität der Form oder Persönlichkeit zu haben, die ihm weit mehr Würde und Wichtigkeit verlieh, als sonst diesen Maschinen eignet. Es war außerordentlich gut gepflegt, trug ein angenehmes Funkeln auf dem dunkelgrünen Gestänge zur Schau und hatte ein Ölbad sowie ein sauberes Glitzern auf rostlosen Speichen und Rahmenwerk aufzuweisen. Es ruhte vor mir wie ein zahmes Pony aus hiesigem Gestüt und schien unangemessen klein und niedrig im Verhältnis zum Sergeant, als ich aber seine Höhe mit meiner Größe verglich, fand ich heraus, daß es größer war als jedes andere Fahrrad, das ich je gesehen hatte. Das lag wahrscheinlich an den perfekten Proportionen seiner Teile, die sich nur zusammengefunden zu haben schienen, um ein Ding von unübertrefflicher Anmut und Eleganz zu schaffen, das alle geltenden Größennormen zunichte machte und nur in der absoluten Gültigkeit seiner eigenen untadeligen Dimensionen existierte. Trotz der stämmigen Fahrradstange schien es unsagbar weiblich und wählerisch, es posierte eher wie ein Mannequin, als daß es sich müßig gegen die Wand lehnte wie ein Faulenzer, und mit unanfechtbarer Präzision ruhte es auf seinen zierlichen Reifen, zwei winzige Punkte reinen Kontakts mit dem geraden Fußboden. Ich strich mit unbeabsichtigter Zärtlichkeit – ja, sinnlich – über den Sattel. Auf unerklärliche Weise erinnerte er mich an ein menschliches Antlitz, und das nicht einer simplen Ähnlichkeit in Umriß oder Miene wegen, sondern durch eine

Verwandtschaft der Gewebe, irgendeine unbegreifliche Vertrautheit an den Fingerspitzen. Das Leder war dunkel vor Reife, hart, und zwar von einer noblen Härte und von all den scharfen Falten und feineren Runzeln gezeichnet, die die Jahre mit all ihrer Drangsal auch in mein Antlitz gekerbt hatten. Es war ein freundlicher Sattel, und doch war er fest und furchtlos, über seine Einkerkerung nicht verbittert und von der Haft nicht gezeichnet, nur von den Spuren ehrenwerten Leidens und ehrlicher Pflichterfüllung. Ich wußte, daß ich dieses Fahrrad lieber hatte als je ein anderes Fahrrad zuvor, lieber sogar als manche Leute mit zwei Beinen. Ich liebte ihre bescheidene Kompetenz, ihre Fügsamkeit, die einfache Würde ihrer stillen Art. Jetzt schien sie unter meinen freundlichen Augen zu kauern wie ein zahmes Huhn, das sich ergeben mit halb ausgebreiteten Schwingen duckt in Erwartung der streichelnden Hand. Ihr Sattel schien sich zur einladendsten aller Sitzgelegenheiten zu breiten, während die beiden Enden ihrer Lenkstange zierlich mit der wilden Anmut der Flügel eines wassernden Vogels mir gleichsam zuwinkten, auf daß ich meine Meisterschaft zum Gelingen freier und freudvoller Reisen beitrage, das Leichteste vom Leichten im Verein mit flinken Bodenwinden dem weit entfernten sicheren Port zustrebe, das Schwirren des treuen Vorderrades in meinem Ohr, das sich unter meinem klaren Auge vollendet dreht, und das gute, starke Hinterrad, das mit unbewundertem Fleiß sanften Staub auf trockenen Straßen aufwirbelt. Wie begehrenswert ihr Sitz war, wie reizend die Einladung der Umarmung ihrer schlanken Lenkstange, wie unerklärlich statthaft und beruhigend ihre Luftpumpe, die sich warm gegen ihren hinteren Schenkel schmiegte!

Aufschreckend bemerkte ich, daß ich mit dieser seltsamen Gefährtin kommuniziert und – nicht nur das – mich mit ihr verschworen hatte. Beide fürchteten wir denselben Sergeant, beide erwarteten wir die Strafen, die er bei seiner Rückkehr für uns bereithalten würde, beide dachten wir, daß dies die letzte Gelegenheit sei, seinem Zugriff zu entfliehen; und beide wußten wir, daß unsere Hoffnung im anderen begründet lag, daß wir scheitern würden, wenn wir nicht gemeinsam gingen, wenn wir einander nicht mit Mitgefühl und stiller Liebe hülfen.

Der lange Abend hatte sich seinen Weg durch die Fenster gebahnt, schuf überall Geheimnisse, verwischte mählich den Rand zwischen einer Sache und der nächsten, verlängerte die Fußböden und verdünnte entweder die Luft oder bescherte meinem Ohr eine gewisse Verfeinerung, die mich zum erstenmal befähigte, das Ticken einer billigen Uhr in der Küche wahrzunehmen.

Inzwischen war der Kampf wohl vorüber; Martin Finnucane würde mit seinen einbeinigen Männern in die Hügel zurückhumpeln, mit geblendeten Augen und verwirrten Köpfen würden sie einander zerbrochene Worte zuschnattern, die niemand zu verstehen vermochte. Der Sergeant würde unaufhaltsam seinen Heimweg durchs Zwielicht antreten und dabei im Geiste die wahre Geschichte seines Tages zurechtlegen, um mich vor meiner Hinrichtung noch einmal amüsieren zu können. Vielleicht würde sich MacCruiskeen zunächt zurückhalten, um an irgendeiner alten Mauer die schwärzeste Schwärze der Nacht abzuwarten, eine runzlige Zigarette im Mund und das Fahrrad mit sechs oder sieben Wintermänteln drapiert. Die Hilfspolizisten wären ebenfalls auf dem Heimweg, immer noch verwundert, weil man ihnen die Augen verbunden hatte, um zu verhindern, daß sie eines Mirakels ansichtig wurden, eines zaubrischen kampflosen Sieges, durch nichts errungen als durch das irre Schrillen einer Fahrradklingel und die Aufschreie umnachteter Männer, die sich in ihrer Finsternis wahnsinnig ineinander verkeilten.

Im nächsten Augenblick tastete ich nach dem Riegel der Revierwache und hatte das willige Fahrrad des Sergeants bereits in meiner Obhut. Wir hatten den Flur schon passiert und durchquerten die Küche mit der Anmut von Balletttänzern, still, flink und ohne bei unseren Bewegungen den geringsten

Fehler zu machen, einig in der Heftigkeit unseres Vorhabens. In der Landschaft, die uns draußen erwartete, standen wir einen Augenblick lang unschlüssig, blickten in die herniedersinkende Nacht und erwarteten die stumpfe Gleichmacherei der Finsternis. Der Sergeant war mit MacCruiskeen nach links verschwunden, in die Richtung, in der sich die andere Welt befand, und links war es auch, wo all meine Sorgen hausten. Ich führte das Fahrrad zur Straßenmitte, drehte ihr Vorderrad resolut nach rechts und schwang mich ins Zentrum ihres Sattels, während sie sich unter mir bereits eifrig in ihrem eigenen Tempo fortbewegte.

Wie kann ich die Vollkommenheit der Behaglichkeit auf diesem Fahrrad übermitteln, die Vollständigkeit meiner Verbindung mit ihr, die süßen Reaktionen, die sie mit jedem Partikel ihres Leibes zeigte? Ich hatte das Gefühl, sie schon seit vielen Jahren zu kennen, das Gefühl, daß sie mich kenne, daß wir einander gründlich verstanden. Sie bewegte sich unter mir mit agilem Verständnis, sie legte eine flinke, luftige Gangart an den Tag, sie fand sanfte Wege durch steinige Pisten, sie wand sich und beugte sich, um meinem wechselnden Fahrverhalten zu genügen, und geduldig stimmte sie sogar ihr linkes Pedal auf die unbeholfenen Funktionen meines linken, meines Holzbeins, ein. Ich seufzte und richtete mich vorausgewandten Sinnes auf ihrer Lenkstange ein, zählte auch frohen Herzens die Bäume, die entlegen am dunklen Straßenrand standen, denn jeder sagte mir, daß ich mich vom Sergeant immer weiter entfernte.

Es schien, als schlüge ich mir einen unfehlbaren Pfad durch zwei scharfe Windströmungen, die mir kalt an beiden Ohren vorbeipfiffen, wobei sie meine kurzgehaltene Schläfenbehaarung fächelten. Andere Winde machten sich in der Abendstille zu schaffen, sie lungerten in den Bäumen herum und bewegten Blätter und Gräser, um zu beweisen, daß die grüne Welt auch noch im Dunkeln tätig und anwesend sei. Am Straßengraben regte sich Wasser, während des lärmenden Tags stets überschrien und nun in seinen Verstecken hörbar geworden. Fliegende Käfer stießen in ihren ausladenden Schleifen und Kreisen auf mich, wirbelten mir blindlings gegen den Brustkorb; weiter oben riefen Gänse und andere schwere Vögel einen Reiseruf. Hoch am Himmel konnte ich das undeutliche Flechtwerk der Sterne sehen, die sich hie und da zwischen den Wolken hervorkämpften. Und die ganze Zeit war sie unter mir, in ihrer vorwärtsgerichteten, tadellosen Rennbewegung, die Straße mit ausgesuchter Behutsamkeit berührend, mit sicherem Auftreten, geradezu und makellos, und alle Teile ihres Gestänges glichen Speeren, von kundiger Engelshand geschleudert.

Zu meiner Rechten verdichtete sich die Nacht, und das sagte mir, daß wir uns einem großen an der Straße gelegenen Haus näherten. Als wir es erreicht und schon fast passiert hatten, erkannte ich es. Es war das Haus des alten Mathers, nur drei Meilen von meinem eigenen Haus entfernt. Mir hüpfte das Herz vor Freude. Bald würde ich meinen alten Freund Divney sehen. Wir würden in der Bar stehen, gelben Whiskey trinken, er würde rauchen und zuhören, und ich würde meine seltsame Geschichte erzählen. Wenn er irgendeine Passage nicht so recht glaubte, würde ich ihm das Fahrrad des Sergeants zeigen. Und am nächsten Tag würden wir unsere Suche nach der schwarzen Geldkassette wieder aufnehmen.

Eine gewisse Neugier (oder vielleicht war es das Gefühl von Sicherheit, das ein Mann auf seinem eigenen Hügel empfindet) ließ mich mit Treten innehalten und bewog mich, behutsam die einer Königin würdige Bremse zu ziehen. Ich hatte eigentlich nur zu dem großen Haus zurückblicken wollen, aber ich hatte das Fahrrad aus Versehen so sehr verlangsamt, daß sie unbehaglich unter mir zusammenschauderte, artig bestrebt, in Bewegung zu bleiben. Ich merkte, daß ich unbedacht gewesen war, und sprang schnell aus dem Sattel, um sie zu erleichtern. Dann ging ich ein paar Schritte weit die Straße zurück, die Konturen des Hauses und die Schatten seiner

Bäume musternd. Das Tor stand offen. Es schien ein verlassener Ort ohne Leben oder Atem zu sein, das leere Haus eines Toten, das seine Trostlosigkeit in die nächtliche Umgebung verbreitet. Seine Bäume schwankten trauernd, sanft. Ich konnte das schwache Glänzen des Glases in den großen blinden Fenstern sehen, und, noch schwächer, das Gekräusel des Efeus beim Zimmer, in dem der Tote zu sitzen pflegte. Ich sah mir das Haus von oben bis unten an und war froh, in der Nähe meiner Leute zu sein. Plötzlich umwölkte und verwirrte sich mein Geist. Ich glaubte mich zu entsinnen, den Geist des toten Mannes gesehen zu haben, als ich das Haus nach der Kassette durchsuchte. Das schien jetzt schon sehr lange her zu sein und war zweifellos die Erinnerung an einen schlechten Traum. Ich hatte Mathers mit meinem Spaten umgebracht. Er war schon lange tot. Meine Abenteuer hatten mein Gemüt überanstrengt. Ich konnte mir nicht mehr klar ins Gedächtnis rufen, was mir während der letzten paar Tage zugestoßen war. Ich wußte nur noch, daß ich vor zwei monströsen Polizisten floh und daß ich jetzt bald zu Hause sein würde. Ich versuchte auch nicht, mich an irgend etwas anderes zu erinnern.

Ich hatte mich zum Gehen gewandt, als mich ein Gefühl überkam, als habe sich das Haus in dem Augenblick, als ich ihm den Rücken kehrte, verändert. Dies Gefühl war so seltsam und schauderhaft, daß ich mehrere Sekunden lang mit der Landstraße verwachsen dastand, während meine Hände die Lenkstange umklammerten und die Frage mich peinigte, ob ich den Kopf wenden und nachsehen oder resolut meinen Weg wiederaufnehmen sollte. Ich glaube, ich hatte mich zur Weiterfahrt entschlossen und ein paar stockende Schritte gemacht, als etwas auf meine Augen einwirkte und an ihnen zerrte, bis sie wieder auf dem Haus ruhten. Sie öffneten sich weit vor Verwunderung, und wieder brach ein bestürzter Schrei aus mir hervor. Ein helles Licht brannte in einem kleinen Fenster im oberen Stockwerk.

Fasziniert stand ich da und beobachtete es eine Zeitlang. Es gab keinen Grund, warum das Haus nicht bewohnt oder warum dort kein Licht sein, keinen Grund, warum mich das Licht erschrecken sollte. Es schien sich um das gewöhnliche gelbe Licht einer Öllampe zu handeln, und ich hatte vieles gesehen, was merkwürdiger war als dies – auch manches merkwürdigere Licht –, und das war noch gar nicht lange her. Trotzdem konnte ich mich nicht zu der Überzeugung durchringen, an dem, was meine Augen erblickten, sei auch nur etwas im mindesten üblich. Das Licht war irgendwie falsch, mysteriös, alarmierend.

So muß ich lange dort gestanden haben, das Licht beobachtend und die beruhigende Lenkstange des Fahrrads betastend, das mich zu jeder von mir gewünschten Zeit flink davontragen würde. Nach und nach schöpfte ich Kraft und Mut aus ihr, und aus anderem, was in meinem Geist lauerte – die Nähe meines eigenen Hauses, die noch nähere Nähe der Courahans, Gillespies, Cavanaghs und der beiden Murrays, und, in Rufweite, die Hütte des großen Joe Siddery, des gigantischen Schmieds. Vielleicht hatte jener, der dort die Lampe benutzte, auch die schwarze Kassette gefunden, und vielleicht würde er sie bereitwillig jedem überlassen, der auf der Suche nach ihr so sehr gelitten hatte wie ich. Vielleicht wäre es klug, anzuklopfen und nachzusehen.

Ich lehnte das Fahrrad behutsam gegen den Türpfosten, zog etwas Kordel aus der Hosentasche und band sie locker an den schmiedeeisernen Stangen fest; dann ging ich nervös über den knirschenden Kies auf den Schimmer der Vorhalle zu. Als meine Hand in der pechschwarzen Dunkelheit nach der Tür suchte, fiel mir ein, wie dick hier die Wände waren. Ich hatte die Halle bereits betreten, als ich bemerkte, daß die Tür, dem Spiel des Windes ausgeliefert, halboffen hin und her pendelte. Kälte wehte mich an in diesem öden, offenen Haus, und für einen Augenblick dachte ich daran, zum Fahrrad zurückzugehen. Aber ich tat es nicht. Ich fand die Tür, ergriff den starren Klopfer aus Metall und sandte drei dumpf dröhnende Schläge durch Haus und verlassenen Garten. Weder Geräusch noch Bewegung antworteten mir, als ich dort inmitten der Stille stand und meinem Herzen lauschte. Keine Füße kamen die Treppe herunter, keine Tür öffnete sich, um eine Flut von Lampenlicht herauszulassen. Wieder klopfte ich an die hohlklingende Tür, bekam keine Antwort und erwog abermals, in die Gesellschaft meiner Freundin zurückzukehren, die am Tor wartete. Aber wieder tat ich es nicht. Ich trat noch weiter in die Halle ein, tastete nach Streichhölzern und riß eines an. Die Halle war leer, und alle Türen waren geschlossen; in einer Ecke hatte der Wind einen Haufen Herbstblätter durcheinandergeweht, und an den Wänden kündeten Flecken davon, daß es bitterlich hereingeregnet hatte. Am anderen Ende der Halle konnte ich die weiße, gewundene Treppe ahnen. Das Streichholz flackerte in meinen Fingern, erlosch und ließ mich unentschlossen in der Dunkelheit zurück, wieder mit meinem Herzen allein.

Schließlich nahm ich all meinen Mut zusammen und entschloß mich, das obere Stockwerk abzusuchen, mein Vorhaben auszuführen und so schnell wie möglich zum Fahrrad zurückzukehren. Ich riß ein neues Streichholz an, hielt es hoch über meinen Kopf, marschierte lärmend zur Treppe und erstieg sie mit langsamen, schweren Schritten. Ich kannte das Haus noch gut von jener Nacht her, die ich hier nach stundenlanger Suche nach der schwarzen Kassette - zugebracht hatte. Auf dem obersten Absatz angekommen, blieb ich stehen, zündete ein neues Streichholz an und machte mich mit lauter Stimme bemerkbar, um vor meiner Ankunft zu warnen und jeden, der schlafen mochte, zu wecken. Der Ruf ließ mich, als er ohne Widerhall verklang, noch untröstlicher und einsamer zurück. Ich ging schnell weiter und öffnete die Tür, die mir am nächsten war, die Tür des Zimmers, in dem ich einst geschlafen zu haben glaubte. Das flackernde Streichholz zeigte mir, daß es leer war und lange leergestanden haben mußte.

Das Bett war aller Laken entkleidet, vier Stühle waren in einer Zimmerecke aneinandergekettet, zwei davon mit den Beinen nach oben, und ein weißer Schonbezug war über einen Toilettentisch gebreitet. Ich knallte die Tür zu, hielt inne, um ein weiteres Streichholz anzuzünden, und lauschte aufmerksam auf irgendein Anzeichen dafür, daß ich beobachtet wurde. Ich hörte überhaupt nichts. Dann ging ich durch den Flur und stieß die Türen sämtlicher Zimmer auf, die nach vorne hinaus gingen. Alle waren sie leer, verlassen, ohne Licht oder auch nur Lichtquellen. Um nicht stehenbleiben zu müssen, ging ich schnell in alle anderen Räume, fand sie aber genauso verödet vor und rannte schließlich mit wachsender Angst die Treppe hinunter und zur Tür hinaus. Und dann blieb ich stehen wie angewurzelt. Das Licht vom oberen Fenster leuchtete weiter und stemmte sich gegen die Dunkelheit. Das Fenster schien sich im Zentrum des Hauses zu befinden. Ich fühlte mich ängstlich, betrogen, kalt und mißgestimmt und schritt in die Halle zurück, ging nach oben und blickte den Korridor entlang, auf dem alle Türen der nach vorne hinaus gelegenen Zimmer waren. Ich hatte sie alle bei meinem überstürzt abgebrochenen Besuch weit offen gelassen, aber aus keinem der Zimmer drang Licht. Schnell schritt ich den Flur entlang, um mich zu vergewissern, daß keine Tür inzwischen geschlossen worden war. Sie standen sämtlich noch offen. Ich blieb drei oder vier Minuten lang lautlos stehen, atmete kaum und verursachte kein Geräusch; ich dachte, daß vielleicht das, was da wirkte, etwas unternehmen und sich zeigen werde. Aber nichts geschah, gar nichts.

Dann ging ich in das Zimmer, das am zentralsten zu liegen schien, und tastete mich im Dunkeln bis zum Fenster vor. Was ich vom Fenster aus sah, erschreckte mich aufs Peinlichste. Das Licht strömte aus dem Fenster des Zimmers rechts nebenan, dick lag es auf der nebligen Nachtluft und spielte auf den dunkelgrünen Blättern eines Baums, der in der Nähe stand. Ich lehnte mich schwächlich gegen die Wand und betrachtete dies eine Zeitlang; dann ging ich rückwärts, ohne den Blick von den matt erleuchteten Baumblättern zu wenden; ich ging auf Zehenspitzen und machte kein Geräusch. Bald berührte mein Rücken die gegenüberliegende Wand, einen Meter von der offenen Tür entfernt, und immer noch konnte ich das trübe Licht auf dem Baum deutlich sehen. Dann war ich mit einem Satz auf den Flur und in das nächste Zimmer gesprungen. Für diesen Sprung konnte ich nicht länger als eine Viertelsekunde gebraucht haben, dennoch fand ich das nächste Zimmer staubig und verlassen vor, und ohne Leben oder Licht. Schweiß sammelte sich auf meiner Braue, mein Herz pochte laut, und der nackte Holzfußboden schien immer noch von den widerhallenden Tönen zu vibrieren, die meine Füße verursacht hatten. Ich ging zum Fenster und sah hinaus. Das gelbe Licht lag noch auf der Luft und beschien dieselben Baumblätter, doch nun strahlte es aus dem Fenster des Zimmers, das ich gerade verlassen hatte. Ich stand, so fühlte ich, nur drei Meter von etwas unsagbar Unmenschlichem und Diabolischem entfernt, und dieses Etwas benutzte seine Lichteffekte, um mich weiterzulocken, zu etwas noch Schrecklicherem.

Ich hörte auf zu denken, ich klappte meinen Geist zu, als wäre er eine Schachtel oder ein Buch. Ich bewegte einen verzweifelten Plan in meinem Kopf, der nahezu hoffnungslos schwierig schien, beinahe außerhalb menschlichen Vermögens. Er bestand einfach darin, das Zimmer zu verlassen, die Treppe hinunterzugehen, aus dem Haus hinaus und weiter auf dem rauhen harten Kies die kurze Einfahrt entlang und zurück in die Gesellschaft meines Fahrrads. Dort unten, und am Tor festgebunden, schien sie unendlich weit entfernt, als wäre sie jetzt in einer anderen Welt.

In der Gewißheit, von irgendeiner Macht beeinflußt zu werden, die mich daran hindern würde, die Eingangstür lebend zu erreichen, ballte ich mit gesenkten Armen die Fäuste, heftete die Augen fest auf meine Füße, um sie keinem schreck-

lichen Anblick auszusetzen, der sich ihnen in der Dunkelheit bieten mochte, und ging festen Schrittes aus dem Zimmer und den schwarzen Flur hinunter. Ich erreichte die Treppe ohne Mißgeschick, erreichte die Halle und dann die Tür, und bald fand ich mich auf dem Kies wieder, erleichtert und erstaunt zugleich. Ich ging zum Tor hinunter und zum Tor hinaus. Sie war noch da, wo ich sie verlassen hatte, und stützte sich sittsam gegen den steinernen Torpfosten; meine Hand sagte mir, daß die Kordel unberührt war, ganz so, wie ich sie geknotet hatte. Hungrig ließ ich meine Hände über sie gleiten und wußte, daß sie immer noch meine Komplizin war in dem Komplott, unversehrt nach Hause zu kommen. Irgend etwas brachte mich dazu, den Kopf noch einmal nach dem Haus hinter mir umzuwenden. Immer noch brannte das Licht friedlich im selben Zimmer, und aller Welt mußte es vorkommen, als befinde sich jemand in dieser Stube, behaglich im Bett liegend und in die Lektüre eines Buches vertieft. Hätte man mir (oder hätte ich mir) und entweder auch meiner Angst oder meiner Vernunft straffe Zügel angelegt, dann hätte ich diesem bösen Haus für immer den Rücken gekehrt und wäre auf der Stelle und unverzüglich mit dem Fahrrad zu jenem freundlichen Zuhause aufgebrochen, das nur vier Straßenkrümmungen entfernt vor mir an der Landstraße auf mich wartete. Aber da war etwas anderes, was meinen Geist verwirrte. Ich konnte den Blick nicht von dem erleuchteten Fenster abwenden, und vielleicht konnte ich mich auch nicht damit abfinden, einfach nach Hause zu fahren, ohne Neuigkeiten über die schwarze Kassette in Erfahrung gebracht zu haben, obwohl in dem Haus, in dem ich sie vermutete, etwas vor sich ging. So stand ich im Finstern, meine Hände umklammerten die Lenkstange des Fahrrads, und meine Bestürzung erfüllte mich mit Sorge. Ich wußte nicht, was tun.
Durch Zufall kam ich auf einen Gedanken. Ich verlagerte mein Gewicht von einem Fuß auf den anderen, wie ich es oft tat, um mein linkes Bein zu entlasten, als ich bemerkte,

daß vor mir ein großer Stein lose auf dem Boden lag. Ich bückte mich und hob ihn auf. Er war etwa von der Größe einer Fahrradlampe, glatt und rund und gut zu werfen. Wieder war mein Herz fast hörbar geworden, als ich daran dachte, wie ich ihn durch das erleuchtete Fenster schleudern und dadurch den, der sich dort verbarg, zu direkter Aktion provozieren würde. Wenn ich beim Fahrrad blieb, konnte ich mich schnell davonmachen. Nachdem mir diese Idee gekommen war, wußte ich, daß ich keinen Frieden finden würde, bis ich den Stein geworfen hatte; ich würde nicht ruhen noch rasten können, bis das unerklärliche Licht erklärt war.

Ich verließ das Fahrrad und ging über die Einfahrt zurück, wobei der Stein gewichtig in meiner rechten Hand ruhte. Unter dem Fenster blieb ich stehen und sah zum Lichtschein empor. Ich konnte ein großes Insekt sehen, das bald inner-, bald außerhalb des Lichtscheins tanzte. Ich fühlte, wie meine Glieder unter mir nachgaben und wie mein ganzer Körper vor Aufmerksamkeit matt und schwach wurde. Ich starrte die mir zugekehrte Seite der Vorhalle an und erwartete irgendeine grauenhafte Erscheinung, die mich verstohlen aus dem Schatten hervor beobachtete. Außer dem undurchdringlichen Flecken tieferer Finsternis sah ich nichts. Dann schwang ich den Stein ein paarmal mit ausgestrecktem Arm hin und her und warf ihn heftig in die Luft. Es gab ein lautes Splittern von Glas, das dumpfe Poltern des Steins, der auf den Holzfußboden prallte und weiterrollte, und gleichzeitig das Klirren zerbrochenen Glases, das zu meinen Füßen auf den Kies fiel. Ohne auch nur im mindesten zu warten, drehte ich mich um und floh mit Höchstgeschwindigkeit die Einfahrt hinunter, bis ich das Fahrrad erreicht und berührt hatte.

Zunächst geschah nichts. Es handelte sich wahrscheinlich um eine Zeitspanne von vier oder fünf Sekunden, aber mir schien es wie eine unendliche Verzögerung an Jahren. Die ganze obere Hälfte des Glases war fortgerissen, und aus dem Fensterrahmen ragten nur noch gezackte Ränder; durch das klaffende Loch leuchtete das Licht noch heller. Plötzlich erschien ein Schatten, der das Licht auf der ganzen linken Seite verdeckte. Der Schatten war so unvollständig, daß ich ihn nicht einmal teilweise ausmachen konnte, aber ich hatte das bestimmte Gefühl, er sei der Schatten einer großen Kreatur oder Erscheinung, die regungslos am Fenster stand und in die Nacht hinausstarrte, um zu sehen, wer den Stein geworfen habe. Dann verschwand der Schatten; mir wurde zum erstenmal klar, was geschehen war, und mich befiel neues und tieferes Entsetzen. Das bestimmte Gefühl, daß noch etwas geschehen werde, verbot mir die geringste Bewegung, um nicht zu verraten, wo ich und das Fahrrad standen.

Die Entwicklungen, mit denen ich gerechnet hatte, ließen nicht lange auf sich warten. Ich starrte immer noch das Fenster an, als ich hinter mir leise Geräusche hörte. Ich sah mich nicht um. Bald wußte ich, daß es sich um die Schritte einer sehr schweren Person handelte, die auf dem grasbewachsenen Saum der Straße ging, um ihre Annäherung zu dämpfen. Da ich dachte, sie würde an mir vorbeigehen, ohne mich in der dunklen Torlücke zu sehen, verhielt ich mich noch ruhiger, als ich es in meiner äußersten Bewegungslosigkeit ohnehin schon tat. Plötzlich schallten die Schritte keine sechs Meter von mir entfernt auf der Straße, näherten sich mir von hinten und kamen zum Stillstand. Es ist kein Scherz, wenn ich sage, daß mein Herz ebenfalls beinahe zum Stillstand kam. Alle rückwärts gerichteten Teile meines Körpers – Nacken, Ohren, Rücken und Hinterkopf – schrumpften und schwanden schmerzhaft in Gegenwart dieses Wesens, dem sie ausgesetzt waren, und alle erwarteten einen Angriff von unbeschreiblicher Grausamkeit. Dann hörte ich Worte.

»Eine prächtige Nacht haben wir heute!«

Ich wirbelte verdutzt herum. Vor mir, die Nacht fast verdeckend, stand ein enormer Polizist. Schon allein wegen seiner ungeheuren Größe sah er wie ein Polizist aus, zudem aber konnte ich das matte Muster seiner vor meinem Auge in gerader Reihe ausgerichteten Knöpfe sehen, welches die Wölbung seines mächtigen Brustkorbs ahnen ließ. Sein Gesicht war vollständig im Dunkel verborgen, und außer seiner überwältigenden Polizeilichkeit, seiner massiven Ausstellung ausladenden kräftigen Fleischs, seiner Vorherrschaft und seiner unbestreitbaren Realität war mir nichts deutlich. So überwältigend lastete er auf meiner Seele, daß ich mir um ein Vielfaches unterwürfiger als angstvoll vorkam. Ich beäugte ihn schwächlich, und meine Hände zuckten um die Lenkstange. Ich versuchte, meine Zunge zu einer unverfänglichen Erwiderung seiner Begrüßung zu zwingen, als er abermals redete, wobei seine Worte in dicken, freundlichen Klumpen aus seinem unsichtbaren Gesicht fielen.

»Wollen Sie mir bitte folgen, damit ich mit Ihnen ein vertrauliches Gespräch führen kann«, sagte er, »denn auch wenn sonst nichts vorläge, so haben Sie doch keine Lampe an Ihrem Fahrrad, und die Hälfte davon wäre schon mehr als genug, um mir Namen und Adresse zu notieren.«

Noch ehe er mit Reden fertig war, verschwand er im Dunkeln wie ein Schlachtschiff, wobei er seinen Leib so gewichtig fortschaukelte, wie er gekommen war. Ich stellte fest, daß ihm meine Füße ohne zu zögern folgten – wo er zwei Schritte machte, brauchte ich sechs –, wir gingen zurück, die Straße entlang, am Haus vorbei. Als wir es schon fast passiert hatten, blieb er abrupt stehen und verschwand in einem Loch in der Hecke. Er führte mich durch Unterholz, an den Stämmen feindseliger dunkler Bäume vorbei zu einem geheimnisvollen Einschlupf unter dem Dachgiebel, wo Zweige und hohe Gewächse die Dunkelheit füllten und uns zu beiden Seiten streiften, und das erinnerte mich an meine Reise in den unterirdischen Himmel von Sergeant Pluck. In Anwesenheit dieses Mannes hatte ich aufgehört, mir Fragen zu stellen oder auch nur zu denken. Ich beobachtete, wie sich der Umriß seines Rückens vor mir im Trüben auf und ab bewegte und eilte ihm, so gut ich konnte, nach. Er sagte nichts und verursachte kein

Geräusch, abgesehen von der Luft, die in seinen Nüstern arbeitete, und von den harkenden Schritten, die seine Stiefel auf dem grasüberwucherten Boden machten, weich und rhythmisch wie eine gut geführte Sense, die eine Wiese in üppigen Schwaden niedermäht.

Dann änderte er jäh die Richtung und strebte einem kleinen Fenster des Hauses zu, das mir ungewöhnlich niedrig und hart in Bodennähe schien. Er beleuchtete es mit einer Taschenlampe und zeigte mir, der ich hinter dem schwarzen Hindernis, das er darstellte, hervorzulugen bemüht war, daß das Fenster in zwei Schiebefenster aufgeteilt war, auf die je zwei Scheiben aus schmutzigem Glas entfielen. Als er seine Hand ausstreckte, dachte ich, er würde den unteren Teil nach oben schieben, aber statt dessen schwang er das ganze Fenster an verborgenen Scharnieren nach außen auf, als wäre es eine Tür. Dann neigte er den Kopf, knipste die Lampe aus und begann, seinen immensen Körper durch die winzige Öffnung zu schieben. Ich weiß nicht, wie ihm das schier unmöglich Scheinende gelang. Es gelang ihm jedoch recht schnell, und er machte dabei kein Geräusch, außer mit der Nase, durch die er stärker schnaubte, und – einen Augenblick lang – das Ächzen eines Stiefels, der sich irgendwo eingeklemmt hatte. Dann sandte er den Strahl der Taschenlampe zu mir zurück, um mir den Weg zu zeigen, wobei er selbst nur Füße und Knie seiner blauen Amtshose dem Blick preisgab. Als ich eingestiegen war, griff er mit einem Arm hinter sich, zog das Fenster zu und führte mich dann mit seiner Taschenlampe weiter.

Die Dimensionen des Ortes, an dem ich mich nun befand, waren äußerst ungewöhnlich. Die Zimmerdecke schien mir außerordentlich hoch, wogegen das Zimmer so schmal war, daß es mir nicht möglich gewesen wäre, am Polizisten vorbeizugehen. Er öffnete eine große Tür und führte mich, unbeholfen halb seitwärts gehend, einen Gang entlang, der noch enger war. Nachdem wir eine weitere große Tür passiert hatten, begannen wir, eine Treppe zu ersteigen, die unglaublich würfelförmige Stufen hatte. Jede Stufe schien einen Fuß hoch, einen Fuß breit und einen Fuß tief zu sein. Der Polizist ging nun vollkommen seitlich wie ein Krebs, das Gesicht dem leitenden Licht der Lampe zugewandt. Oben angekommen, traten wir durch eine weitere Tür, und ich befand mich in einer überaus erstaunlichen Wohnung. Sie war ein weniges geräumiger als die anderen Örtlichkeiten, und in der Mitte stand ein Tisch, etwa einen Fuß breit und zwei Fuß lang, und mit dem Fußboden durch zwei Metallbeine fest verbunden. Auf dem Tisch waren eine Öllampe, ein Sortiment Schreibfedern und Tinten, eine Anzahl kleiner Schachteln und Aktendeckel und ein großer Krug mit amtlichem Klebestoff. Stühle waren nicht zu sehen, aber ringsum hatte man Nischen in die Wände eingelassen, in denen Menschen Platz nehmen konnten. An den Wänden selbst hingen viele Plakate und Bekanntmachungen, die sich mit Zuchtbullen und Hunden befaßten, sowie Verordnungen über das Waschen von Schafen, den Schulbesuch und Verletzungen des Waffenerwerbsscheingesetzes. Da das Ganze durch die Figur des Polizisten abgerundet war, der mir, während er eine Eintragung in irgendeinem Dienstplan an der Wand vornahm, immer noch den Rücken gekehrt hatte, konnte es für mich keinen Zweifel geben, daß ich mich in einer winzigen Wachstube befand. Ich sah mich abermals um und nahm alles voll Erstaunen in mich auf. Dann bemerkte ich, daß sich in der linken Wand ein kleines Fenster befand und daß eine kalte Brise durch ein klaffendes Loch in der unteren Hälfte hereinwehte. Ich ging hinüber und blickte hinaus. Düster schien das Lampenlicht auf das Blattwerk desselben Baums, und ich begriff, daß ich nicht in Mathers' Haus stand, *sondern innerhalb der Wände von Mathers' Haus.* Wieder stieß ich meinen Überraschungsschrei aus, hielt mich am Tisch fest und blickte schwach den Rücken des Polizisten an. Dieser bearbeitete sorgfältig die Ziffern, die er auf dem Papier an der

Wand eingetragen hatte, mit dem Löscher. Dann drehte er sich um und legte seinen Federhalter auf den Tisch zurück. Ich stolperte schnell zu einer der Wandnischen und setzte mich völlig gebrochen nieder; meine Augen waren auf sein Gesicht geheftet, und der Mund trocknete mir aus wie ein Regentropfen auf heißem Straßenpflaster. Ich unternahm mehrfach den Versuch zu sprechen, doch zunächst versagte mir die Zunge. Schließlich stotterte ich den Gedanken heraus, der in meinem Geist loderte:

»Ich dachte, Sie seien tot!«

Der große, fette Körper in der Uniform erinnerte mich an niemanden, den ich kannte, *aber das Gesicht darauf gehörte dem alten Mathers.* Es war nicht so, wie ich es im Traum oder Wachen zuletzt gesehen zu haben glaubte, tödlich und unveränderlich; jetzt war es rot und feist, als hätte man es gallonenweise mit heißem, dickem Blut vollgepumpt. Die Wangen wölbten sich wie zwei rötliche, hie und da von Streifen violetter Verfärbung markierte Globen. Die Augen waren mit unnatürlichem Licht aufgeladen und glitzerten wie Perlen im Schein der Lampe. Als er antwortete, geschah es mit Mathers' Stimme.

»Das hört man gern«, sagte er, »aber es macht nichts, weil ich von Ihnen dasselbe annahm. Ich verstehe Ihre unerwartete Körperlichkeit nicht, nachdem Sie jenen Morgen auf dem Schafott verbracht haben.«

»Ich bin entkommen«, stammelte ich.

Er bedachte mich mit langen, prüfenden Blicken.

»Sind Sie sicher?« fragte er.

War ich sicher? Plötzlich war mir entsetzlich schlecht, als hätte sich die Umdrehung der Erde im Firmament zum erstenmal gegen meinen Magen gewandt und löste ihn gänzlich in bitteres Geronnenes auf. Mir erschlafften die Glieder und hingen hilflos an meinem Körper. Wie die Flügel eines Vogels flatterten meine Augen in ihren Höhlen. Mein Herz klopfte heftig und schwoll, einer Blase gleich, bei jedem

Blutstoß. Ich hörte den Polizisten wie aus großer Ferne zu mir sprechen.

»Ich bin Wachtmeister Fox«, sagte er, »dies ist meine eigene private Polizeiwache, und ich wäre Ihnen sehr verbunden, wenn Sie mir mitteilen könnten, welche Meinung Sie von ihr haben, denn ich habe keine Mühen gescheut, um sie tipptopp tadellos herzurichten.«

Ich fühlte, wie mein Gehirn tapfer kämpfte, es wankte sozusagen, sank in die Knie, wollte aber noch nicht völlig aufgeben. Ich wußte: wenn ich jetzt für eine Sekunde das Bewußtsein verliere, bin ich tot. Ich wußte, daß ich nie wieder aufwachen, nie wieder die schrecklichen Umstände begreifen würde, in denen ich mich befand, wenn ich die Zusammenhänge dieses bitteren Tages verlor. Ich wußte, daß er nicht Fox war, sondern Mathers. Ich wußte, daß Mathers tot war. Ich wußte, daß ich mit ihm reden mußte und so tun, als wäre alles ganz natürlich, und vielleicht mußte ich versuchen, ein letztes Mal lebend zum Fahrrad zu entkommen. Ich hätte alles, was ich auf der Welt besaß, jede Geldkassette der Welt, gegeben, um in das starke Gesicht von John Divney sehen zu dürfen.

»Ein hübsches Revier«, murmelte ich, »aber warum ist es in den Mauern eines anderen Hauses?«

»Das ist eine leicht zu beantwortende Preisfrage, und ich bin sicher, Sie kennen die Auflösung bereits.«

»Nein.«

»Es ist auf jeden Fall ein sehr rudimentäres Rätsel. Das Revier ist so eingerichtet worden, um Abgaben zu sparen, denn wenn es so konstruiert wäre wie andere Reviere, würde es als eigener erblicher Grundbesitz eingestuft, und Sie wären einfach platt vor Staunen, wenn ich Ihnen sagte, wie hoch dies Jahr die Abgaben sind.«

»Wie hoch?«

»Sechzehn Shilling und achtzehn Pence plus Threepence für schlechtes gelbes Wasser, das ich nie benutzen würde, plus vier

Pence, mit Ihrer freundlichen Erlaubnis, für berufliche Fortbildung. Wen kann es da noch wundern, wenn das Land auf dem letzten Loch pfeift? Wenn die Bauern abgewirtschaftet haben? Wenn nicht einer von zehn im Besitz einer ordnungsgemäßen Zuchtbullenlizenz ist? Allein schon dafür habe ich achtzehn Vorladungen ausstellen lassen, und das wird vor Gericht wieder ein Heidengeld kosten. Warum hatten sie keine Lampe an Ihrem Fahrrad, keine große, keine kleine, überhaupt keine?«

»Meine Lampe wurde mir gestohlen.«

»Gestohlen? Das habe ich mir gedacht. Das ist heute schon der dritte Diebstahl, und letzten Samstag verschwanden vier Luftpumpen. Manche Menschen würden einem den Sattel unter dem Hintern wegstehlen, wenn sie dächten, man merkt es nicht; nur gut, daß man den Reifen nicht stehlen kann, ohne das Rad abzumontieren. Warten Sie, bis ich Ihre Aussage zu Protokoll nehme. Geben Sie mir eine Beschreibung des Artikels und sagen Sie mir alles und lassen Sie nichts aus, denn was Ihnen unwichtig erscheinen mag, kann dem geübten Fahnder als wunderbarer Hinweis dienen.«

Mir war elend ums Herz, aber die kurze Konversation hatte mir das Gleichgewicht wiedergegeben, und ich fühlte mich genügend hergestellt, um der Frage, wie ich aus dem gräßlichen Haus verschwinden konnte, ein gewisses Interesse zu widmen. Der Polizist hatte ein dickes Hauptbuch geöffnet, das aussah wie ein zweimal so langes Buch, das in der Mitte durchgesägt worden war, um auf den engen Tisch zu passen. Er stellte mir mehrere Fragen, die Lampe betreffend, und schrieb die Antworten mühselig in dem Buch nieder, wobei er lärmend mit der Feder kratzte, schwer durch die Nase atmete und nur gelegentlich mit Schnauben innehielt, wenn ihm ein Buchstabe des Alphabets besondere Schwierigkeiten bereitete. Ich beobachtete ihn sorgfältig, wie er so in seine Schreibarbeit vertieft war. Es war ohne jeden Zweifel das Gesicht des alten Mathers, aber jetzt schien es eine simple, kindhafte Qualität zu haben, als wären die Runzeln eines langen Lebens, die unstreitig vorhanden gewesen waren, als ich ihn zum erstenmal sah, plötzlich durch irgendeinen wohltätigen Einfluß gemildert und praktisch getilgt worden. Jetzt sah er so unschuldig und so gutmütig aus, und so geplagt durch das Niederschreiben einfacher Wörter, daß neue Hoffnung in mir keimte. Gelassen betrachtet, sah er nicht aus wie ein entsetzlicher Feind. Vielleicht träumte ich, oder ich befand mich in den Klauen einer furchtbaren Halluzination. Es gab so vieles, was ich nicht verstand und wahrscheinlich bis zu meinem Tode nicht verstehen würde... das Gesicht vom alten Mathers, den ich auf einem Feld verscharrt wähnte, auf so einem großen und fetten Leib, die lächerliche Polizeiwache in den Mauern eines anderen Hauses, die beiden anderen monströsen Polizisten, denen ich entkommen war. Aber immerhin war ich in der Nähe meines eigenen Hauses, und das Fahrrad wartete am Tor, um mich dorthin zu bringen. Würde dieser Mann mich aufzuhalten versuchen, wenn ich ihm sagte, daß ich auf dem Heimweg sei? Wußte er etwas über die schwarze Kassette?

Er hatte jetzt sein Werk sorgfältig abgelöscht und reichte mir das Buch zum Unterschreiben herüber, wobei er mir den Federhalter sehr höflich und mit dem Halter nach vorn überreichte. Zwei Seiten hatte er mit einer großen Kinderhandschrift gefüllt. Ich hielt es für besser, mich in keine Diskussionen um meinen Namen einzulassen, machte hastig einen kunstvollen Krakel unter den Schluß des Berichts, klappte das Buch zu und gab es zurück. Dann sagte ich so beiläufig wie möglich:

»Dann will ich mich mal aufmachen.«

Er nickte bedauernd.

»Tut mir leid, daß ich Ihnen nichts anbieten kann«, sagte er, »denn die Nacht ist kalt, und schaden würde es Ihnen sicher nicht.«

Kraft und Mut hatten begonnen, in meinen Körper zurück-

zufließen, und als ich diese Worte hörte, fühlte ich mich fast wieder völlig genesen. Es gab noch vieles zu überdenken, aber ich dachte gar nicht daran, an irgend etwas zu denken, ehe ich sicher in meinem eigenen Haus war. Ich würde mich so rasch wie möglich auf den Heimweg machen und weder nach rechts noch nach links blicken. Ich erhob mich ruhig.
»Bevor ich gehe«, sagte ich, »hätte ich gern noch eine Auskunft von Ihnen. Mir ist da eine schwarze Geldkassette gestohlen worden, und ich suche sie schon seit einigen Tagen. Ihnen liegt nicht zufällig irgendeine Meldung darüber vor?«
Kaum hatte ich es gesagt, da bereute ich es schon, denn wenn er wirklich Mathers und auf wundersame Weise dem Leben wiedergeschenkt war, dann konnte er mich mit dem Überfall und dem an ihm begangenen Mord in Verbindung bringen und schreckliche Rache an mir üben. Aber der Polizist lächelte nur und schnitt ein schlaues Gesicht. Er setzte sich auf den Rand seines sehr schmalen Tischchens und trommelte mit den Nägeln auf die Tischplatte. Dann sah er mir in die Augen. Es war das erste Mal, daß er dies tat, und ich war so geblendet, als hätte ich aus Versehen in die Sonne geschaut.
»Mögen Sie Erdbeermarmelade?« fragte er.
Seine dumme Frage kam so unerwartet, daß ich nickte und ihn verständnislos anstarrte. Sein Lächeln wurde breiter.
»Tja, wenn Sie nämlich diese Kassette hätten«, sagte er, »könnten Sie einen Eimer Erdbeermarmelade zum Tee haben, und wenn das noch nicht genug wäre, könnten Sie eine Badewanne voll haben und sich der Länge nach darin wälzen. Und wenn Sie dann immer noch nicht zufrieden sind, könnten Sie zehn Morgen Land haben, bis Gesäßhöhe mit Erdbeermarmelade bestrichen. Was halten Sie davon?«
»Ich weiß nicht, was ich davon halten soll«, murmelte ich. »Ich verstehe es nicht.«
»Ich will es anders ausdrücken«, sagte er gutmütig. »Sie könnten ein ganzes Haus voller Erdbeermarmelade haben, und jedes Zimmer so voll, daß Sie die Tür nicht aufkriegen.«

Ich konnte nur den Kopf schütteln. Mir wurde wieder unbehaglich zumute.
»Soviel Marmelade könnte ich gar nicht gebrauchen«, sagte ich dümmlich.
Der Polizist seufzte, als verzweifele er daran, mir seine Gedankengänge je vermitteln zu können. Dann wurde sein Gesichtsausdruck eine Spur ernster.
»Sagen Sie mir dies Eine, und sagen Sie mir sonst nichts«, sagte er ernst. »Als Sie damals mit Pluck und MacCruiskeen im Wald treppab verschwanden, wie war Ihre private Meinung von allem, was Sie gesehen haben? Waren Sie der Meinung, daß dort unten alles mit rechten Dingen zugeht?«
Bei Erwähnung der anderen Polizisten schrak ich zusammen und fühlte, daß ich wieder in großer Gefahr schwebte. Ich mußte äußerst vorsichtig sein. Ich vermochte nicht zu begreifen, wieso er wußte, was mir zugestoßen war, als ich mich in den Fängen von Pluck und MacCruiskeen befand, aber ich sagte ihm, ich hätte das unterirdische Paradies nicht verstanden und fände selbst das Nebensächlichste, was dort unten geschah, wunderbar und übernatürlich. Wenn ich bedächte, was ich dort gesehen hatte, fragte ich mich sogar jetzt noch wieder und wieder, ob ich geträumt hätte. Dem Polizisten schien meine Verwunderung zu behagen. Er lächelte still, mehr in sich hinein als mich an.
»Wie alles, was kaum zu glauben und schwer zu begreifen ist«, sagte er schließlich, »ist es sehr einfach, und ein Kind aus der Nachbarschaft könnte das Ganze ohne die geringste Vorbildung lösen. Es ist jammerschade, daß Sie nicht an Erdbeermarmelade gedacht haben, als Sie da unten waren, Sie hätten nämlich ein ganzes Faß gratis bekommen, und die Qualität wäre 1a und Spezial gewesen, ausschließlich unter Verwendung reinen Fruchtsafts und so gut wie ohne Konservierungsstoffe.«
»Es sah nicht so einfach aus . . . was ich gesehen habe.«

»Sie dachten, da wäre Zauberei im Spiel, um Narrenpossen erster Ordnung gar nicht zu erwähnen?«
»Allerdings.«
»Es läßt sich aber alles erklären, es war ganz einfach, und Sie werden staunen, wie es funktionierte, wenn ich es Ihnen erkläre.«
Trotz meiner gefährlichen Lage weckten seine Worte in mir eine quälende Neugier. Ich überlegte, daß diese Erwähnung der seltsamen unterirdischen Region mit den Türen und Drähten eine Bestätigung dafür war, daß sie existierte, daß ich tatsächlich dort gewesen und daß meine Erinnerung daran nicht die Erinnerung an einen Traum war ... es sei denn, ich befand mich noch immer im Banne desselben Albtraums. Sein Angebot, hunderte von Wundern mit einer einzigen simplen Erläuterung zu erklären, war sehr verlockend. Schon diese Kenntnis würde mich für das Unbehagen entschädigen, das ich in seiner Nähe empfand. Je eher seine Rede beendet war, desto eher konnte ich meine Flucht in Angriff nehmen.
»Also wie funktionierte es?« fragte ich.
Den Sergeant belustigte mein verwirrtes Gesicht, und er lächelte breit. Er gab mir zu spüren, daß ich ein Kind sei, das sich nach etwas Selbstverständlichem erkundigt.
»Die Kassette«, sagte er.
»Die Kassette? *Meine* Kassette?«
»Natürlich. Das Kassettchen steckt dahinter. Über Pluck und MacCruiskeen kann ich nur lachen; man sollte meinen, sie hätten mehr Verstand.«
»Haben Sie die Kassette gefunden?«
»Sie wurde gefunden, und ich trat den uneingeschränkten Besitz an derselben an, und zwar laut Abschnitt 16 des Gesetzes von 1887 einschließlich sämtlicher Verlängerungen und Zusatzanträge. Ich habe Sie erwartet, habe erwartet, daß Sie sie einfordern, denn durch meine privaten und offiziellen Nachforschungen wußte ich, daß Sie die verlustig gegangene Partei waren, Ihr langer Aufschub jedoch begünstigte meine

Ungeduld dahingehend, daß ich sie heute per Expreßfahrrad zu Ihnen nach Hause geschickt habe, wo Sie sie vorfinden werden, wenn Sie sich dorthin begeben. Sie haben großes Glück, daß Sie sie besitzen, denn auf der ganzen Welt gibt es nichts so Wertvolles, und sie funktioniert wie ein Zauber, man möchte schwören, es sei eine Frage von Uhrwerken. Ich habe sie gewogen, und sie enthält mehr als vier Unzen, genug, um Sie zu einem finanziell unabhängigen Menschen zu machen, sowie auch zu allem anderen, was Sie sich nur wünschen können.«
»Vier Unzen wovon?«
»Omnium. Sie wissen doch wohl, was in Ihrer eigenen Kassette ist?«
»Natürlich«, stotterte ich, »ich wußte nur nicht, daß es *vier* Unzen sind.«
»Vier Komma Eins Zwei auf der offiziellen Briefwaage im Postamt. Und auf diese Weise habe ich Pluck und MacCruiskeen genasführt, man möchte lächeln, wenn man daran denkt, wie sie rennen mußten und sich wie die Pferde abschufteten, wenn ich die Meßwerte in die Gefahrenzone hinaufjubelte.«
Beim Gedanken daran, wie seine Kollegen hatten hart arbeiten müssen, kicherte er leise und sah zu mir herüber, um die Wirkung seiner simplen Enthüllung zu sehen. Ich sank verblüfft in meiner Nische zurück, es gelang mir aber, mit einem geisterhaften Lächeln zu antworten, um den Verdacht zu zerstreuen, ich hätte nicht gewußt, was in der Kassette war. Wenn ich ihm glauben konnte, hatte er auf seiner Stube gesessen, vier Unzen dieser unsäglichen Substanz beaufsichtigt und dabei in aller Ruhe die natürliche Ordnung durcheinandergebracht, verzwickte und bis dato unbekannte Mechanismen entwickelt, um die anderen Polizisten in die Irre zu führen, in drastischer Weise die Zeit beeinflußt, um sie glauben zu machen, sie führten dies verzauberte Leben schon seit Jahren, hatte die ganze Gegend verstört, verschreckt und be-

hext. Ich war von der bescheidenen Leistung, die er so freudig für sich beanspruchte, betäubt und entsetzt, ich konnte es nicht ganz glauben, aber es war die einzige Möglichkeit, um die furchtbaren Erinnerungen, mit denen mein Hirn angefüllt war, zu erklären. Wieder wurde mir angst vor dem Polizisten, aber gleichzeitig ergriff mich eine wilde Aufregung, wenn ich daran dachte, daß diese Kassette samt Inhalt in diesem Augenblick auf dem Tisch meiner eigenen Küche ruhte. Was würde Divney unternehmen? Würde er sich ärgern, weil er kein Geld vorfand, das entsetzliche Omnium für ein Stück Schmutz halten und es auf den Misthaufen werfen? Gestaltlose Spekulationen stürmten auf mich ein, phantastische Befürchtungen und Hoffnungen, unaussprechliche Vorstellungen, berauschende Ahnungen von Schöpfungen, Veränderungen, Vernichtungen und gottähnlichen Eingriffen. Ich konnte zu Hause mit meiner Schachtel voll Omnium sitzen und alles tun, alles sehen und alles wissen, und meine Phantasie wäre das einzige, was meiner Macht die Grenzen setzt. Vielleicht könnte ich es sogar zur Erweiterung meiner Phantasie verwenden. Ich könnte das Universum je nach meinen Wünschen zerstören, verändern und verbessern. Ich könnte John Divney loswerden, nicht irgendwie brutal, nein, ich würde ihm zehn Millionen Pfund geben, damit er verschwände. Ich könnte die unglaublichsten Kommentare zu de Selby schreiben, die je geschrieben wurden, und sie in Einbänden herausbringen, die beispiellos wären in ihrer luxuriösen und dauerhaften Verarbeitung. Auf meinem Bauernhof würden Obst, Getreide und Hackfrüchte gedeihen, die alles bisher Dagewesene in den Schatten stellten, und zwar auf einem Boden, der durch einen Kunstdünger ohnegleichen unfaßbar fruchtbar gemacht worden wäre. An meinem linken Oberschenkel würde wie durch Zauberhand ein Bein aus Fleisch und Knochen auftauchen, das dennoch stärker wäre als Eisen. Ich würde das Wetter verbessern, so daß der Durchschnittstag voll sonnigen Friedens wäre, während nachts ein freundlicher Regen die Welt reinwaschen würde, um sie frischer und dem Auge gefälliger zu machen. Ich würde jeden armen Arbeitsmann der Welt mit einem Fahrrad aus purem Gold beschenken, jedes mit einem Sattel versehen, der aus einem Material gefertigt wäre, das noch gar nicht erfunden wurde, das aber weicher wäre als die weicheste Weichheit, und ich würde es so einrichten, daß eine warme Brise auf jeder Reise hinter jedermann wehte, und dies sogar wenn zwei Reisende auf derselben Straße in entgegengesetzter Richtung fuhren. Meine Sau würde zweimal täglich ferkeln, und unverzüglich erschiene ein Mann, der mir zehn Millionen Pfund für jedes Ferkel bot – nur um auf der Stelle von einem zweiten Mann überboten zu werden, der zwanzig Millionen anlegen wollte. Die Fässer und Flaschen meiner Kneipe wären unerschöpflich, gleichgültig, wieviel man aus ihnen ausgeschenkt hätte. Ich würde de Selby selbst zum Leben erwekken, damit er sich abends mit mir unterhielte und mich bei meinen sublimen Unternehmungen beriete. Jeden Dienstag würde ich mich unsichtbar machen ...

»Sie ahnen ja gar nicht, wie praktisch das ist«, sagte der Polizist, meine Gedankengänge unterbrechend, »wenn man sich im Winter den Dreck von der Hose entfernen will.«

»Warum benutzen Sie es nicht gleich, um zu verhindern, daß überhaupt Dreck an Ihre Hose kommt?« fragte ich erregt.

Der Polizist sah mich mit großäugiger Bewunderung an.

»Daran habe ich beim Dotter noch gar nicht gedacht«, sagte er. »Sie sind wirklich sehr intellektuell, und ich bin nur ein Einfaltspinsel.«

»Und warum benutzen Sie es nicht«, schrie ich fast, »um den Dreck allgemein abzuschaffen?«

Er schlug die Augen nieder und sah ganz untröstlich aus.

»Von allen Einfaltspinseln bin ich der Weltmeister«, murmelte er.

Ich konnte mir nicht helfen, ich mußte ihn – jawohl: nicht ohne ein gewisses Mitleid – anlächeln. Es lag auf der Hand, daß er nicht die Art Persönlichkeit war, der man den Inhalt der schwarzen Kassette anvertrauen sollte. Seine tölpelhafte unterirdische Erfindung war das Produkt eines Geistes, der sich aus Abenteuerbüchern für Knaben nährte, aus Büchern, in denen jede Extravaganz mechanisch und tödlich war und nur dem einen Zweck diente, jemanden so kunstvoll wie nur irgend möglich zu Tode zu bringen. Ich konnte mich glücklich schätzen, daß ich seinen abstrusen Kellern lebendig entkommen war. Gleichzeitig fiel mir ein, daß ich mit Wachtmeister McCruiskeen und Sergeant Pluck noch eine kleine Rechnung offen hatte.

Es war nicht die Schuld dieser beiden Herren, daß ich nicht an den Galgen gehängt und am Auffinden der schwarzen Kassette gehindert worden war. Dieser Polizist hier hatte mir – wahrscheinlich unabsichtlich – das Leben gerettet, als er beschloß, einen alarmierenden Meßwert auf den Hebel zu zaubern. Dafür hatte er eine kleine Erkenntlichkeit verdient. Ich würde ihm höchstwahrscheinlich zehn Millionen Pfund überweisen lassen, wenn ich Zeit gefunden hatte, die Angelegenheit eingehend zu bedenken. Er sah mir eher einem Toren gleich, denn einem Schelmen. Mit MacCruiskeen und Pluck war es freilich ein ander Ding. Ich konnte wahrscheinlich Zeit und Mühe sparen, indem ich die unterirdische Maschinerie so einstellte, daß beide genügend Unannehmlichkeiten, Gefahren, Gliederzucken, Arbeit und Unbequemlichkeit erlitten, um den Tag zu bereuen, an dem sie mich zuerst bedroht hatten. Jeder der Schränke konnte so verändert werden, daß er nicht mehr Fahrräder und Whiskey und Streichhölzer enthielt, sondern verwesende Abfälle, unerträgliche Gerüche, das Auge schmerzende Fäulnisse, mit Knäueln glänzender schleimiger Vipern, deren jede einzelne tödlich war und einen Pesthauch ausatmete, Millionen kranker und schwärender Ungeheuer, die sich an die inwendigen Klinken der Öfen klammerten, um sie zu öffnen und zu entfliehen, gehörnte Ratten, die mit dem Rücken nach unten die an der

Decke angebrachten Rohre entlangtrippelten und mit ihren leprösen Schwänzen den Polizisten über die Köpfe strichen, von unberechenbaren Gefahren kündende Meßwerte, die sich stündlich auf dem ...

»Aber beim Eierkochen ist es eine große Hilfe«, warf der Polizist wieder ein, »wenn man sie gern weich hat, werden sie weich, und die harten sind so hart wie Stahl.«

»Ich glaube, ich gehe jetzt nach Hause«, sagte ich mit fester Stimme und blickte ihn fast grimmig an. Ich stand auf. Er nickte nur, holte seine Taschenlampe hervor und schwang sein Bein vom Tisch herunter.

»Ich kann ein Ei nicht gutheißen, das noch glasig ist«, bemerkte er, »und es gibt nichts Schlimmeres für Sodbrennen und Verdauungsbeschwerden, gestern war der erste Tag meines Lebens, an dem mein Ei richtig war.«

Er führte mich zu der hohen, engen Tür, öffnete sie und verschwand vor mir die dunkle Treppe hinunter, wobei er mit der Taschenlampe abwechselnd nach vorn und höflich hinter sich leuchtete, um mir die Stufen zu zeigen. Wir kamen nur langsam voran und schwiegen. Manchmal ging er seitwärts, und die mehr vorgewölbten Teile seiner Uniform streiften die Wand. Als wir das Fenster erreicht hatten, öffnete er es, kroch als erster ins Unterholz und hielt das Fenster offen, bis ich mich hinausgekämpft hatte. Dann ging er wieder mit der Lampe vor mir her und machte lange, in hohem Gras und Unterholz rauschende Schritte. Er sagte nichts, bis wir das Loch in der Hecke erreicht hatten und wieder auf der harten Landstraße standen. Dann sprach er. Seine Stimme klang seltsam schüchtern, fast kleinlaut.

»Da war noch etwas, was ich Ihnen gern gesagt hätte«, sagte er, »und fast schäme ich mich, es Ihnen zu sagen, denn es ist eine Frage des Prinzips, und ich nehme mir nicht gerne persönliche Freiheiten heraus, wo wäre die Welt, wenn das alle täten?«

Ich spürte, wie er mich im Dunkeln mit milder Neugier be-

trachtete. Ich war verdutzt und ein wenig beunruhigt. Ich fürchtete eine weitere verheerende Enthüllung.
»Worum geht es denn?« fragte ich.
»Es handelt sich um meine kleine Revierwache...«, murmelte er.
»Ja?«
»Ich habe mich ihrer Schäbigkeit wegen zu Tode geschämt, und ich habe mir die Freiheit genommen, sie neu tapezieren zu lassen, zur gleichen Zeit, als ich mir das Ei hart kochte. Sie sieht jetzt sehr adrett aus, und ich hoffe, Sie sind mir wegen des kleinen Verlusts nicht böse.«
Ich lächelte innerlich, fühlte mich erleichtert und sagte ihm, aber jederzeit, und gern geschehen.
»Es war eine empfindliche Versuchung«, fuhr er eifrig fort, um seine Verteidigung zu untermauern, »es war nämlich nicht nötig, die Anschläge von der Wand zu entfernen, weil sich die Tapete selbsttätig hinter ihnen anbrachte, bevor man noch eine Silbe sagen konnte.«
»Das geht in Ordnung«, sagte ich. »Gute Nacht und vielen Dank.«
»Leben Sie wohl«, sagte er und salutierte mit der Hand, »und Sie können sich darauf verlassen, daß ich die gestohlene Lampe finden werde, sie kosten nämlich einen Shilling Sixpence, und manchmal wünscht man sich, man wäre aus Geld gemacht, um ständig neue nachkaufen zu können.«
Ich beobachtete, wie er sich durch die Hecke zurückzog und in das Gewirr der Bäume und Büsche ging. Bald war seine Taschenlampe nur noch ein unterbrochenes Flackern zwischen den Baumstämmen, und schließlich war er verschwunden. Ich war wieder allein auf der Landstraße. Außer den trägen Bewegungen der Bäume war in der sanften Nachtluft kein Laut zu hören. Ich seufzte vor Erleichterung und begann, zum Tor zurückzugehen, um mein Fahrrad zu holen.

XII

Die Nacht schien ihren Höhepunkt erreicht zu haben, und es war jetzt viel dunkler als zuvor. Mein Gehirn war mit halb skizzierten Gedanken der weitestreichenden Art angefüllt, aber ich unterdrückte sie gewissenhaft und im Bestreben, mich ganz auf das Finden des Fahrrads und die Heimfahrt zu beschränken.

Ich erreichte die Torvertiefung und untersuchte sie behutsam. Ich streckte die Arme in die Dunkelheit und sehnte mich nach der beruhigenden Lenkstange meiner Komplizin. Bei jeder Bewegung, jedem Tasten fand ich entweder nichts, oder meine Hand stieß auf die granitene Härte der Mauer. Mir keimte der unangenehme Verdacht, das Fahrrad sei nicht mehr da. Ich begann, schneller und erregter zu suchen und fuhr mit den Händen, wie mir schien, über den gesamten Halbkreis der Toreinfahrt. Sie war nicht da. Voller Gram hielt ich einen Moment inne und versuchte, mich zu erinnern, ob ich sie losgebunden hatte, als ich das letztemal aus dem Haus gestürzt war, um sie zu finden. Es war unvorstellbar, daß sie gestohlen sein sollte, denn wenn jemand zu dieser unmenschlichen Stunde vorbeigekommen wäre, hätte er sie in der pechschwarzen Dunkelheit nicht sehen können. Wie ich so dastand, passierte mir wieder etwas durchaus Erstaunliches. Etwas glitt sanft in meine rechte Hand. Es war der Griff einer Lenkstange – *ihrer* Lenkstange. Er schien aus dem Dunkel zu mir zu kommen wie ein Kind, das die Hand ausstreckt, um geführt zu werden. Ich war erstaunt, wußte aber später nicht genau zu bestimmen, ob sich das Ding wirklich in meine Hand begeben habe, oder ob die Hand, während ich tief in Gedanken versunken war, mechanisch weitergesucht und somit die Lenkstange ohne die Hilfe oder Einmischung irgendeiner ungewöhnlichen Existenz gefunden hatte. Zu jeder anderen Zeit hätte ich verwundert über diesen merkwürdigen Zwischenfall meditiert, aber für diesmal unterdrückte ich jeden Gedanken daran, ließ meine Hände über das übrige Fahrrad wandern, fand sie ungeschickt gegen die Mauer gelehnt, und der Strick hing lose an ihrer Mittelstange herab. Sie stand nicht am Tor, nicht dort, wo ich sie zurückgelassen hatte.

Meine Augen hatten sich an die Finsternis gewöhnt, und ich konnte jetzt deutlich abgehoben die etwas hellere Straße erkennen, die auf beiden Seiten von den formlosen Düsternissen des Straßengrabens begrenzt war. Ich führte das Fahrrad zur Mitte der Straße, trat sanft auf das Pedal, warf mein Bein hinüber und ließ mich leicht in ihrem Sattel nieder. Sie schien mir sogleich irgendeinen Balsam zuteil werden zu lassen, eine überaus beschwichtigende und angenehme Entspannung nach den Aufregungen in der winzigen Polizeiwache. Wieder fühlte ich mich an Leib und Seele behaglich, immer leichter wurde mir ums Herz, und ich war froh. Ich wußte, daß mich bei dieser Gelegenheit jetzt nichts auf der ganzen Welt mehr aus dem Sattel würde locken können, bevor ich zu Hause angekommen wäre. Ich hatte das große Haus bereits ein gut Stück Weges hinter mir gelassen. Aus dem Nichts war ein Windchen aufgekommen, welches nun unermüdlich gegen meinen Rücken drückte, so daß ich ohne Anstrengung wie ein Ding mit Flügeln durch die Dunkelheit huschte. Das Fahrrad lief treulich und makellos unter mir dahin, jedes Teil funktionierte präzise, ihre freundliche Sattelfederung bedachte mein Gewicht auf den Schwingungen der Landstraße mit nicht enden wollender Rücksicht. Standhaft wie nur je versuchte ich, mich von dem wilden Gedanken an meine vier Unzen Omnium freizuhalten, aber nichts, was in meiner Macht stand, konnte dem Überfluß halb gedachter Extravaganzen Einhalt gebieten, die meinen Geist überfluteten wie eine Horde Schwalben – Extravaganzen des Essens, des Trinkens, des Erfindens, des Veränderns, des Verbesserns, des Belohnens, des Strafens und sogar des Liebens. Ich wußte nur, daß einige dieser undefinierten Gedankenbüschel himmlischen

Ursprungs waren, andere waren entsetzlich, wieder andere waren angenehm und wohltätig; alle waren bedeutungsschwer. Ekstatisch drückten meine Füße die willigen weiblichen Pedale nieder.

Courahans Haus, eine trübe, schweigende Ansammlung von Finsternis, flog zur Rechten an mir vorbei, und meine Augen verengten sich erregt, um die zweihundert Meter zu meinem Haus zu durchdringen. Nach und nach nahm es genau an dem Punkt, wo es meines Wissens stehen mußte, Gestalt an, und beinahe hätte ich gegröhlt und Hochrufe ausgebracht und beim ersten Anblick dieser simplen vier Wände wilde Begrüßungen gebrüllt. Noch bei Courahan – jetzt konnte ich es zugeben – war ich nicht völlig davon überzeugt gewesen, daß ich mein Geburtshaus jemals wiedersehen würde, aber nun war ich da und stieg vom Fahrrad. Die Gefahren und Wunder der letzten paar Tage schienen nun, da ich sie überlebt hatte, großartig und heldenhaft. Ich fühlte mich kolossal, wichtig und machtvoll. Ich fühlte mich glücklich und erfüllt.

Die Kneipe und die gesamte Vorderfront des Hauses waren in Dunkelheit getaucht. Ich radelte forsch näher, lehnte das Fahrrad gegen die Tür und ging um die Ecke des Hauses herum. Aus dem Küchenfenster schien ein Licht. Ich lächelte bei dem Gedanken an John Divney, trat auf Zehenspitzen näher und blickte hinein.

Was ich sah, war zwar nicht völlig unnatürlich, aber wieder erlebte ich einen jener lähmenden Schrecken, die ich überwunden zu haben glaubte. Am Tisch stand eine Frau, die irgendein Kleidungsstück lässig in der Hand hielt. Sie blickte zum Kamin hinüber, wo die Lampe stand und sprach sehr schnell auf jemanden am Kamin ein. Ich konnte den Kamin von meinem Beobachtungsposten aus nicht sehen. Bei der Frau handelte es sich um Pegeen Meers, die Divney einst im Zusammenhang mit seinen Heiratsabsichten erwähnt hatte. Ihr Aussehen überraschte mich weit mehr als ihre Anwesenheit in meiner eigenen Küche. Sie schien alt und sehr fett und sehr grau geworden zu sein. Von der Seite konnte ich sehen, daß sie guter Hoffnung war. Sie sprach schnell, ja ärgerlich, wie mir schien. Ich war sicher, daß sie mit John Divney sprach, der vor dem Kamin sitzen und ihr den Rücken zugewandt haben mochte. Ich hielt mich nicht damit auf, diese merkwürdige Situation zu bedenken, sondern ging am Fenster vorbei, hob den Türhebel, öffnete schnell die Tür und betrachtete stehend die Szenerie. Mit dem ersten Blick gewahrte ich zwei Personen beim Kamin, einen jungen Burschen, den ich noch nie gesehen hatte, und meinen alten Freund John Divney. Ich sah ihn im Halbprofil, und seine Erscheinung jagte mir einen gehörigen Schrecken ein. Er war unglaublich dick geworden, sein brünettes Haar war verschwunden, und er war ganz kahl. Sein kräftiges Gesicht hatte sich in zwei Wangen voll hängenden Fetts verwandelt. Im Winkel seines vom Feuer erleuchteten Auges konnte ich ein munteres Glänzen ausmachen; eine offene Flasche Whiskey stand neben seinem Stuhl auf dem Fußboden. Er wandte sich faul der offenen Tür zu, erhob sich halb und stieß einen Schrei aus, der mich durchbohrte, der das Haus durchdrang, der sich erhob, um am Himmelsgewölbe schaurig widerzuhallen. Seine Augen waren starr und reglos, als er mich anglotzte, sein schwammiges Gesicht schrumpfte und schien zu einem welken, blassen Fleischlappen einzuschnurren. Seine Kiefer klickten ein paarmal wie eine Maschine, und dann fiel er vornüber aufs Gesicht, wobei er wieder einen schrecklichen Schrei ausstieß, der allmählich in herzzerreißendes Gewimmer überging.

Ich empfand große Furcht und stand bleich und hilflos im Türrahmen. Der Junge war herzu gesprungen und versuchte, Divney aufzuheben; Pegeen hatte angstvoll aufgeschrien und eilte ebenfalls zu Hilfe. Sie drehten Divney auf den Rücken. Sein Gesicht war zu einer abstoßenden Angstgrimasse verzerrt. Wieder sahen seine Augen zu mir herüber, blickten dann wieder fort, er schrie noch einmal durchdringend, und

vor seinem Mund sammelte sich ekler Schaum. Ich ging ein paar Schritte vor, um ihm beim Aufstehen zu helfen, aber er wand sich in wahnsinnigen, konvulsivischen Zuckungen und keuchte die vier Worte »Hau ab, hau ab« in einem solchen Ton der Angst und des Schreckens hervor, daß ich, über sein Aussehen entsetzt, wie festgenagelt stehenblieb. Wie von Sinnen schubste die Frau den bleichen Jungen und sagte:
»Lauf und hol' für deinen Vater den Arzt, Tommy! Schnell, schnell!«
Der Junge brummte etwas und rannte zur offenen Tür hinaus, ohne mich eines Blickes zu würdigen. Divney lag immer noch da, das Gesicht in den Händen verborgen, mit gebrochener leiser Stimme stöhnend und plappernd; die Frau lag auf den Knien und versuchte, ihm den Kopf zu halten und ihn zu trösten. Jetzt weinte sie und stieß unter Schluchzern hervor, sie habe gewußt, es werde noch etwas passieren, wenn er nicht mit dem Trinken aufhöre. Ich trat ein wenig näher und sagte:
»Kann ich irgendwie behilflich sein?«
Sie nahm nicht die geringste Notiz von mir und sah mich nicht einmal an. Aber meine Worte zeigten bei Divney eine seltsame Wirkung. Er ließ ein winselndes Kreischen hören, das durch seine Hände gedämpft wurde; dann erstarb das Kreischen zu erstickten Schluchzern, und er verschloß sein Gesicht so fest in der Umklammerung seiner Hände, daß ich sehen konnte, wie sich die Fingernägel in sein lockeres weißes Fleisch an den Ohren krallten. Meine Unruhe wuchs. Das Geschehen war unheimlich und bestürzend. Ich trat einen weiteren Schritt vor.
»Wenn Sie gestatten«, sagte ich laut zu dieser Frau namens Meers, »werde ich ihn aufrichten und ins Bett bringen. Ihm fehlt sonst nichts weiter, er hat nur zuviel Whiskey getrunken.«
Wieder schenkte mir die Frau nicht die geringste Beachtung, aber Divney wurde von Krämpfen geschüttelt, die schrecklich

anzusehen waren. Halb kroch, halb rollte er mit grotesken Bewegungen seiner Glieder, bis er als zerknittertes Bündel am anderen Ende der Küche liegenblieb, wobei er auf dem Weg die Flasche Whiskey umstieß, so daß sie laut über den Fußboden klirrte. Er wimmerte und stieß qualvolle Schreie aus, die mich bis ins Mark erstarren ließen. Die Frau folgte ihm auf den Knien, weinte erbärmlich und versuchte, ihm besänftigende Worte zuzumurmeln. Dort, wo er jetzt lag, verfiel er in krampfhaftes Schluchzen, er wimmerte krauses Zeug wie ein Mensch, der an der Schwelle des Todes wütet. Was er sagte, galt mir. Er befahl mir, ich solle abhauen. Er sagte, ich sei gar nicht da. Er sagte, ich sei tot. Er sagte, er habe nicht die schwarze Kassette unter die Dielen des großen Hauses gelegt, sondern eine Mine, eine Bombe. Sie sei losgegangen, als ich sie berührte. Er habe die Explosion von dort beobachtet, wo ich ihn zurückgelassen hatte. Das Haus sei in Stücke gesprengt worden. Ich sei tot. Er kreischte, ich solle abhauen. Ich sei seit sechzehn Jahren tot.

»Er stirbt«, heulte die Frau.

Ich weiß nicht, ob mich erstaunte, was er sagte, oder ob ich ihm überhaupt glaubte. Mein Geist wurde ganz leer, ganz leicht, und ich hatte das Gefühl, er müsse jetzt von sehr weißer Farbe sein. Lange blieb ich an derselben Stelle stehen, bewegte mich nicht und dachte nicht. Dann dachte ich, dies Haus komme mir fremd vor, und ich wußte nicht recht, was ich von den beiden Figuren auf dem Fußboden zu halten hatte. Beide stöhnten, jammerten und weinten.

»Er stirbt, er stirbt«, heulte die Frau wieder.

Ein kalter, beißender Wind fegte zur offenen Tür herein und ließ die Flamme der Öllampe tanzen. Ich fand, daß es Zeit sei zu gehen. Steif machte ich kehrt, ging zur Tür hinaus und um die Ecke zur Vorderfront des Hauses, um mein Fahrrad zu holen. Es war fort. Ich ging wieder zur Landstraße und wandte mich nach links. Die Nacht war vorüber, und der Morgen dämmerte mit bitter ätzenden Winden. Der Himmel war fahl und mit bösem Omen befrachtet. Schwarze, dräuende Wolken türmten sich im Westen auf, prall und übersättigt, bereit, Verderben zu speien und die öde Welt darin zu ersäufen. Ich war traurig, leer und ohne einen Gedanken. Die Bäume, die die Straße säumten, waren modrig und verkrüppelt, trostlos bewegten sie ihre völlig entblätterten Zweige im Wind. Die Gräser waren, soweit das Auge reichte, derb und verfault. Mit Wasser vollgesogener Sumpf und ungesunde Marschen breiteten sich endlos zur Linken wie zur Rechten. Die Blässe des Himmels war ein schrecklicher Anblick.

Unaufgefordert trugen meine Füße meinen entnervten Körper Meile um Meile auf der rauhen, freudlosen Straße voran. Mein Geist war vollkommen leer. Ich wußte nicht mehr, wer ich war, wo ich war, oder was mein Geschäft war auf Erden. Einsam war ich und verlassen, und doch machte ich mir keine Sorgen um mich. Die Augen in meinem Kopf waren offen, doch sahen sie nichts, denn mein Gehirn war leer.

Plötzlich bemerkte ich, daß ich meine eigene Existenz wieder wahrnahm und daß ich meiner Umgebung wieder Bedeutung beimaß. Die Straße beschrieb eine Kurve, und als ich der Wegbiegung gefolgt war, bot sich mir ein ungewöhnliches Schauspiel. In einer Entfernung von etwa hundert Metern stand auf der linken Straßenseite ein Haus, das mich erstaunte. Es sah aus, als sei es gemalt, und zwar wie eine Reklametafel am Straßenrand, sehr schlecht gemalt noch dazu. Es sah völlig verfehlt und gar nicht überzeugend aus. Es hatte weder Tiefe noch Breite und sah aus, als würde ein Kind nicht darauf hereinfallen. Das allein genügte noch nicht, um mich in Erstaunen zu setzen, denn ich hatte vorher schon Bilder und Reklametafeln am Straßenrand gesehen. Was mich verwirrte, war meine unbeirrbare, tief wurzelnde Gewißheit, daß es dies Haus sei, welches ich suchte, und daß es von Menschen bewohnt sei. Nie in meinem Leben hatten meine Augen etwas so Unnatürliches und Schreckliches gesehen, und ver-

ständnislos schweifte mein Blick über das Ding, als wäre mindestens eine der gebräuchlichen Dimensionen ausgefallen, so daß die übrigen keine Bedeutung mehr hatten. Die Erscheinung dieses Hauses war die größte Überraschung, die ich je erlebt hatte, und ich hatte Angst vor ihr.
Ich ging weiter, aber ich ging langsamer. Als ich mich dem Haus näherte, schien es sein Aussehen zu verändern. Zuerst unternahm es nichts, um sich mit der Gestalt eines herkömmlichen Hauses in Einklang zu bringen, sondern sein Umriß wurde ungewiß, wie etwas, was unter einer gekräuselten Wasseroberfläche liegt. Dann klärte es sich wieder, und ich sah, daß es so etwas wie eine Hinterfront zu haben begann, etwas Raum für Zimmer hinter der Fassade. Dies entnahm ich dem Umstand, daß ich gleichzeitig die Fassade und die Hinterfront zu sehen schien, als ich mich dem näherte, was die Schmalseite hätte sein sollen. Da es, soviel ich sah, keine solche Seite gab, dachte ich mir, das Haus müsse dreieckig, sein Scheitelpunkt mir zugewandt sein, als ich jedoch nur noch fünf Meter entfernt war, sah ich ein kleines Fenster, und daher wußte ich, daß es *irgendeine* Schmalseite haben mußte. Dann fand ich mich fast im Schatten des Gebildes wieder, verwundert, ängstlich, und mit trockener Kehle. Aus der Nähe betrachtet, sah es ganz normal aus; nur war es sehr weiß und still. Es war eindrucksvoll und furchterregend; der gesamte Morgen und die ganze Welt schienen nur den einen Zweck zu haben, für das Haus einen Rahmen abzugeben und ihm etwas Größe und Bedeutung zu verleihen, so daß ich es mit meinen einfachen Sinnen auffinden konnte und mir einreden, daß ich es verstehe. Ein Polizei-Emblem über der Tür sagte mir, daß es sich um eine Polizeiwache handelte. So eine Polizeiwache hatte ich noch nie gesehen.
Ich blieb wie angewurzelt stehen. Auf der Straße hinter mir hörte ich entfernte Schritte, schwere Schritte, die mir nachsetzten. Ich sah mich nicht um, sondern blieb regungslos drei Meter von der Polizeiwache entfernt stehen, um auf die ha-

stigen Schritte zu warten. Sie wurden immer lauter und immer schwerer. Schließlich erklangen sie neben mir. Es war John Divney. Wir sahen einander nicht an und wechselten kein einziges Wort. Ich schloß mich ihm an, und wir marschierten im Gleichschritt in die Polizeiwache. Wir sahen einen enormen Polizisten, der uns den Rücken zuwandte. Von hinten sah er ungewöhnlich genug aus. Er stand hinter einer kleinen Barriere in einem adretten weißgetünchten Tagesraum; sein Mund war offen, und er betrachtete sich in einem Spiegel, der an der Wand hing.

»Es sind die Zähne«, hörten wir ihn versonnen und halblaut sagen. »Fast jede Krankheit hängt mit den Zähnen zusammen.«

»Fast jede Krankheit hängt mit den Zähnen zusammen.«

Als er sich umwandte, sorgte sein Gesicht für eine weitere Überraschung. Es war unförmig dick, rot und ausgedehnt, es hockte viereckig auf dem Kragen seines Uniformrocks und besaß eine plumpe Gewichtigkeit, die mich an einen Sack Mehl erinnerte. Seine untere Hälfte wurde von einem grellroten Schnurrbart verdeckt, der aus der Haut hervor- und weit in die Luft hineinschoß wie die Fühler eines ungewöhnlichen Insekts. Seine Wangen waren rot und rund, und seine Augen fast unsichtbar, da sie von oben durch das Hindernis seiner quastigen Brauen und von unten durch das wogende Fett unter seiner Haut verborgen wurden. Er trat schwerfällig an die Barriere, und Divney und ich näherten uns demütig von der Tür her, bis wir einander von Angesicht zu Angesicht gegenüber standen.

»Handelt es sich um ein Fahrrad?« fragte er.

Bibliothek Suhrkamp

Verzeichnis der letzten Nummern

717 Colette, Diese Freuden
718 Heinrich Lersch, Hammerschläge
719 Robert Walser, An die Heimat
720 Miguel Angel Asturias, Der Spiegel der Lida Sal
721 Odysseas Elytis, Maria Nepheli
722 Max Frisch, Triptychon
724 Heinrich Mann, Professor Unrat
726 Bohumil Hrabals Lesebuch
727 Adolf Muschg, Liebesgeschichten
728 Thomas Bernhard, Über allen Gipfeln ist Ruh
729 Wolf von Niebelschütz, Über Barock und Rokoko
730 Michail Prischwin, Shen-Schen
732 Heinrich Mann, Geist und Tat
733 Jules Laforgue, Hamlet oder die Folgen der Sohnestreue
734 Rose aus Asche
736 Jarosław Iwaszkiewicz, Drei Erzählungen
737 Leonora Carrington, Unten
738 August Strindberg, Der Todestanz
739 Hans Erich Nossack, Das Testament des Lucius Eurinus
741 Miguel Angel Asturias, Der Böse Schächer
742 Lucebert, Die Silbenuhr
743 Marie Luise Kaschnitz, Ferngespräche
744 Emmanuel Bove, Meine Freunde
745 Odysseas Elytis, Lieder der Liebe
746 Boris Piljnak, Das nackte Jahr
747 Hermann Hesse, Krisis
748 Pandelis Prevelakis, Chronik einer Stadt
749 André Gide, Isabelle
750 Guido Morselli, Rom ohne Papst
752 Luigi Malerba, Die Entdeckung des Alphabets
753 Jean Giraudoux, Siegfried oder Die zwei Leben des Jacques Forestier
754 Reinhold Schneider, Die Silberne Ampel
755 Max Mell, Barbara Naderer
756 Natalja Baranskaja, Ein Kleid für Frau Puschkin
757 Paul Valery, Die junge Parze
758 Franz Hessel, Heimliches Berlin
759 Bruno Frank, Politische Novelle
760 Zofia Romanowiczowa, Der Zug durchs Rote Meer
761 Giovanni Verga, Die Malavoglia
762 Roland Barthes, Am Nullpunkt der Literatur
763 Ernst Weiß, Die Galeere

764 Machado de Assis, Quincas Borba
765 Carlos Drummond de Andrade, Gedichte
766 Edmond Jabès, Es nimmt seinen Lauf
767 Thomas Bernhard, Am Ziel
768 Ödön von Horváth, Mord in der Mohrengasse / Revolte auf Côte 3018
769 Thomas Bernhard, Ave Vergil
770 Thomas Bernhard, Der Stimmenimitator
771 Albert Camus, Die Pest
772 Norbert Elias, Über die Einsamkeit der Sterbenden in unseren Tagen
773 Peter Handke, Die Stunde der wahren Empfindung
774 Francis Ponge, Das Notizbuch vom Kiefernwald / La Mounine
775 João Guimarães Rosa, Doralda, die weiße Lilie
776 Hermann Hesse, Unterm Rad
777 Lu Xun, Die wahre Geschichte des Ah Q
778 H. P. Lovecraft, Der Schatten aus der Zeit
779 Ernst Penzoldt, Die Leute aus der Mohrenapotheke
780 Georges Perec, W oder die Kindheitserinnerung
781 Clarice Lispector, Die Nachahmung der Rose
782 Natalia Ginzburg, Die Stimmen des Abends
783 Victor Segalen, René Leys
785 Uwe Johnson, Skizze eines Verunglückten
786 Nicolás Guillén, Ausgewählte Gedichte
787 Alain Robbe-Grillet, Djinn
788 Thomas Bernhard, Wittgensteins Neffe
789 Vladimir Nabokov, Professor Pnin
790 Jorge Luis Borges, Ausgewählte Essays
791 Rainer Maria Rilke, Das Florenzer Tagebuch
792 Emmanuel Bove, Armand
793 Bohumil Hrabal, Bambini di Praga
794 Ingeborg Bachmann, Der Fall Franza/Requiem für Fanny Goldmann
795 Stig Dagerman, Gebranntes Kind
796 Generation von 27, Gedichte
797 Peter Weiss, Fluchtpunkt
798 Pierre Loti, Aziyadeh
799 E. M. Cioran, Geviertelt
800 Samuel Beckett, Gesellschaft
801 Ossip Mandelstam, Die Reise nach Armenien
802 René Daumal, Der Analog
803 Friedrich Dürrenmatt, Monstervortrag
804 Alberto Savinio, Unsere Seele/Signor Münster
805 Henry de Montherlant, Die Junggesellen über Gerechtigkeit und Recht
806 Ricarda Huch, Lebenslauf des heiligen Wonnebald Pück
807 Samuel Beckett, Drei Gelegenheitsstücke

808 Juan Carlos Onetti, So traurig wie sie
809 Heinrich Böll, Wo warst du, Adam?
810 Guido Ceronetti, Das Schweigen des Körpers
811 Katherine Mansfield, Meistererzählungen
812 Hans Mayer, Ein Denkmal für Johannes Brahms
813 Ogai Mori, Vita sexualis
814 Benito Pérez Galdós, Miau
815 Gertrud Kolmar, Gedichte
816 Rosario Castellanos, Die neun Wächter
817 Bohumil Hrabal, Schöntrauer
818 Thomas Bernhard, Der Schein trügt
819 Martin Walser, Ein fliehendes Pferd
820 Gustav Januš, Gedichte
821 Bernard von Brentano, Die ewigen Gefühle
822 Franz Hessel, Der Kramladen des Glücks
823 Salvatore Satta, Der Tag des Gerichts
824 Marie Luise Kaschnitz, Liebe beginnt
825 John Steinbeck, Die Perle
826 Clarice Lispector, Der Apfel im Dunkel
827 Bohumil Hrabal, Harlekins Millionen
828 Hans-Georg Gadamer, Lob der Theorie
829 Manuel Rojas, Der Sohn des Diebes
830 Jacques Stéphen Alexis, Der verzauberte Leutnant
831 Gershom Scholem, Judaica 4
832 Elio Vittorini, Erica und ihre Geschwister
833 Oscar Wilde, De Profundis
834 Peter Handke, Wunschloses Unglück
835 Ossip Mandelstam, Schwarzerde
836 Mircea Eliade, Dayan / Im Schatten einer Lilie
837 Angus Wilson, Späte Entdeckungen
838 Robert Walser, Seeland
839 Hermann Hesse, Sinclairs Notizbuch
840 Luigi Malerba, Tagebuch eines Träumers
841 Ivan Bunin, Mitjas Liebe
842 Jürgen Becker, Erzählen bis Ostende
843 Odysseas Elytis, Neue Gedichte
844 Robert Walser, Die Gedichte
845 Paul Nizon, Das Jahr der Liebe
846 Félix Vallotton, Das mörderische Leben
847 Clarice Lispector, Nahe dem wilden Herzen
849 Ludwig Hohl, Daß fast alles anders ist
850 Jorge Amado, Die Abenteuer des Kapitäns Vasco Moscoso
851 Hermann Lenz, Der Letzte
852 Marie Luise Kaschnitz, Elissa
853 Jorge Amado, Die drei Tode des Jochen Wasserbrüller
854 Rudyard Kipling, Das Dschungelbuch
855 Alexander Moritz Frey, Solneman der Unsichbare

856 Kobo Abe, Die Frau in den Dünen
857 Thomas Bernhard, Beton
858 Felisberto Hernández, Die Hortensien
860 Juije Trifow, Zeit und Ort
861 Shen Congwen, Die Grenzstadt
862 Ogai Mori, Die Wildgans
863 Karl Krolow, Im Gehen
865 Gertrud von le Fort, Die Tochter Farinatas
866 Joachim Maass, Die unwiederbringliche Zeit
867 Stanisław Lem, Die Geschichte von den drei geschichten-erzählenden Maschinen des Königs Genius
868 Peter Huchel, Margarethe Minde
869 Hermann Hesse, Steppenwolf mit 15 Aquarellen von Gunter Böhmer
870 Thomas Bernhard, Der Theatermacher
871 Hans Magnus Enzensberger, Der Menschenfreund
872 Emmanuel Bove, Bécon-les-Bruyères
873 Max Frisch, Biografie: Ein Spiel, Neue Fassung 1984
874 Anderson/Stein, Briefwechsel
875 Rafael Sánchez Ferlosio, Abenteuer und Wanderungen des Alfanhui
877 Franz Hessel, Pariser Romanze
878 Danilo Kiš, Garten, Asche
879 Hugo von Hofmannsthal, Lucidor
880 Adolf Muschg, Leib und Leben
881 Horacio Quiroga, Geschichten von Liebe, Irrsinn und Tod
882 Max Frisch, Blaubart
883 Mircea Eliade, Nächte in Serampore
884 Clarice Lispector, Die Sternstunde
885 Konrad Weiß, Die Löwin
887 Jean Grenier, Die Inseln
888 Thomas Bernhard, Ritter, Dene, Voss
889 Max Jacob, Höllenvisionen
890 Rudyard Kipling, Kim
891 Peter Huchel, Die neunte Stunde
892 Scholem-Alejchem, Schir-ha-Schirim
893 Ferreira Gullar, Schmutziges Gedicht
894 Martin Kessel, Die Schwester des Don Quijchote
895 Raymund Queneau, Mein Freund Pierrot
899 Thomas Bernhard, Der Untergeher
900 Martin Walser, Gesammelte Geschichten
901 Leonora Carrington, Das Hörrohr
902 Henri Michaux, Ein gewisser Plum
903 Walker Percy, Der Kinogeher
904 Julien Gracq, Die engen Wasser
909 Marie Luise Kaschnitz, Menschen und Dinge 1945
910 Thomas Bernhard, Einfach kompliziert

Bibliothek Suhrkamp
Alphabetisches Verzeichnis

Abe: Die Frau in den Dünen 856
Adorno: Mahler 61
– Minima Moralia 236
Aitmatow: Dshamilja 315
Alain: Die Pflicht glücklich zu sein 470
Alain-Fournier: Der große Meaulnes 142
– Jugendbildnis 23
Alberti: Zu Lande zu Wasser 60
Alexis: Der verzauberte Leutnant 830
Amado: Die Abenteuer des Kapitäns Vasco Moscoso 850
– Die drei Tode des Jochen Wasserbrüller 853
Anderson/Stein: Briefwechsel 874
Apollinaire: Bestiarium 607
Aragon: Libertinage, die Ausschweifung 629
Assis de: Dom Casmurro 699
– Quincas Borba 764
Asturias: Der Böse Schächer 741
– Der Spiegel der Lida Sal 720
– Legenden aus Guatemala 358
Bachmann: Der Fall Franza/Requiem für Fanny Goldmann 794
Ball: Zur Kritik der deutschen Intelligenz 690
Bang: Das weiße Haus 586
– Das graue Haus 587
Baranskaja: Ein Kleid für Frau Puschkin 756
Barnes: Antiphon 241
– Nachtgewächs 293
Baroja: Shanti Andía, der Ruhelose 326
Barthelme: Komm wieder Dr. Caligari 628
Barthes: Am Nullpunkt der Literatur 762
– Die Lust am Text 378
Baudelaire: Gedichte 257
Becher: Gedichte 453
Becker, Jürgen: Erzählen bis Ostende 842
Becker, Jurek: Jakob der Lügner 510
Beckett: Der Verwaiser 303
– Drei Gelegenheitsstücke
– Erste Liebe 277
– Erzählungen 82
– Gesellschaft 800
– Residua 254
Belyí: Petersburg 501
Benjamin: Berliner Chronik 251
– Berliner Kindheit 2
– Denkbilder 407
– Einbahnstraße 27
– Über Literatur 232
Bernhard: Amras 489
– Am Ziel 767
– Ave Vergil 769
– Beton 857
– Der Präsident 440
– Der Schein trügt 818
– Der Stimmenimitator 770
– Der Theatermacher 870
– Der Untergeher 899
– Der Weltverbesserer 646
– Die Jagdgesellschaft 376
– Die Macht der Gewohnheit 415
– Der Ignorant und der Wahnsinnige 317
– Einfach kompliziert 910
– Ja 600
– Midland in Stilfs 272
– Ritter, Dene, Voss 888
– Über allen Gipfeln ist Ruh 728
– Verstörung 229
– Wittgensteins Neffe 788
Bloch: Erbschaft dieser Zeit 388

- Die Kunst, Schiller zu sprechen 234
- Spuren. Erweiterte Ausgabe 54
- Thomas Münzer 77
- Verfremdungen 2 120
Böll: Wo warst du, Adam? 809
Borchers: Gedichte 509
Borges: Ausgewählte Essays 790
Bove: Armand 792
- Bécon-les-Bruyères 872
- Meine Freunde 744
Braun: Unvollendete Geschichte 648
Brecht: Die Bibel 256
- Flüchtlingsgespräche 63
- Gedichte und Lieder 33
- Geschichten 81
- Hauspostille 4
- Mutter Courage und ihre Kinder 710
- Schriften zum Theater 41
- Svendborger Gedichte 335
Brentano: Die ewigen Gefühle 821
Breton: L'Amour fou 435
- Nadja 406
Broch: Esch oder die Anarchie 157
- Huguenau oder die Sachlichkeit 187
- Die Erzählung der Magd Zerline 204
- Pasenow oder die Romantik 92
Brudziński: Die Rote Katz 266
Bunin: Mitjas Liebe 841
Camus: Die Pest 771
- Jonas 423
- Ziel eines Lebens 373
Canetti: Aufzeichnungen 1942-1972 580
- Der Überlebende 449
Capote: Die Grasharfe 62
Carossa: Gedichte 596
- Ein Tag im Spätsommer 1947 649
- Führung und Geleit 688
- Rumänisches Tagebuch 573

Carpentier: Barockkonzert 508
- Das Reich von dieser Welt 422
Carrington: Das Hörrohr 901
- Unten 737
Castellanos: Die neun Wächter 816
Celan: Gedichte I 412
- Gedichte II 413
Ceronetti: Das Schweigen des Körpers 810
Cioran: Gevierteilt 799
- Über das reaktionäre Denken 643
Colette: Diese Freuden 717
Conrad: Jugend 386
Dagerman: Gebranntes Kind 795
Daumal: Der Analog 802
Ding Ling: Das Tagebuch der Sophia 670
Döblin: Berlin Alexanderplatz 451
Drummond de Andrade: Gedichte 765
Dürrenmatt: Monstervortrag über Gerechtigkeit und Recht 803
Ebner: Das Wort und die geistigen Realitäten 689
Eich: Gedichte 368
- In anderen Sprachen 135
- Maulwürfe 312
- Träume 16
Eliade: Auf der Mântuleasa-Straße 328
- Das Mädchen Maitreyi 429
- Dayan / Im Schatten einer Lilie 836
- Fräulein Christine 665
- Nächte in Serampore 883
- Neunzehn Rosen 676
Elias: Über die Einsamkeit der Sterbenden in unseren Tagen 772
Eliot: Gedichte 130
- Old Possums Katzenbuch 10
Elytis: Ausgewählte Gedichte 696
- Lieder der Liebe 745

- Maria Nepheli 721
- Neue Gedichte 843
Enzensberger: Der Menschen-
  freund 871
Faulkner: Der Bär 56
- Wilde Palmen 80
Ferlosio: Abenteuer und
  Wanderungen des Alfanhui 875
Fitzgerald: Der letzte Taikun 91
Frank: Politische Novelle 759
Freud: Briefe 307
- Der Mann Moses 131
Frey: Solneman der Unsichtbare
  855
Frisch: Andorra 101
- Bin 8
- Biografie: Ein Spiel 225
- Biografie: Ein Spiel,
  Neue Fassung 1984 873
- Blaubart 882
- Homo faber 87
- Montauk 581
- Tagebuch 1946-49 261
- Traum des Apothekers
  von Locarno 604
- Triptychon 722
Gadamer: Lob der Theorie 828
- Vernunft im Zeitalter der
  Wissenschaft 487
Gałczyński: Die Grüne Gans 204
Galdós: Miau 814
Garcia Lorca: Gedichte 544
Generation von 27, Gedichte 796
Gide: Die Aufzeichnungen und
  Gedichte des André Walter 613
- Die Rückkehr des verlorenen
  Sohnes 591
- Isabelle 749
Ginzburg: Die Stimmen des
  Abends 782
Giraudoux: Siegfried oder Die
  zwei Leben des Jacques
  Forestier 753
Gracq: Die engen Wasser 904
Green: Der Geisterseher 492
- Jugend 644
Grenier: Die Inseln 887

Gründgens: Wirklichkeit des
  Theaters 526
Guillén, Jorge: Ausgewählte
  Gedichte 411
Guillén, Nicolás: Ausgewählte
  Gedichte 786
Guimarães, Rosa: Doralda, die
  weiße Lilie 775
Gullar: Schmutziges Gedicht
  893
Handke: Die Angst des Tor-
  manns beim Elfmeter 612
- Die Stunde der wahren
  Empfindung 773
- Wunschloses Unglück 834
Herbert: Ein Barbar in einem
  Garten 536
- Herr Cogito 416
- Im Vaterland der Mythen 339
- Inschrift 384
Hernández: Die Hortensien 858
Hesse: Demian 95
- Eigensinn 353
- Glaube 300
- Glück 344
- Klingsors letzter Sommer 608
- Krisis 747
- Knulp 75
- Morgenlandfahrt 1
- Musik 483
- Narziß und Goldmund 65
- Siddhartha 227
- Sinclairs Notizbuch 839
- Steppenwolf mit 15 Aquarellen
  von Gunter Böhmer 869
- Stufen 342
- Unterm Rad 776
- Wanderung 444
Hessel: Der Kramladen des
  Glücks 822
- Pariser Romanze 877
- Heimliches Berlin 758
Hildesheimer: Zeiten in
  Cornwall 281
- Hauskauf 417
- Masante 465
- Tynset 365

Hofmannsthal: Buch der Freunde 626
- Das Salzburger große Welttheater 565
- Gedichte und kleine Dramen 174
- Lucidor 879
Hohl: Bergfahrt 624
- Daß fast alles anders ist 849
- Nuancen und Details 438
- Vom Arbeiten · Bild 605
- Weg 292
Horváth: Glaube Liebe Hoffnung 361
- Kasimir und Karoline 316
- Mord in der Mohrengasse / Revolte auf Côte 3018 768
- Geschichten aus dem Wiener Wald 247
Hrabal: Bambini di Praga 793
- Die Schur 558
- Harlekins Millionen 827
- Lesebuch 726
- Schneeglöckchenfeste 715
- Schöntrauer 817
- Tanzstunden für Erwachsene und Fortgeschrittene 548
Huch: Der letzte Sommer 545
- Lebenslauf des heiligen Wonnebald Pück 806
Huchel: Ausgewählte Gedichte 345
- Die neunte Stunde 891
- Margarethe Minde 868
Humm: Die Inseln 680
Inglin: Werner Amberg. Die Geschichte seiner Kindheit 632
Inoue: Das Tempeldach 709
- Eroberungszüge 639
- Das Jagdgewehr 137
Iwaszkiewicz: Drei Erzählungen 736
Jabès: Es nimmt seinen Lauf 766
Jacob: Höllenvisionen 889
Jahnn: Die Nacht aus Blei 682
James: Die Tortur 321
Januš: Gedichte 820
Johnson: Skizze eines Verunglückten 785
Jouve: Paulina 1880 271
Joyce: Anna Livia Plurabelle 253
- Briefe an Nora 280
- Dubliner 418
- Porträt des Künstlers 350
- Stephen der Held 338
- Die Toten/The Dead 512
Kafka: Der Heizer 464
- Die Verwandlung 351
- Er 97
Kaschnitz: Beschreibung eines Dorfes 645
- Elissa 852
- Ferngespräche 743
- Gedichte 436
- Liebe beginnt 824
- Menschen und Dinge 1945 909
- Orte 486
Kästner, Erhart: Aufstand der Dinge 476
- Zeltbuch von Tumilat 382
Kästner, Erich: Gedichte 677
Kawerin: Unbekannter Meister 74
Kessel: Die Schwester des Don Quijchote 894
Kipling: Das Dschungelbuch 854
- Kim 890
Kiš: Garten, Asche 878
Koeppen: Das Treibhaus 659
- Jugend 500
- Tauben im Gras 393
Kolmar: Gedichte 815
Kraus: Sprüche 141
- Über die Sprache 571
Krolow: Alltägliche Gedichte 219
- Fremde Körper 52
- Gedichte 672
- Im Gehen 863
- Nichts weiter als Leben 262
Laforgue: Hamlet oder Die Folgen der Sohnestreue 733

Landsberg: Erfahrung des Todes 371
Lasker-Schüler: Mein Herz 520
Lawrence: Auferstehungsgeschichte 589
Leiris: Lichte Nächte und mancher dunkle Tag 716
– Mannesalter 427
von le Fort: Die Tochter Farinatas 865
Lem: Das Hohe Schloß 405
– Der futurologische Kongreß 477
– Die Geschichte von den drei geschichtenerzählenden Maschinen des Königs Genius 867
– Golem XIV 603
– Robotermärchen 366
Lenz: Dame und Scharfrichter 499
– Das doppelte Gesicht 625
– Der Letzte 851
– Spiegelhütte 543
Lersch: Hammerschläge 718
Lispector: Der Apfel im Dunkel 826
– Die Nachahmung der Rose 781
– Die Sternstunde 884
– Nahe dem wilden Herzen 847
Loerke: Gedichte 114
Loti: Aziyadeh 798
Lovecraft: Der Schatten aus der Zeit 778
Lucebert: Die Silbenuhr 742
– Gedichte 259
Lu Xun: Die wahre Geschichte des Ah Q 777
Maass: Die unwiederbringliche Zeit 866
Majakowskij: Ich 354
– Liebesbriefe an Lilja 238
Malerba: Die Entdeckung des Alphabets 752
– Geschichten vom Ufer des Tibers 683
– Tagebuch eines Träumers 840

Mandelstam: Die Reise nach Armenien 801
– Schwarzerde 835
Mann, Heinrich: Geist und Tat 732
– Professor Unrat 724
Mann, Thomas: Leiden und Größe der Meister 389
– Schriften zur Politik 243
Mansfield: Meistererzählungen 811
Marcuse: Triebstruktur und Gesellschaft 158
Mauriac: Die Tat der Thérèse Desqueyroux 636
Maurois: Marcel Proust 286
Mayer: Brecht in der Geschichte 284
– Doktor Faust und Don Juan 599
– Ein Denkmal für Johannes Brahms 812
– Goethe 367
Mell: Barbara Naderer 755
Michaux: Ein gewisser Plum 902
Mishima: Nach dem Bankett 488
Mitscherlich: Idee des Friedens 233
– Versuch, die Welt besser zu bestehen 246
Montherlant: Die Junggesellen 805
Morselli: Rom ohne Papst 750
Muschg: Leib und Leben 880
– Liebesgeschichten 727
Musil: Tagebücher 90
Nabokov: Lushins Verteidigung 627
– Professor Pnin 789
Neruda: Gedichte 99
Niebelschütz: Über Barock und Rokoko 729
Nizan: Das Leben des Antoine B. 402
Nizon: Das Jahr der Liebe 845
– Stolz 617
Nossack: Das Testament des

Lucius Eurinus 739
- Der Neugierige 663
- Der Untergang 523
- Interview mit dem Tode 117
- Spätestens im November 331
- Dem unbekannten Sieger 270
Nowaczyński: Schwarzer Kauz 310
O'Brien: Aus Dalkeys Archiven 623
- Der dritte Polizist 446
- Zwei Vögel beim Schwimmen 590
Ogai Mori: Die Wildgans 862
- Vita sexualis 813
Onetti: Die Werft 457
- So traurig wie sie 808
Palinurus: Das Grab ohne Frieden 11
Pavese: Das Handwerk des Lebens 394
- Mond 111
Paz: Das Labyrinth der Einsamkeit 404
- Der sprachgelehrte Affe 530
- Gedichte 551
Penzoldt: Der dankbare Patient 25
- Die Leute aus der Mohrenapotheke 779
- Squirrel 46
- Zugänge 706
Percy: Der Kinogeher
Perec: W oder die Kindheitserinnerung 780
Pilnjak: Das nackte Jahr 746
Plath: Ariel 380
- Glasglocke 208
Ponge: Das Notizbuch vom Kiefernwald / La Mounine 774
Portmann: Vom Lebendigen 346
Pound: ABC des Lesens 40
- Wort und Weise 279
Prevelakis: Chronik einer Stadt 748
Prischwin: Shen-Schen 730
Proust: Briefwechsel mit der Mutter 239
- Combray 574

- Der Gleichgültige 601
- Swann 267
- Tage der Freuden 164
- Tage des Lesens 400
Queneau: Mein Freund Pierrot 895
- Stilübungen 148
- Zazi in der Metro 431
Quiroga: Geschichten von Liebe, Irrsinn und Tod 881
Radiguet: Der Ball 13
- Den Teufel im Leib 147
Rilke: Ausgewählte Gedichte 184
- Briefwechsel 469
- Das Florenzer Tagebuch 791
- Das Testament 414
- Der Brief des jungen Arbeiters 372
- Die Sonette an Orpheus 634
- Duineser Elegien 468
- Gedichte an die Nacht 519
- Malte Laurids Brigge 343
Ritter: Subjektivität 379
Robbe-Grillet: Djinn 787
Rodoreda: Reise ins Land der verlorenen Mädchen 707
Rojas: Der Sohn des Diebes 829
Romanowiczowa: Der Zug durchs Rote Meer 760
Rose aus Asche 734
Roth, Joseph: Beichte 79
Roussell: Locus Solus 559
Sachs, Nelly: Späte Gedichte 161
- Gedichte 549
Sarraute: Martereau 145
Sartre: Die Wörter 650
Satta: Der Tag des Gerichts 823
Savinio: Unsere Seele / Signor Münster 804
Schneider: Die Silberne Ampel 754
- Las Casas vor Karl V. 622
- Verhüllter Tag 685
Scholem: Judaica 2 263
- Judaica 3 333
- Judaica 4 831
- Von Berlin nach Jerusalem 555
- Walter Benjamin 467

Scholem-Alejchem: Schir-ha-Schirim 892
– Tewje, der Milchmann 210
Schröder: Der Wanderer 3
Schulz: Die Zimtläden 377
Seelig: Wanderungen mit Robert Walser 554
Segalen: Rene Leys 783
Seghers: Aufstand der Fischer 20
Sender: König und Königin 305
– Requiem für einen spanischen Landsmann 133
Sert: Pariser Erinnerungen 681
Shaw: Die heilige Johanna 295
– Helden 42
– Pygmalion 66
– Wagner-Brevier 337
Shen Congwen: Die Grenzstadt 861
Simon, Claude: Das Seil 134
Simon, Ernst: Entscheidung zum Judentum 641
Solschenizyn: Matrjonas Hof 324
Stein: Zarte Knöpfe 579
– Erzählen 278
– Ida 695
– Kriege die ich gesehen habe 595
– Paris Frankreich 452
Steinbeck: Die Perle 825
Strindberg: Der Todestanz 738
– Fräulein Julie 513
– Plädoyer eines Irren 704
– Traumspiel 553
Suhrkamp: Briefe 100
– Der Leser 55
– Munderloh 37
Szaniawski: Der weiße Rabe 437
Szymborska: Deshalb leben wir 697
Tendrjakow: Die Abrechnung 701
– Die Nacht nach der Entlassung 611
Thoor: Gedichte 424
Trifow: Zeit und Ort 860
Valéry: Die fixe Idee 155
– Die junge Parze 757
– Herr Teste 162
– Zur Theorie der Dichtkunst 474
Vallejo: Gedichte 110
Vallotton: Das mörderische Leben 846
Vargas Llosa: Die kleinen Hunde 439
Verga: Die Malavoglia 761
Vittorini: Erica und ihre Geschwister 832
Wagner: Gedichte 703
Walser, Martin: Ehen in Philippsburg 527
– Ein fliehendes Pferd 819
– Gesammelte Geschichten 900
Walser, Robert: An die Heimat 719
– Der Gehülfe 490
– Der Spaziergang 593
– Die Gedichte 844
– Die Rose 538
– Geschichten 655
– Geschwister Tanner 450
– Jakob von Gunten 515
– Kleine Dichtungen 684
– Prosa 57
– Seeland 838
Weiss: Abschied von den Eltern 700
– Der Schatten des Körpers des Kutschers 585
– Fluchtpunkt 797
– Hölderlin 297
Weiß, Ernst: Der Aristokrat 702
– Die Galeere 763
Weiß, Konrad: Die Löwin 885
Wilcock: Das Buch der Monster 712
Wilde: Das Bildnis des Dorian Gray 314
– De Profundis 833
Williams: Die Worte 76
Wilson: Späte Entdeckungen 837
Wittgenstein: Über Gewißheit 250
Woolf: Die Wellen 128
Zweig: Die Monotonisierung der Welt 493